中国扶贫的
企业样本

THE CASES OF ENTERPRISES IN
CHINA'S
POVERTY ALLEVIATION

南方周末中国企业社会责任研究中心
编 著

社会科学文献出版社
SOCIAL SCIENCES ACADEMIC PRESS (CHINA)

我们搞社会主义，就是要让各族人民都过上幸福美好的生活。全面建成小康社会最艰巨最繁重的任务在贫困地区，特别是在深度贫困地区，无论这块硬骨头有多硬都必须啃下，无论这场攻坚战有多难打都必须打赢，全面小康路上不能忘记每一个民族、每一个家庭。

——习近平总书记二〇一八年春节前夕赴四川看望慰问各族干部群众时的讲话（2018 年 2 月 10 日至 13 日）

《中国扶贫的企业样本》编委会

总 策 划：孟登科

主　　编：孙孝文

成　　员：孙孝文　侯明辉　谢仇辉　李佩佩　张　菁
　　　　　康　华　文育然　凌　亚　史　谅　魏运星

执行主编：史　谅

南方周末中国企业社会责任研究中心

从国际标准化组织发布 ISO26000 社会责任指南（2010 年）到联合国发布 2030 年可持续发展目标（2015 年），从战略型社会责任到创造共享价值、社会责任投资，企业履行社会责任已经成为全球共识。越来越多的企业将履行社会责任纳入企业发展战略，将企业社会责任视为追求可持续发展的新机遇。

在我国，从党的十八届四中全会提出"加强企业社会责任立法"到党的十九大报告提出"强化社会责任意识、规则意识、奉献意识"，企业社会责任逐步纳入全面深化改革大局，形成了多元共促的发展格局，企业社会责任在国内迅速发展。

一直以来，南方周末通过媒体视角关注着环境、公益、劳工、产品等企业社会责任相关领域。2003 年，南方周末报社与中华全国总工会、全国工商联、北京大学战略研究所、复旦大学管理学院、南开大学等机构共同发起中国企业社会责任调研，并逐步发展为对我国企业及外资在华企业社会责任履行情况的综合评价调研，这是同类媒体评选中发起最早、操作时间最长、涵盖面最广、调研数据最庞大的企业社会责任调研。

2008 年，南方周末为更全面更专业地开展企业社会责任相关工作，成立南方周末中国企业社会责任研究中心，利用南方周末作为全国布局的综合新闻媒体优势，发挥媒体的整合和实践能力，逐步形成了前沿研究、评价监测、平台搭建、公益行动、品牌传播"五位一体"的 CSR 策略。

同时，南方周末中国企业社会责任研究中心组建南方周末中国企业社会责任研究中心智库，整合国内外企业社会责任领域的优秀学者、企业及组织企业社会责任从业人士，提供调查研究、咨询分析、发展建议、信息发布等服务。目前智库拥有的近 50 名专家来自中国企业社会责任研究专家、学者、政府官员以及 NGO、企业、基金会等机构的优秀从业人员。

2009 年，南方周末报社举办中国企业社会责任年会，旨在通过年度责任大典，探讨构建和谐社会的进程中有责任担当的组织或个人应遵循的道路，梳理年度责任标杆人物和案例。年会还表彰中国企业社会责任评选中排名靠前的企业和值得借鉴的优秀责任报告、项目、团队等，并联同业界大咖讨论环保、公益和精准扶贫等领域的热点话题，至今已连续举办十一届，共推荐过百个责任案例和六十多个有担当的责任先锋，备受社会各界关注，拥有极高的公信力与影响力。

2019 年，南方周末中国企业社会责任研究中心发起"CSR 思享荟"，旨在为企业社会责任从业人员整合各领域顶级资源，打造高管教练、行动学习和深度社交的融合模式，以汇聚新力量、分享新知识、传播新实践为宗旨，汇集跨行业的专家群体智慧，解决企业社会责任与可持续发展领域的难题。至今已与和众泽益、百威、中集、五粮液、外研在线等知名机构或企业合作举办近十场，直接受益人数超过 300 人。

南方周末依托南方周末中国企业社会责任研究中心，逐步搭建了年会平台、培训交流平台、智库专家咨询平台、公益基金平台四类 CSR 平台，为企业履行社会责任提供整体支持和服务，以全面推动企业社会责任为使命，向企业和大众阐述企业社会责任的前沿理论，为企业与社会各方交流、分享成功案例提供平台。

微博二维码

公众号二维码

自　序

2020 年是脱贫攻坚收官之年，中国将历史性地消除绝对贫困现象。这也提前了十年实现联合国 2030 年全球可持续发展目标中的"无贫困"目标。

消除极端贫困和饥饿，让人人拥有受教育的权利，平等、有尊严的生活，这是全人类为之奋斗的伟大目标。

2000 年 9 月，中国政府与其他 188 个国家共同签署了《千年宣言》，正式启动千年发展计划，"消除贫困"第一次在全球范围获得共识。

此后，全球一直在为此项目标奋斗。截至 2015 年，千年发展计划帮助全球 10 亿多人摆脱了极端贫困。中国为在全球范围内实现该目标做出了巨大贡献。联合国 2015 年发布的《千年发展目标报告》指出，中国对全球减贫工作的贡献率超过 70%。

中国的扶贫之路，既是全球减贫史上的奇迹，也是世界经济发展史上的奇迹，书写了人类历史上"最成功的脱贫故事"。

自中国政府 2013 年提出"精准扶贫"策略、2015 年提出打赢脱贫攻坚战以来，减贫、消贫快速上升为国家议题。2014 年开始，中国将每年 10 月 17 日设为"扶贫日"，希望最广泛地动员全社会力量投入扶贫工作。

可以说，中国波澜壮阔的消贫实践，是由不同部门、不同行业、不同人群的奋斗汇成的缤纷画卷。其中，企业的扶贫实践是画卷中最为靓丽的风景线之一。大批不同规模、不同行业、不同所有制性质的企业，创新、高效参与扶贫开发，将参与扶贫开发与企业核心资源要素、贫困地区发展需求三者相结合，涌现出大量的扶贫创新模式。

首先，企业参与扶贫开发是中国政府精准扶贫不可或缺的、有益的补充。脱贫攻坚是一项需要社会各方力量参与的复杂的社会系统工程，离不开政府、市场和社会三种力量的共同参与。在大扶贫格局中，中国政府在制定扶贫政策规划的同时，也投入了巨大的财政资源。但在具体实践中依然具有局限性，如解决扶贫"最后一公里"、填补政府资源覆盖不到的领域、更好激发贫困地区内生动力等，这些问题的解决需要企业更加积极地参与，也为企业发挥自身创新性、灵活性和资源优势提供了舞台。

在中国脱贫攻坚战场上，国有企业成为扶贫"主力军"，参与扶贫领域点多面广。以国务院国资委直管的中央企业为例，中央企业承担了 246 个国家贫困县的定点帮扶任务，约占 592 个国家扶贫开发工作重点县总数的42%，各类帮扶点超过 1 万个。

2015 年，中华全国工商业联合会发起"万企帮万村"行动，成为民营企业参与扶贫的大平台。据统计，截至 2020 年 6 月底，进入"万企帮万村"精准扶贫行动台账管理的民营企业有 10.95 万家，精准帮扶 12.71 万个村（其中建档立卡贫困村 6.89 万个）；产业投入 915.92 亿元，公益投入 152.16 亿元，安置就业 79.9 万人，技能培训 116.33 万人，共带动和惠及 1564.52 万建档立卡贫困人口。[1]

其次，企业参与扶贫模式创新、益贫性特征显著。作为人类社会中效率最高的资源组织和利用模式之一，企业最具有创新性，可有效解决贫困地区与市场经济之间的连接问题，将贫困地区发展快速拉入现代经济体系，增强贫困地区的内生发展动力，益贫性特征显著。

企业参与扶贫，可为贫困地区注入基础设施、生产资本、现代化技术和人才等生产要素，培育当地产业集群，开发潜在市场需求，有效解决贫困地

1　全国工商联：《累计有 10.95 万家民营企业参与"万企帮万村"》，http://www.gov.cn/xinwen/2020-09/12/content_5543019.htm，2020 年 9 月 12 日。

区进入市场经济的问题。如 2016 年 10 月成立的中央企业贫困地区产业投资基金，募集资金总额超过 300 亿元，主要投资于贫困地区资源开发利用、产业园区建设、新型城镇化发展等。截至 2020 年二季度，中央企业贫困地区产业投资基金累计投资项目 145 个、投资金额超过 280 亿元，项目遍布 27 个省区市，覆盖了全国 14 个集中连片特困地区。

最后，参与扶贫是中国企业履行社会责任的重大创新。一是，企业通过产业扶贫模式介入，将企业的优势资源与贫困地区需求对接，在激活贫困地区内生发展动力的同时，也为企业的业务拓展提供了新的发展机遇，实现了企业、贫困地区和政府多赢，创造了"共享价值"的履责模式。二是，中国扶贫的过程，也是各类企业联手扶贫的"集体行动"，如民营企业的"万企帮万村"行动、中央企业成立的央企扶贫基金等，探索了一种不同企业间合作履责的新模式。

自党的十八大以来，无数企业人在中国乡村撒下了汗水，也在中国乡村种下了梦想的种子。中国企业的扶贫实践为全球减贫事业贡献了中国智慧和中国方案，也为下一阶段企业参与乡村振兴奠定了基础。

在新的历史起点上，总结企业的扶贫模式，不是企业参与中国农村社会发展的终点，而是中国企业勇担社会责任、创造更大社会价值的新的起点。

目　录

上篇
中国扶贫透视

脱贫攻坚是一项复杂的系统工程，既需要推动数量庞大的贫困人口短期实现脱贫目标，也需要因地制宜探索贫困地区脱贫发展的长效机制；既需要发挥政府的主导作用，也需要动员社会力量广泛参与。本部分旨在从探寻脱贫攻坚新地标、聚焦每一类困难群体、对话一线扶贫官员以及扶贫背后的问题与突围等四个维度展示这项系统工程的内容和进展。

在"探寻脱贫攻坚新地标"部分，我们重温中国脱贫攻坚历程中的"地标"性地区十八洞村的故事，也回顾了贵州毕节脱贫试验区三十年来的变化；见证了江西井冈山这样的革命老区如何将红色资源变为发展动力；我们将目光聚焦"三区三州"深度贫困地区，也前瞻性地观察相对贫困地区的探索实践。在"聚焦每一类困难群体"部分，我们关注扶贫车间的女性工人、贫困县里的师生、地处偏远的少数民族等贫困群体，观察这些群体在脱贫发展中面临的突出困难，以及脱贫攻坚战给他们带来的改变。在"对话一线扶贫官员"部分，我们采访了国务院扶贫办和地方政府扶贫工作人员，了解政府部门对脱贫攻坚工作的要求以及未来的工作重点。在"扶贫背后的问题与突围"部分，我们对扶贫实践中出现的典型问题进行剖析，这其中既有对形式主义等作风问题的报道，也有对资源分配等机制问题的思考，更包含地方在资源约束下解决扶贫困境问题的创新实践。从区域到个体，从成绩到反思，从当下到未来，我们希望以此对中国脱贫攻坚进行全景式观察。

探寻脱贫攻坚新地标

十八洞村：中国脱贫故事*

> "精准扶贫是最有力的中国故事之一，它打破了各方偏见，改变了人们对中国的认识。"

湖南省花垣县十八洞村家家户户的家门前，一年 365 天都挂着一面国旗。这里的村干部告诉南方周末记者，这是村民们这些年自发的习惯。

2013 年 11 月 3 日，习近平总书记来到这里考察调研，首次提出了"精准扶贫"的重要思想。这个偏远的湘西村庄因此被世界关注，成为中国脱贫攻坚历程中的"地标"，也形成了扶贫的新"节点"。

贫困问题是历史性难题，也是世界性难题。改革开放以来，我国在扶贫

* 本文首发于 2019 年 9 月 19 日《南方周末》国史新记·庆祝新中国成立 70 周年系列报道之进化地标。作者：南方周末记者汪徐秋林。

领域取得极大成就，但截至 2012 年，中国贫困人口仍有 9899 万人，这些贫困人口所在的地区和十八洞村非常类似，偏远、多山、缺乏足够的教育和就业资源，以及留守的多为老人孩子，多种因素造就了"顽固性"贫困。

"精准扶贫"成为我国脱贫攻坚工作的实施方略，实施 6 年来，已经取得了巨大成就。据国务院扶贫办主任刘永富在 2019 年全国"两会"时介绍，精准扶贫六年，脱贫攻坚战打了三年，"脱贫攻坚取得了显著成就"：中国贫困人口已经从 2012 年的 9899 万人减少到 2018 年的 1660 万人。

2019 年 9 月 11 日，美国库恩基金会主席罗伯特·劳伦斯·库恩在《人民日报》撰文指出，"精准扶贫是最有力的中国故事之一，它打破了各方偏见，改变了人们对中国的认识。未来的历史学家在撰写我们这个时代的编年史时，其中一个特写章节很可能就是中国的精准扶贫"。

十八洞村，正是这一中国故事的起点。

物质与精神

在十八洞村，习近平总书记明确要求"不能搞特殊化，但不能没有变化"。不仅自身要脱贫，还要探索"可复制、可推广"的脱贫经验。

2014 年开始，十八洞村在脱贫上开展了各项尝试：精准识别贫困户，"互助五兴"农村基层治理，因地制宜选择发展种植业、旅游业、刺绣手工业……

时任村主任施进兰记得，当年十八洞村为了脱贫，在组织建设、引进产业外，他还带领村民们做过一件事——修路。六年前的十八洞村，基础设施严重落后，家家户户门口的泥巴路，只要一下雨，人就走不动。

2014 年，修路的任务分配到村里，驻村扶贫工作队协调扶贫资金，解决水泥、沙子等材料费，但寨子中修路的人力和主要材料——青石板，全都要由村民自己解决。

"总书记都来过的村庄，为什么还要我们修路？"当时有村民直接问。不少村民以为帮扶贫困户，就意味着贫困户所有保障都由政府兜底埋单。"贫困户"的帽子，反而难以激发干劲。

"精准扶贫"不仅要扶贫，还要扶志。十八洞村开始重新评定、精准识别贫困户，施进兰和村干部挨家挨户做动员：有劳动能力的村民自己修路，丧失劳动能力的村民的任务由村民互助小组承担，在村委的带动下，家家户户互帮互助。有一家人迟迟不肯动工，最后才醒悟过来，请人帮工，完成了任务。

"是他们没有能力吗？是他们当时不愿干，"施进兰说，"当初最狡猾的人，到最后反而最吃苦。"

修路之后，村民有干劲了。曾经宁愿在村子里喝酒、打麻将的人都"消失"了，每家每户的收入自然有了提升。十八洞村先后发展了种植业、刺绣手工业、矿泉水产业，大家对陌生的事物也不再拒绝抵触。

苗汉子公司董事长石志刚同样向南方周末记者描述村民知道自己要入股猕猴桃时的场景。

一开始，村民们无法理解猕猴桃种在那么远的地方。每到挂果，村民们就集体包车到果园，确认这一产业不是"骗局"。"分到了钱，他们越来越关心经营情况了。"石志刚说。

2017 年 2 月，十八洞村成为湖南省第一批脱贫摘帽的村庄。

2013 年，十八洞村的人均纯收入是 1688 元，而到了 2018 年，这个数字增加到 12128 元，原来几乎空白的村集体收入每年有了五十余万元的进账。

规划与市场

脱贫之后，还有很长的路要走，更现实的问题是怎样贴近市场，激发村庄的内生动力。

根据规划，十八洞村的发展方向转向了"乡村振兴"，目标是"产业兴旺、生态宜居、乡风文明、治理有效、生活富裕"。

这两年，十八洞村以梨子寨为代表的 4 个村寨陆续修起了民宿。梨子寨是习近平总书记来十八洞村时到过的村寨。总书记在十八洞村走过的三间屋子，如今都成了十八洞村的入党宣誓地和党员教育基地，每当有学习参观团来到十八洞村，人们都会沿着总书记走过的路，花上约莫半小时，绕着梨子寨走一圈。

旅游，是十八洞村脱贫之后，全村着重打造的主导产业。

2017 年 7 月，施进兰从村主任转任十八洞村旅游公司副总经理。他回忆，早在 2014 年，就有人来参观，但当天晚上，全村找不到一个能够睡觉的旅馆，参观团成员最后只得三三两两夜宿在村民家中。

2017 年，家住梨子寨寨口的施杨秀富筹集了 30 万元，推倒了原来的猪圈，加盖了一栋苗族木楼，准备拿来做民宿。民宿有了，他却发现十八洞村的吸引力不够大，大多数游客来了，仅仅在梨子寨里走一圈，瞧一瞧，吃一餐饭，就回去了。

"还是村庄对外来游客的承载能力不够。"直到现在，施进兰依然认为，十八洞村的产业发展有不小的挑战，"公司化运营、公司化管理，一切都是新学的。"

"让慕名而来的人们发现这里是好玩的地方，愿意留下来，住在民宿中，在这里消费，才能让这些村民真正走向致富。"十八洞村扶贫工作小组副组长王本健告诉南方周末记者，"这就需要这里的人规划好下一步工作，更加去主动地探寻市场的规律。"

石志刚也有着相似的看法。"时间不等人、市场也不等人。今天村民们脱了贫，但是真正让他们理解经营，依然需要一个过程。"

特殊与平常

除了扶贫，十八洞村还想树立一个多方面的扶贫典型。

脱贫后，来十八洞村学习的代表团队更多了，他们来自全国乃至世界各地，目的是考察学习脱贫经验。十八洞村扶贫工作队队员刘国顺告诉南方周末记者，每个前来学习交流的村庄，都有自己的特点。"想要做旅游，就学习怎样做旅游；做产业，就学习怎样做产业。"

2018 年，"十八洞村"的概念在花垣县的协调下扩大了——周围村庄出产的猕猴桃都印上了"十八洞"的商标；"十八洞村"包括 4 个寨子、239 户人家、946 人，现在被扩大成了"十八洞片区"；村干部们时常被邀请讲解当地脱贫的故事和经验，带动周围的村落脱贫致富。

2019 年 9 月 11 日，南方周末记者来到十八洞村，"脱贫摘帽"已过去了两年半。正值中秋假期前夕，村民正排练欢迎游客的苗族歌舞。施进兰告诉南方周末记者，十八洞村自今年 5 月旅游景区正式营业以来，已经接待游客近 12 万人次。

多位村干部在采访中表示，让村民脱贫只是完成了第一步，在乡村振兴的工作中，十八洞村还在摸索中前进。

三区三州：深度贫困区最难啃的"硬骨头"*

"从全国来看，剩余贫困人口超过 100 万的省份只有五个，其中有我们甘肃；贫困发生率超过 5% 的省份有四个，其中有我们甘肃。"2019 年 3 月 5 日下午，十三届全国人大二次会议甘肃代表团在驻地北京远望楼宾馆召开全体会议，全国人大代表、甘肃省委书记林铎长达 50 分钟的讲话中，近一半的时间在分析如何完成脱贫任务。

在中国版图上，"三区三州"几乎占据了约三分之一的国土面积，80% 以上位于平均海拔 4000 米的青藏高原，从南疆到滇西北跨越六省份，连成一片。

"其他地方可能稍微一投钱就有效果，但是深度贫困地区难见效，甚至有些地方政府或企业发现，到深度贫困地区投钱见不到效果，反而不投了。"汪三贵说。

"以前我们发动村民种茶叶，但有些村民宁愿种玉米或者其他的，就是不肯种茶叶，或者早上种了晚上又扯掉。现在他们也改变了观念，没有茶种，也要自己买来种。"

"从全国来看，剩余贫困人口超过 100 万的省份只有五个，其中有我们甘肃；贫困发生率超过 5% 的省份有四个，其中有我们甘肃。"2019 年 3 月 5 日下午，十三届全国人大二次会议甘肃代表团在驻地北京远望楼宾馆召开全体会议，全国人大代表、甘肃省委书记林铎长达 50 分钟的讲话中，近一半的时间在分析如何完成脱贫任务。

"所以，甘肃的脱贫攻坚任务，现在到了背水一战决胜冲刺的关键阶

---

* 本文首发于 2019 年 3 月 7 日《南方周末》，原标题《深度贫困区最难啃的"硬骨头"》。作者：南方周末记者贺佳雯、谭畅、张笛扬，南方周末实习生高照、邓依云、李霁。

段。"林铎深吸了一口气。

2019 年 1 月，全国政协主席汪洋曾到甘肃临夏州考察脱贫情况，那是汪洋第六次到甘肃考察脱贫情况。其中，临夏州的积石山县，包括这次在内，汪洋一共去了三趟。

会场上，林铎回忆了汪洋在考察临夏时说的话："南边有云南，西北有甘肃。汪洋说，如果云南、甘肃排起来，不托底的还是甘肃。同时又讲到甘肃不托底的还是临夏州。"

林铎讲到此处，全国人大代表、临夏回族自治州州委书记杨元忠正埋头做笔记。会场里，杨元忠就坐在正对着林铎的第一排、左起第一个位置上。

等到林铎讲话结束，杨元忠第一个发了言。他用一组数据概括了 2018 年临夏脱贫的情况，接着讲了目前临夏脱贫攻坚主要面临的问题。

甘肃临夏州是国家层面的深度贫困地区。2017 年 6 月，中央把"三区三州"确定为国家层面的深度贫困地区，"三区三州"的"三区"，指的是西藏、新疆南疆四地州、四省藏区，"三州"则是甘肃临夏州、四川凉山州、云南怒江州。

这些地区大多地处偏远、自然条件恶劣，贫困发生率长期居高不下。国务院扶贫办副主任夏更生向南方周末记者分析，按照原本的脱贫速度，这些地区肯定无法按时完成脱贫任务，所以划了出来，加大投入力度。

党的十八大报告提出 2020 年要实现全面建成小康社会的奋斗目标，2019 年全国"两会"期间，深度贫困地区的脱贫工作备受关注。"两会"召开前，全国人大常委会和全国政协都就深度贫困问题进行过专题调研，针对性地提出了对策和建议。

补短板

"2012 年底全国的贫困发生率是 10.2%，可是到 2017 年，还有不少县的贫困发生率超过 20%，"夏更生表示，"如果按贫困发生率每年能下降一点几个百分点算，就肯定完不成脱贫任务。"

因此，在一些贫困发生率高的地区，需要加大投入的力度。

2017 年 6 月 23 日，习近平总书记在山西省太原市主持召开深度贫困地区脱贫攻坚座谈会。习近平在会上说，"现在看，脱贫攻坚的主要难点是深度贫困。"习近平指出，主要难在三种地区，分别是以"三区三州"为主的连片深度贫困地区，还有深度贫困县和深度贫困村。

为了加大对深度贫困地区的投入支持力度，习近平要求，新增脱贫攻坚资金主要用于深度贫困地区，新增脱贫攻坚项目主要布局于深度贫困地区，新增脱贫攻坚举措主要集中于深度贫困地区。

座谈会召开后一个月，国务院新闻办举行新闻发布会，国务院扶贫办副主任洪天云专门就深度贫困问题作出解答。洪天云说，"脱贫攻坚还剩三年多时间，如果不抓紧早一点把深度贫困地区这个难题攻下来，到 2020 年就难以如期实现全面脱贫"。

洪天云表示，"目前来说，剩下的贫困人口都是难啃的'硬骨头'，靠常规的办法难以解决他们的脱贫问题，一定要采取超常规的方法"。

在国家层面，深度贫困地区主要指的就是"三区三州"，其他地方的深度贫困县和深度贫困村则属于省级层面的深度贫困问题。

在深度贫困地区脱贫攻坚座谈会召开以后，各省对本地的深度贫困地区进行了一次认定，一共认定了 334 个深度贫困县和 3 万个深度贫困村。截至 2017 年底，这些深度贫困县现在平均贫困发生率是 11%，其时全国的平均数只有 3.1%。

云南省怒江州州长李文辉告诉南方周末记者，确定深度贫困地区的主要衡量标准是贫困发生率，此外还要看整体性区域性贫困的状况。怒江的贫困发生率目前是全国最高的，至今还有 33.25%。李文辉说，怒江目前有 14.3 万贫困人口，虽然这个数字并不多，但怒江总人口的基数小，全州只有 54 万人口。

2017 年 9 月，中办、国办印发了《关于支持深度贫困地区脱贫攻坚的实施意见》，指出深度贫困地区是脱贫攻坚中的硬骨头，补齐这些短板是脱贫攻坚决战决胜的关键之策。

2018 年全国"两会"期间，国务院扶贫办主任刘永富表示，对于深度贫困地区，国务院扶贫办主要做四项工作，一是把深度贫困地区精准找出来。

二是分别制定脱贫的实施方案。这两项工作当时都已基本完成。三是加强指导，督促把方案落实到位。四是对深度贫困地区进行跟踪监测，防止到时候完不成脱贫任务。

"投钱见不到效果"

地处偏远、自然条件恶劣被认为是导致"三区三州"深度贫困的主要原因。

然而在中国版图上，"三区三州"几乎占据了约三分之一的国土面积，80%以上位于平均海拔4000米的青藏高原，从南疆到滇西北跨越六省区，连成一片。"三区三州"内的209个区县，最多时有196个国家级贫困县，占全国总量的近四分之一。

"三州"中地处最北的临夏，曾被联合国认定为不适宜人类居住的地区，这里全年干旱少雨，山高沟深。临夏位于甘肃省会兰州市西南方向130公里处，是青藏高原向黄土高原、西部牧区向东部农区的过渡地带，高寒阴湿区、干旱山区和川塬区约各占三分之一。州内没有机场和铁路，下辖的8个县市中仅一半通了高速公路。

在四川凉山州，这里西跨横断山脉，东抵四川盆地，北至大渡河，南临金沙江，境内海拔最高地木里县恰朗多吉峰高达5958米，最低的雷波县大岩洞金沙江谷底305米，相对高差超过5000米。一个个村寨分散在凉山山脉的无数高山深谷之中，这才有了村民走向外面世界，需要攀爬落差800米的悬崖、越过13级218步藤梯的"悬崖村"。

地处西南边境的云南怒江，98%的国土面积都是高山峡谷，各类自然保护区却占了全州面积的58%以上，李文辉说，"这叫有树不能砍，有水不能发电，有矿不能挖。"全州人均耕地面积仅1.4亩，且近一半都是坡度在25度以上的陡坡地。

国务院扶贫开发领导小组专家咨询委员会委员、中国农业大学教授李小云认为，正是由于自然条件的背景，这些地区经济发展水平低，缺少产业和就业，基础设施建设落后，村民的住房、饮水等基本生活条件无法满足。

李小云曾长期驻扎在云南省勐腊县的河边村进行扶贫实践，他告诉南方周末记者，当初河边村道路没有硬化，每到雨季道路泥泞无法出行，为了修 8 公里水泥路，当地花了 800 万元。李小云说，正常情况下修一公里路大概需要 30 万元，但到了深度贫困地区，由于原材料运输困难，往往要花到七十多万元。

"其他地方可能稍微一投钱就有效果，但是深度贫困地区难见效，甚至有些地方政府或企业发现，到深度贫困地区投钱见不到效果，反而不投了。"中国人民大学教授汪三贵也是国务院扶贫开发领导小组专家咨询委员会委员，他向南方周末记者分析，深度贫困地区此前和其他贫困地区享受一样的资源和扶持力度，没有特殊关照，是脱贫进展缓慢的主要原因之一。

在李小云看来，由于之前贫困县长期没有调整，且认定的标准低，不少地方想搭资金、政策的"便车"，出现了"泛贫困化"现象，把扶贫政策当作致富政策，导致扶贫资源没有很好地集中到深度贫困地区。

在深度贫困地区的认定中，夏更生认为，如今没有再出现地方抢戴贫困"帽子"的现象。"现在抢的就是任务，没那么多贫困户，你硬要过去，相当于是虚报任务，最后我就按照这个任务来考核你。"

"资金、项目、政策都有保障了"

深度贫困地区被认定后，资金和政策都开始向这些地方倾斜。据国务院扶贫办数据，2018 年中央财政新增 200 亿元专项扶贫资金，有 120 亿元投到了深度贫困地区，同时新增的政策、新增的项目、新增的东西协作帮扶力量都向深度贫困地区倾斜了。

2018 年 12 月 24 日的全国人大常委会上，刘永富汇报工作时说，扶贫办已从 2018 年开始将"向深度贫困地区倾斜支持情况"列入全国东西部扶贫协作考核和中央单位定点扶贫工作考核，同时督促各地各部门向深度贫困地区脱贫攻坚聚焦发力，已有 26 个中央部门出台了 27 个支持深度贫困地区脱贫攻坚的政策文件。

怒江州州长李文辉告诉南方周末记者，"三区三州"的脱贫攻坚是中央统筹，省负总责，基层抓落实，"资金、项目、政策都有保障了"。

2018 年，深度贫困地区的脱贫进度明显加速。国务院扶贫办提供的数据显示，2018 年"三区三州"贫困人口共减少了 134 万人，贫困发生率下降了 6.4 个百分点，降幅比西部地区平均水平快了 3.3 个百分点，高于全国平均水平 5 个百分点。在已公布的前四批名单中，"三区三州"已有 46 个区县"摘帽"。

衡量贫困人口是否脱贫的标准是"两不愁三保障"，即不愁吃穿和义务教育、基本医疗、住房安全有保障。

汪三贵之前就曾去过"三区"，在深度贫困地区确定后，他又把"三州"都调研了一遍。汪三贵发现，即使是在致贫背景类似的"三区三州"，每个地方面临的问题都不一样，"这也和地方政府的选择有关，不同的脱贫措施难度大小不同。"汪三贵说。

临夏州州委书记杨元忠向南方周末记者介绍，目前临夏州脱贫任务最重的部分是发展产业。临夏产业培育滞后，企业发展不足，老百姓的收入主要靠种植、养殖和劳务输转。易地搬迁之后，为了让留守妇女和老人参与务工，2018 年，临夏州开始办扶贫车间，扶贫车间募工有个"雷打不动"的标准，就是必须吸纳 20% 的贫困户。

目前，临夏已经有了 123 个扶贫车间，基本都是加工制造业。杨元忠介绍，临夏贫困发生率最高的东乡县，之前贫困发生率超过 60%，"依靠产业扶贫已降到百分之十几"。2019 年，临夏计划建成 200 个以上扶贫车间。

政策倾斜之外，深度贫困地区的确定，也使得民营企业、社会组织加大对这些地方的关注。譬如和东乡县结对帮扶的就有碧桂园，帮扶内容主要是帮助当地拓宽农特产品的推广与销售渠道、开展技能培训。

除了发展产业，临夏目前饮水的问题也较为突出。"有 980 户人家连输水管线也没有，完全通过窖水把水拉上来。现在我们还有 15 万人，供水不稳定。"杨元忠说。目前临夏八个县市，只有临夏市有双回路供水，不仅是农村，就连 7 个县城供水也不稳定。

怒江州州长李文辉则向南方周末记者表示，"州委、州政府把易地扶贫搬迁作为脱贫攻坚的重中之重。"怒江纳入国家易地扶贫搬迁规划的建档立卡贫困人口超过 9 万人，城镇化安置比例达 92%。其中，被确定为深度贫困地区后，计划易地搬迁的指标多了 63003 人。

对于大规模易地搬迁这一脱贫策略，李文辉解释，因为怒江缺少耕地资源，"在山上没地，搬到山下也没地"。但是，当地通过评估、概算发现，如果不搬迁的话，很难解决"两不愁三保障"，此外下一步还要做好生态保护、实施乡村振兴战略，"我们的想法就是迟搬不如早搬"。

今年"两会"上，作为全国人大代表，李文辉打算提一些事关区域发展的问题，建议加快怒江铁路和机场的建设进度。"脱贫攻坚的问题我就不讲了，因为我觉得工作如果落实不好是我们的问题，中央和省层面上已经做好顶层设计，做完项目包装，以及理顺资金支持的各种渠道，剩下就是我们抓落实的问题。"李文辉说。

2018 年，凉山州的贫困发生率由 12.6% 下降至 7.1%。汪三贵调研时发现，由于凉山州内难以找到足够土地进行大规模城镇化搬迁，当地做了大量的村内搬迁，将农民集中到村内自然资源较好的地方，此外也做了大量的危房改造。

易地搬迁也是深度贫困地区脱贫的普遍做法。凉山州州长苏嘎尔布告诉南方周末记者，仅 2018 年，凉山州完成易地扶贫搬迁 13.1 万人。

易地搬迁后续发展成关注焦点

深度贫困地区的脱贫工作不仅在全国"两会"上受到关注，2018 年闭会期间，全国人大常委会和全国政协都曾专门到深度贫困地区进行调研。

2018 年 5 月至 12 月，由三位全国人大常委会副委员长带队的调研组赴四川、青海、山西等 16 个省份实地调研。2019 年 2 月，专题调研组在全国人大常委会上公开了关于脱贫攻坚工作情况的调研报告，提出了当前脱贫工作中还存在的一些实际困难和突出问题。

审议调研报告时，深度贫困地区易地搬迁的问题成为常委会委员们关注的焦点。全国人大常委会委员吕彩霞注意到，发改委下发的易地搬迁费，规定只能用于易地搬迁，且须在规定时间内花出去，这样就会出现不求实际的易地搬迁。

全国人大常委会委员邓秀新去了西部某贫困地区考察后发现，当地制定了人均 20~25 平方米的易地搬迁面积，但是易地搬迁后，"牛关哪儿？农具放哪儿？三口人家 75 平方米的房子，能不能大一点？"邓秀新说，"当地政府还是实事求是地扩大了点，但是上面来检查，说是超标了，要摘他们的帽子。"

"我担心大规模易地搬迁的问题。"邓秀新调研的一个贫困县，县城人口原本只有 12 万，要从周围很远的山区搬 10 万人到这个县城里来住，现在一期房子已经盖起来了，密密麻麻。"这 10 万人到哪儿去就业？吃喝怎么办？"

邓秀新建议，易地搬迁一定要有稳定方案，要有就业安排才行。

2018 年，全国政协围绕解决深度贫困地区的脱贫问题，专门召开了专题议政性常委会会议。会前由 6 位副主席分别带队，4 个专门委员会参与，利用两个月时间分赴 6 省份 34 个贫困县实地调研。

后来召开的会议上，不少政协委员建议要预防返贫工作。全国政协常委罗志军从调研情况分析，部分农户脱贫基础不牢，存在返贫风险；深度贫困地区产业基础较弱。他建议要建立防止返贫的预警监测机制，坚持"脱贫不脱政策"，防止政策"断崖"。

"三区三州"的州长们也感受到了返贫的压力。以怒江州为例，州长李文辉指出，当地返贫现象主要在住房安全上，因为很多人多年前享受过安居发展政策，这些人就进入不了建档立卡的系统中，但因为当时的补助标准低，那时盖的新房十多年过去了又变成危房。

汪三贵在凉山调研的时候发现，当地的教育扶贫进展迅速，过去辍学率最高时超过三分之二，现在绝大多数孩子都上学了。不过，学生数量猛增后，学校的硬件设施和师资配备短期内难以跟上，"有学生上学要走十几公里，学生宿舍一张床上挤五六个孩子"。

在一些已经脱贫的贫困村，村民已经尝到产业发展的甜头。

全国人大代表、湖南湘西州古丈县默戎镇牛角山村党总支书记龙献文今年提的议案，是关于巩固好脱贫的产业，在人才技术方面得到更多保障。

"以前我们发动村民种茶叶，但有些村民宁愿种玉米或者其他的，就是不肯种茶叶，或者早上种了晚上又扯掉，他们说庄稼能卖钱、能当饭吃，我不能把茶叶当饭吃吧？"2014年，龙献文和村干部们到十八洞村学习，回村后完善规划，发展起乡村旅游、有机茶叶种植加工、生态养殖、苗族餐饮产业。"初见成效后，他们也改变了观念，没有茶种，也要自己买来种。"

种茶之后，龙献文又面临销售压力。"为了扩大市场，我们到北上广、长沙、大中小城市去跑市场，去互联网企业，苏宁、阿里巴巴很多部门，找多种渠道来把茶叶销出去。"

如今，这个2015年才通自来水的村庄，甚至开始帮扶周边的村庄。

2018年，牛角山村受捐浙江省安吉县黄杜村白茶苗，启动建设5000亩白茶种植园，还带动周边三个深度贫困村，116户精准识别户、430人，预计在2019年脱贫。

井冈山：红色引领绿色崛起 *

井冈山境内有 100 多处保存完好的革命旧居、遗址，2016 年，通过正规培训机构到井冈山学习的党政干部就达 29.26 万人次，这让井冈山的贫困户，又多了一条脱贫之路——从火爆的红色培训中获得机会。

井冈山是"精准扶贫"启动以来，全国 592 个国定贫困县中第一个宣布脱贫"摘帽"的。2016 年 2 月 2 日，中共中央总书记习近平到井冈山考察时提出，"井冈山要在脱贫攻坚中作示范、带好头"。1 年后井冈山如期率先"摘帽"，适逢井冈山革命根据地创建 90 周年。

井冈山境内有 100 多处保存完好的革命旧居、遗址，2016 年，通过正规培训机构到井冈山学习的党政干部就达 29.26 万人次，这让井冈山的贫困户，又多了一条脱贫之路——从火爆的红色培训中获得机会。

2017 年 6 月 15 日早上 8 点，井冈山市副市长兰胜华已在下乡的路上，他要陪同贵州六盘水市党政代表团学习考察井冈山的脱贫经验。

兰胜华分管扶贫工作，自今年 2 月 26 日井冈山宣布脱贫以来，他便开始应接不暇，已有两百多个党政代表团正式通过井冈山市"两办"联系前往考察，通过其他渠道或自发组织的考察则有四五百批。

井冈山是一个县级市，隶属于江西吉安，是国家启动"精准扶贫"战略以来，592 个国定贫困县中第一个脱贫"摘帽"县。国家制定的脱贫标准是贫困发生率低于 2%（西部地区为 3%），根据第三方评估及国务院扶贫办的核定，井冈山的贫困发生率已从 2014 年的 13.8% 降至今年初的 1.6%。

作为中国共产党的第一个农村地区革命根据地，井冈山在这轮精准扶贫中率先脱贫具有特殊深意。2016 年 2 月 2 日，中共中央总书记习近平到井

---

* 本文首发于 2017 年 7 月 20 日《南方周末》。作者：南方周末记者吴天适。

冈山考察时提出"井冈山要在脱贫攻坚中作示范、带好头",一年后井冈山发挥革命老区的榜样作用,如期率先脱贫"摘帽"。同时,2017 年也恰逢井冈山革命根据地创建 90 周年。

假贫困"踢出去",真贫困"保起来"

其实,这次脱贫是井冈山的第二次"摘帽"。

地处湘赣交界罗霄山脉中段的井冈山,史上就是山瘠民贫之地,其行政建制可以追溯到 1950 年成立的井冈山特别区。1981 年,井冈山县成立后就是国家级贫困县,1994 年,已改为县级市的井冈山宣布脱贫,那次也是"率先"。

不过,随着 2000 年与宁冈县合并,井冈山又开始"返贫"。由于宁冈在合并前是贫困县,合并后新的井冈山市又戴回了"帽子"。

如今在井冈山 1297.5 平方公里的国土上,居住着 16.8 万人口,2016 年全市财政收入 7.39 亿元,仍属经济欠发达地区,贫困率位居江西中等偏上。"精准扶贫"启动时,全市的贫困率是 13.8%,106 个行政村中有 35 个省定贫困村,其中就包括"红军村"坝上。

坝上地处井冈山革命根据地的核心区茅坪,位于毛泽东曾居住和办公的八角楼往东 6 公里处。村里 80% 的家庭都走出过红军,包括袁文才、李筱甫等人,袁文才原是井冈山地区武装首领,后成为红军高级指挥员,他的副手李筱甫被收编后当了红四军军需处处长。

连绵的青山脚下,生活着坝上村的 163 户 636 人,其中建档立卡的贫困户就有 36 户,贫困人口 92 人,经过 3 年精准扶贫,尚有 2 户 3 人没有脱贫。

在坝上村能感受到,一个老区在战火熄灭多年之后为强化"红色印记"所作的努力。每天从早上 9 点到晚上 9 点,村广播室都会循环播放 5 首红歌,6 月 16 日 11 点左右,村庄上空飘起了红歌《映山红》的歌声,接着又播了《十送红军》《没有共产党就没有新中国》《八角楼的灯光》《红军阿哥你不要走》。

沿着蜿蜒小路进村，一块刻有"李筱甫送白马"的纪念碑边，住着已经脱贫的肖富民一家。64 岁的他育有一子一女，儿子婚后，他和老伴、女儿共同生活，2013 年女儿被诊断患有尿毒症之后，日子一落千丈，欠债数万元。

"快走投无路时，赶上了精准扶贫。"肖富民觉得自己很幸运。2014 年 3 月，他家被确认为贫困户后，3 人吃上了低保，每月一共能领低保金 420 元。医药费报销额度由不到 30%，提高到了 70%。

此外，政府还替他们买了包括养老保险、新农合和商业医疗险在内的 3 项保险，每人每年的费用是 300 元，他没想到，脱贫后政府还继续帮他们出这笔钱。"我们会给所有未脱贫、已脱贫的贫困户一直买到 2020 年，直到他们过上小康生活。"井冈山市副市长兰胜华说，"保障扶贫"是井冈山扶贫的主线工程之一，井冈山提出的口号是将有能力的扶起来，扶不起来的带起来，带不起来的"保起来"。

"保"字的意思是政府已经做好兜底的准备，"兜底"的前提则是摸清谁是贫困户。在以前"大水漫灌"的扶贫方式下，有时连贫困户的底数都摸不清，当地寄望通过精准识别来解决这一问题。

"一精准，就能发现浑水摸鱼者。"茅坪乡纪委书记刘卫东，是挂点在坝上村的乡领导。坝上开始上报的贫困户是 40 户，但一核查就发现了两个假贫困户，他们不仅住着每层一百多平方米的 3 层楼房，家里还有小汽车。随着核查的继续，又有两个假贫困户被识别，其中 1 户家里有公职人员，另 1 户是有工商执照的企业主。假贫困户被剔除后，坝上村的贫困户最终由 40 户核减为 36 户。

在剔除了"假贫困"户后，整个井冈山共识别出贫困户 4638 户，贫困人口 16934 人。

按照贫困的不同程度，井冈山对贫困户进行"三卡识别"，像肖富民这样的特困户，用"红卡"标识，一般贫困户用"蓝卡"标识，刚刚脱贫但还有可能返贫的则用"黄卡"。

颜色的不同意味着帮扶力度的不一样，市里给贫困户提供产业帮扶资金时，每个"红卡"户可获得 1 万元，"蓝卡"户 5000 元，"黄卡"户 2000 元。

这些钱由市财政承担，但不直接发给贫困户。肖富民的1万元经他同意后，作为股金由政府直接投到了井冈山惠农宝投资有限公司，每年分红一次且年收益率不低于15%，2015年、2016年，他家都已分到了1500元。

兰胜华解释，这么做是担心有人拿到钱就花了，没有用于发展产业，入股"惠农宝"则能保证持续稳定的收入。"惠农宝"是井冈山市投资成立的公司，即使实际年收益率低于15%，也要按这比例分红，不足部分由市金融产业扶贫指导委员会研究解决。

井冈山1483户"红卡"户中，有1374户选择了"惠农宝"，剩余的"红卡"户，以及"黄卡"户、"蓝卡"户，则由政府牵线入股了相关产业合作社，约定10%~15%的年收益。

每年多了1500元固定收益，肖富民心里踏实了不少。更让他感到踏实的是告别了"外面下大雨，家里就下小雨"的土坯房，新建了一栋3层小楼，即便每层只有1间。他家是"红卡"户，建房有1万元补助，还能享受免息贷款5万元，以及危房改建资金1.35万元，此外拆除土坯房也能获得1万元补助。

红色培训引领生态旅游

肖富民的脱贫账本里，还有1笔收入是给参加"红色培训"的学员做"红军餐"，2016年到他家吃过"红军餐"的有830人，带去的纯收入是1万元。

以党性教育和红色基因教育为主的红色培训，在十八大之后不断升温。井冈山是全国最典型的红色旅游景区，境内有一百多处保存完好的革命旧居、遗址，开展红色培训的优势得天独厚。2016年，通过正规培训机构到井冈山学习的党政干部就达29.26万人次，这让井冈山的贫困户，又多了一条脱贫之路——从火爆的红色培训中获得机会。

拥有红四军军部旧址、步云山练兵场等众多遗址的坝上村，已被全国青少年井冈山革命传统教育基地（全国团干教育培训基地）定为教学点，用于开展"红军的一天"体验式教学，以体验"红军的苦与乐"，其中就包括吃

"红军餐"。全村共有 46 户条件合格的家庭，被确定为"红军餐"接待点，包括 10 户贫困户。

曾经的贫困户李籽林家也是接待点之一，6 月 16 日，他家接待的是南昌交通集团的一批团干部。上午 9 点，学员们在雨中抵达坝上村，他们头戴红军帽、身着红军服、肩挎红军枪，通过走小道、寻找藏在山林里的各种图标，逐一体验红军当年的急行军、挖草药、找情报等情景。

中午 11 点半，开始进入"红军餐时间"，27 名学员被平均分到 3 家。对农户来说，做"红军餐"不需争抢客源，都由红军餐理事会提前派单，每户每天只做一桌，46 家轮流，如果轮到的农户不能接待，则自动顺延到下家。

七菜一汤是"红军餐"的标配，李籽林接到通知买好菜后，妻子上午先将"硬菜"如红烧肉等做好，其他的事情由学员们自己动手，包括择菜、洗菜、下厨，以及饭后洗碗。

吃一顿"红军餐"，每个学员要向理事会交 33 元伙食费，扣除税额及理事会的成本，给到李籽林手中的是 30.8 元，刨去成本，他能挣 15 元左右，2016 年，李籽林家共接待学员 856 人次，收入过万元。

坝上村委会主任金齐兴说，村里从 2012 年开始接待，第一年吃"红军餐"的只有 3000 人，2016 年已达 4 万人。

去坝上村吃"红军餐"的学员激增背后，是整个井冈山红色培训业务的"井喷"。2013 年，井冈山成立红色培训发展领导小组。"红培办"向南方周末记者提供的数据是，2014 年井冈山共举办培训班 2157 期，培训学员 12.9 万人，到 2016 年已举办 4948 期，培训 29.26 万人，每年以 45% 的速度在增长。

红色培训的"井喷"可以理解，令井冈山干部教育学院副院长张贵民感到意外的是，一些民营机构也开始有"红色培训"需求，就连澳门博彩公司也到他们那里设立了爱国主义教育培训基地。

井冈山现有三百多家干部培训机构，4 家主力分别是：中组部的中国井冈山干部学院、江西省委组织部的江西干部学院、团中央的全国青少年井冈山革命传统教育基地，以及井冈山市属的井冈山干部教育学院。

"红培办"掌握的情况是，主要培训机构现在基本上都处于饱和状态，人均在山培训时间5.5天。按照人均每天450元培训费用估算，2016年培训费给井冈山带去的收入是7.2亿元。

不过对井冈山来说，发展红色培训还有另外的目的。"我们有意通过抓红色培训来发展红色旅游。"井冈山管理局旅游处有关负责人告诉南方周末记者。每个学员的培训费中就包含了一张190元的井冈山景区门票，源源不断的学员也带火了旅店业，不到17万人的井冈山，已有140多家宾馆，包括5家四星级酒店和9家三星级酒店，总床位数达1.8万余张。

在"红色旅游"引领下，井冈山的生态旅游、乡村旅游方兴未艾，2014年以后，井冈山的旅游收入节节攀升，年收入从2013年的68亿元增长到2016年的121亿元。

井冈山旅游让不少贫困户从中受益。2016年，井冈山4638户贫困户中，从事旅游业的超过1000户，户均年增收1万余元。"旅游扶贫"已被列为当地扶贫工程之一，打出的第一张牌就是"红色"。

头号政治任务

井冈山总结当地"旅游扶贫"经验时，提到了"充分利用革命摇篮、习近平总书记和李克强总理视察井冈山的品牌效应"。

习近平曾三上井冈山，前两次分别在2006年和2008年，第三次也就是2016年的那次考察，是井冈山脱贫攻坚战的一个重要节点，他提出了"井冈山要在脱贫攻坚中作示范、带好头"。李克强也曾于2009年上过井冈山。

2016年2月2日，在漫天飞雪中，习近平沿着弯弯的山道，来到了黄洋界脚下的神山村。此村四周高山环拱，是井冈山最后一个通水泥路的村庄，也是106个行政村中贫困程度最深的一个，全村只有54户，但建档立卡时贫困户就占到了21户。

"没想到总书记到我家来了。"住在山顶上的贫困户彭夏英记得，那天是农历小年，习近平给她家送去了花生、大米、红枣和油，还拉了二十多分钟的家常。习近平离开后，彭夏英家堂屋内一直保持着当时的原貌没动：四条板凳围着一张八仙桌，破损的水泥地坑洼不平，斑驳的墙面上，还贴着 2 年前的年画。

习近平之行让此前寂静无闻的神山村声名鹊起，2016 年春节后游客蜂拥而至，一些是为了欣赏沿途风景的自驾者，大多数则是在井冈山学习、考察的党政干部，据统计去年神山村共接待游客 98000 人。

这让村民们看到了机会，20 家由此做起了"旅游业"，他们打糍粑、卖土特产，开农家乐等。彭夏英家去年做筷子、竹篮等工艺品的收入超过了 1 万元，她已出嫁的女儿也回到村里，租用娘家正屋边上的几间房子开了一个农家乐，一年租金 3 万元。"因为总书记到我家吃过茶点。"彭夏英说她女儿农家乐的生意很好，去年纯收入超过了 10 万元，而南方周末记者走访的另外几户农家乐，年收入都在 1 万元上下。

2016 年，彭夏英家的"入股分红"有了大幅提高，市财政去年给神山村贫困户的帮扶资金经过整合，从每户最高 1 万元提高到每户 22000 元，入股合作社仍保证 15% 的年收益率。之前，彭夏英家是"蓝卡"户，每年的分红是 750 元，去年年底分红时，增加到了 3300 元。

神山村现有两个合作社，分别由引进的两家企业牵头组建，一个是井冈红茶叶公司牵头成立的茶叶合作社，通过土地流转承租了 200 亩茶园。井冈红公司副总经理邓国平说，他们公司是当地龙头企业，董事长有回报家乡之心，即便收益不到 15%，也会按此比例给贫困户分红，"签协议时已作公证"。

"多管齐下，收入大幅增加。"神山村党支部书记黄承忠介绍，2016 年神山村贫困人口的人均收入从 2400 元增加到 7700 元。

贫困户的腰包鼓起来之前，通往神山村的山路先变宽了。2005 年通车的进山公路之前宽仅 3.5 米，加上两旁都是悬崖峭壁，会车困难。2016 年春节后，不仅路被拓宽到 4.5 米，还修了三十多处会车点。"这些都是各界为支持村里发展而帮扶的结果。"黄承忠说，去年村内还增添了 13 盏路灯，并新修了停车场、公厕，新建了污水处理系统。

神山村一年巨变的推动力量是，各方支持井冈山脱贫攻坚的力度在加码。井冈山在过去一年"牢记嘱托，把脱贫攻坚作为第一号工程和头号政治任务来抓"。上级吉安市则"举全市之力支持井冈山率先脱贫"，专门就"贯彻落实习近平总书记重要指示"下发了文件。

吉安市的领导们，每人负责帮扶井冈山1个乡镇。126个市直单位帮扶井冈山所有行政村。此外，井冈山还下派了106名市直单位的干部，担任井冈山全部106个行政村的第一书记，他们吃住在村，每月驻村时间不少于20天。

在吉安市级层面的强力推动下，吉安各市直单位和帮扶干部，去年投入到井冈山的帮扶资金和物资折款5634万元，帮扶项目645个，加速了井冈山脱贫。

2016年，江西省挂点扶贫井冈山的领导级别也有提升，之前一直是省委副书记挂点，去年开始由省长挂点。

"仅靠本市财力犹如杯水车薪"

井冈山市委书记刘洪在《井冈山脱贫攻坚的实践与思考》一文中写道：井冈山脱贫难度大，仅靠本市有限财力犹如杯水车薪，"没有党中央对老区真金白银的关怀给力，没有中央、省、市各级各地的倾力支持，井冈山的率先脱贫绝不可能实现"。

过去一年，中央、江西省及吉安市向井冈山转移支付了12.05亿元，井冈山整合的各类扶贫资金达到4.27亿元。

尽管是贫困县，但有国家支持，井冈山的基础设施并不落后。2005年成立的井冈山管理局，承担重大接待以及井冈山旅游规划等职能，管理局相关人士告诉南方周末记者，国家级培训机构井冈山干部学院在2005年成立后，使得井冈山作为一个县级市，少有的迅速发展起了铁路、高速公路、航空兼备的立体交通网络，2005年，井冈山还修通了国内第一条通往景区的高速公路。

井冈山不仅能得到上级的更多支持，还争取了大量社会资金。江西省内的江铜集团捐资就1亿元，用于完善老区基础设施，助力脱贫，省外的华润集团也捐款 1.2 亿元建设了罗浮华润希望小镇。据统计，近年来井冈山争取到的各类社会帮扶资金已有 4 亿多元。

"红色热土是我们脱贫的优势之一。"井冈山市副市长兰胜华说，在社会各界的扶持下，当地的基础设施已经不错，加上自然资源也比较丰富，只要激发内生动力，脱贫奔小康没有问题。

激发内生动力的措施之一是，井冈山已启动产业扶贫，力争让贫困家庭实现"四个一"：每家都有 1 丘茶园、1 块竹林、1 亩果园、1 人务工。为了这"四个一"，井冈山市提出，贫困户发展毛竹达到 1 亩以上，每亩奖励 1000 元，发展猕猴桃超过 1 亩的每亩可奖励 3000 元，非贫困户则要发展到 5 亩以上才有奖补。

同时，当地也在尽可能为贫困户创造就业机会，新城镇新城村的谢兆红患有鼻癌，在享受了"健康扶贫""安居扶贫"等政策后，还被安排到附近一个陶瓷厂，从事简单的压土坯子工作，每月收入两三千元，他智力低下的老婆也在这家陶瓷厂给瓷器贴花，每月能挣 1800 元。

除了企业，井冈山还在全市开发了 857 个村组公益性岗位，吸纳了 2694 名贫困人员就业。新城镇新城村在每个自然村都安排了一个到两个公益性岗位，村支部书记刘俊良说他们优先聘请贫困户当保洁员和生态护林员。

"扶上马，送一程"

2017 年初，井冈山迎来了脱贫攻坚的关键时刻，国务院扶贫开发领导小组委托的第三方机构，开始对井冈山进行"摘帽"评估。

评估组最终测算出井冈山的贫困率为 1.6%，比井冈山上报的 1.17% 高出了 0.43 个百分点。井冈山市副市长兰胜华对这一误差的解释是，他们有错退的，一些住房面积、收入水平还没有达到脱贫标准的贫困户被退出了，另外还有 1 户贫困户，在建档立卡时没被纳入，被发现了就是"漏评"。兰胜华说评估组"非常认真"，即便贫困率是 1.6%，也达到了"2% 以下"的脱贫要求。

已宣布脱贫的井冈山还有贫困人口 1417 人，当地计划到 2018 年底使贫困率降到 0.5% 以下。

实际上，剩下的贫困人口中有些人已经符合脱贫条件，只不过是被"预留"起来了，没有申报脱贫而已。袁文才的女儿袁华香就是被预留下的贫困人口，97 岁的袁华香现居茅坪乡坝上村，和 74 岁的儿子李楚臣相依为命。

作为烈士后代，他们娘俩每年还有 1 万多元的抚恤金，加上养老金、各种慰问金，收入已经超过贫困线。"担心他们被甩掉之后又要返贫。"坝上村村委会主任金齐兴说，一旦宣布脱贫两人每年 6000 多元的低保金可能就没有了，所以 2016 年就没让他们申报脱贫，打算继续帮扶一段时间，"计划"在 2018 年让袁华香一家脱贫。

算上袁华香家，坝上村共预留了 2 户没有脱贫，13 公里外的神山村也预留了 1 户，这样的做法在每个乡、村都存在，目的是减少返贫。

"脱贫摘帽不是最终目标。"井冈山市副市长兰胜华强调，最终目标是要让老区人民过好幸福的生活。"扶上马，送一程"，按照中央这一要求，今年 4 月，井冈山又制定了脱贫攻坚的巩固提升意见，他们要打造"红色最红、绿色最绿，脱贫最好"的"井冈山样板"。

毕节：脱贫试验三十年，"核聚变"如何发生 *

> 2012 年，习近平总书记在河北考察扶贫开发工作时指出："贫困地区发展要靠内生动力，如果凭空救济出一个新村，简单改变村容村貌，内在活力不行，劳动力不能回流，没有经济上的持续来源，这个地方下一步发展还是有问题。"

一双八块钱的皮鞋，几乎断送了白友邦的前程。

1988 年，毕节地区黔西县林泉镇中学初二学生白友邦，买下了那双他心仪已久的皮鞋，代价是一个学期的学杂费。

那是一双黑色的皮鞋，他请修鞋师傅在脚底钉了两块铁皮，好让自己走路时发出"踢踏踢踏"的声响。穿上这双鞋，他觉得自己太神气了。

在当时温饱问题还没解决的海子村，白友邦是村里第二个穿上皮鞋的人，另外一个人在供销社上班，也是村里唯一一拿工资的人。没钱交学费的白友邦被父亲一顿痛打后辍学回家，成为左邻右舍教育孩子的反面例子。

在家无所事事几年后，他加入了南下打工的队伍。凭借聪明和干劲，很快在东莞一家工厂立住脚。

2010 年春节，白友邦回老家过年。一身西装，皮鞋擦得锃亮，别在腰间的手机露在外面，把音量调到最大，一如当年用学费换皮鞋那般神气：他想告诉过去说他闲话的村民，自己在外面混得还不错。

这时，村里不少人家盖了砖房，大多数青壮年都在外面打工，有些田土荒芜了。到了晚上，村子显得格外寂寥。

白友邦突然没了"衣锦还乡"的兴致，他很失落，也很困惑。

---

* 本文首发于 2018 年 11 月 22 日《南方周末》，原标题《贵州毕节脱贫试验三十年，"核聚变"如何发生》。作者：南方周末记者叶子幸。

村民潜能释放

再次回到村里，白友邦的身份是黔西海明多肉植物园的技术总监，数十个大棚里种满形态各异的多肉植物，其中最贵的一盆，有人出价3000元。

2018年11月14日，白友邦正忙着指挥工人，小心翼翼地给多肉植物浇水。看见南方周末记者一行"不速之客"，白停下手中活路，热情地迎上来握手。眼前这位中年男子晒得黝黑，手上皱纹和十指间淤积的黑泥腻在一起，让人觉得很难再洗干净——他已经是一个标准的农把式了。

"种植多肉植物在整个毕节市就我们一家，贵州目前也只有两家。"白友邦说。他除了主管这片产值数百万元的多肉植物园外，还同时负责附近数十个食用菌大棚的技术指导。

公司董事长和创办者是白友邦的弟弟白海。2016年，服装批发生意做得风生水起的两兄弟，相约回到老家，开始种植多肉植物的尝试。兄弟俩一个负责投资运营，另一个负责技术和生产。

白友邦说，在外面打了近20年的工，也算见识了不少地方，和外面发达地方的乡村相比，老家显得萧条。这几年随着脱贫攻坚的推进，外地人来到村里投资兴业，作为本地人，更是希望参与家乡建设。

自2012年开始，白氏俩兄弟就开始谋划，如何把在外面看到的好东西带回老家发展。一次偶然的机会，他们在云南昆明发现有人专门种植多肉植物，销量非常好。

认定市场前景后，白友邦放弃了原来熟悉的服装批发，关掉门面跑到多肉植物专业种植园学技术。"核心技术人家也不愿教，我就找书看上网查。"白友邦说，通过一边摸索一边试验栽种，逐渐摸清了门路，掌握了多肉植物的脾性。

学到种植技术后，白氏兄弟第一时间回到老家，通过土地流转，投资农业大棚，引导乡亲们加入合作社，一起发展花卉种植。两年时间，白氏兄弟的多肉植物已经初见规模，多肉植物园常年用工 6 人。

兄弟俩发起成立的食用菌合作社，采用"公司 + 农户"的模式，由公司提供食用菌棒和技术，农户种植成熟后，由公司回购。"目前食用菌种植的合作农户有三十余户，当季产量有十万余斤。我们能得到快速发展，要感谢现在的好政策。"白友邦说。

白友邦提到的政策，是毕节市 2015 年制定的"雁归兴毕"计划，按此计划，要积极承接东部地区产业转移，鼓励在外成功创业的农民工，将适合的产业转移到家乡发展。正是在"雁归兴毕"计划引导下，许多返乡农民工围绕美丽乡村、产业园区、小城镇、现代高效生态农业、特色农业板块建设发展方向，发展乡村旅游、生态经济、林下经济等特色生态农业，促进农村一、二、三产业融合发展，加快农村同步小康进程。

走进海子村，原生态村落、现代有机农业及观光体验、山体精品水果观光种植区、经果林中药材种植区……令人目不暇接。这个曾经连吃饭都成问题的穷困村庄，如今已成为具有行、住、食、娱、购、游功能于一身的田园综合体，成为吸引城里人寻找乡愁的好地方。

从人口到人力资源

历史仿佛开了一个玩笑，那个几乎毁掉乡村耍酷少年白友邦前途的"皮鞋事件"，某种程度上也成全了他的现在。因为在 1988 年，发生了一件改变毕节发展轨迹的大事件，并最终和他的人生际遇息息相关。

30 年前，贵州毕节因一场特殊的试验被人们关注——人口膨胀、生态恶化、经济贫困使这个地区陷入了严重的生存困境。能否主要依靠自己的力量，突破"越穷越生，越生越垦，越垦越穷"的恶性循环？经国务院批准，毕节成为开发扶贫、生态建设、人口控制试验区。

在毕节试验区建立之初，毕节各级各地把劳务输出作为缓解人口压力、发展地方经济的主要措施之一。在这一点上，彼时刚成年的白友邦有着切肤之痛。

"我们兄妹 5 人，只有一个姐姐，分家后根本吃不饱饭。"白友邦说，按照当地习俗，子女成婚后就要分田地，由于白家子女多，几兄弟能分的土地很少。

辍学后的白友邦不得不加入打工的人群中，成为毕节地区较早一批涌入沿海城市的农民工。

为适应毕节试验区经济社会发展对劳动技能型人才的需求和高质量输出劳动力的需要，抢抓试验区新一轮改革发展的机遇，毕节大力推进职业教育向规模化、集团化和专业化发展，加快实现从人口大区向人力资源大区的根本性转变。

在此背景下，毕节于2009年开始筹备成立"毕节职业教育城"，这是毕节试验区将800万人口大市转变为人力资源强市的重大战略举措，是决战贫困、提速赶超、同步小康的关键一环，也是服务毕节千亿级工业经济走廊、服务黔西北产业转型升级提供人才支撑的重大平台。

位于毕节市金海湖新区的职教城，总用地面积10.82平方公里，包括毕节职业技术学院、毕节医学高等专科学校等6所公办职校整体搬迁入住，师生近4万人，是为毕节市建设发展输送实用型专业人才的重要基地。

"立德树人，校企同心同行育工匠；职教扶贫，师生创新创业奔小康。"谈起办学理念，毕节职业技术学院副院长杨慧说，作为试验区唯一一所综合性高职院校，时代赋予他们的使命光荣而重大。

毕节医药高等专科学校副校长王景舟介绍，实践证明"职教一人、就业一个、脱贫一户"。学校有针对性地调整招生计划，把招生政策向贫困家庭和贫困地区倾斜，学校10000名学生中有近三分之一属于建档立卡贫困家庭子女。针对贫困地区缺少基层医生的情况，学校定点定向培养了一大批乡村医务工作者。

与此同时，为促进农民工返乡创业就业，从2015年到2017年，毕节全市引导16.3万农民工返乡创业就业；按照"雁归兴毕"计划，到2020年，毕节市将累计引导32.6万人返乡创业就业，组织开展各类培训23万人次以上。

家门口的神话

吴琴不会想到，她会在家门口上班。5 年前，家门口还是一片放牛的荒坡。这位 25 岁的姑娘更不会想到，她还能从普通工人成长为一家科技公司的技术研发骨干。

与 30 年前白友邦尴尬的辍学经历相比，金海湖新区"90 后"女孩吴琴的生活没有那么多波折。但在衣食无忧中度过童年的吴琴，也有自己的烦恼和苦闷，那就是父母在她很小的时候，便去浙江打工。直到现在，一家人依然是聚少离多。

好在吴琴乖巧懂事，高中毕业后，她考进贵阳一家职业学校学习会计。"我原打算一毕业就去外省打工，跟我的父母一样到处漂泊。"

2011 年，吴琴的家被划入金海湖新区的版图，新修建的一条条隧道和一座座桥梁，让乡村与城市的距离拉近、界限打破。吴琴这才发现，原来自己放牛的偏野荒坡，距离城市就是一个山头。

吴琴毕业时，那块熟悉的荒坡，变成一个千亿级高新技术产业聚集区。作为当地村民，她被优先招聘到新区小坝工业园一家新能源企业，在家门口上班。

这个现代化工业园区，定位于锂电池及相关材料生产，以电芯为中心，逐步引进上游正负板材料、隔膜、电解液四大材料企业，以及下游锂电池消费品企业和与之关联的变压器、充电头、注塑等企业，打造锂电池上下游产业链，建设百亿级锂电池产业园区。

对吴琴来说，实现在家门口上班只是她人生转变的一个开始。勤学肯干的她熟练掌握了各种技能，得到公司领导的认可，把她从生产一线调入公司技术研发部，成为一名技术研发员。

短短 3 年时间，吴琴完成了从一名普通工人到公司研发技术骨干的跨越，如今她已经成为 6 人组成的研发团队的组长，而其组员都是本科院校毕业。

随着锂电池产业集聚效应初显，产业链逐渐完善。金海湖新区小坝工业园围绕以贵航新能源电池生产为代表的锂电池产业链，成功引进锂电池产业项目 23 个，投产 17 个，日产各类锂电池 120 万只以上，2017 年实现工业产值 17.8 亿元，发放工人工资三千余万元。

按照规划，毕节试验区打造国际一流的先进电池技术创新高地、人才集聚高地和产业发展高地的新区日趋成型，新区建设国家级经济开发区和"西部锂都""中国锂谷"的宏大愿景十分诱人。

提升内生动力是根本

30 年后的今天，毕节试验区取得突破性发展，成功摆脱了人口膨胀、生态恶化、经济贫困三大难题的困扰，走出了人口资源环境相协调的发展之路，取得了经济社会发展的重大成就。

在实现全面小康的宏大叙事下观察试验区的发展动力，那就是最广泛最充分地调动一切发展主体的积极因素，激发广大人民群众的创造活力。

清华大学社会科学学院职业教育与精准扶贫研究中心执行主任赵超认为，毕节试验区实现了变"救济式扶贫"为"开发式脱贫"，变"输血扶贫"为"造血脱贫"，变"物质扶贫"为"精神脱贫"，变"要我脱贫"为"我要脱贫"。2020 年脱贫攻坚全面告捷之日，不仅是贫困地区经济社会硬实力的提升，也是脱贫群众焕然一新精神面貌的软实力展现。

进入新时代，如何努力把毕节试验区建设成为贯彻新发展理念的示范区，这是重大的、极有意义的时代命题，试验区将继续孜孜以求不懈探索。贵州作为贫穷地区向贫困宣战的大胆探索和成功实践，即便是放在全国背景下，也有很强的现实意义。

丽水：减缓相对贫困的浙江样本 *

> 在低保户之外，丽水已在关注另一类人群：低保边缘户，其收入水平线是按低保户的 1.5 倍确定，一年是 13860 元——这是丽水认定相对贫困的第二条扶贫达标线。

95.2% 的土地面积属于生态环保区，不能开发、不能动。只有 4.8% 的土地面积可以发展生态农工业。这座浙江西南部城市——丽水市，虽因山区而得"华东生态屏障"之美誉，却也因山区贫瘠而成为省内经济欠发达地区。

钟汉民的家正是坐落于这片山林之间。家里四口人，年收入约两万元，在 2018 年 12 月被认定为"低收入农户"，属于"相对贫困"。

5 年前，浙江已经率全国之先，消除了人均年收入低于 4600 元（浙江标准）的绝对贫困现象，也同时进入减缓相对贫困的新阶段。

最近 5 年，丽水数次提高相对贫困的标准线，利用产业扶贫提升就业能力、易地搬迁让农民"从山上到山下"等多种渠道，积极探索减缓相对贫困。

2020 年是脱贫攻坚战的收官之年，但之后，相对贫困依然存在。可以预见的是，丽水经验对全国减缓相对贫困现象具有重要的样本意义。

相对贫困的认定标准

像钟汉民这样被划定为低收入的农户，在丽水还有 7.2 万户。"丽水在浙江省范围内的相对贫困程度在逐渐地缩小。"丽水市扶贫办副主任沈元东向南方周末记者列举了一组数据。原本，丽水市景宁畲族自治县是浙江省的 3

---

* 本文首发于 2020 年 5 月 21 日《南方周末》。作者：南方周末记者贺佳雯，南方周末实习生彭思聪。

个国家级贫困县之一，而 5 个省级贫困县有 2 个正是在丽水。如今，丽水的相对贫困户数仅占浙江省的 12.88%。

在丽水，相对贫困户的收入达标线正在逐年提高。此前，丽水以人均年收入 8000 元来认定相对贫困。随着物价上涨和农户生活水平提高，2020 年，丽水最低生活保障的标准线是每人每月 770 元，一年就是 9240 元——这是丽水认定相对贫困的第一条扶贫达标线。

这一标准如何认定而来？沈元东称，虽然目前国家尚未公布相对贫困的标准，实际上各地已经开始自行探索。很多地方会将"低收入农户"归属于"相对贫困户"。

早在 2018 年 9 月，浙江省就制定实施《低收入农户高水平全面小康计划（2018~2022 年）》，其中明确指出，对低收入农户的认定，以家庭人均可支配收入为主要依据。按照上年当地最低生活保障标准的 1.5 倍或不低于上年当地农民人均可支配收入的 40% 确定收入标准线。

实际上，丽水认定相对贫困标准更早。丽水市扶贫办在消除绝对贫困的第二年——2016 年就做了一次调研，初步测算出当地低收入农户的年人均可支配收入已经达到了 9550 元。

因此，2017 年丽水就提出了"引领丽水全域在巩固消除绝对贫困的基础上持续减缓相对贫困"的目标，要求农民收入增长率每年在 10% 以上。

在低保户之外，丽水已在关注另一类人群：低保边缘户（即低边户），其收入水平线是按低保户的 1.5 倍确定，一年是 13860 元——这是丽水认定相对贫困的第二条扶贫达标线。这类人群已引起学界和舆论的关切：其人均收入比低保户稍高，无法被最低生活保障制度覆盖，得不到优惠政策扶持和教育、医疗、住房等方面的救助，有些人实际生活比低保户还要困难。

2019 年 11 月，浙江省发布《关于推进新时代民政事业高质量发展的意见》，其中明确要求，推进低收入农户和低保边缘家庭经济状况认定标准"两线合一"，使农村低保、低保边缘家庭享受扶贫政策。

在扶贫实际工作中，丽水把年收入低于 13860 元的农户，也纳入低收入农户对象，作为减缓相对贫困的帮扶对象。

沈元东解释，相对贫困是一个相对概念。一般认为，按全民收入40%左右计算，是一个相对合理的标准。2019年，丽水市的全民收入水平是35450元，40%即为14180元。这与确定下来的第二条达标线13860元是基本一致的。

参与认定这一标准的丽水市扶贫工作专班成员、丽水救助管理站副站长沈绍春向南方周末记者介绍，曾有人质疑这条达标线设定太高可能"养懒汉"。沈绍春解释，770元是有杠杆衡量的，采用的是"补差额"的方式，先计算出相对贫困户已有的收入，不足770元的部分再由政府补差，而不是全额补贴。另据丽水物价水平来考量，一人每月770元也只够基本生活支出。

"跟着政府"找出路

有了认定标准后，丽水市扶贫办发现，丽水市的相对贫困群体有着"三高两缺"的特点。首先老年人占比高，60岁以上老年人约占一半。其次因病因残致贫比例高，因病致贫占48.95%，因残致贫占19.83%，二者加起来占68.78%。再者，相对贫困群体要求救助比例高。调查显示，高达84.74%的低收入农户要求通过救助解难措施来帮扶。

最后，这一群体缺劳动力、缺能力。缺少劳动力、缺生产技能，是因病因残之外，导致相对贫困的重要原因。

钟汉民的妻子患有精神疾病，儿子在外务工，但夫妇俩还要供一个女儿读大学。钟汉民虽然具有劳动力，但不得不常年在家照顾妻子。每年给妻子看病还要花费不少，仅药费每月就得花400元。

54岁的钟汉民的情况属于"低边户"。被认定为相对贫困后，他"跟着政府"找出路。

"九山半水半分田"是丽水的生态资源禀赋。钟汉民所在的青田县巨浦乡西坑村有577亩耕地，大多数处于丘陵地区，农业生产效益差，导致很多农田抛荒。

2019年春天，为减缓相对贫困，村里聚焦产业扶贫，推行"贝母+稻鱼共生/旱粮"轮作种养的"西坑模式",为村民增收。

钟汉民也入了股,在家门口干活。如今这时节,他天天忙着挖贝母——一种可供药用的草本植物。

"一块土地,充分利用。贝母从11月长到次年5月底就收获了,6月初种下水稻,正好10月收成,这期间还能养鱼,效益最大化。"巨浦乡党委书记黄晓彬对南方周末记者说。

青田稻田养鱼有1300多年的历史,青田先民利用田地种植水稻,同时养殖鲤鱼,培育了极具地方特色的鱼种"青田田鱼"。青田稻鱼共生系统在2005年6月被联合国粮农组织列为首批全球重要农业文化遗产(GIAHS),也是中国的第一个GIAHS。

如今,这一系统用于产业扶贫,外部性成本如种子、种苗等由政府埋单,低收入农户只要出人出力,销路也由政府来解决。

黄晓彬坦承,一开始找销路确实是个难题,后来县政府也帮着想办法。稻鱼米采取定制模式,由县里一家公司提要求,农户按要求种植,公司全部收购。贝母方面,也联系上了一家公司收购,且收购有保底价。如果市场价高于保底价,就按照市场价收购;如果市场价低于保底价,就按照保底价收购。

钟汉民掰着手指头算了下,2019年包括开荒劳动收入和其他劳务收入、合作社稻鱼米及旱粮种植收入、政策补助收入加起来有5万元,比往年增加了两三万元。

沈元东说,这些年,丽水给相对贫困户想的路子包括产业扶贫、下山搬迁等多达十来条。连续多年,丽水低收入农户收入增长率均在10%以上,2019年实际增长率高达14.5%。

设立专班"两线合一"

沈元东所在的扶贫办和沈绍春所在的民政部门最近刚完成的一件事是"两线合一",即"统一一个标准扶贫,合计一张扶贫对象名单"。

此前,国务院扶贫系统对低收入农户的认定和浙江省民政系统对低保低边户的认定是两套标准。到地方上，两套标准认定出来的扶贫对象就会不一样。

2020年春节后，丽水市政府着手成立扶贫工作专班，首先重点落实"两线合一"。专班成员单位不仅有扶贫、民政两大系统，还将教育局、医保局、残联等涉及扶贫工作的单位都纳入。

这种"合力"在当地是前所未有的。沈元东说，相比于中西部地区，浙江投入扶贫工作的队伍和力量较少。现在能把"局内人"和"局外人"组合起来，力量肯定更强大了。

实行"两线合一"后，标准以民政系统制定的为准。"因为我们是找最困难的那一批人。"沈绍春解释，"与其力量分散到不同的部门，还不如就大家一起成立一个专班，集中政策集中优势，扶好那一批人。"

信息不通畅，是扶贫工作专班要解决的第二大难题。

用沈绍春的话来说，第一次专班成员聚在一起开会，大家都有很多"惊讶"，主要原因在于，之前各单位都是各自埋头苦干，并不了解其他单位可能也在做同一件和扶贫相关的工作。

沈绍春举了一个例子，他身处民政部门，民政部门又是社会救助联席会议牵头单位。虽然之前也知道教育部门也有开展救助工作，但等到大家坐下来开会时，他才知道残联对残疾儿童也有教育救助，救助比例比教育部门还高。

"唉！你们这里还有这么一个政策的，这个政策跟我好像有重复。"沈绍春回忆，当大家各自介绍扶贫工作的时候，互相之间都有一种彼此重新认识的感觉。

联系最紧密的还是沈绍春和沈元东。"扶贫办有扶贫开发领导小组，社会救助有联席会议成员单位。扶贫工作中也有很多共通点，"沈绍春说，"现在我们到基层调研，都是一起的。"

而残联可能是和各成员单位重复政策最多的一家单位。因为只要涉及保障残疾人利益的方面，残联都有政策。

政策重复可能带来的一个问题是，有些人叠加享受了政策，可能变保障为福利。

现在，专班成员单位正在把各自的扶贫对象都捋一遍，扶贫理由相同的尽量统计到"一张名单上来"。

在此基础上，丽水已经在思考 2020 年之后，如何建立减缓相对贫困的长效机制。沈元东认为，第一件事还是要全面排查扶贫对象。"标准线要依据实际情况有所提高。"

聚焦每一类困难群体

扶贫车间里的女人们*

有一次，朱爱青送女儿上学。女儿非要拉着她进教室，一个个同学介绍过去，"这是我妈妈。"她顿时觉得"心酸"。

"老百姓没经历过价格大幅波动这种事。去年同期收购价是 23~25 元，如果今年一下子掉到 17 元，他们接受不了，可能就把桑树给挖了，不养蚕了。"

"做生意来讲，经济不发达的地方，更有商机。"

外出打工的朱爱青回来了。

2019 年，她还在广西南宁一家耳机厂做车间主管，每月能赚八千多元，

* 本文首发于 2020 年 5 月 21 日《南方周末》，原标题《扶贫车间里的女人们：进过城市，做过苦工，她们选择回家》。作者：南方周末记者高伊琛。

回到百色市隆林县，这个数字降至三千多元。

隆林在滇黔桂交界，居住着苗族、彝族、仡佬族、壮族等少数民族，是集"老少边山穷库"于一身的国家级贫困县，也是全国 52 个未摘帽贫困县之一。截至 2019 年底，全县尚有 10 个村 2219 户 7829 人未脱贫出列。

朱爱青回乡是为了女儿。

去年，女儿三岁，上了幼儿园。有一次，朱爱青碰巧回了家，便送女儿上学。女儿非要拉着她进教室，一个个同学介绍过去，"这是我妈妈。"

她顿时觉得"心酸"，决定回来。

女人们回乡就业的理由大抵相似，"能有一份工作，能待在家里陪小孩、陪老人，已经很满足了"。2020 年 5 月 14 日，朱爱青对南方周末记者解释。

她的新工作还是车间主管，地点是隆林扶贫车间，设在城西的轻工业区。扶贫车间的建立目标是促进建档立卡贫困家庭劳动力就近就地就业。

隆林县人社局就业服务所提供的数据显示，扶贫车间带动就业人数 984 人，其中贫困劳动力 209 人，易地搬迁劳动力 55 人。留守妇女是扶贫车间的就业主力，占就业总人数的 74%。

一块显眼的红色横幅挂在朱爱青所在的工厂外墙，"就业不用去远方，家乡就是好地方"。

返乡的年轻人

朱爱青所在的达江电子专做马达与小风扇，前者发向广东，后者销往东南亚。

厂门口贴着一张 4 月 28 日的招工启事，产线普工底薪 2000 元，加班费每小时 12 元。算下来，工人们一周六天班，每月平均挣三千多元。

这家工厂有近二十个贫困户。招工时，别的正式工要在"38 岁以下"，贫困户则放宽到 55 岁。

春末开始，风扇热销，流水线常常热火朝天工作到晚上 8 点。5 月 14 日 17：40，有工人来请求提前下班，"我要去买冰箱，今天这个时间可以（走了）吗？"

朱爱青嘴上怪他没"提前说",但还是把人放走了。"人家来这里上班,选择一份收入没那么高的工作,本来就是为了照顾家里。人家家里有事,你就得批。"她解释。

这也是她自己回乡的原因,将心比心,便多了一份理解。

过去在南宁工作时,每个月回家,单程要五个多小时,即便搭大巴,路费也超过 190 元。在隆林当小学老师的丈夫经常开车去接她。

隆林县民风传统,回乡的人常常奔走于家庭事务,逢家族中生老病死、婚嫁节日,都要请假回家料理。"这里请假特别多,比如家里有人过世,最少得请一个星期,多的话是半个月,不可能不批,"朱爱青说,"每天都有十几二十个人请假,所以我用 90 个工人,必须备到 120 个。"

工人总数在增多。朱爱青 2019 年 12 月入职时,厂里只有七八十人,现在已经超过 120 人。其中有一些,是受到新冠肺炎疫情影响,在外地无处可去的人。

年轻姑娘何雨就是其中一个。她原本在广东一家制鞋厂打工,今年,她从主管和老板处得知,订单大减,过去也没活干,只得在家门口找了新工作——在扶贫车间的昌隆服装公司做制衣。

40 岁的朱开艳刚来没几天。她是个新手,南方周末记者见到她时,她正将小学校服前襟的两张布片车为整体。"质量很好的,做工也很细致的。"她边车边说,动作不快,"做不好要返工,一定要到位的"。

朱开艳在云南、四川、广东、福建都打过工,还在桥梁工地做过"苦工",搬搬抬抬,多的时候能挣七八千元,"能挣钱的我都做"。尝试了几天新工作,她尚算满意,"也可以,熟手的话,一个月挣三四千元"。

针对这批新进工人,隆林县政府给出了"以工代训"技能培训补贴。2020 年 2 月起新进的生产一线工人,可以得到每人每月 500 元补贴,以推动员工通过在岗实践提升技能。

信息栏上张贴的四张招工告示中,达江电子与昌隆服装两家公司都写明,招聘对象为"贫困户",且强调"免费培训,简单易做"。

扶贫车间的工作大多如此,没有技术含量,主要以勤致富。

四十多岁的女工王婷麻利地将校服裤子套在缝纫机上，为裤腰车边，头也不抬，几秒钟便车好一条，丢在面前的"裤山"上。

4月，她仅凭服装计件就挣到3855元，空闲时间还去口罩厂帮工，也有576元收入，再加上133元加班费和300元满勤奖，月工资总数接近五千元。

不过她是特例，服装厂一百二十多名员工中，工资超过四千元的只有三人。

隆林县人社局就业服务所负责人廖碧珍告诉南方周末记者，目前全县有9家扶贫车间，大多是厂房式，其中两家是2020年4月刚刚认定的。根据规定，带动贫困劳动力5人以上，支付年劳动报酬6000元以上，正常经营6个月以上，即可认定为扶贫车间。

今年，这些簇新的厂房附带一项"福利"，连续3年免租。

疫情期间，当地还给出了六项农民工就业扶持政策。其中，在2020年3月31日前复工复产，并于6月30日前吸纳贫困劳动力就业的扶贫车间，能得到2000元/人的带动就业补贴，这比以往翻了一番。而在2~6月赴区外务工，或在扶贫车间、企业就业的贫困劳动力，能得到每月300元稳岗补贴。

"开工了，不可能让工人停下"

扶贫车间的主要受益人是留守妇女。

根据隆林县人社局就业服务所2020年3月的数据，留守妇女是扶贫车间的就业主力，占就业总人数的74%。其中，高凤服饰所有员工都是农村留守妇女，厂房设在新州镇含山村大树脚屯，专门生产少数民族传统服饰。

村里的男人几乎都前往广东、浙江等外省务工，妇女主要在家照顾老人和孩子。

大树脚屯有一百多户人家，现有54人在高凤服饰工作。

这是一家前身为小家庭作坊的企业，1992年就已经开在含山村里。同村妇女不断加入，作坊规模扩大，后来到县城开了店面，在县城陪读的母亲们会去领手工，以补贴家用。

如今，这家典型的家族企业已经在广西拥有三间店面、贵州有六间，面向的是少数民族对传统服饰需求的小众市场。

"最少是人手一套，有些人一年可能要好几套，出席不同的场合要新的款式。"该公司负责人杨倩霏说。

这是南方周末记者接触到的扶贫车间里受疫情影响较大的一家。疫情期间，所有节庆、嫁娶活动停止，需求骤减，货量积压，尽管公司在 3 月 16 日已复工，但收入比往年少了一半。

为了自救，不得不全体减薪。管理层每人减半，降了 3000 元；在车间坐班的缝纫工，工资由 2800 元降到 2000 元；做手工的员工不再坐班，由专人配送至村民家中完成绣、染、钉等步骤，按加工量支付酬劳。节省出来的坐班费用，是每人每月 500 元。

减薪或裁员，都为了减小疫情影响。嘉利茧丝绸的老板杨旭栋将 135 名员工裁至 126 名。他采取的方式是持续生产，积压货品，实际订单销量只占产量的 1/4。

"我这种情况，支撑到 9 月左右应该没问题，但再往后可能就有点吃力了。"他坦率地说道。

杨旭栋的家族在浙江做绸布生意，他的蚕丝公司入驻隆林后，开始育桑苗、饲养小蚕、收购蚕茧、生产蚕丝，成为家族企业的上游供货商，向浙江运输丝线，成品销往意大利和法国。

一开始复工时，他"信心满满"，那时国外疫情并不严重，2 月 19 日至 3 月 5 日仍有订单。后来，意大利封国，"开始没有销路了，但已经开工了，不可能让工人停下"。

对杨旭栋来说，在隆林办厂，最有吸引力的是当地政策。自 2013 年他的蚕丝企业入驻，隆林县开始发力种桑养蚕，投钱扩大种植面积，向种植户提供优惠政策，帮助修建厂房。种桑养蚕受到鼓励，农户积极性被调动起来，他的公司也有了货源。

杨旭栋小心翼翼维护着这种积极性。今年隆林县新种的桑树有 28000

亩，受到疫情影响，外地蚕茧收购价降到了 16~17 元，而他仍将收购价维持在最高的 20.5 元。

"在隆林，这个产业是新的，老百姓没经历过价格大幅波动这种事。去年同期收购价是 23~25 元，如果今年一下子掉到 17 元，他们接受不了，可能就把桑树给挖了，不养蚕了。"杨旭栋说，这是他选择保底价收购的原因。

在贫困县里，一个成熟的扶贫车间，不仅仅是带动贫困劳动力就业。

改做口罩的服装厂

你能轻易辨认出扶贫车间——"精准施策易地搬迁安置奔康结硕果"一行大字刷在厂房楼顶。从隆林最大的易地搬迁安置点鹤城新区步行十分钟能到达这里的各个工厂。

鹤城新区如今住了三千多户，一万多人。他们从全县 16 个乡镇易地搬迁而来，也是扶贫车间主要的目标对象。

根据要求，扶贫车间优先安排易地搬迁安置点的贫困户，或全县其他建档立卡贫困户，并对具体数据有所要求——贫困户须占用工总数的 10% 以上。

"我们鼓励他们去扶贫车间就业，都是做电子零件、服装这些的，只要勤快，新手都能胜任。"廖碧珍说。

介廷乡那桑村的郑文武一家搬进了鹤城新区的三室一厅。他说，新区自来水供应还不稳定，老人住不惯，就跑到县城的妹妹家里。自己也经常在厂里洗澡，尽量回家就不用水了。

但总体而言，"在县城还是比农村好"。在村里时，他种稻谷跟玉米，仅够糊口，离婚后要照料老人孩子，更无暇外出打工，现在"打一个月的工，（赚的钱）够我在家种田吃一年"。

郑文武如今在昌隆服装当司机，一个月保底工资三千多元。

福建人黄东海的这家公司，是一众复产受阻的扶贫车间中少有逆势而上的。他开拓了新业务——生产口罩。

厂子 2 月便复了工。2 月 10 日，他接到广西壮族自治区防疫指挥部消息，公司被要求协助相关部门生产医用头罩和鞋套。在县政府支持下，他紧急召集工人，帮忙代工，并投入资金，将服装厂一楼改造为无尘净化车间，采购了 6 条口罩生产线和 60 套口罩耳带机，3 月初开始生产非医用口罩。

以此为契机，他的公司正式分为口罩与服装两厂。

5 月 16 口，他接受完南方周末记者采访，就动身去南宁寻找客户，打算开拓渠道，将口罩销往国外。

昌隆服装原先主做校服，黄东海早在 2009 年就来隆林扎了根。他考察过，隆林那时还没有校服厂，在这里办厂用工、用地成本低，当地政府也支持。

几年时间里，他的工厂几乎"承包"了隆林县 95% 的中、小学校校服，"做生意来讲，经济不发达的地方，更有商机"。

只是，今年 2~3 月，校服制作遭遇了瓶颈，布料、原材料、辅料和配件不能及时到位，"拖了差不多一个月"，产量大受影响。

黄东海说，布料大多订自广东、福建，受全球疫情影响，很多外贸企业特别是布料厂停减产，国内订单也就跟不上了。

做风扇的朱爱青也遭遇过类似的材料供应状况，两条流水线因此暂时放了假。

也曾因疫情影响，在 3~4 月遭遇销售淡季，工厂在 4 月进行了调休，因此流失了一部分员工。

不过，旺季来了，订单不愁，原材料一到，又整日忙着赶工。"每天客户都是直接在微信群下单，这一单没做完，又猛地下单，做都做不过来。"单量小而急，有时客户上午下了单，下午物流车就开到了厂门口，几百上千个小风扇装好拉走。

她根据自己接到的订单情况对南方周末记者推测说，东南亚疫情形势大约是有所好转了。

过去半年里，朱爱青瘦了十几斤，现在只有 85 斤了。以往在南宁做主管，她只负责生产安排，眼里是"目标""数量""品质""出货"，但现在，要操心的事情多了不少，工作更忙了。

相比而言，这里的组织结构还不成熟，后勤、人事、考勤、仓库物料等没有细分，都是她在负责。她迟迟找不到有管理经验者，只得选了几个工人加以培训，以期早日有人分担工作。

工厂每天 7：50 上班，幼儿园也是同一时间开门。回到了隆林，朱爱青依旧没时间送女儿上学。但至少，她每晚能在家陪女儿两个小时，女儿说，已经很高兴了。

（应受访者要求，何雨、王婷为化名）

民族手工艺的公益尝试：难做的"文创生意"*

近十年来，在云南、贵州、四川等少数民族地区，不止一个社会组织和农民合作社尝试在扶贫或文化传承项目里引入发展少数民族传统手工艺的特色产业，但他们面临很多问题。

"政府的扶贫力度前所未有"，何博闻近年走访云南、贵州的村寨，"我们培养的第一批'绣娘'已经成老婆婆了"，而新生代"绣娘"并不愿意一天8个小时坐在一个位置做同样的事情。

云南省贡山独龙族怒族自治县独龙江乡藏在喜马拉雅东缘的褶皱里，具体而言是在海拔四千多米的担当力卡山与海拔五千多米的高黎贡山之间，一条狭长的河谷中。

2019年6月，33岁的独龙族妇女金春花将第四次穿过高黎贡山隧道，沿怒江峡谷继续往南，再向东至昆明，飞至上海学习织布。她所织的独龙毯，制成产品后曾以单品最高2899元的价格在上海高端品牌店出售。

这是北京的公益基金会与上海的商业公司用当代的艺术和设计，让少数民族更好地管理传统文化资源、发展文化经济的新方案。

近十年来，在云南、贵州、四川等少数民族地区，不止一个社会组织和农民合作社尝试在扶贫或文化传承项目里引入发展少数民族传统手工艺的特色产业，但他们面临的问题也非常具体：教育程度低、观念有差异、产业不规范、市场定价模糊等等。他们要么在与村民打交道的过程中碰壁，要么在市场中碰壁。

公益组织的理想愿望，在现实中成了难做的"文创生意"。

---

* 本文首发于2019年5月23日《南方周末》。作者：南方周末记者刘怡仙。

外来的项目

金春花的旅程并不容易。

从独龙江出发，穿过六公里长的高黎贡山隧道，绕过层层褶皱山脉抵达昆明，已经耗时三日，最后自昆明飞往上海，2378公里的距离用时半日，在这趟旅程中倒显得短暂。

金春花是土生土长的独龙族人。这是一个尚不足7000人的极少数民族。据统计，截至2019年1月，云南省贡山独龙族怒族自治县独龙江乡全乡4172人，独龙族人数占总人口数的99%。独龙族在新中国成立前尚过着刀耕火种的原始人生活，20世纪50年代从原始社会末期直接过渡至社会主义社会，被称为"直过民族"。

在山高谷深、满眼葱绿的独龙江沿岸，独龙族人尤爱色彩缤纷的彩虹条纹，妇女们大多能够织布。"我十几岁就开始学"，和秀梅很早从母亲那儿学会织布。当地妇女以各种颜色的棉、毛线与麻线混织成独龙毯，斜披背后，"昼可为衣、夜可当被"。

2014年，来自北京当代艺术基金会、商业公司、共青团怒江州委等共11人组成的调研团队来到贡山县，他们一路考察农贸市场、民族服装店、纱线店，想找到真正代表一个民族、留存于他们日常生活中的服饰面料。

来自北京当代艺术基金会的邹铭峻是项目的最初负责人，他计划寻找独龙族当地的手工艺者，与商业公司的设计师共同设计开发，共创一个属于该民族的品牌，并最终交给当地人自主运营。

在此期间，邹铭峻阅读了大量的资料，甚至求教了云南少数民族研究院的独龙族文化专家，想知道项目在当地落地有多大的可能性。

类似的规划在贵州、四川等少数民族地区并不鲜见，如贵州省麻江县河坝村白兴大寨的刺绣、始于地震帮扶后转为企业运营的羌绣品牌"一针一线"、致力于乡村整体发展的设计师工作室ATLAS等，都尝试将少数民族传统手工艺带出大山，传承民族文化，帮扶当地经济发展。

2016年，"中国新民艺——独龙族手工艺帮扶项目"正式落地，由北京当代艺术基金会发起，上海素然服饰公司（以下简称"素然"）进行开发、设计与生产的支持，而云南省青年创业就业基金会则作为执行机构。这是一个共青团云南省委主管的基金会，"年轻人为主"，能够层层对接至共青团贡山县委。

项目的目标当时就很清楚，"他们自己把这个项目运转起来"，当代艺术基金会秘书长胡斐告诉南方周末记者，他们希望当地人充分发挥自主能动性，尤其是当地妇女，可以成为项目的骨干，自己组织生产。

但看似简单的目标其实不易达成。

她们太害羞了

金春花人称"花姐"，是当地做农活、家务活的一把好手，但是面对一屋子人，她却表现羞涩，难得坐下来说上几句话。偶尔谈到项目情况，她也转向当地的团委负责人，用独龙语对谈。

"她们比较害羞"，团委的王玉芳是当地怒族妇女，个性爽朗的她，成了当地妇女与设计师交流、协调"工资"等问题的重要角色。

独龙江乡山高谷深，1964年才有了到县城的第一条一米多宽的人马驿道，1999年建成独龙江简易公路。但每年的11月至次年5月，都是大雪封山期，道路无法通行。这里的人普遍淳朴羞涩，这一点，在项目初期却是大问题。

项目初期，计划选派骨干分子前往上海培训，真正主动报名的只有金春花一人，直到后期妇女能够看到收入增加，参与织布的人才多起来。

在上海，她们与设计师一起工作，如果设计师问布料好不好看，织女们多会咯咯地笑，然后姐妹间用独龙语窃窃私语，好一会儿才简单地答上一句"好看"。

而"害羞"更多源自少数民族长居偏远乡村，村民普遍文化程度低，观念与现代城市有较大差距。

基金会很快发现，当地妇女的受教育程度普遍较低，金春花的小学学历已是其中的中等水平，记账、拨款等用专业软件的工作都不能交给她们自己管理，而质检、生产时间更需要基金会及设计师远程把控。

2018年，自福贡至贡山的道路发生塌方，那是进入独龙江最重要的一条路。第三期的织布纱线堵在路上，迟迟未能动工。她们找到了设计师谢彤询问怎么办，谢彤也急了，"我人在上海，只能让花姐去现场看看是怎么回事"。

最后，当地妇女找到解决办法，让丈夫们用背篓背纱线进山。

"她们会认为，这是基金会、品牌要我做的"，胡斐发现，虽然基金会一直期望当地人能更主动一点，但很多时候她们的主观能动性不足，不会积极解决问题。

贵州晟世锦绣民族文化投资有限公司（以下简称"晟世锦绣"）副总经理何博闻也有类似经验，"你问一块绣片绣出来要多长时间，她说三个月，你不可能按照三个月给工资吧？"何博闻告诉南方周末记者，当地妇女织绣片多是闲时劳作，但这块绣片最后根据规范流程，算出来仅用七天，从"三个月"到"七天"的精确过程是她们逐步摸索出来的。

面对商业市场的诸多问题

李丽遇到过另一种"城乡差距"。李丽原是贵州乡土文化社社长，2010年前后，她在贵州省麻江县河坝村白兴大寨开展手工艺传承与生计改善项目。

初进村时，村民给出的刺绣作品价格转眼就能翻上一番，令他们困惑不已。后来才知道，20世纪90年代已有零散的商人进村收集绣品，开价几十块有人买，百八十块也有人买，最后好的出嫁服装上千块也有人买，老绣品都被收购一空。村里人由此对外人极度不信任，不管卖多少钱，只要成交，他们都觉得"上当受骗"了。

文化社驻村工作的年轻人，也一直被当作"收花的"。李丽说，"我们花了不少时间，才让村寨明白文化社是干什么的"。

解决了信任，还要解决更多的问题。

"标准化、规范化"，羌绣品牌"一针一线"负责人舒畅说，这是民族手工艺面对商业市场首先遇到的难点。

"一针一线"起源于2008年"5·12汶川大地震"的"羌绣就业帮扶计划"，当年和壹基金合作，在四川汶川、理县、茂县等受灾严重的地区，帮助当地妇女通过参加羌绣获得一份收入。

羌绣的手工制品多是羌族妈妈们闲时绣给自己、绣给孩子用的，从未产业化、商品化，自然收上来的绣品质量不一。"一针一线"团队就在村里，和当地村民同吃同住，送培训下乡，逐步形成刺绣的质量标准，绣片的报废率从 35% 降到 3% 左右。

2009 年底，项目结项后，"一针一线"创始人颜俊辉决定用"社会企业"的形式，实现自我造血。但他们仍然坚持不把当地妇女集中在厂房中，不愿剥夺她们在家照顾老人孩子的机会，而是以松散的合作模式为她们创收。

"我们是散落在大山里的手工作坊。"舒畅认为，这一创收方式符合各地的扶贫工作需求，尤其是各地妇联组织针对本地区妇女扶持的计划，"这些年来，我们培训的绣娘大致有七万多人"。

"我们跟妇联的这种合作就是做得亲密无间，彼此要打好配合。"舒畅告诉南方周末记者，他们能够将项目大范围铺开的主要机制是依靠基层政府部门的信任背书。由此，他们建立了当地人管理机制，每个村有个帮扶点负责人，每个县城有站长，每个县的站长对项目组负责。

"刚开始我们也想空降人。"舒畅说，但是公司的管理者过去完全管不住，"因为他不了解老百姓，不了解当地人家的生活"。目前，"一针一线"已在北京、上海、成都、苏州分别开设专卖店和旗舰店。

独立运转需要很长的时间

作为公益组织，贵州乡土文化社的发展并不顺利。

面对当地市场以过低价格收购绣片的情况，他们尝试用"公平贸易"的方式帮助村寨将刺绣作品推向市场。

所谓"公平贸易"，始于 20 世纪 40 年代，欧美公益组织直接从非洲农民和亚洲难民处收集少量农产品和手工艺品，缩短贸易链条，减少中间商。这一理念在当时的贵州、四川等地区流行，在扶贫或文化传承项目中得以引入。

李丽与企业合作，通过文化社给白兴大寨的妇女下刺绣订单，绣品纹样由当地妇女原创，收购价比市场价格要高，每笔订单需拿出收购金额的 5% 返还村寨作为公共发展基金。

在这个过程中，李丽及文化社的同事"陪伴"农民"闯市场"，教他们记账、教他们共同决定公共资金怎么花，希望他们在这一过程中慢慢熟悉市场，提高管理及议价能力。

2011年前后，随着合作的深入，李丽希望企业能适当反馈产品终端定价，尊重绣品作者的知情权，将流通环节的成本、终端销售成本等信息解释得更详细，"让村民看到整个产业链是怎么回事，村民就能知道，我想往前走一步，需要具备什么样的能力，现在这个能力我只能在链条的最低端"。

但合作的商家有他们的顾虑，其负责人曾撰文解释道，"渠道、成本核算等商业信息一旦公开给村民，他们能不能保证第三方不会使用？假如我的经销商或者竞争对手看到这些资料，我会在谈判中丧失所有的主动权"。

而更为核心的分歧在于产品外观专利如何申请。最终，文化社与企业结束了合作关系，后续企业与村民直接合作了两次，也因成本太高而放弃。

此外，为了更接近市场，这些民族手工艺品还需经过设计师的重新打造与改良，需要拓宽销售的渠道，要创新营销推广。

比如独龙毯的产品链中，除了织布以外，还牵涉现金流调动及募集、羊毛纱线购买、图形设计、后期水洗加工、销售渠道上架和推广等，这些都由基金会和素然完成。"独龙族妇女要成长到自己能够把控全面产业链，哪怕是纱线选择、设计及织布这些生产流程都还需要很长时间，培育战线很长。"胡斐说道。

"一针一线"及"晟世锦绣"作为为数不多的两家经过十年发展的民族手工艺企业，都完成了从培训绣娘到产品营销推广的全产业链。"但实际上将整个行业链条都交由一家企业来完成是难以做到、不可持续的。"何博文坦言，目前产业链正逐步细化，完全成熟还需5~10年时间。

大多数企业及公益组织等不了那么久，发展至两三年左右就面临"死掉"或"撤出"。据李丽观察，跟他们在白兴大寨的项目同期的民族手工艺公益项目基本都结束了，也包括他们自己的。

实实在在的改变

相比较，北京当代艺术基金会的独龙族手工艺项目开展得不紧不慢。

邹铭峻说，最初设计独龙毯项目，作为文化项目，他们更多考虑的是如何共创，如何让独龙族对民族文化更有自信。

"我们跟素然合作的就是一个纯粹的公益项目。"邹铭峻说。素然在独龙毯项目中的利润悉数回捐给北京当代艺术基金会，用于补贴当地项目的执行，再投全下一期的织女培训。除了素然所做的捐赠以外，这个项目还在筹款平台发起了两万至五万元不等的小额筹款以用于项目生产、工作人员回访、织女到上海培训等等。

3 年过去了，独龙毯项目始终保持小体量运行。3 期下来，共生产 222 床独龙毯，设计 783 件商品，直接受益群体不过 24~30 名织女。当初项目设计中，设计师与当地妇女共同设计新纹样的设想也暂未实现。

在独龙乡调研时，当地政府曾对项目的体量表示疑虑，它能做什么呢？但改变依然逐渐发生了。

在和秀梅的家，设计师谢彤被拉着走到一处。"来，谢彤你来"，和秀梅让看她正在织的带有复杂图案的彩虹布。尽管这块布不会卖出，也不会走出独龙江，但是和秀梅已经饶有兴致地开始创作。

为了项目才学用微信的金春花找到堂弟，即新任的独龙毯项目在地对接人肖松军，托他买一台电脑。她打算做电商，在网上卖独龙毯、药材。

而这种改变不仅仅来自公益项目，近年来，随着精准扶贫力度不断增大，独龙族乡发生了巨大的变化。2018 年底，独龙族已实现整族脱贫，媒体报道将此形容为独龙族"一步跨千年"。

"政府的扶贫力度前所未有"，何博闻近年走访云南、贵州的村寨，"我们培养的第一批'绣娘'已经成老婆婆了"。何博闻发现，新生代"绣娘"并不愿意一天 8 个小时坐在一个位置做同样的事情。但她们认同本民族文化，可以担任民族文化的代言人，去教授，去宣传。

深山里的村寨整个搬迁出来了，如何建立新的培养体系适应新的村寨现状，青壮年怎样更好地就业，都是摆在这些参与其中的社会组织面前的新问题。

滇西高寒山区：为了"冰花男孩"们境遇好转 *

2018年1月8日，滇西小学生王福满突然成为网红——因一张上学时头发竖起结满雾凇，看上去像头顶冰霜的照片，后被称为"冰花男孩"。在即将过去的一年，"冰花男孩"的学习生活发生了哪些变化？

经过多方努力，不少"冰花男孩"的境遇已不同程度地好起来。

上学路更近了

北京之行源于"冰花男孩"走红时对媒体说的一句话，"最想到北京看看，看看那里的小孩是怎么上学的"。

2018年1月19日，"中国长安网"联合媒体"北京时间"，邀请王福满与姐姐、爸爸一块到了北京。第一次坐飞机、在天安门看升国旗，"还有去人民公安大学。"福满补充道，他想当警察。

转山包小学校长表达担忧，过分的聚焦和帮助，会令孩子再也回不去曾经平静的生活。

王福满的父亲王刚奎说，事件开始时每天都有人来探访，有时一天几拨，3个月后人才开始变少，但时不时还是有人送东西来，尤其是羽绒服，"孩子会问，以后他们还会来看我们吗？"

王刚奎现在昆明工作，今年回了三次家。中建三局相关负责人曾对媒体表示，他们希望能安排王刚奎在昭通工地从事钢筋扎笼等工作，通过这一安排带动他们家一起致富。

但王刚奎说昭通"没活路"（方言，指没活干），后被介绍到昆明一工

---

* 本文首发于2018年12月27日《南方周末》。作者：南方周末记者刘怡仙。

地。工作跟以前差不多，搬砖砌墙、烧电焊，工资从每月 3000 元左右涨至 4000 多元。

7 月，王福满的母亲回到家，并留下来照顾孩子至今。王刚奎说妻子觉得老房不能住，因此 8 月他把另一处已建好的二层楼房简单刷了层水泥，装好门窗，添置了沙发、碗柜、洗衣机，以及一张可以烤火的桌子。王福满的上学路因此也缩短了一公里多，时间缩短二十分钟。

王福满告诉南方周末记者，他周一到周五住校，八个同学一间宿舍，还有电暖炉，自己不用带被褥，垫张毛毯就可以睡得很好。据公开报道，"冰花男孩"走红后，学校有 73 名学生开始住校，学校免费提供营养餐，并配备一男一女两名管理人员。

2018 年 7 月才从云南支教回来的赵静说，高寒山区有冰凌是常见现象，"大家对'冰花男孩'的关注某种程度说明，这个地方还是太闭塞了，不为人知吧"。

易地扶贫搬迁进行时

鲁甸县地处乌蒙山集中连片特殊贫困地区的腹心地带，是昭通市下辖的 10 个贫困县、云南省 27 个深度贫困县之一。

截至 2018 年 6 月，全县建档立卡贫困户 128521 人，其中未脱贫 48783 人，贫困发生率由 35.91% 降至 13.64%。

"他们家是有车的。"转山包村村委主任王刚明称，王福满的家境在当地不算差，他父亲拥有两台机动车，按照 2017 年贫困对象动态管理规定，拥有购买价格 3 万元以上机动车的，便要退出贫困户行列。

王刚奎说，早年他花费一万多元购买了一辆二手北京现代，后来因为"开黑车"被扣，自己一直没有交罚款。2015 年又以五六千元的价格买了二手五菱荣光面包车，在工地没活的时候拉人补贴家用。

也是在 2015 年，王福满家建起一栋两层新房，有一百多平方米。房子造价 13 万元，因此欠外债 7 万元。因符合国家地质灾害搬迁的补偿要求，获政府补贴 4 万元。

房子建好后没钱装修，搬迁计划暂时搁置。王福满还是和奶奶住在一起，距离转山包小学约 4.5 公里，才有了"冰花男孩"故事。

2016 年 9 月 22 日，国家发改委对外发布《全国"十三五"易地扶贫搬迁规划》，计划五年内对近 1000 万建档立卡贫困人口实施易地扶贫搬迁，以解决居住在"一方水土养不起一方人"地区贫困人口的脱贫问题。

王刚明称，转山包村 2017 年开始对居住在高寒山区、陡坡地的村民进行摸底调研，至今已经搬迁四十余户。

2018 年 4 月，国家发改委发布《中国的易地扶贫搬迁政策》白皮书，计划 2018 年再实施约 280 万人搬迁任务。

王福满的奶奶家被纳入搬迁范围，如果后续搬迁完成，王福满奶奶及小叔将安置到鲁甸县城附近居住。这也意味着奶奶不能照顾王福满姐弟上学了。

"改薄"政策下的"冰花男孩"

在王福满一家住进新房前，有人追问，为什么距离学校远的孩子不能在学校寄宿？

鲁甸县教育局有关负责人曾对媒体介绍，转山包小学这样的冰凌区学校，即海拔 2000 米以上，冬季处于冰凌、雾凇状态的地区，全县有 45 所，按照每所学校 100 人计算，鲁甸还有几千名这样的"冰花男孩"。

根据 2018 年云南在教育和医疗等民生大事上要重点投入，特别是贫困薄弱学校的"改薄"任务要全部完成，为了避免县级配套到不了位，88 个贫困县"改薄"资金投入全部由云南省财政负担。

所谓"改薄"，即 2013 年底，经国务院同意，教育部、国家发改委、财政部印发的《关于全面改善贫困地区义务教育薄弱学校基本办学条件的意见》，决定从 2014 年起，用 5 年时间支持地方全面改善贫困地区义务教育薄弱学校基本办学条件。

2016 年 1 月，国务院再印发"全面改薄"专项督导办法，明确了"全面改薄"的 20 项底线要求，比如一人一桌椅、一人一床位等，要求各地限期消除不该有的现象。

教育部回复全国人大的建议提案时写道，2018 年，中央财政安排云南省薄弱学校改造计划资金 26 亿元，安排云南省校舍维修改造长效机制资金 7.95 亿元。

如何在"改薄"背景下减少"冰花男孩"数量，已成为当地需要面对的主要问题之一。

公益组织也积极参与到"改薄"行列。公益基金"会飞的盒子"曾参与到转山包小学校舍改造。在"冰花男孩"走红以前，所在小学已规划将教师宿舍改造为学生宿舍。"会飞的盒子"为"冰花男孩"们募得 90 万元善款，其中 16 万元用于转山包小学学生宿舍的改建。

这道农村学生餐，吃得饱，如何吃得好 *

2011 年，国家启动"农村义务教育学生营养改善计划"，迄今已有六年。据最新一份官方报告显示，试点地区农村学生的身高、体重等均有显著提升，但在一些营养指标上仍待改善。

从乡村小学到县城，从省市到部委，从官方监测机构到专家学者，南方周末记者遍访各方，试图呈现这一庞大国家计划的六年破局之路。

一望无际的山，平地惊雷般冒出来，坡路接着弯道，房子零星散布，前方至少是 45 度的大上坡，踩一脚油门开上去，贵州松桃县妙隘乡塘坳村小学（以下简称"塘坳村小"）就在眼前。十来公里的盘山路，汽车颠簸了半个多小时。

灶头、大锅，站在氤氲烟气里的，是两个忙碌的身影。三十平方米的厨房，隔成里外两间，靠墙并排支着两口灶台，一个做饭，另一个炒菜。

蒜苔炒肉、青椒炒花菜、清炒油麦菜、冻菌粉丝汤，25 个不锈钢大菜盆已经按班级挨个排好，这是全校 47 人的全部食量。人均 5 元，在妙隘乡这所最偏远的"山顶小学"，按照当地物价，全部放到碗里，就是这个水准。

2011 年 10 月，国务院决定启动"农村义务教育学生营养改善计划"，迄今已有 29 个省份的 1590 个贫困县加入试点，覆盖 13.4 万所学校，超过 3300 万名学生受益。目前，中央财政已累计投入了 1591 亿元专项资金。

"中国疾病预防控制中心的跟踪监测表明，2015 年，试点地区男女生各

---

* 本文首发于 2017 年 6 月 29 日《南方周末》，原标题《超千亿国家投入，覆盖三千万学生这道农村学生餐，吃得饱，如何吃得好》。作者：南方周末记者马肃平，南方周末实习生李丹婧。

年龄段的平均身高比 2012 年高 1.2~1.4 厘米，平均体重分别增加 0.7 千克和 0.8 千克，高于全国农村学生平均增长速度。贫血率从 2012 年的 17% 降低到 2015 年的 7.8%。"教育部督导局在回复给南方周末记者的材料中称，学生营养状况明显改善。

也有令人担忧的声音。2017 年 6 月 1 日，中国发展研究基金会的一份报告显示，仍有近半数学校的营养餐在能量、蛋白质、脂肪以及两种微量元素等方面没有"基本达标"。

上千亿元的政府投入，收效究竟如何？启动了六年的营养餐计划，到了接受检阅的时刻。

乡村小学：营养餐里的营养难题

下课的音乐声响起，孩子们端着饭碗挨个走到教室一角，老师在每个碗里盛上米饭，打上半勺菜。这是 2017 年 6 月 19 日中午 11 点 40 分，塘坳村小开饭了。

二年级的教室里，坐在第一排的苗族男孩告诉南方周末记者，他爱上语文课、数学课，喜欢吃学校的饭。"学校的饭好，每天都有肉吃，家里的饭不常有。"有时候馋了，他就对奶奶说，"想吃肉了，给我买一点。"

塘坳村小大部分学生都是留守儿童，早饭一般是下点面条、炒点剩饭，大多数人索性空着肚子就上学了。

松桃县位于贵州、重庆、湖南三省市交界处，是国家级贫困县。全县约 400 所学校，大部分散落在层叠连绵的大山中。塘坳村小离校最远的两个孩子，每天走一个多小时，从山那边的重庆而来，在没有营养餐计划时，午饭只有一个冷的红薯。

山脚下的妙隘乡完全小学（即完小）条件稍好，但没有营养餐时，情况也好不到哪儿去——到了上午第四节课，同学们的精力根本无法集中，齐刷刷地咽口水。连着几年校运会开幕式时，才站了五分钟，就有学生脸色发白晕倒。"老师赶紧去扶，学生嘴里全是灰和泥巴。"校长何兵回忆道。

2012 年 6 月，教育部等 15 个部门印发《农村义务教育学生营养改善计划实施细则》（以下简称《实施细则》）等 5 个配套文件。3 个月之后，营养餐计划进入塘坳村小，全部学生在校吃午饭。起初，中央专项资金的补贴标准为每人每天 3 元。2015 年 3 月起，标准上调至 4 元。现在，铜仁市和松桃县还各补助 5 角。

每人 5 元的标准，要想做出一荤两素一汤的午饭，塘坳村小校长石胜荣为此颇费心思。

山里运输不便，塘坳村小不在县统一招标采购之列。每天，食堂管理员骑摩托车下山。非本地蔬菜的价格比县城还高，蒜苔每斤 4 元，猪肉不分部位一刀切，统一价每斤 14 元。

食谱每周换一次，尽管会参考松桃县教育局营养办下发的推荐菜谱，但具体还得根据学校自身采购情况而定。"我们尽可能考虑营养搭配，但有些菜，山里确实买不到。"石胜荣说。

2016 年儿童节前，在中国发展研究基金会牵线下，钓鱼台国宾馆大厨来到妙隘完小，按照 4 元的标准，为学生们烹制了一顿营养均衡的午餐，还向食堂厨师面授机宜。"我们现在营养搭配基本达标，但要像大厨那样做到优秀，难度太大，"何兵调侃，"我们这一带本来就重口味嘛。"

这亦是业界对于这项覆盖面极广的国家计划的担忧。在中国发展研究基金会发布的报告中，钙和维生素 A 摄入量符合国家推荐标准的学校分别仅占全部监测学校的 14% 和 40%，63% 的学校盐摄入量明显高于国家推荐量。

"课间加餐的学校，很难做到营养达标。77% 的食堂供午餐学校中，采购价格偏高，厨师存在水平问题，学校人数少、4 元不一定能做出达到营养标准的午餐，这些都可能是原因。"中国发展研究基金会秘书长卢迈告诉南方周末记者，基金会将在进一步调研后作出分析。

东北师范大学教授李伯玲曾去西部多个省份调研。胡萝卜几乎天天有，土豆也是变着法子吃，但鲜见绿叶蔬菜。肉通常混在菜里，炖排骨之类的大荤却是种奢侈。

"膳食不均衡，主食多、油多、肉少，能吃饱，但容易出现长胖不长高的现象。"在上述报告中，中国疾病预防控制中心前院长陈春明指出。

为数不多的肉菜，还有孩子悄悄把肉撇开。李伯玲见着心痛，问怎么回事。"家长不让吃，说学校买的猪肉不是自家养的，吃饲料不干净。"

她和食堂师傅谈蛋白质、卡路里，对方一脸茫然："我们的孩子不都这么吃大的？"

"食堂工勤人员和厨师能把菜干净地洗了，做出学生喜欢的味道，这就很不错了。"李伯玲说，几乎没有任何针对他们的营养学培训。

2017年6月1日，何兵受邀去北京参加农村学生营养改善专题研讨会。来回机票、食宿总共一万多元的开销，何兵花着心痛。"如果这笔钱能花到食堂工勤人员身上，让一部分人先掌握营养学知识，这将是他们一辈子值得铭记的。"

县城：供牛奶鸡蛋还是热菜热饭

根据实施细则，供餐模式有三种：学校食堂供餐、企业供餐和家庭托餐。营养餐覆盖地区广，各地经济发展水平不一，因此，文件要求各地从实际出发，创新供餐机制。

在受访专家看来，食堂供餐是营养改善的优选。不过，在松桃县，营养餐并非一开始就是食堂供餐。

2012年3月，贵州正式开始实行营养餐计划。每人每天3元的补助金下来了，但食堂还没建好，妙隘完小开始尝试"营养包"，为学生提供稀饭、鸡蛋、牛奶、苹果等食品。

不过，"营养包"品种显得单一。鸡蛋吃腻了，调皮的男生把蛋清吃了，蛋黄用来"打仗"。牛奶带着腥味，似乎也不合同学们的胃口。何兵的女儿也在妙隘完小就读，一喝牛奶就吐。

"食堂提供午餐是贵州省的硬性规定，是贵州模式的特色。"松桃县教育局营养办主任李俊飞告诉南方周末记者。当时，像妙隘完小这样食堂条件尚未完善的学校，"营养包"只是一种过渡模式。

领导们拍板下命令建食堂。"我们必须克服各种困难完成任务。"何兵说。

不唯松桃县，全国各地均在探索因地制宜之策。

"餐饮公司每天把加工好的半成品拉到学校，学校再加工制作。"江西赣州市于都县黄麟乡桃溪小学教导主任严显良说。

甘肃庆阳市方山初中教师田德友告诉南方周末记者，当地的硬性规定是食堂供应营养早餐。"包子、鸡蛋、稀饭或是豆腐脑、油饼。3元吃饱，多出来的1元打到学生卡里，学生用于午饭或晚饭。"

中国发展研究基金会的报告显示，在中央财政专项资金的支持下，贫困地区98%的农村学校完成了食堂建设、改造并投入使用。截至2017年4月，95%的监测学校采取食堂供早餐或午餐。

但报告还显示，为了降低食堂运行成本、减少工作量，甘肃、湖北、湖南等省不少学校仍在采用课间加餐模式。

"全县学校都没有食堂，都是企业供餐。"甘肃永登县教育局工作人员邓天俊告诉南方周末记者。

永登县教育局的一份政府采购合同显示，2017年春季学期，该县学生营养改善食品包括苹果汁、玉米汁、鸡肉火腿肠、玫瑰千层饼等。其中，苹果汁的单价为每盒1.8元，包括成本、配送运输、损耗等全部费用。

越是偏远地区，意味着风险越大。尽管招标过程公开透明，但对西部边远地区而言，可供选择的招标企业并不多。运输和市场流通中的成本消耗没人埋单，企业很可能把配餐质量、分量一降再降。

中国疾控中心营养与健康所博士生张帆曾对不同供餐模式的营养学和经济学做过评估研究，食堂供餐模式的学生人均运行成本是企业供餐的16.8倍，管理成本也高出1.9倍。但食堂供餐模式的营养改善效果却优于企业供餐。

"课间加餐主要是采购包装加工食品，单价高，营养价值低，营养含量不足食堂供午餐的1/3。应尽快将课间加餐转变为食堂供餐。"中国发展研究基金会的报告建议。

2011~2013年，中央财政拨款300亿元用于食堂建设专项资金。"为什么食堂还没建起来？建了食堂为什么不供午餐？"卢迈对南方周末记者说，营养餐计划刚实施时，牛奶加鸡蛋只是过渡政策，"现在情况有了很大改善，有些学校已经吃了 5 年火腿肠，再不做饭真说不过去了"。

省市：缺钱的烦恼

学生们享受起了营养餐，但随之而来的，却是各省市在执行营养餐过程中面临的烦恼——缺钱。

《实施细则》强调，人均 4 元的专项资金是孩子们的"吃饭钱"，而食堂工勤人员工资、扩建食堂等成本，则有赖于政府配套资金。

2012 年和 2013 年撰写博士论文期间，张帆曾与湖南和云南两省营养办负责人交流，对方有着共同的烦恼：食堂建设资金缺口大。

"除了国家的厨房建设专项资金，我省还统筹了一些经费，用于食堂建设和改造，比如薄弱学校改造资金等。"湖南省营养办负责人当时提到，37 个试点县总体经费有缺口，因为各地成本不同，有些地方地形地势特殊，造价高、成本高，不够用。

"省级财政按照中央和地方 1∶1 的比例配套了厨房建设资金，3 年中央和地方共投入了 65 亿元，但按照规划要求需要 86 亿元，还是有缺口。"云南省营养办负责人介绍。

妙隘乡完小当初建食堂的四十多万元，就是县财政拨款。目前，食堂只能容纳 100 人就餐，分批就餐太耗费时间。按照何兵的设想，要想实现精细化管理，减少浪费，定桌定人的就餐方式最好，但食堂就得扩建。"县教育局给县里打报告了，但一直没见行动。"

"我们想把县里烧灶的食堂改造成烧电的，算了一下要 5000 万（元）。"松桃县教育局营养办主任李俊飞说。

何兵当校长的 5 年时间里，有 4 名食堂工勤人员因工资太低离职。每月 1000 元的工资，需要负责寄宿制学校早中晚三顿饭。松桃县的环卫工人，月工资都有 1500 元。

"县教育局已经写报告了，厨师每月的工资要涨到 1800 元。县里已经同意，但雷声大雨点小，实在没钱。"李俊飞说。

埋怨归埋怨，何兵也觉得县领导不好当。松桃县的财政赤字，并不是一个小数字。"现在光是工勤人员工资，全县就是两千多万元。各部门都在问县里要钱，领导也头疼。"

而水电煤等日常开销，大多从学校公用经费里支出。

2015 年 12 月和 2016 年 10 月，东北师范大学中国农村教育发展研究院对营养餐计划实施状况进行了调研，样本涉及 14 个省、自治区、直辖市 17 个县市的 329 所义务教育阶段学校。

"许多学校用于营养餐计划配套经费的支出，占公用经费总额的比例过大，易挤占其他项目的支出。"上述研究院教授刘善槐告诉南方周末记者。

教育部："两个安全"是底线

营养餐计划耗资千亿元，如何保障学生的食品安全和资金使用安全，是国家最为重视的。

在回复南方周末的材料中，教育部督导局表示，营养改善计划实施以来，全国没有发生一起重大食品安全和资金安全事故，个别偶发事故都得到了及时处置。不过，"个别地方招标不到位，食材质量得不到保证；资金管理不严，挤占挪用，虚报人数套取补助的情况偶有发生"。

"每天的食材来了，我都会和食堂管理员亲自验货，有没有腐烂发霉、数量不足，甚至弄虚作假的。如果食材质量不好，一定要退回。"塘坳村小校长石胜荣坦言，食品安全是头等大事，学校自行采购，让他压力很大。

在刘善槐调研的"麻雀学校"，校长们更辛苦。身兼厨师、洗碗工、监督员、填表员、出纳等数职，校长们不得不"战战兢兢"，把大部分精力用于保证营养餐的安全。

南方周末记者在裁判文书网上搜索发现，因营养餐资金使用问题而"下课"的校长并不少见。2015 年，六盘水市某中学原校长在超市购买营养餐蔬菜和猪肉时，采用虚增斤两的手段，伙同他人采取虚报发票的手段，套取学生营养餐补助资金及其他国家资金近 43 万元。2016 年 6 月，云南巧家县某中心校领导，以低廉价格采购疑似变质蔬菜，高价卖给学校做"营养餐"，从中赚取差价。

中国发展研究基金会"阳光校餐"数据平台，对执行较好的 20 个县分析发现，半数县的主要领导有乡镇以下基层工作经验，其中半数做过农村学校教师，有本科以上的教育经历。这样的工作与教育经历，对他们理解贫困和扶贫重要性，有很大帮助。

2015 年，"阳光校餐"数据平台正式建立，通过大数据，实时监测学生营养改善计划实施工作，主动接受社会监督。监测县各校每天上传食品采购价格、数量，并上传学生吃饭照片。

"采购价格一旦高于农业部的同期农产品批发价格，系统会自动发送预警信息至学校负责人手机。""阳光校餐"数据平台工作人员史丽佳说。

"有一段时间，某所学校虚报价格，以 9 元的价钱采购鸡蛋，远高于农业部发布的农产品批发价格。"卢迈随后在教育部的一次座谈会上点名批评了该校。此后，类似情况再也没有发生。

教育部督导局回复南方周末记者称，下一步，将抓住"两个安全"不放，进一步完善监管制度，加强督导检查，确保学生"舌尖上的安全"。此外，要确保国家营养膳食补助"每一分钱都吃到学生嘴里"，守住资金安全底线。

对话一线扶贫官员

对话国务院扶贫办全国扶贫宣传教育中心主任李富君*

　　以前如果不是贫困户，他就享受不了扶贫资金和一些扶贫政策，现在可以了，这就为解决边缘户的问题打开了一扇"门"。

　　做好稳岗工作，是当前重中之重的任务。贫困劳动力输出到了哪里，稳岗的责任就落到了哪里。

　　脱贫攻坚战进入倒计时，时间紧、任务重，最近一段时间，从中央到地方，多个部门密集发文，出台了有关就业扶贫、产业扶贫、消费扶贫等举措，确保如期完成任务。

---

　　*　本文首发于 2020 年 5 月 21 日《南方周末》，原标题《收官之年的"必答题"和"加试题"：对话国务院扶贫办全国扶贫宣传教育中心主任李富君》。作者：南方周末记者杜茂林，南方周末实习生彭思聪。

"脱贫既要看数量，更要看质量，必须多管齐下提高脱贫质量。"2020年5月1日，国务院扶贫办主任刘永富在《求是》杂志刊发的署名文章中这样表示。

就扶贫工作的现状、挑战和重心等话题，5月17日，南方周末记者专访国务院扶贫办全国扶贫宣传教育中心主任李富君。

重中之重

南方周末：*2020年是脱贫攻坚的收官之年，任务本来就很艰巨，没想到新冠肺炎疫情突如其来，这对脱贫攻坚工作造成了什么影响？*

李富君：今年是脱贫攻坚的收官之年，本来就有不少硬仗要打。2020年初的工作部署主要是围绕全面收官的重点任务来安排的，这是我们的"必答题"。疫情带来了新的挑战和困难，给脱贫攻坚出了一道"加试题"，我们面临的任务也就更重了。

疫情对脱贫攻坚的影响主要表现在贫困劳动力外出务工受阻，贫困户生产经营受损，驻村帮扶工作受限和扶贫龙头企业、扶贫车间、扶贫项目复工复产有所延迟。经过各方面的共同努力，目前疫情的影响正在逐步被克服，不会改变脱贫攻坚大局。脱贫攻坚的目标任务不变，绝不因疫情而留下锅底；现行扶贫标准不变，既不降低也不拔高；打赢脱贫攻坚战的时间节点不变，既不推迟也不提前。

南方周末：*以贫困劳动力外出务工受到限制为例，有什么针对性的措施？*

李富君：根据我们的统计，全国2/3的贫困家庭有外出务工人员，在有外出务工人员的贫困家庭中，2/3左右的收入来自务工收入。如果这方面的工作有松动下滑，贫困劳动力务工数量出现下降，那么将直接影响他们的收入，这不仅会使剩余贫困人口的脱贫难度加大，还会增加已脱贫人口的返贫风险。

我们重点是摸清贫困劳动力基本情况和务工意愿，做好贫困劳动力务工增收的组织、发动、服务工作，精确到人、到户。具体来说，就是通过劳务协作输出一批，通过省际间、省内发达地区与贫困县的劳务协作，特别是东西部扶贫协作与对口帮扶框架下的劳务协作，优先组织有意愿的贫困劳动力外出务工，提供"点对点"输送服务；就近就地就业一批，对有意愿在当地务工的，通过扶贫龙头企业和扶贫车间吸纳就业；扶贫公益性岗位安置一批，对无法外出、无业可就、无力脱贫的贫困人口，通过开发设置护林员、护路员、保洁员、治安员等公益性岗位进行托底安置。今年我们还作了要求，村级光伏扶贫电站收入的 80% 都用来设置公益性岗位帮助解决就业问题。

截至 4 月 30 日，全国 25 个省份已经外出务工的贫困劳动力有 2603 万，占去年外出务工总数的 95.4%，贫困劳动力外出务工总体向好。

南方周末：在疫情防控的特殊情况和当前经济形势下，做好稳岗工作的难度会不会很大？

李富君：我们了解到，有的地方出现了贫困劳动力已经输出到外地，又返回老家去的情况。所以做好稳岗工作，是当前重中之重的任务。

5 月 9 日，人力资源和社会保障部与国务院扶贫办联合召开了进一步做好就业扶贫工作电视电话会议，提出今年"一个超过，两个不少于"的工作目标：今年全国外出务工贫困劳动力要超过 2800 万，东部地区吸纳中西部地区贫困劳动力务工总数、中西部地区今年外出务工的贫困劳动力总数都不少于去年。这次会议还就做好稳岗工作进行了重点部署。贫困劳动力输出到了哪里，稳岗的责任就落到了哪里。要持续开展省际间劳务扶贫协作，用好以往的经验，东部省份要统筹安排中央财政专项扶贫资金，加大对这项工作的支持力度。

再深度

南方周末：现在对未脱贫地区采取了挂牌督战的方式，为什么采取这种方式？

李富君：脱贫攻坚到现在可以说经历了三个阶段，首先是全面整体推进阶段，随后是攻坚"三区三州"等深度贫困阶段，然后就是 2020 年开始进入决战决胜阶段，对工作难度大的县和村进行挂牌督战，对最难啃的硬骨头开展歼灭战。

具体来说，今年全国未摘帽的贫困县还有 52 个，其中新疆有 10 个，贵州和云南各 9 个，甘肃和广西各 8 个，四川 7 个，宁夏 1 个。今年 1 月 25 日，国务院扶贫开发领导小组印发指导意见，对这 52 个县，以及贫困人口超过 1000 人和贫困发生率超过 10% 的 1113 个贫困村进行挂牌督战，这实际上是深度贫困地区的再深度，一层一层逐步推进。过去几年，我们加大对"三区三州"（"三区"是指西藏、新疆南疆四地州和四省藏区；"三州"是指甘肃的临夏州、四川的凉山州和云南的怒江州）等深度贫困地区的支持力度，实际上这些地区贫困发生率的下降速度也快于西部地区。相信通过这种抓法，加大工作力度，能够确保挂牌督战地区完成脱贫攻坚任务。

南方周末：挂牌督战工作现在进展如何？

李富君：有挂牌督战任务的 7 个省（区）在 2 月底之前均制定了挂牌督战实施方案，3 月底之前，52 个挂牌督战贫困县和 1113 个挂牌督战贫困村都制定了作战方案，目前各项方案都在深入落实之中。

今年中央和地方加大了资金投入，已安排 52 个挂牌督战县各级财政专项扶贫资金 308 亿元，其中中央财政资金 225 亿元，比去年增长 23%。

52 个县挂牌督战后，加大力度解决了 4.8 万人没有医疗保障的问题，实现了清零。52 个挂牌督战县已有 261.35 万人外出务工，是去年外出务工总数的 102.7%。目前，还未解决"两不愁三保障"问题的有 7.8 万人，下一步集中力量加快解决这方面的问题。

南方周末：2020 年中央一号文件，强调进一步聚焦"三区三州"等深度贫困地区，目前深度贫困地区脱贫攻坚进展如何？

李富君："三区三州"等深度贫困地区生存环境恶劣，致贫原因复杂，基础设施和公共服务发展缺口大，社会发育滞后，经济发展滞后，生态环境脆弱，脱贫的难度确实很大。

近三年来，从中央到地方，无论从资金、项目、举措、帮扶力量还是工作考核上，一直把"三区三州"作为重中之重，下得功夫最深，采取了许多超常规措施。新增中央财政专项扶贫资金主要用于"三区三州"等深度贫困地区。截至 2020 年 4 月底，"三区三州"实施方案资金到位率超过三年计划的 115%，项目完工率超过 90%，脱贫进展符合预期。

中央明确：可设过渡期

南方周末：我们也注意到，作为"三区三州"之一的四川凉山州，在 2019 年有 4 个贫困县摘帽，实现了彝区深度贫困县零的突破，这些摘了帽的贫困县返贫压力大吗？

李富君：贫困县摘帽后，一方面要完成剩余贫困人口脱贫任务，另一方面要在巩固脱贫成果上加大力度，防止已脱贫人口返贫。所以说，摘了帽并不是可以松口气、歇歇脚了，面临的任务依然很重，有压力是肯定的。

截至 2019 年底，我国已有 9300 多万贫困人口实现了脱贫，占到全部贫困人口的 97%。已经脱贫的人口中，因病、因残、因学、因灾以及缺技术、劳动力等多种情形，会出现返贫，这是客观存在的，也是一个动态变化的过程。

2016 年，我们开始统计返贫的情况。数据显示，2016 年返贫人口是 68.4 万人，2017 年是 20.8 万人，2018 年是 5.8 万人，到了去年是 5400 人，返贫人口逐年下降。

南方周末：返贫人口这样大幅度下降的原因是什么？

李富君：这说明脱贫质量不断提升，贫困人口抗风险能力逐步增强。主要有两个方面的原因。一方面反映出这些年脱贫攻坚基础工作越来越扎实，贫困人口退出环节的把关越来越严，退的时候把得严，返贫的概率就会更小；另一方面，巩固脱贫攻坚成果相关措施的实施力度越来越大，贫困县摘帽后坚持目标不变、靶心不散、频道不换，贫困人口脱贫后仍然可以得到政策扶持，逐步实现稳定发展。

南方周末：从返贫数据来看，持续向好。但我们也看到，目前存在返贫风险的人数似乎并不少，有具体的解决办法吗？

李富君：2019 年底，我们做了一个摸排，发现已经脱贫但不稳定户和收入略高于扶贫标准的边缘户分别有近 200 万人和 300 万人，这部分人返贫和致贫的风险比较大。如果不解决这一问题，就会直接影响脱贫攻坚的任务完成。

巩固脱贫攻坚成果，重点是强化产业扶贫，加强就业扶贫，做好易地扶贫搬迁后续扶持工作和扶贫扶志工作等。此外，要从根本上解决防止返贫的问题，还是要建立健全防止返贫监测和帮扶机制。

2020 年 3 月 20 日，国务院扶贫开发领导小组专门印发了《关于建立防止返贫监测和帮扶机制的指导意见》，监测的范围是人均可支配收入低于国家扶贫标准 1.5 倍左右的家庭，以及因病、因残、因灾、因新冠肺炎疫情影响等引发的刚性支出明显超过上年度收入和收入大幅度缩减的家庭，并根据他们的实际情况开展帮扶。比如对具备发展产业条件的监测对象进行产业帮扶，对有劳动能力的进行就业帮扶，对无劳动能力的强化低保、医疗、养老保险和特困人员救助供养等综合性社会保障措施。

南方周末：刚才提到收入略高于扶贫标准的边缘户。我们了解到，地方常常为找不到政策支撑来帮扶这些边缘户而感到困惑，因为扶贫专项资金只能用于建档立卡的贫困户。怎么应对边缘户的问题？

李富君：为解决这个问题，2020 年 4 月 17 日，国务院扶贫办和财政部专门印发了文件，对现有政策做了一个突破。规定只要是符合条件的监测对象，都可以安排各级财政的专项扶贫资金。比如对具备发展产业条件和有劳动能力的监测对象，可安排各级财政专项扶贫资金对其申请的扶贫小额信贷予以贴息，支持其参加经营技能培训、劳动技能培训，支持通过村内扶贫公益岗位安置就业。

这是一个有含金量的政策。以前如果不是贫困户，他就享受不了扶贫资金和一些扶贫政策，现在可以了，这就为解决边缘户的问题打开了一扇"门"。

总之，脱贫攻坚既要在源头上确保脱贫质量，也要在脱贫后做好监测帮扶，及时发现和预警，提前采取措施，不能等返贫了再补救。

南方周末：中共十九届四中全会和 2020 年一号文件，都提出全面脱贫之后，要解决"相对贫困"的问题，目前作了哪些安排部署？

李富君：你说的问题中央有关部门正在研究。打赢脱贫攻坚战后，我国将历史性地消除绝对贫困现象，但这并不意味着贫困问题再也没有了，也不意味着扶贫工作就停止了，只是工作重点将由绝对贫困转向相对贫困。

中央已经明确，要保持脱贫攻坚政策稳定，可以考虑设个过渡期。过渡期内严格落实摘帽不摘责任、摘帽不摘政策、摘帽不摘帮扶、摘帽不摘监管的要求，主要政策措施不能急刹车，驻村工作队不能撤。要持续推进全面脱贫与乡村振兴有效衔接，要有利于激发欠发达地区和农村低收入人口发展的内生动力，有利于实施精准帮扶，促进逐步实现共同富裕。

我们也注意到一些地方就建立解决相对贫困长效机制进行了试点，总的来说现在处于探索之中。

整改不放松

南方周末：2020 年 4 月份，国务院扶贫开发领导小组结合脱贫攻坚成效考核情况直接对 24 位县委书记进行约谈，请问是怎样考虑的？

李富君：根据 2019 年脱贫攻坚成效考核结果，有 14 个省份考核评价结果为"好"，8 个省份为"较好"。对于评价为"好"的 14 个省份，在 2020 年中央财政专项扶贫资金分配上给予了奖励。同时，国务院扶贫开发领导小组对中西部 24 个脱贫攻坚任务重和考核发现问题较多的县的主要负责同志进行了约谈。

之所以对县一级进行约谈，主要是考虑各级县委是脱贫攻坚的"一线指挥部"，县委书记是"一线指挥官"，县一级工作是好是坏，县委书记履职是否到位，直接关系到脱贫攻坚的成效。直接约谈县委书记，充分体现了党中央对县级脱贫攻坚工作的格外重视。

这次约谈的 24 个县，有的是挂牌督战县，脱贫难度特别大、任务特别重；有的是脱贫摘帽县，巩固脱贫成果的任务不容忽视。通过约谈，把压力直接传导到县，促使这些县化压力为动力、变被动为主动，认真整改存在的问题，扎实做好各项工作，确保如期完成脱贫攻坚目标任务。

南方周末：除了成效考核之外，还有什么渠道能及时发现工作中的问题？

李富君：应该说，脱贫攻坚建立了立体完备的监督体系，包括专项巡视、民主监督、督查巡查、纪检和审计监督、行业监督和社会监督。

对话云南省扶贫办主任黄云波 *

　　脱贫攻坚战打响以来，云南把"直过民族"聚居区作为全省脱贫攻坚的重点，对11个"直过民族"和"人口较少民族"分别制定了精准扶贫、精准脱贫实施方案。

　　易地扶贫搬迁是脱贫攻坚"五个一批"中政策性最强、扶贫效果最突出的一项。云南省委、省政府强力推进易地扶贫搬迁，完成了云南历史上最大规模的"挪穷窝换穷业行动"。

　　在国家脱贫攻坚主战场之一的云南，全省129个县（市、区）中，曾经有近七成是贫困县。其中，昭通市是全国贫困面最广、贫困人口最多的地级市，怒江州更被视为脱贫攻坚战的"上甘岭"。

　　截至2020年5月，云南88个贫困县中已有79个顺利摘帽。对于剩下的9个贫困县，云南省人民政府扶贫开发办公室党组书记、主任黄云波称，要在2020年6月底之前"攻克最后的贫困堡垒"。

贫困劳动力就业实现"应就尽就"

南方周末： 新冠肺炎疫情给云南的脱贫工作带来了哪些影响？

黄云波： 集中体现在三个方面：一是产业持续增收的不确定性增加。二是稳定就业面临挑战。云南是劳动力输出大省，贫困劳动力外出务工年人均工资收入达16078元，全省建档立卡贫困户家庭收入的62%来自务工收入。突如其来的新冠肺炎疫情对贫困劳动力转移就业造成较大影响，误工时间在2个月，旅游、餐饮等服务业还未全面恢复，加之企业减产、

---

　　* 本文首发于2020年5月26日《南方周末》，原标题《"要最大限度降低疫情对脱贫攻坚的影响"：对话云南省扶贫办主任黄云波》。作者：南方周末记者谭畅。

轮班甚至停产、停工的持续发酵，贫困劳动力"回流"压力大。三是巩固脱贫成果需持续加力。易地扶贫搬迁后续帮扶任务繁重，产业扶贫带贫益贫政策和机制的落实落地、深度贫困村的基础设施和公共服务条件仍然较差。加之今年来发生大面积、持续性旱灾和多次地震灾害，巩固脱贫成果任务重。

南方周末：*云南如何应对这些挑战？*

黄云波：我们优先帮助贫困劳动力务工就业，2020 年全省外出务工建档立卡贫困劳动力达 287.8 万人，是 2019 年外出务工人数的 101.31%。针对扶贫产业发展、扶贫产品销售面临的困难，我们从加大资金投入、规范产品认定、拓宽销售渠道、积极应对特种养殖影响等四个方面，全力推动扶贫产品产销对接。

要最大限度地降低新冠肺炎疫情对脱贫攻坚的影响。我们充分用好国家、省一系列应对疫情稳定经济运行的政策措施，做好产业扶贫、就业扶贫、易地扶贫搬迁后续扶持工作，确保全省贫困劳动力就业总量达到 300 万人，贫困劳动力务工就业实现"应就尽就"。

南方周末：*2019 年是脱贫攻坚三年行动最关键的一年，云南将工作重点放在哪？*

黄云波：2019 年，云南全年实现 136.8 万贫困人口净脱贫，3005 个贫困村出列，33 个贫困县申请脱贫摘帽，"两不愁三保障"突出问题基本解决，贫困发生率降至 1.32%。全省建档立卡贫困人口中，人均纯收入 5000 元（含）以上的比例由 2015 年的 5% 上升到 2019 年的 90.6%，有产业支撑的比例由 4.5% 上升到 93.6%，有稳定就业的比例由 9.2% 上升到 55.1%。

云南在 2019 年基本消除了区域性整体贫困。全省贫困地区农民人均纯收入由 2015 年的 2744.43 元上升到 2019 年的 9249.49 元。除傈僳族、怒族之外的 9 个"直过民族"（新中国成立后，直接由原始社会跨越几种社会形态过渡到社会主义社会的民族）和人口较少民族整体脱贫，8 个民族自治州、29 个民族自治县贫困发生率分别从 2015 年的 10.58%、12.17% 下降到 2019 年的 0.86%、0.53%。

9 个少数民族告别绝对贫困

南方周末："直过民族"和"人口较少民族"是云南省脱贫攻坚的难中之难。如今脱贫情况如何？

黄云波：脱贫攻坚战打响以来，云南把"直过民族"聚居区作为全省脱贫攻坚的重点，突出扶贫项目优先安排、扶贫资金优先保障、扶贫工作优先对接、扶贫措施优先落实，对 11 个"直过民族"和"人口较少民族"分别制定了精准扶贫、精准脱贫实施方案。几年来，云南集中投入 343.9 亿元，着力实施了提升能力素质、组织劳务输出、安居工程、培育特色产业、改善基础设施、生态环境保护等六大工程 25 类项目，"直过民族"聚居区发生了翻天覆地的变化。

截至目前，11 个"直过民族"和"人口较少民族"基本实现"两不愁三保障"，70.75 万贫困人口实现脱贫，1039 个贫困村出列，贫困发生率由 2014 年的 26.69% 下降到 2.41%，独龙族、德昂族、基诺族、佤族、普米族、阿昌族、拉祜族、布朗族、景颇族 9 个"直过民族"和"人口较少民族"实现整族脱贫，告别绝对贫困。

南方周末：但怒族和傈僳族依然有未脱贫人口？

黄云波：怒族和傈僳族未脱贫人口主要聚居在怒江州的泸水、福贡、贡山和兰坪等深度贫困县境内。从脱贫情况来看，"两不愁三保障"突出问题已基本解决，目前攻坚重点主要是集中帮助改变生产生活方式，革除传统陋习，动员进城务工，建设平台带产业。2019 年底，怒族建档立卡贫困人口由 20639 人减至 2439 人，贫困发生率从 2014 年的 39.08% 下降至 2019 年的 7.39%。傈僳族建档立卡贫困人口由 325776 人减少至 39038 人，贫困发生率从 2014 年的 30.7% 下降至 2019 年的 5.7%。

南方周末：对于"直过民族"和"人口较少民族"地区，云南如何进行教育扶贫？

黄云波：教育扶贫是彻底阻断贫困代际传递的有效手段。针对怒江州、迪庆州以及其他"直过民族"和"人口较少民族"地区实际，我们实施了"推普攻坚"工程。2016年至今，累计投入资金4661万元，完成9.96万名不通汉语劳动力培训；发放语言扶贫定制手机2万台，29.18万人通过手机App学习普通话、认读常用汉字。

我们注重加强少数民族地区学前双语教育，在推进"一村一幼"建设中，通过完善民文教材体系、加强双语教师培养、总结推广典型经验，推进学前学会普通话工作。创建普及普通话示范村700个，完成114个城市2370所学校语言文字规范化建设达标工作。全省各级、各类学校全部使用国家通用语言文字教学，普通话普及程度大幅提升。

从"最牵挂的地方"变成"最向往的地方"

南方周末：为什么说云南怒江州是脱贫攻坚战的"上甘岭"？

黄云波：怒江州属全国"三区三州"深度贫困地区，2014年贫困发生率高达56.24%，是云南省贫困发生率最高的地区。它的四个县（市）均为国家级贫困县，全州98%以上的面积是高山峡谷，可耕地面积少，生存空间受限；无高速路、无机场、无铁路、无航运，基础设施严重滞后，独龙族是全国最后一个通公路的民族；全州60%的地区属于"直过区"，社会发育程度低、生产力水平低，贫困面大、贫困程度深。

不过，如今的怒江每天都在变化、每时都在进步。10万名贫困群众搬下大山，务工创业，3万多名贫困群众当上生态护林员、护边员、护路员。生态观光、民族文化体验、生物多样性研学"三位一体"旅游融合发展，"峡谷怒江，养心天堂"旅游品牌影响持续提升；怒江美丽公路全线通车，兰坪通用机场建成通航，怒江新城正在崛起，一大批重大项目加快推进……怒江正从"最牵挂的地方"变成"最向往的地方"。

到2019年底，怒江全州建档立卡贫困人口从26.78万人减少到4.43万人，贫困村从249个减少到80个，贫困发生率从56.24%下降到10.09%，独龙族、普米族整族脱贫。根据动态监测，目前怒江州贫困发生率已降至0.76%，将与全国全省一道如期实现高质量脱贫。

南方周末：作为全国贫困人口最多的地级市，昭通的脱贫情况如何？

黄云波：昭通市地处云贵川三省接合部的乌蒙山区腹地，是集革命老区、乌蒙片区、生态脆弱区为一体的深度贫困地区，全市 10 个贫困县区中有深度贫困县 7 个，1235 个贫困村中有深度贫困村 691 个，有建档立卡贫困人口 185.07 万人，是全国"贫中之贫、困中之困、难中之难"的典型代表。

5 年来，昭通做好易地扶贫搬迁、产业培育、劳动力转移就业、基础设施改善"四篇文章"，在深度贫困地区闯出一条摆脱绝对贫困的"昭通路径"。全市累计减贫 169.08 万人、1131 个贫困村出列（其中深度贫困村 590 个）、9 个国家级贫困县摘帽（其中深度贫困县 6 个）；到 2019 年末，全市建档立卡贫困人口由 185.07 万降至 15.99 万，贫困村由 1235 个降至 104 个，贫困县由 10 个降至 1 个，贫困发生率由 34.8% 降至 3.4%。

"教会群众算经济账、健康账、生活账"

南方周末：云南的易地扶贫搬迁工作是怎么操作的？

黄云波：易地扶贫搬迁是脱贫攻坚"五个一批"中政策性最强、扶贫效果最突出的一项。云南省委、省政府强力推进易地扶贫搬迁，完成了云南历史上最大规模的"挪穷窝换穷业行动"，实施了 99.6 万贫困人口、50 万非贫困人口易地搬迁工作。基本实现了"搬得出、稳得住、能脱贫"的目标。

我们瞄准资源承载力严重不足地区、公共服务严重滞后且建设成本过高地区、地质灾害频发易发地区、国家禁止或限制开发地区、地方病高发地区等"一方水土养不活一方人"的建档立卡贫困人口，锁定贫困搬迁对象，坚持易地扶贫搬迁与新型城镇化建设有机结合，鼓励城镇集中安置，尽量实现自然村整体迁出。

南方周末：如何让老百姓愿意搬？

黄云波：为做好群众搬迁工作，全省组织优秀干部下沉一线，与基层干部共同进村入户，做实做细相关政策宣传引导工作。各地抽调熟悉民族语言、有驻村工作经验、善于做群众工作的人员，翻山越岭、走村入户，组织易地扶贫搬迁群众入住新家。工作队员在多轮次进村入户开展动员工作基础上研判分析，用当地民族语言，下到田间地头宣传动员，逐户开展院坝座谈、火塘夜话，与群众将心比心、交心谈心，从劳务就业、子女上学、产业发展、老人看病等方面一笔一笔教会群众算经济账、健康账、生活账，动之以情、晓之以理，彻底打消群众思想顾虑。针对部分"长期不出村"的村民，通过开设专题生活技能培训班、带着群众进城参观等方式，以切身感受，坚定贫困群众搬入新家园的决心。

怒江州围绕易地扶贫搬迁"稳得住"，新组建近千人的"背包工作队"，深入迁出地和迁入地，与群众共同解决搬迁中的困难问题。截至目前，全州"十三五"期间易地扶贫搬迁 10 万人已全部"搬出大山，迁入新居"。

昭通市靖安、卯家湾两个大型易地扶贫搬迁安置区，分别组建了临时党工委、管委会，从相关的 8 个县区和市直部门抽派副处级以上干部作为班子成员，全力做好安置区建设管理、组织搬迁入住、社区管理服务、就学就医、社会保障等工作。建立完善功能完备、服务优良的网格化社区管理服务体系，通过组建党组织、居委会、理事会、楼宇党支部、楼栋长、户代表等载体，精准对接每一位搬迁群众，强化迁出地、迁入地协同管理，衔接做好迁出群众低保、医保和养老保险转移接续工作，织牢社会保障安全网，切实帮助搬迁群众尽快适应新环境、融入新社区。

南方周末：*搬迁后还有哪些后续扶持措施？*

黄云波：为确保搬迁群众"稳得住，能发展"，云南省在产业就业帮扶、教育医疗配套设施建设和社会治理融入等方面持续发力。在确定易地扶贫搬迁安置点后，就搬迁后续配套农业产业进行总体规划，指导各安置点培育符合当地发展的特色产业，形成搬迁户增收致富的农业支柱产业。针对全省万人以上搬迁安置点，在周边配套农业产业基地，带动贫困户就地就近就业。着力完善易地扶贫搬迁集中安置点"有就业服务、有技能培训、有组织输出、有扶贫车间、有公益岗位"等就业帮扶措施，全力促进搬迁群众实现就业增收。

对话青海省扶贫开发局局长马丰胜*

2020 年 4 月 21 日，在经过专项评估检查后，最后一批 17 个贫困县区摘帽。至此，青海全省 42 个贫困县（市、区、行委）全部退出贫困县序列，实现了绝对贫困全面"清零"目标。

这是一场艰巨的脱贫攻坚战。作为该省扶贫开发局党组书记、局长，马丰胜认为青海"集西部地区、民族地区、高原地区、贫困地区于一身"，省情特殊，这场胜仗更显得有特殊意味。

着眼"今天怎么搬，明天怎么办"

南方周末：你最近一次去过青海贫困发生率（指低于贫困线的人口占全部人口的比例）最高的地方是哪？当地生活条件怎么样？

马丰胜：我最近去了玉树市调研，该市贫困发生率由 2015 年的 35%，到 2018 年底实现绝对贫困"清零"。通过进村入户实地查看，村里引来了自来水，修通了水泥路，办起了生态畜牧合作社，建起了扶贫车间，也开起了牧家乐，生产生活方式发生了根本转变。2019 年底，全市农牧民人均可支配收入从 2012 年底的 3951 元增长到 10055 元，7 年增长了 1.5 倍。

南方周末：青海藏区是典型的"贫中之贫"，在深度贫困地区脱贫问题上，青海之前的压力大不大？

马丰胜：2017 年，我们全省确定了 15 个深度贫困县、559 个深度贫困村和 24.1 万深度贫困人口。青海打赢脱贫攻坚战面临一些特殊困难。一是致贫因素交织叠加，农牧区资源禀赋差，贫困群众抵御自然灾害和市场风险能

---

* 本文首发于 2020 年 5 月 21 日《南方周末》，原标题《"五成贫困人口吃'阳光饭'"：对话青海省扶贫开发局局长马丰胜》。作者：南方周末记者谭畅。

力弱，返贫压力很大。二是脱贫成果的巩固压力很大，农牧区大多数贫困群众受教育程度低，就业创业能力不足，扶贫产业生产经营方式简单粗放，收入结构不合理，收入预期不稳定。三是思想转变任重道远，薄养厚葬、高额彩礼、相互攀比、禁杀惜售等问题在一些深度贫困地区依然突出；部分贫困群众观念落后、等靠要思想严重，少数贫困群众不善理财、不会理财，有钱乱消费、没钱等帮扶的问题还需要长期关注。

南方周末：青海加码了哪些具体措施？

马丰胜：我们将新增财政扶贫资金的 70% 统筹用于深度贫困地区脱贫攻坚，各行业惠民项目向深度贫困地区倾斜，对口支援和东西部扶贫协作资金的 80% 用于深度贫困地区基础设施、公共服务项目建设和产业就业扶贫。

同时，我们紧盯全省 6.4 万特殊困难群体，将农村低保标准由 2016 年的 2970 元提高到今年的 4800 元。深度贫困地区敬老院建设、养老服务设施能力提升、残疾人无障碍设施改造及康复救助、托养服务、技能培训等工作都得到持续加强。截至 2019 年底，全省特困群体已全部脱贫。

南方周末：青海省易地扶贫搬迁的规模很大，在后续扶持和促进搬迁群众就业增收方面，青海想了哪些办法？

马丰胜：截至 2019 年 7 月，青海全面完成了"十三五"易地扶贫搬迁工程建设任务，5.2 万户、20 万名农牧民全部搬迁完毕。

省委、省政府着眼"今天怎么搬，明天怎么办"，持续强化后续扶持，促进搬迁群众稳定增收。一是强化产业扶持，实现了全省 38 个项目县扶贫产业园、761 个有搬迁任务的贫困村互助发展资金和村级光伏扶贫项目、10.01 万有劳动能力搬迁贫困人口到户产业扶持资金"四个全覆盖"。二是强化就业帮扶，2016 年以来累计培训贫困农牧民近 12 万人次，70% 的受训人员找到了就业门路，稳定就业率达到 60% 以上；建设扶贫车间 310 个，解决就业岗位 2.18 万个，帮助搬迁群众实现家门口稳定就业；全省 3.17 万户搬迁建档立卡户中，有 1.53 万户每户 1 人从事生态公益性管护、保洁保安等工作，户均年度增收最高达到 2.16 万元。三是强化低保兜底，逐年提高补助标准，将一般困难家庭、比较困难家庭、困难家庭年度补助水平由 2016 年的每人 400 元、2016 元和 2500 元分别提高到 2018 年的 1800 元、3000 元和 3600 元。2019 年又将全省农村最低生活保障标准年人均提高 600 元，达到 4300 元，有条件的地区据实补差，为搬迁群众稳定脱贫系上了"保险绳"。

行百里者半九十

南方周末：2019 年是脱贫攻坚三年行动最关键的一年，青海将工作重点放在哪？

马丰胜：这一年里，青海着力推进产业扶贫、就业扶贫、消费扶贫、光伏扶贫，群众收入稳定提升，农牧民人均可支配收入达到 11499 元，全省 91.3% 的行政村实现村集体经济"破零"。青海在 2019 年投入深度贫困县财政资金 30.32 亿元，年度争取东西部扶贫协作、对口援青、中央定点扶贫资金分别为 3.63 亿元、17.66 亿元和 9000 万元。目前全省实现绝对贫困"清零"目标。

南方周末：绝对贫困全面"清零"后，2020 年，青海还面临哪些挑战？

马丰胜：行百里者半九十，2020 年是脱贫攻坚全面交账、兑现责任的一年，是全面建成小康社会的收官之年，没有任何退路和弹性。特别是我省作为民族地区，脱贫成效不仅是经济问题、社会问题，而且也是政治问题。虽然我们实现了现行标准下绝对贫困"清零"目标，但在脱贫后续巩固上还面临不少挑战。

目前，青海省委、省政府在强力推进产业、就业、教育、健康、住房、基础设施、环境整治、低保救助、精神脱贫等九大后续巩固行动，持续做好扶贫、民政两项制度衔接，将有致贫返贫风险的人口及时纳入民政救助体系，实行低保渐退制度，帮助实现稳定脱贫。

南方周末：2020 年已经过半，疫情给脱贫工作带来了哪些影响？

马丰胜：新冠肺炎疫情给脱贫攻坚带来了诸多不利影响，一是人员外出务工受阻；二是个体工商户收入减少，比如海东市在全国的 2.78 万家拉面店，约有 2.6 万家歇业，16.9 万从业人员增收受到影响，其中贫困劳动力 2.14 万，截至目前人均年收入减少 3500 元左右；三是扶贫项目建设成本增加。

为减小疫情影响，青海出台了一系列激励举措抓好复工复产、抓好务工就业。对参与劳务组织输出或参加农牧区基础设施建设、人居环境整治的贫困劳动力，给予每人 1000 元的一次性就业补助；对跨区域转移就业的贫困劳动力，由县级政府发放返岗务工补贴。对于吸纳贫困劳动力并签订就业合同的企业，按照每人 1000 元的标准给予一次性奖励。结合新冠肺炎疫情防控，在全省 4146 个行政村中每村增设 4 个防疫消毒、巡查值守、宣传疏导等临时性公益岗位，优先安排低收入群体就业增收，所需资金从村集体经济收益和光伏电站收益中列支。

南方周末： 光伏扶贫是青海的特色，目前效果如何？

马丰胜： 青海省充分利用丰富的太阳能资源优势，抢抓脱贫攻坚政策机遇，大力发展光伏扶贫产业。目前，全省建成 4 类光伏扶贫项目，装机规模 73.16 万千瓦，占全省光伏容量的 8%，年发电产值预期 8.8 亿元，扶贫收益 5.7 亿元，带动 7.7 万户 28.3 万贫困人口，占全省贫困人口的 52.5%，五成贫困人口吃上"阳光饭"。

我们积极协调各级电力部门简化工作流程，快捷办理手续，确保建成电站按期并网，实现"即投产、即稳定、即盈利"目标。整体效益超过预期，收益的 60% 作为村集体经济，主要用于产业发展、基础设施维修维护、农牧民教育培训、临时救助等，40% 作为扶持资金。

"留得住、学得好"

南方周末： 在阻断贫困代际传递方面，青海有何独特经验？

马丰胜： 教育扶贫是阻断贫困代际传递的根本之策。截至 2019 年底，青海省学前教育毛入园率、九年义务教育巩固率、高中阶段教育毛入学率分别达到 90.69%、96.87%、90.31%，较 2015 年分别提高了 9.95 个、3.85 个、10.31 个百分点，影响贫困家庭子女义务教育的突出问题得到根本性解决，贫困地区教育基本公共服务水平显著提升。2016年至2019年，累计投入贫困地区教育建设项目资金118.5亿元，建设校舍298万平方米，基层办学条件得到明显改善。

在师资队伍建设方面，青海实施乡村教师支持计划，建立乡村教师生活补助和荣誉制度，实施藏汉双语定向公费师范生培养计划和农村牧区理科、小学全科及紧缺学科骨干教师培养计划，努力建设一支面向贫困地区"下得去、留得住、教得好"的教师队伍。

对接脱贫需求，青海省在教育上注重强化技能培训。我们实施职业教育"圆梦行动计划"，统筹协调24所国家示范和重点中等职业学校（技工学校），单列招生计划、单独考试招生、单独录取，同等条件下优先录取建档立卡等贫困家庭学生。每年面向"两后生"、农牧民等开展技术技能培训5万人（次）。同时加强对家庭贫困学生的就业指导，着力提高其职业素养和就业能力，举办全省高校毕业生困难群体就业专场招聘会，帮助家庭贫困毕业生及时充分就业，贫困家庭学生就业签约率高于全省平均水平。

南方周末：如何防止因贫失学？

马丰胜：一方面扩大定向招生规模，2016年以来，累计安排省内高职精准扶贫招生计划11869名，本科扶贫、藏区、生态三个专项招生计划2950名，为贫困地区学生接受高等教育创造更多机会。藏区省内外异地办班规模逐步扩大，三江源民族中学、西宁果洛中学、玉树海东中学相继建成，2019年面向民族地区招生规模达到2024名，服务藏区的优质教育资源不断扩大。另一方面不断完善教育资助政策，构建从学前教育到高等教育地域全覆盖、阶段相衔接的教育资助体系。2016年起，面向六州全体学生和西宁海东贫困家庭学生实施教育资助政策，加大对特殊困难群体的保障力度。

南方周末：辍学的适龄儿童怎么办？

马丰胜：青海开创"互联网+"控辍保学全新工作模式，建立户籍信息、建档立卡贫困人口信息与学籍信息比对机制，对疑似失学、辍学适龄儿童少年逐一摸排劝返，并确保劝返复学学生"留得住、学得好"。

对话四川省扶贫开发局局长降初*

> 降初作为全国人大代表、四川省扶贫开发局局长，每个月都要去两三次凉山。由于其是藏区干部出身，对彝区、藏区的脱贫问题也更为关注。

2020 年，在脱贫攻坚战收官年的倒计时里，四川的压力不小。未能摘帽县还有 7 个，都集中在凉山州，而凉山则被称为"中国贫困的样本"。目前，全国贫困发生率（指低于贫困线的人口占全部人口的比例）高于 10% 的贫困县共 6 个，其中 4 个在凉山州。

降初作为全国人大代表、四川省扶贫开发局局长，每个月都要去两三次凉山。由于其是藏区干部出身，对彝区、藏区的脱贫问题也更为关注。

南方周末记者致电降初时，他正在从凉山调研回来的路上，"今年时间很紧张了，我们正在全力'补齐短板'。"降初说。

排查发现问题主要在住房和饮水

南方周末：你这次去凉山看到当地农民生活条件怎么样？

降初：我省贫困发生率最高的地区在凉山州。脱贫任务最重和难度最大的分别是昭觉县和布拖县。最近，我们经常去的地方也是凉山州，在实地督战作战时看到，当地贫困群众生活条件发生了巨大变化。最直观的就是房子修好了、路通了、读书看病方便了，贫困群众吃穿已不成问题，家家都存有粮食、挂有腊肉，人人都有几身换洗衣服。

目前，仅第一、二批中省财政专项扶贫资金就向凉山州投入了 63.97 亿

---

* 本文首发于 2020 年 5 月 21 日《南方周末》，原标题《"还有七县未摘帽，正在全力'补齐短板'"：对话四川省扶贫开发局局长降初》。作者：南方周末记者贺佳雯。

元，占凉山州 2019 年中省财政扶贫资金总量的 129.79%，2020 年投入凉山州的财政专项扶贫资金比去年大幅增加。

南方周末：四川一直是扶贫最重要的战地之一，现在整体脱贫情况如何？

降初：全省 625 万建档立卡贫困人口已经实现 600 多万人脱贫，11501 个贫困村已实现 11201 个退出，88 个贫困县已实现 81 个摘帽，贫困发生率从 2013 年底的 9.6% 下降至 2019 年底的 0.3%，这说明四川脱贫攻坚取得决定性成就。

南方周末：2015 年定下贫困人口的脱贫标准是实现"两不愁三保障"。2019 年为着力解决这方面的突出问题，提高脱贫攻坚质量，四川是如何开展的？

降初：四川是在全国率先开展"两不愁三保障"回头看大排查的省份。2019 年 6~8 月，集中开展 3 个月时间的大排查。

南方周末：排查发现哪些问题？

降初：排查发现已脱贫户"两不愁三保障"突出问题占排查户数的 2.69%，未脱贫户突出问题占排查户数的 2.91%；在帮扶工作中，排查发现问题占排查户数的 5.4%；在易地扶贫搬迁户中，排查发现问题占排查户数的 11.58%。排查发现的问题主要集中在住房安全和饮水安全方面，区域主要在凉山彝区。

南方周末：四川是怎么解决这些问题的呢？

降初：我们按照"建立台账、分类分级、制定方案、集中整改、逐一销号、建章立制、报告结果"7 个环节，分级负责、分类指导，狠抓问题整改。省财政还专门筹措 26 亿元资金，重点支持 45 个深度贫困县排查发现问题的对标补短、提升内生动力。

截至 2019 年底，全省"两不愁三保障"突出问题整改已超过 90%，其中已脱贫户发现的问题已全部完成整改，剩余问题集中在 2020 年计划脱贫户，所有问题今年 6 月底前全部解决到位。

南方周末：疫情对脱贫攻坚带来了哪些影响？

降初：疫情初期还是给脱贫攻坚带来了一定影响，主要体现在以下四个方面：首先，因企业复工推迟，大部分贫困劳动力在疫情初期不能外出务工，稳定增收受阻。其次，部分扶贫工程项目，比如住房建设等受建材物资、施工机械、人员力量的影响，不能按期开工复工。再次，帮扶干部短时间内不能上门对贫困户进行精准帮扶，一些补短项目不能按时推进。最后，还有部分贫困地区农产品在生产、销售等方面受到冲击，从而影响农民增收、影响部分贫困村集体经济发展。

南方周末：那采取了哪些措施来减轻这些影响呢？

降初：面对疫情带来的影响，我们因地制宜、分类施策，有针对性地解决困难和问题。

在就业服务保障方面，建立完善疫情对脱贫攻坚影响分析应对机制，深入摸排疫情对贫困地区和贫困群众的影响。把优先支持贫困劳动力务工就业摆在突出位置，出台《关于应对新冠肺炎疫情进一步做好就业扶贫工作的通知》《关于应对新冠肺炎疫情进一步做好就业扶贫工作的十二条措施》，通过实施"春风行动"、组织"点对点"直达服务等，全力做好贫困劳动力返岗就业工作。

截至 4 月底，全省返岗务工贫困人口已达 181.55 万人，扶贫龙头企业已复工 157 家、复工率 98.74%，扶贫车间已复工 571 个、复工率 90.49%；累计开发临时公益性岗位安置贫困劳动力 12.23 万人。

应对产业发展难题，我们采取多部门联动保障种子、化肥、农药等农业生产资料和农产品生产、运输、储备，鼓励发展短平快增收项目，确保春耕生产不误农时。出台《做好 2020 年产业扶贫工作促进贫困群众稳定增收八条政策措施》，确保贫困群众收入持续稳定。落实扶贫小额信贷支持政策，认真摸排各地扶贫小额信贷受疫情影响情况，对受疫情影响出现还款困难的贫困户适当给予最长不超过 6 个月的还款延期。

南方周末：扶贫项目开工复工延迟怎么解决的？

降初：我们建立健全工程项目建设疫情防控机制，开设扶贫项目申报、审核、审查绿色通道，优化项目库入库程序，进一步做实项目前期准备工作，采取"以工代赈"等方式加快扶贫项目建设。截至 5 月中旬，全省扶贫项目已开（复）工 29288 个、开（复）工率达 85.6%。

同时，出台推动易地扶贫搬迁参建企业复工政策，积极为凉山州扶贫项目开工复工创造条件。截至 4 月底，7 个未摘帽县已建成易地扶贫搬迁集中安置点 151 个，剩余 150 个在建集中安置点建材采购充足、货运通畅，项目建设推进有力有序。

南方周末：2020 年是全面打赢脱贫攻坚战的收官之年，现在四川的难题主要集中在凉山，还有哪些任务要完成？

降初：2020 年，我省还有 7 个贫困县摘帽、300 个贫困村退出、20 万贫困人口脱贫的任务要完成，且剩余的贫困县、贫困村和 87% 的贫困人口都集中在凉山州。

我们实行省、州、县联动，省级领导带队、省级部门组建工作专班、其他市（州）已摘帽县派员参加，对凉山州 7 个未摘帽县实行挂牌督战，既蹲点督战又全程作战，及时发现问题、解决问题，一项一项整改清零、一户一户对账销号，把扶贫措施细化到户，确保今年 6 月底前住房安全、饮水安全建设任务全部完成。

同时，全面落实综合帮扶凉山州脱贫攻坚 34 条支持政策和 16 条工作措施，持续深化东西部扶贫协作、定点扶贫、省内对口帮扶和驻村帮扶，推动脱贫攻坚责任落实、政策落实、工作落实，确保如期高质量打赢脱贫攻坚战。

对话甘肃省临夏回族自治州州委书记杨元忠 *

产业扶贫是我们的主攻方向，包括粮改饲工作、扶贫车间建设和劳务输转。

"我们的扶贫车间是厦门市对口帮扶的，拿的都是国际订单，比如说生产的雨伞是卖给日本的，还有集美的皮制品公司，生产向美国、德国出口的特种包。"

南方周末：你去过最贫困的地方是哪里？

杨元忠：临夏最贫困的是东乡县。但东乡县布楞沟村现在已经从"悬崖边"的村庄变成全州脱贫攻坚的示范村。村里引来了自来水，修通了水泥路，建成了新农村，办起了养殖场，建起了扶贫车间，也开起了农家乐。2018 年底，全村农民人均可支配收入从 2012 年底的 1624 元增长到 6815 元。

南方周末：那东乡县还没有脱贫的呢？

杨元忠：东乡县的大树乡贫困发生率在 60% 以上，现在易地搬迁以后，再把扶贫车间配上，收入快速提升，贫困发生率降到了百分之十几。我们今年还会增加 200 个以上的扶贫车间。

南方周末："两不愁三保障"是脱贫的核心考点，对临夏而言，最难的是哪个方面？

杨元忠：产业扶贫是我们的主攻方向，包括粮改饲工作、扶贫车间建设和劳务输转。其中粮改饲是把玉米变成饲料，发展饲草业，进行农业供给侧结构性改革。过去玉米在电商那儿卖不上好价钱，我们把它变成饲料，为发

---

* 本文首发于 2019 年 3 月 7 日《南方周末》，原标题《对话全国人大代表、甘肃省临夏回族自治州委书记杨元忠："今年要解决两个难题，一个产业，一个水"》。作者：南方周末记者贺佳雯，南方周末实习生邓依云、高照。

展养殖业奠定了基础。2018年我们全州推广种植饲草玉米29.9万亩，参与的贫困户达4.9万户，占总数的84%，亩均增收400元左右。除此之外还有光伏发电项目。

南方周末：扶贫车间的创新之处在哪？

杨元忠：扶贫车间就是通过相关单位牵线搭桥，引进来料加工和订单项目，建成各类扶贫车间，让贫困群众尤其是妇女在当地打工，实现顾家、务农、挣钱三不误。扶贫车间的标准是必须吸纳20%的贫困户。目前我们全州已经建成了123个扶贫车间，占到全省的1/5，带动就业6641人，人均月收入在2500元左右。

贫困人群很多语言不通或者文化素质较低，他们没办法出去打工。我们的扶贫车间是厦门市对口帮扶的，它们拿的都是国际订单，比如生产的雨伞是卖给日本的，还有集美的皮制品公司，生产向美国、德国出口的特种包。

南方周末：义务教育方面，临夏的控辍保学情况如何？

杨元忠：教育发展滞后是制约临夏脱贫攻坚的短板，我们把发展教育作为"挖穷根"的治本之策，从2017年秋季学期开始，部署开展控辍保学攻坚战，建立州、县、乡、村四级"学长制"，政府、学校、社会、家庭共同参与，让每一名贫困家庭的孩子都能接受义务教育。根据目前的情况，我们还需要新建和改扩建一些寄宿制中心小学和中学，这样可以更好解决边远山区学生上学路途远的问题，也可以把家长从接送孩子中解脱出来，更好发展生产。

南方周末：现在距离2020年消除绝对贫困、全面建成小康社会仅有不到两年的时间，那么接下来临夏州的减贫目标是什么？

杨元忠：今年我们计划减贫11.7万人，使贫困发生率下降到2.56%，335个贫困村退出，广河、和政、康乐、永靖、积石山5个县摘帽。

南方周末：针对这个目标，临夏2019年的工作重点是什么？

杨元忠：今年我们的工作重点一个是产业，另一个是水。

产业方面今年我们要重点做到三个全覆盖。第一个是实现粮改饲工作全覆盖，争取 8 个县市全部纳入粮改饲省级试点县范围，全州饲草玉米种植面积扩大到 35 万亩。第二个是实现扶贫车间全覆盖，争取全州扶贫车间达到 200 个以上，带动就业 10000 人。第三个是实现有劳动能力的贫困户就业务工全覆盖，更加注重向长三角、珠三角以及福建厦门等沿海发达地区输转劳务，更加注重输转知识型、技能型劳务。

除了产业外，水问题也是我们今年工作重点。我们现在还有 9000 户 3.58 万人需要窖水来补充日常用水，其中 980 户还是完全依赖窖水。除此之外，现在只有临夏市有双回路供水，其他的县还有 15 万人面临供水不稳定。这就是我们今年着力要解决的问题。

对话云南省怒江傈僳族自治州州长李文辉 *

"脱贫攻坚要激发群众内生动力，不能泛福利化。我觉得兜底比例应该是越小越好，应该树立这么一个观念。"

南方周末：怒江现在还有多少贫困人口？自从被确定为深度贫困地区，怒江的贫困发生率降低了多少？

李文辉：现在全州有 54 万人口，贫困人口是 14.3 万，但贫困发生率高达 33.25%。2017 年底的贫困发生率是 38.14%，一年降 5 个百分点左右。

怎么降的？我们增加了易地搬迁的指标。

易地搬迁是怒江州脱贫攻坚的头号战役，2016~2018 年纳入计划的有 8696 户 32856 人，目前任务基本完成；2018 年又新增易地扶贫搬迁任务，共锁定建档立卡贫困人口 63003 人，力争今年 10 月底前竣工，12 月底前搬迁入住。

南方周末：易地搬迁近十万人，为什么这么多？

李文辉：怒江州四个县市全都是国家扶贫开发重点县，区域性贫困和素质性贫困交织。我们 98% 的面积都是高山峡谷，各类自然保护区占到了总面积的 58% 以上，是有树不能砍、有水不能发电、有矿不能挖。25 度以上的陡坡地占到 50%，全州人均耕地面积才 1.4 亩。

你想就地解决这些人的"两不愁，三保障"，第一没条件，第二成本太高，第三解决不了后续发展的问题。

南方周末：老百姓愿意搬吗？

---

* 本文首发于 2019 年 3 月 7 日《南方周末》，原标题《对话全国人大代表、云南省怒江傈僳族自治州州长李文辉："脱贫攻坚不能泛福利化"》。作者：南方周末记者谭畅，南方周末实习生李馥含。

李文辉：老百姓意愿的转变有一个过程，他要看到好处和希望，才愿意搬。把老百姓的房子盖起来，把他收入涨了，产业发展起来，让他有一个打工的地方，后续发展问题解决了，他自然就住下来了。现在所有易地搬迁的安置点，老百姓一定是拎包入住。孩子从小学到高中，享受十四年免费义务教育，一分钱也不用掏。解决好就业问题，老百姓日子比过去好多了。

南方周末：如何保障易地搬迁后居民的就业问题？耕地、产业都能配套吗？

李文辉：怒江本来就没有地，他在山上没有地，搬到山下也没地。

我们第一是通过流转原有产业解决一部分就业问题，提高产业组织化程度，增加搬出去的这部分人的资产性收益。

第二是搞生态扶贫，现在全州计划提供 3.86 万个生态公益性岗位，包括护林员、护边员、护路员、河道管理员、乡村保洁员等。

第三是我们在集中安置地附近开设大量扶贫车间，发展劳动密集型产业，让老百姓就近就地打工、有收入。

最关键是想方设法提高他们的劳动技能，打好劳务经济这张牌。

怒江有个特点，建档立卡贫困人口平均年龄 30 岁，很年轻。我们通过政府组织定向劳务输出，鼓励 18~45 岁的人出去打工。2018 年全州有 8 万多人外出务工，其中建档立卡贫困人口 3.8 万。这个不得了。你想想，住房是通过政府手段解决的，不用掏钱，所以一户只要有人出去打工，就能脱贫了。

南方周末：怒江的旅游资源很丰富，为什么没怎么发展旅游扶贫？

李文辉：怒江有条件将来成为云南乃至全国的旅游制高点，我们生态良好，景色壮美，民俗文化多姿多彩。但是旅游还没办法在短时期内成为一个重要的扶贫产业，因为还受到很多基础设施的影响，如道路、机场、景区开发水平等，这需要一个过程。

南方周末：到 2020 年全面脱贫，有一批贫困人口将通过社会保障兜底。有没有提前估计，怒江有多少人属于兜底保障？

李文辉：全州只有 1.7 万人，挺少的，占建档立卡贫困人口的 10% 左右，主要是残疾人。脱贫攻坚要激发群众内生动力，不能泛福利化。我觉得应该树立"兜底比例应该越小越好"这么一个观念。

扶贫背后的问题与突围

贫困县"4000万元"水幕电影诞生记 *

2017年、2018年，万全区投入扶贫领域资金分别为1.66多亿元、1.44多亿元（包括国家、省、区、市多级扶贫资金），但区本级财政扶贫投入分别只有2770多万元、3300多万元，均低于水幕电影相关项目资金投入。

2019年6月24日上午，《穷困县的四千万是怎么花的》一文在网上流传。

陈熙在这篇网帖中爆料，河北张家口万全区斥资4000万元要拍一部30分钟的水幕电影，为2018年8月张家口市举办的旅游产业发展大会和2022

---

* 本文首发于2019年7月4日《南方周末》。作者：南方周末特约撰稿沈河西，南方周末记者程涵。

年北京冬奥会献礼。

而比"穷困县""4000 万元""水幕电影"这些词更令大众咋舌的是，项目背后层层转包的利益链条。

网帖中称，一个游走于官商两界、名为闫聚的人以 400 万元的价格将影片转包给老乡方旆旎，后者又以 220 万元的价格转包给了北京博能时代国际会展有限公司（以下简称"博能时代"）总经理刘金涛，刘金涛继而以 165 万元转包给自己的清华学弟汪海洋，最后这个项目被以 135 万元的价格转包给了汪海洋的清华学弟李梁。

根据中国政府采购网的公告，《万全区水幕电影及音乐喷泉设备采购项目中标》显示金额为 1992.66649 万元，而《〈江山万全〉影视制作服务项目中标公告》显示金额为 1860 万元，两项合共计约 3853 万元。陈熙爆料称，该项目后续追加了一部分费用用于观影台、主席台建设，这部分费用没有在政府网站上公布。

根据陈熙的说法，楚坤文化科技股份有限公司（以下简称"楚坤"）用其公司资质和政府签合同，资金由该公司经手，其中分出 1280 万元用于影片拍摄。作为影片导演同时也是整个转包链条最底端的陈熙在完成了两个月的电影制作后，应得的 10 万元酬劳一直被拖欠。为了讨薪维权，他写下了这篇爆料文章。

网帖发出的当天下午，汪海洋与陈熙结清了款项，陈熙也删除了原帖。

陈熙表示，自己原打算息事宁人，但迫于刘金涛的威胁，再次在自己的微信公众号"影漫小天使"上发布相关当事人的爆料帖。

万全区原为张家口市万全县，曾为国家级扶贫开发工作重点县，2016 年区划调整，撤县改区，2019 年 5 月 5 日，河北省人民政府发布了《关于赞皇县等 21 个县（区）退出贫困县的通知》，其中包括万全区。据媒体披露，万全水幕电影项目于 2018 年 6 月 29 日开始施工，此时万全区尚未摘帽脱贫。

陈熙爆料迅速引起公众关注和疑问，一个还戴着"贫困区"帽子的县级地方政府，为何耗资 4000 万元搞"水幕电影"？层层转包背后是否涉嫌违法交易？

6月29日，政务媒体"张家口发布"通报称，市委、市政府已成立专项调查组，对该事件直接开展全面调查。

万全区文化旅游体育广电新闻出版局局长黄晓晨告诉南方周末记者，现在省市领导着手调查，但调查结果尚未公布。

贫困县花 4000 万元拍水幕电影合适吗

据陈熙介绍，2018 年 6 月初，汪海洋找到自己，请他参与此次水幕电影制作。当时距 8 月中旬的最后汇报只有一两个月时间。

陈熙形容这是一个连电影要体现何种主旨都不明确的项目。在他接手时，汪海洋和他的"上线"刘金涛甚至还没有和万全区的领导沟通过。

"我说你们之前怎么都没有跟客户做沟通，了解真正的客户需要，当时我还说过这个事。"陈熙告诉南方周末记者。

汪海洋给陈熙的剧本和策划只有大致的内容。据陈熙透露，这个 30 分钟的电影，完成现场实拍、演员棚拍和三维动画只用了一个多月。陈熙认为，这并不正常，经费和周期不足导致策划和剧本里的许多元素未能按计划体现。

"这个项目已经快完成了，那个时候汪海洋叫过我，找了一些能够在市面上那种花钱买的 CG 素材填充进去，就为了占那个时长。"陈熙对南方周末记者说。

这部水幕电影中涉及的动画设计、制作、渲染都很需要时间，因此很多细节也未能实现，比如，两个人在骑马打仗，一刀把人挥成水墨飞溅出去。

在被问到万全区旅游局对目前水幕电影的效果是否满意时，张家口万全区文化旅游体育广电新闻出版局局长黄晓晨表示没法回答。

陈熙认为，眼下除了影片细节和质量，更应该质疑的是，当地的客观条件不适合做水幕电影。陈熙参与现场勘查之后发现，水幕电影的现场是一条河，河两岸是居民区。

"一般这种水幕电影，要配合一个非常广大的湖面，哪怕你是人工的湖都可以。但是它没有，那个河不够。而且那个河上有高压线。当时我记得消防部门还给他们出过一个通告，说在这里施工不安全。因为那个喷泉喷老高，就喷到高压电线上去了。但是人家讲就是要做这么一个水幕。"陈熙告诉南方周末记者。

除了电影制作之外，两个月的时间里，陈熙的一大工作内容是陪闫聚、方旖旎开会、吃饭、喝酒。

此外，陈熙还经常被叫去万全开会，通常每次去都得待上几天才能回。

根据新华社记者调查，2017 年、2018 年，万全区投入扶贫领域资金分别为 1.66 多亿元、1.44 多亿元（包括国家、省、市、区多级扶贫资金），但区本级财政扶贫投入分别只有 2770 多万元、3300 多万元，均低于水幕电影相关项目资金投入。

"中间商"都是谁

在第一篇爆料文里，陈熙记录了饭桌上他的"上线"们的炫富对话，其中不乏奢华的生活场景描述。

陈熙后来才知道，整个水幕电影的项目近 4000 万元，而他的直接"上线"汪海洋一开始也不知道有这么多钱，他只知道方旖旎转包给刘金涛的价格是 220 万元。因此，陈汪二人当时猜整个项目是六七百万元。但方旖旎告诉过陈熙，这个项目钱挺多，但并未告知具体数目。

在这个陈熙口中的层层转包链条中，离他最近的是汪海洋。在接受南方周末记者采访时，陈熙透露，他本来以为汪海洋只贪了他和李梁的钱，几个中间人一起碰头之后，发现都被坑了。

按照陈熙的说法，汪海洋向方旖旎以私人名义借了 15 万元，欠李梁 26 万元，并以需要打点关系为由，又向其合伙人要了 30 万元，加起来达百万元左右。方旖旎给的是税后的钱，汪海洋欠李梁的钱中则包含 8% 的税。

南方周末记者致电汪海洋，电话接通后，对方以"打错了"为由挂断。

陈熙与汪海洋的"上线"刘金涛，即他口中的清华大师兄并无太多接触。一次接触中，汪海洋想代替陈熙行使导演权力，陈熙表达了不满，提出自己才是导演。此时，刘金涛打圆场道：大家都是导演嘛。

网帖中提到，当时闫聚组局，楚坤、刘金涛、方旖旎竞标，但后二者的公司实为陪标，故意让楚坤胜出，楚坤再把项目转包给方旖旎和刘金涛。"参与投标的都是一家人，所谓的招投标都是个幌子，做做表面文章。所以刘金涛根本不是一个简单的介绍人，方旖旎更是深度参与。"

在界面新闻翻拍的博能时代《江山万全》影视制作服务项目的投标书封面上，方旖旎为博能时代的联系人。投标书显示，方旖旎以博能时代项目经理身份参与投标。

此次事件中的刘金涛、汪海洋和李梁三人都对外声称有清华背景。据李梁的消息，清华相关人员已联系他调查。调查显示，只有李梁是清华大学研究生毕业，刘金涛只上过清华大学一个培训班，而汪海洋之前则是清华大学实验室负责管理教具的校工，并未在清华上过学。

陈熙告诉南方周末记者，和政府开会时，刘金涛和汪海洋都以清华团队自居，而陈熙和方旖旎来自北京电影学院，因此这个项目是清华和北影两大高校的强强联合，当地政府也很相信他们。

南方周末记者致电清华大学党委宣传部，截至发稿时仍未收到回复。

事件中的另一当事人方旖旎毕业于北京电影学院制片人专业进修班。方旖旎曾建议由她本人为这个电影唱主题曲，被否决。

南方周末记者拨通方旖旎电话后，她以不接受采访为由挂断了电话。

在这个层层转包的利益链中，最神秘的人物是闫聚。中标方楚坤董事长刘文清在接受中央电视台采访时表示，闫聚是跟他们公司长期合作的人。该公司的任职通知显示，闫聚是影视负责人。但被问及闫聚是不是公司员工时，刘文清并未直接回应。楚坤在万全区的现场负责人李俊接受澎湃新闻采访时，也对闫聚的身份语焉不详。

南方周末记者尝试致电刘文清，显示已转入来电提醒功能。

当陈熙把爆料文章发到工作群时，闫聚当时质问汪海洋等人，为什么陈熙这么不守规矩，说出这些事。后来，得知陈熙态度很认真之后，他与陈熙联系，以热情的态度安慰对方，表示自己对陈熙所受委屈并不知情。

"怎么不和我说一声呢？谁不给你酬劳我也得给你啊！"在文章里，陈熙引述闫聚的话。

层层转包的潜规则多年无人捅破

在陈熙的爆料中，楚坤是这个利益链条的起点，针对层层转包的质疑，董事长刘文清接受媒体采访时表示，他认为这个项目不能说是层层转包，公司是一个文化科技公司，前期制作水平有一定欠缺。

南方周末记者致电楚坤咨询水幕电影制作事宜时，公司工作人员表示楚坤主要负责项目的整体管控和硬件设备，视频内容一般找别的公司合作。

"如果你有欠缺，就应该拿不下这个投标。为什么没有能力做，你还是拿下来了？所谓的分包和转包，转包是他什么都没干，就转出去了。分包是他做绝大多数东西，但是有一少部分，比如说由于周期、技术、人力有限，必须得转出一部分。但他是把这个东西完完全全交给别人做，而且他全程没有出现。所以这个是100%的转包，不要玩字眼，就是转包。"陈熙告诉南方周末记者。

在陈熙晒出的和汪海洋的聊天记录中，汪海洋提到"本来（政府）答应无论如何都会给他们10%的尾款，现在事情闹到了书记那里，审计直接介入，但还没有签验收报告"。按照1860万元的中标价，10%的尾款就是186万元。

水幕电影项目自试运行至今已过去近一年时间。黄晓晨在此前的采访中表示，该项目自2018年8月试运行以来，夏秋季节公益开放，每天吸引游客上千人次左右，还极大地丰富了广大市民的精神文化生活。据统计，2018年全区游客量由2017年的80万人次增加到130万人次，增长62.5%；旅游收入达到5亿元左右。2019年上半年游客量达到75万人次，同比增长78.6%。

"如果验收没过关，你为什么在那儿播呢？"陈熙质疑。

南方周末记者致电向黄晓晨求证，对方证实了10%尾款确实还未付。但被问到原因时，对方以"这块不说了"为由挂断了电话。

南方周末记者从业内人士处了解到，层层转包成业内潜规则，多年来无人捅破，一方面是因为很多人从中受益，利益集团的能量很强大；另一方面，就完善法规、严格遵守流程来说，执法部门的成本过高，而犯罪成本太低。

和陈熙一样，李梁是这次水幕电影项目的最后一环，他手下有一个小团队，主要做宣传片、展览等项目。在汪海洋的介绍下，李梁进入了这个项目。

陈熙在文中提及，李梁没有选择转包，是因为他不好意思这么做。航拍时，甲方非要在禁飞区拍摄，结果无人机坠落到了河里，李梁自掏腰包买了台新的。

陈熙原本并不想把事情扩大，只想维权讨薪。"我就是踏踏实实地把自己的活干了，然后拿到自己的酬劳。你们中间谁有本事，拿一手活，你们去挣一手活的钱，那是你们的事，跟我没关系。"

目前，陈熙和汪海洋等人还在同一个微信群。陈熙表示，目前除了刘金涛外，其他人并未恐吓过他，他也没受到来自官方的压力。南方周末记者就此事试图向刘金涛求证，但截至发稿时，博能时代相关人员拒绝提供刘金涛的联系方式。

"如果这种类似的事情在行业里面一开始就有人反抗的话，它也不会变成潜规则，一直进行到现在。"

陈熙对南方周末记者说，"希望之后，比如招投标的事情是不是能够有所改善，不再走这种流程，被人为操控。比如层层转包的事情能不能引起重视"。

免费师范生十年：惠及中西部，难惠及农村 *

十年来，免费师范生毕业履约 7 万人，其中 90% 到中西部省份中小学任教。优质的师资资源，向中西部地区大幅倾斜。

很多免费师范生回到中西部，被省会或大城市"截流"了；"大多数免费师范生都未能履行到农村支教两年的约定"。

政策在落实中侧重对培养时期的扶助，缺乏对就业时期的跟进支持。学者建议建立专项补贴，鼓励毕业生下基层、下农村。

2018 年 8 月 10 日，教育部颁布《教育部直属师范大学师范生公费教育实施办法》，将"师范生免费教育政策"调整为"师范生公费教育政策"。

此前，免费师范生政策实施了整整十年。来自北京师范大学、华东师范大学、华中师范大学、东北师范大学、陕西师范大学、西南大学等 6 所教育部直属师范大学的毕业生，大量输往中西部地区。

教育部统计，从 2007 年至 2017 年，国家通过实施免费师范生政策已累计招收学生 10.1 万人，在校就读 3.1 万人，毕业履约 7 万人，其中 90% 到中西部省份中小学任教。

"无论是实施义务教育制度，还是扶贫攻坚战略，免费师范生政策都取得了一定成效。"教育部相关人士向南方周末记者表示。

免费师范生政策的实施，使得优质教师资源在全国层面的分配更为均衡。但优秀师资难以下沉到基层和农村，违约等问题也时有出现。华南师范大学教育学教授陈先哲认为，"免费师范生政策发展到了一个瓶颈期"。

新政的最大变化是，履约任教服务期由 10 年缩短为 6 年。制度的设计

---

* 本文首发于 2018 年 8 月 30 日《南方周末》。作者：南方周末记者贺佳雯，南方周末实习生陈述贤。

细节更凸显人性化色彩。但在受访专家看来，现行政策仍有调整空间，除了一纸协议的约束，还要关注激励机制和后期保障，"制度层面的设计要敢于直面现实问题"。

回城多，下乡少

"我们班里二十多个人，除了两个违约没当老师。其他当老师也都是在生源所在省份的首府（省会），最次（也得是）城市。"北京师范大学的 2011 级免费师范毕业生李萍告诉南方周末记者。

出生于四川农村的李萍，本科毕业后到资阳市的一所中学任教。但她早已打算好，以后还得往成都走。

每一位免费师范生，都要与生源地所在省份教育厅、所攻读的师范院校签订一份三方协议书。免费师范生可免交大学本科四年的学费和住宿费，每个月还有 600 元补贴（一年发 10 个月）；但约束也白纸黑字写得明明白白：毕业后师范生必须回到生源所在地从事中小学教育 10 年以上。

李萍履行了约定，毕业后回到四川工作，不过，是回到了城市里。这种情况，在免费师范生制度启动之初，就已出现。

据《人民日报》报道，首届免费师范生毕业任教农村学校的仅占总数的 4.1%，在福建、海南、山东、内蒙古和广东等 10 省区，无一名免费师范毕业生留在乡村学校的讲台上。

对于免费师范生的就业，各地通常的安排是"双向选择＋政府安排"。刚出台的新政延续过往政策，规定各省级教育部门要确保公费师范生到中小学任教"有编有岗"。

不过，"双向选择"的结果往往是，免费师范生大多去了城市。六大部属师范院校的毕业生，是中国最优质的中小学教师资源，而在许多地方，最优质的中小学集中于城市。

四川省绵阳市教育局师资处一位退休处长告诉南方周末记者，很多免费师范生回到中西部省份，被省会或大城市"截流"了。

乡镇农村的学校，往往吸收不到免费师范生，而在一些城市，免费师范生反而成了地方的"包袱"。

李萍的大学同班同学徐婉，陕西人，毕业后到西安市的一所高中任教。徐婉介绍，在西安市，许多公立学校缺少编制。她本人就没获得正式教师的编制及待遇，但仍选择留在西安。而省内其他小城市和乡镇学校能解决编制，师范生们又不愿下去。

"一个免费师范生就业，要涉及岗位、编制和钱，教育、人事、财政部门都得跟进。"上述绵阳市教育局师资处原处长指出，教育部门只能多方协调，但师范生大多"心气儿高"，下基层和农村工作意愿弱，造成了总体不满编但结构上严重失衡的现状。

免费师范生颜好文在广西柳州市一所高中教数学，有正式编制。2017年她工作第三年，年终奖已涨到1.5万元。而临时教师是没有年终奖的。此前，她的父亲曾担心她找不到工作，到教育局"上访"。经不住软磨硬泡，当地教育局承诺，"找不到工作，就近安排一所高中任教"。

为了去大城市就业，有人选择了违约。蔡雨芝本科毕业后，交了84000元的违约金，到重庆市区某重点中学任教。

蔡雨芝家在四川巴中，2014年她被东北师范大学以"贫困地区专项计划"录取为免费师范生。那年，该校在四川的贫困生名额只有4个。不过，蔡雨芝认为，家乡经济落后，教育基础薄弱，她从未有过回乡的打算。

其实，国家政策不仅要求免费师范生回生源地任教，也未忽视农村的需求。协议书中都有这样一条，"如到城镇学校工作，应先到农村地区学校任教服务2年"。

"大多数免费师范生都未能履行到农村支教两年的约定。"这是上述绵阳市教育局师资处退休处长就当地情况的观察。

国家政策明确强调，要免费师范毕业生回归"中西部边远贫困地区任教"，"这一点，现在演化成只要是'中西部地区'即可，政策界定的不明晰让效用也宽泛化了"。长期研究教育政策的上海大学社会学系教授顾俊认为，无法将培养出来的优质师资真正下沉到基层和农村，是新政亟待解决的根本问题。

转入易，退出难

2018 年暑假，李萍回到母校北师大，上了 5 个星期的在职研究生课程。每门课上两天半，上够两个暑假，完成论文，通过答辩，李萍就可以拿到非全日制教育专业硕士的文凭。

但和全日制的硕士文凭一比，李萍觉得，在职文凭"太水了"。

免费师范生政策约束的不只是就业，还有升学。新政的相关规定未作调整。这些师范生可以在任教满一学期后，免试攻读母校的非全日制教育硕士专业学位，但不能脱产，也不能报考其他专业。

这次重回母校，李萍碰到了本科同班同学徐婉。不同的是，徐婉是"正经八百"地在读教育社会学的全日制研究生。

徐婉"出逃"了。在她看来是"蓄谋已久"，但也迫不得已。

在徐婉那一届，北师大在陕西只招收免费师范生。她一心想着到北京念书，结合自己的高考分数，填报了北师大。毕业后，徐婉到西安任教，但没有正式编制、教学任务繁重、收入不高等因素，让她没忍过一年，就交了七万多元违约金，重新考研。

更重要的因素是，徐婉早就想走学术道路，"本科的时候，我就在想，为什么免费师范生成绩再好都不能保研、升学？"

在收到大学录取通知书的同时，免费师范生都要签下协议。报考免费师范生，有的人怀有教书育人的情怀，但有的人则是背离了自己的个人兴趣。这些青年在进入大学校园后，升学、就业、婚恋等人生目标，也都有可能与当初的一纸协议发生冲突。

能从中西部教育欠发达地区考上 6 所部属师范院校的师范生，大多在学业上有着自己的追求。"如果能给他们到高等学府学习的机会，又半路'下放'，也许反而是一种人才浪费。"华南师范大学教育学教授陈先哲说。

李萍属于一个"异类"，她以优异的成绩考上北师大生物科学非师范专业，但又转入了免费师范专业。

到学校报到之后，她听老师介绍，免费师范专业能免费读书，就业包编包岗。对于出身农村的李萍来说，这很有吸引力。和父母商量后，她决定转到免费师范专业。

填写转专业申请前，辅导员再三叮嘱李萍要想好了——转到免费师范专业易，再想转出来肯定不可能了。

"如果不是想减轻家里负担，我绝对不会选免师。"李萍如今心有不甘。数据显示，2016年至2018年，北师大免费师范生的农村学生比例每年都在52%以上。

从过去到现在，国家政策一直鼓励非师范专业学生转入师范专业。不同的是，新政的退出机制更为灵活：公费师范生可在师范专业范围内进行二次专业选择，录取后经考察不适合从教的公费师范生也有机会调整到符合条件的非师范专业。不过，具体如何退出，目前尚未明确。

决定就业志向的，不只是兴趣和能力。比如，因为婚恋关系造成的跨省就业难题，往往让免费师范生面临只能"二选一"的困境。

徐婉的本科舍友孟梦，和男友是班里的唯一一对情侣，最终却因无法跨省就业而分手。"跨省就业"在免费师范教育政策中虽未明文禁止，但多数省份以"人才过剩"为由拒绝接收外省生源，也有少部分省份以"需要高层次教师"为由拒绝放人。

其实孟梦还可以选择结婚，以配偶所在地为由进行申请，但她最终选择了放弃，"让一个正在探索和发展的年轻人许诺十年已经很难，何况是一辈子？"

重培养，轻保障

免费师范生政策实施十年间也曾有过一些调整。

2011年，《教育部办公厅关于免费师范毕业生就业相关政策的通知》规定，有三种情况下可以跨省就业：志愿到中西部边远贫困和少数民族地区中小学任教的；在学期间父母户口迁移至省（自治区、直辖市）外的；已婚需要迁移至配偶所在地中小学任教的。

新政延续了这样的政策：志愿到中西部边远贫困、少数民族地区任教等特殊原因不能回生源所在省份任教的，应届毕业前可申请跨省就业。

但在个案中，对"特殊原因"的掌握尺度不一。孟梦"跨省"失败，但她的内蒙古老乡王宁却成功了。

王宁是西南大学的免费师范毕业生，毕业时他优先考虑学校所在的重庆，四处应聘后，一个到成都某重点高中任教的机会打动了他。

但内蒙古教育厅那边如何交代？王宁着手申请"跨省就业"。

在申请理由里，王宁填写的是第二种情况，即"中西部边远贫困地区"。他准备了申请材料，在西南大学、内蒙古教育厅、四川教育厅三地之间来回跑了几次，一个月后章盖齐了。

王宁如愿去了成都。但西部大城市成都是否符合"中西部边远贫困"的特征，在政策上有不小的解读空间。

尽管协议有着强约束力，但违约的成本未必如外界想象得那么高。

个别违约者有自己的一笔账。以蔡雨芝的家境，84000元的违约金是一笔不小的数目。但全家还是咬咬牙，交了。她父亲将下半年的工作收入都预支进来，家里之前外借多年的一些"死账"也被收回。

这一切，只为了成全女儿"冲破阶层"，是"最好的选择"。蔡雨芝觉得，这是一笔稳赚不赔的"买卖"。虽然一开始要付出高昂的违约金，但能换个"好前程"还是划算的。而且，发达地区教师的待遇很快能补回违约金的窟窿。

蔡雨芝透露，她现在每个月固定工资在8000~10000元，食宿开支均由学校承担，除了平时的福利，还有30000元左右的年终奖，在工作两年内买房还会额外获得10万元的安家费补助。

进入教师队伍后的保障问题，也是免费师范生关心的。从陕西师范大学毕业的免费师范生冯琪，最近放弃了公立学校的编制，到私立学校任教，"私立学校的底薪差不多，但补课费高"。

据人民日报统计，免费师范毕业生工资水平整体构成比较稳定，2011~2012届有超过一成毕业生每月工资不足2000元。2011~2013届毕业生中工资在2000~3000元的比例分别为52%、45%和45%，工资在

3000~4000 元的比例分别为 20%、29.8% 和 24.5%，只有小部分工资在 4000 元以上。

顾俊认为，无论是免费师范生还是公费师范生，都是由国家埋单，为一些来自农村及中西部地区的学子提供优质的师范教育，并实施相应措施鼓励毕业生反哺家乡教学，从而缓解地区尤其是城乡之间教育资源不均衡的问题，但看似互利共赢的闭环，实际上并未完全发挥它的作用。

从制度设计上，新政更加灵活，也更体现人性化。履约期改为 6 年，刚好能完成小学 6 年、初中或高中 3 年的完整教学周期。在北京师范大学教务处处长郑国民看来，公费师范毕业生用 6 年时间能同时获得在职教育专业硕士学历和工作经验，也营造出更大的发展空间。

对于"保编保岗"，陈先哲有些担忧。他认为政策调整后，不应该有"包分配"的思想，既要考虑人性，又要兼顾市场，做好后续的跟进落实工作。

有不少专家建议，建立专项补贴措施，鼓励免费师范毕业生到农村和边远地区工作。

国外也有相关经验。澳大利亚设立边远农村学校教师奖励计划，直接定向提供奖励金。日本、韩国等国则是通过增加上级财政转移支付或者由省级财政统筹教师工资，保障财力薄弱地区的教师工资和奖金。

在顾俊看来，现在的公费师范生政策本质上也是一种财政转移支付，但如果不能直接下沉到农村，还是很难从根本上改变教育资源不均衡的局面。

（应受访者要求，王宁、李萍、颜好文、徐婉均为化名，南方周末实习生张采薇对本文亦有贡献）

四川夹江：核查"假贫"进行时 *

一旦被评上贫困户，每年就能获得国家资助。四川夹江，5595名假贫困户遭清退。

以往的一些扶贫流于形式，逢年过节各级领导登门慰问，拍照录像后就走了，后续扶贫难以为继；也有贫困户"等靠要"，扶贫反而成了"帮懒"。

幸福的家庭都是相似的，不幸的家庭各有各的不幸。一户一策因户施策，方能解决这些不幸。

暗访先至

2015年11月的一天，四川省乐山市政府派驻的"精准扶贫"工作暗访组进入夹江县，发现竟有"贫困户"不清楚自己是贫困户，遂向市政府汇报情况。随后，夹江县启动进一步核查精准识别行动，逐村逐户走访，清理不符合规定的贫困户。

2016年2月1日，夹江县移民扶贫局局长史力告诉南方周末记者，全县2014年建档立卡的贫困人口16872人，精准识别后清理了不符合规定的5595人，另外，两年来4000多人脱贫，1000多人返贫，还剩贫困人口9121人。

就在这次暗访期间，2015年11月29日，中共中央和国务院颁布《关于打赢脱贫攻坚战的决定》，关键词是"精准扶贫"，而前提是精准识别。该决定提出，要抓好精准识别、建档立卡这个关键环节。

"以前识别的力度不够，暗访组来了之后，把全县（干部）的扶贫积极性调动起来。"史力说。

---

* 本文首发于2016年2月25日《南方周末》。作者：南方周末记者王瑞锋，南方周末实习生柯言。

假贫困户"乌龙"

悄悄进入夹江县的暗访四人小组规格"高配",市人大副主任亲自带队。

一名政府工作人员告诉南方周末记者,暗访前,乐山市主要领导明确要求,对暗访的情况要不折不扣地带回去,不得中途向暗访地的上级领导泄露半点风声,否则以最严的纪律处分。

夹江县地处四川南部,距离成都一百多公里,因盛产瓷器而被誉为"西部瓷都"。按照 2014 年的建档立卡统计,该县贫困人口为 16872 人,市级贫困村 30 个、县级贫困村 42 个。夹江县扶贫移民局史力局长说,"主要因伤病残、变故导致的贫困,是相对贫困人口"。

所谓建档立卡,即建立贫困户的相关档案,根据不同的困难程度,分发相应的贫困卡,以得到政府进一步的帮扶。贫困卡上一般会载明户主姓名、住址、电话、帮扶单位和具体帮扶措施等信息。

"在 2014 年建档立卡以前,确定贫困户的标准主要根据人口指标上报,一些并不贫困的人员也被列为贫困户。"夹江县派驻歇马乡某贫困村的第一书记刘波说。

暗访组的任务是,结合建档立卡和贫困户的实际情况,查探真假。

上述工作人员透露,当暗访组一行来到夹江县新场镇某村,在村支书指引下,找到了一贫困户,很快发现了问题——该户村民居然不知晓自己是贫困户,村镇上的工作人员也拿不出这家贫困户的扶贫档案。

暗访组判定,这属于冒充的假贫困户。上述人士介绍,暗访组向市委、市政府主要领导汇报之后,夹江县即被通报。该县主要领导不得不赶往市里汇报工作。

不过,在县扶贫移民局局长史力看来,夹江此次"中招"比较冤。"暗访组去的这家贫困户,正好男主人在外打工不在家,女主人不识字又不知道,因为当初是村上帮助写的贫困申请。这个问题比较普遍。"

对于暗访组发现的没有扶贫档案,史力同样认为不切实际。"这个卡有的放在村里有的放在镇上,当时新场镇负责保存档案卡的工作人员正好在外地考察。"南方周末记者了解到，与四川夹江不同，湖北嘉鱼的贫困户卡是一张 A3 纸大小的红色吹塑板，挂在贫困户的家门口墙壁上。

事后，史力曾向暗访组组长表达了自己的委屈。他说，2014 年因为机构改革，县扶贫移民局被撤销，"全局共四个编制五个人，没有身份职务，负责全县的扶贫和移民工作，工作量巨大。"直到 2016 年 1 月，扶贫移民局重新组建，史力才恢复了局长职务。

2016 年 2 月 2 日，乐山市扶贫移民局一名负责人向南方周末记者表示，夹江被发现贫困户作假确有原因。暗访组成员王新国也表示，此次事件属于贫困户"乌龙事件"，并向夹江县进行了澄清说明。

最严厉的核查识别

此次暗访，其实是乐山市的一次"精准扶贫"例行检查。每次检查，都以暗访形式进行。暗访组由乐山市政府督导室、市扶贫移民局和其他部门共同抽调人员组成。

2014 年 7 月起，乐山全市启动精准扶贫识别，对外"两公告一公示"，建立了全市贫困人口信息库。一年后，乐山市发布了"实施科学精准扶贫"的总体方案，提出对扶贫对象实行精准化识别、针对性扶持、动态化管理。

暗访组成员王新国告诉南方周末记者，暗访的主要内容是识别得准不准，贫困原因是什么，具体脱贫措施如何，是否公示。

在内部，精准识别工作被称为"回头看"。"所谓回头看，就是对精准扶贫工作不定期地巡查或抽查。"王新国介绍，2015 年，乐山市共组织了三次精准识别工作，要求确保真贫困户一个不漏，假贫困户一个不进。前两次"回头看"分别在 2015 年 5 月和 9 月，但没有发现大问题。

尽管 11 月的这次暗访出了乌龙，但一场严厉的扶贫专项督查工作很快在夹江全县展开。

2015 年 12 月，派驻歇马乡某贫困村扶贫的第一书记刘波接到紧急通知，到县里参加扶贫工作会议。会议要求对全县贫困户再次精准识别，"再发现有作假或不实等情况，就地免职"。

这次精准识别要求更加细致，县、镇、村组织人员分赴 72 个贫困村，对扶贫对象站在自家房屋前拍照验明正身，逐级公示。

经济条件和家庭收入较好的农户将成为清理的主要对象，标准是：对于出现过买车、买房、经商、家属吃财政饭、家庭人均年收入明显高于国家贫困线 2736 元的，一律清除（2736 元是 2013 年之后的国家贫困线标准，统计部门有一个计算方法，跟农民年平均最低收入有关，各地略有浮动）。

"如果严格按照 2736 元的标准，一些收入超出但家庭病人多支出多的贫困户会被清理，不切实际。所以我们的标准是明显高于 2736 元。"史力说，他希望暗访组以后能对这一情况予以理解。

再次精准识别后，夹江全县 2014 年建档立卡的贫困人口 16872 人，清理了不符合规定的 5595 人。史力坦言，以前力度不够，随便识别一下就行了，再次核查中确实发现了不少家庭平均收入明显高于 2736 元的，也有村干部优亲厚友的情况，已全部清理出去。

中兴镇党委书记代永利告诉南方周末记者，他们按照县政府文件要求，组织镇机关干部、村社干部、扶贫工作组和扶贫村"第一书记"分赴各村，用了两天时间召开村民代表大会、询问调查、实地走访。该镇有 30 名不符合条件的对象被清退。

刘波帮扶的村子贫困户由 47 人减少到 19 人，"主要问题是明显高于国家贫困标准线"。据他介绍，出现许多不符合规定的贫困户，还有一个重要原因是，2014 年建档立卡以前，贫困人口按照上级计划确定，"上级出一个贫困人口指标，每村按照 9% 的人口比例分下去，所以不准确，也容易优亲厚友"。

清理不符合规定的贫困户，获得了村、镇干部的支持。南方周末记者走访了新场镇的江山村、普益村、黄林村、合兴村四个村，发现均有不符合规定的贫困户被清理。普益村贫困户 33 人，脱贫 9 人，清理 21 人，还剩 3 人，"扶贫压力减小。"

史力说，对于优亲厚友的村干部，为了不影响工作积极性，只要及时纠正就暂未处理，"3 月份后再次核查，如果出现情况，绝不手软"。

为了保证不再被暗访组发现问题，夹江县还推行了交叉检查方式，让 22 个乡镇随机交叉检查各镇的精准识别工作。

历经三次暗访"回头看"，乐山市暗访组成员王新国也发现了一些普遍性的问题。"有的贫困户不按真实情况申报家庭收入，因此导致识别不准确，这需要基层工作人员不断走访村邻亲友，反复识别，工作量大。另外扶贫措施不够精准，有的地方仍然是简单的送钱送物。这也是一个全国性的问题。"

精准扶贫：一户一策

精准识别之后，如何精准扶贫，是扶贫工作面临的另一重要课题。国务院扶贫开发领导小组办公室主任刘永富给出的"精准扶贫"官方解释是：扶贫对象精准、项目安排精准、资金使用精准、措施到户精准、因村派人精准、脱贫成效精准。

刘波说，以前的扶贫模式更像走形式，逢年过节各级领导拎着慰问金和生活品到贫困户家慰问，拍照录像后就走了，后续扶贫难以为继，"也有贫困户'等靠要'，因懒致贫，扶贫反而成了'帮懒'。"

中兴镇党委书记代永利则认为，无法脱贫与贫困户缺乏劳动力、技术、资金有关。

乐山市扶贫移民局一名负责人告诉南方周末记者，贫困户因伤病残等结构性贫困突出，而贫困村基础设施普遍薄弱，"对贫困户简单的送钱送物可持续发展能力低下，不能根本性脱贫；对贫困村要加快基础设施建设，进行产业培育和龙头组织带动"。

为了改变以前的扶贫模式，落实"精准扶贫、精准脱贫"，2015 年 8 月 6 日，夹江县召开"百名干部人才驻村帮扶"工作动员大会，派驻 260 名驻村帮扶干部和科技人才到村担任第一书记，实行一户一策因户施策的扶贫措施。

"幸福的家庭都是相似的，不幸的家庭各有各的不幸。一户一策因户施策，便是解决这些不幸。"乐山市扶贫移民局负责人说。

夹江县委组织部组织股股长杨滔告诉南方周末记者，全县从各部门共选派了72名第一书记，每个贫困村1名，"党组织关系直接转移到村，主要职责就是设法帮助脱贫，原则上驻村两年，实际要求何时脱贫何时调回"。刘波便是从林业部门选派到歇马乡驻村的第一书记。

派驻"第一书记"，是中央的明确要求。2015年4月，中共中央组织部、中央农村工作领导小组办公室、国务院扶贫开发领导小组办公室印发《关于做好选派机关优秀干部到村任第一书记工作的通知》，要求选派机关优秀干部到党组织软弱涣散村和建档立卡贫困村任第一书记。

乐山市提出，全市力争2019年先于全国消除贫困实现全面小康，而夹江则要求确保2018年、力争2017年先于乐山全部脱贫。

2016年2月1日，在新场镇合兴村，南方周末记者看到，村委会正帮贫困户吴英柱家的田翻土，准备种植橘树。81岁的吴英柱无儿无女，老伴常年瘫肠卧病，没有劳动能力。合兴村原有贫困户40人，精准识别后还剩18户。

村支书肖国贵告诉南方周末记者，这些橘子树从买苗、种植、施肥打药到出售，全部由村委会负责，"有劳动能力的贫困户要管理果园"。

而在经济条件较好的中兴镇，则由镇政府成立果业专业合作社，集中流转土地100亩，"前期费用政府投资，每户贫困户享有一亩果园的收益"。

曾在林业站担任副站长、歇马乡驻村第一书记刘波形容自己是帮人发家致富的"草鞋干部"。他给有饲养能力的贫困户每户申请发放了20只小鸡、饲料和药具，给适合种核桃的贫困户每户发了10棵核桃树，并签下责任承诺书，"鸡长大后要出售，如果被贫困户自己吃了，就要批评和处罚，甚至取消贫困资格"。

此外，刘波更注重贫困村的形象。县里一名局长到刘波负责的贫困村走访，村支书买来一条中华烟接待，刘波认为非常不合时宜，让村支书退了回去。此后他规定，村里接待领导不允许抽每包价格高于25元的烟，不准买矿泉水，"贫困村要有贫困村的样子"。

（应受访者要求，文中王新国、刘波系化名）

宁夏西吉：补贴贷款养牛，期货对冲风险*

> 这不是一个简单的"买牛—喂牛—卖牛"的故事，而是极其复杂的系统工程，每一步都暗含风险。

> 回顾西吉的产业扶贫之路，珍珠鸡、蓝孔雀、斗鸡这些珍禽异兽层出不穷，如今却难觅踪迹。

> "村民安土重迁，爱惜名声，逃贷很少见，过去与其说是银行不敢贷，不如说是村民不敢借。"

2020 年 5 月 13 日，宁夏西吉县今年第二场透雨从凌晨下到中午。

午饭过后，震湖乡毛坪村的村民趁着土壤湿润，一齐上山播种。村里只剩圈中的牛，哞哞叫着。

2019 年，毛坪村被列为养牛示范村，存栏肉牛从一百来头增至近千头。田里种的马铃薯，也换成了养牛用的青贮玉米。

西吉是西海固地区最后一个未"摘帽"的贫困县。2014 年的精准识别中，该县贫困人口占到宁夏的 20%，居全区之首，是一块"硬骨头"。

过去六年，这里的村庄通了自来水，修了水泥路，禀赋微调，为农民脱贫带来转机——多次试错之后，养牛是西吉县摸索出的脱贫法门。

2019 年秋天，《中国青年报》刊发题为《表格里的扶贫牛》的报道，报道了西海固地区有群众套取养牛补贴的乱象。舆论担忧，西海固能否如期脱贫？

这不是一个简单的"买牛—喂牛—卖牛"的故事，而是极其复杂的系统工程——通过补贴、贷款解决养牛的本金，解决水源，推广良种

---

* 本文首发于 2020 年 5 月 21 日《南方周末》，原标题《西海固最后一个贫困县：补贴贷款养牛，期货对冲风险》。作者：南方周末记者李玉楼。

牛和青贮饲养技术提高效益，借助保险、期货对冲风险，每一步都暗含风险。

西吉县是宁夏人口最多的县，有近五十万人，一头育肥牛的纯收入在三千到五千元不等，按照家庭人均收入 4100 元的当地脱贫标准，一年养殖 50 万头牛就能实现脱贫。

这个数字在 2019 年是 40 万头。

截至 2019 年底，西吉全县累计脱贫出列贫困村 238 个，减少农村贫困人口 151241 人，贫困发生率由 2014 年的 34% 下降到 2019 年的 0.95%。

"人喝的水都不够，谁会去想喂牛？"

做了三十多年农村工作，西吉县农业局副局长马福学从没想过，畜牧业会成为县里最大的产业。

2019 年之前，西吉的马铃薯产值常年居首位，2018 年达 20 亿元。与之作对比，当年西吉县的国民生产总值为 64 亿元。

2019 年，西吉县肉牛总产值 18.1 亿元，首度超过马铃薯。提了多年"家家种草，户户养牛"，如今口号变为现实，但来得并不容易。

"连人喝的水都不够，谁会去想喂牛呢？"马福学说。

2017 年之前，规模养牛在当地并不现实。那时没有自来水，只有少数富裕农户能通过打井开展养殖，贫困户没有条件，通常只养一两头耕牛。

下堡村的马玉兰是马福学说的"大户"。这个不识字的妇女，在当老师的丈夫支持下，自 2013 年起搞起了规模养殖肉牛。她花两万元打了口机井，把养殖规模从三十头逐步扩大到六七十头，成为村里最大的养殖合作社。

在那时，只有"大户"养得起牛。

2015 年，西吉县扶贫办发放了共计两百余万元扶贫扶持资金，发放对象是 8 家规模合作社，马玉兰的合作社名列其中，获得 5 万元补助。但财政部驻宁专员办 2017 年检查中认定，该笔资金投放不精准，未直接使建档立卡贫困户受益，责令整改收回。

马福学解释，当时的思路是扶持合作社，让合作社带动贫困户就业，

"主要考虑到贫困户没有养牛的条件"。

直到 2017 年，宁夏中南部饮水工程贯通，西吉绝大多数村庄得以覆盖，牲畜饮水的瓶颈难题才得以解决。同年出台的产业政策，将基础母牛的补贴定点投放给了建档立卡贫困户，每头 2000 元。

一方面是饮水工程贯通，另一方面是气候也发生了变化。

近十年来，西海固气候出现湿润的迹象，400 毫米等降雨量线缓慢北移，西吉县降雨量已连续三年超过 500 毫米，超过有记录以来历史均值 40%。村里的山坡上，也出现了一块块绿色。

下堡村建档立卡户马进录就是在 2017 年开始养牛的。他用 5 万元扶贫贷款建了牛棚，购入 3 头牛犊，两年功夫，脱贫了。

如今，马进录的牛棚中挤满了 7 头牛，建了一座青贮池，西吉农商行新发的产业贷款，正好能接续到期的扶贫贷款，还能新建一座容纳 30 头牛的圈舍。

马进录尚未掌握青贮技术的诀窍，他家的青贮池中能挖出不少腐烂的草料，而邻居王天珍的青贮池，则散发着沁人心脾的酸甜味。

所谓青贮玉米，是将玉米植株破碎后，压实封存发酵，用于畜牧养殖。别说贫困户，西海固的农技人员起初对这项技术也不熟悉。

采用青贮技术后，王天珍明显感觉育肥速度加快，牛也更健康。新冠肺炎疫情期间，运输不便导致饲料价格飞涨，采用青贮饲养的农户则安心不少，自家青贮池的储蓄，足以支撑半年。

西吉农商行计划在未来 3 年发放肉牛产业贷款 50 亿元，偏城支行行长张维山最近半年发放了六千多万元。"去年我们支行成立 60 年，60 年共发放贷款 1.4 亿元，近半年的贷款，就相当于过去 60 年的一半。"

然而，牛犊价格也在上涨。受疫情影响，牛犊难以跨省调运，原先不到 1 万元的公牛犊，如今要卖到 13000 元。经验丰富的马玉兰建议同乡们别急着补栏，静待价格企稳。

"散养户要向大户学习养殖技术和市场经验，否则，致富路上的坑可不少。"下堡村村支书马俊平说。

脱贫路上避坑

马玉兰对南方周末记者讲了一个同乡被坑的故事。

疫情期间，不少牛贩转到线上卖牛。一个村民在快手上认识了一个牛贩主播，预定了两头牛犊，约定当天下午送来。

对方到达时已是深夜，双方交收后又迅速离开，"（村民）赶牛进圈，发现牛走路不稳，仔细辨别后发现两头牛犊竟是瞎的"。马玉兰告诉南方周末记者，当地牛市价格不透明，新手很容易吃亏。

不透明不止在快手。在当地最大的单家集活畜交易市场，南方周末记者目睹了一种古老的商业传统——袖中交易。

在这里，牛的买卖是在袖口里完成的，目的是私下商定价格，企图绕开市场定价机制。

人们穿着宽松的长袖，买卖双方将手握进其中一方袖中，通过变换手势以协商价格。一段默剧般的短暂沉默和用心感受之后，一方嘴里念着，"这么个能行吗？"

市场里没有固定铺位，贩子站在各自货车前，一个想买牛的人，往往要握七八个贩子的手后才会下单，从外围观察到下场报价，一笔谈判大约耗时一刻钟。

买牛的人，货比三家后再作决策尤为重要。"牛犊的价格都在乱喊"，一位刚拿到产业贷款的农户告诉南方周末记者，按照如今牛犊的价格算，利润非常微薄，搞不好还要亏本。

和所有产业政策一样，西吉的养牛政策不可避免地造成市场波动。"为了稳定市场价格，我们会控制好贷款发放节奏，打击贩子囤积居奇，同时对养殖户加强补栏指导。"马福学说。

农民对农产品价格的剧烈波动并不陌生。全国范围内，大蒜、生姜都有过大规模价格波动，在西吉，则是马铃薯和芹菜。

2007年，马铃薯滞销，西吉淀粉厂门口运土豆的车队排出几公里；2014年，芹菜滞销，不少农民拿芹菜喂羊。

结果是，西吉发展出了细密的马铃薯经纪人网络，主要销往西南省份。"这几年滞销没出现了，只是价格高低的问题。"一位马铃薯经纪人说。

作为肉牛之前的西吉支柱产业，马铃薯甚至拥有自己的金融产品。

2017 年，对口帮扶西吉的光大证券设计了一款马铃薯价格保险产品。利用马铃薯淀粉与玉米淀粉的相关性，借助玉米期货场外期权产品，由光大的基金帮贫困户支付保费。

第一年秋天，马铃薯价格不足往年一半，得益于价格保险，2257 户贫困户共计获赔 56 万元。如今，这一产品已连续三年投保。

产业扶贫试错

除了农户，当地政府的产业政策同样需要避坑，西吉曾为失败的产业政策付出过惨痛代价。

2018 年，财政部和国务院扶贫办曾通报一起西吉县的违规案例：2016 年，西吉县使用财政扶贫资金 2830 万元采购珍珠鸡苗 113.54 万只发放给 2.7 万户贫困户饲养，珍珠鸡由于水土不服和后续管理不到位，病死率较高，外加回购渠道不畅等原因，最终成活的珍珠鸡多数被直接食用。

西吉县农业局产业办主任康国荣回忆说，"当时大家都想着怎么搞特色，好像有了特色，就能致富"。回顾西吉的产业扶贫之路，珍珠鸡、蓝孔雀、斗鸡这些珍禽异兽层出不穷，如今却难觅踪迹。

马福学说，当时没有经过严密论证，时任领导拍脑袋决定，被忽悠了。

"目前来看，也就牛羊养殖真的让老百姓挣了钱，"马学福坦言，"目前鼓励引进的（瑞士）西门塔尔是全世界都养的名牛，养殖技术成熟，也适合西海固的气候。"

销售方面，牛肉市场需求广阔，如今大量销往广州，某著名潮汕牛肉火锅连锁品牌就是西吉肉牛的大客户。

过去几年，西海固风调雨顺，降雨量增多，"人努力，天帮忙"是南方周末记者在西吉听得最多的一句话。但马学福意识到，当下的养牛业仍有相当风险，价格波动、疫情、灾情，但凡遇上一样，就会对刚刚起步的产业造成毁灭性打击，进而造成农户返贫，甚至是"创业致贫"。

前述《表格里的扶贫牛》报道刊发后，西海固多地开展自查，西吉也不例外。

收到自查通知后，震湖乡毛坪村村支书程海峰拿着公章径直去了一位村民家中。他知道，这位村民好几个月前就从丈母娘家借来牛套补贴。

"我去给他写了个通知，要他重新把圈中的牛养好，否则就把一万元补贴退回来。"程海峰说。

最终这位村民重新养起了牛，如今已有七八头。

"我们预估到会有人套取补贴，所以设计了上限、见犊补母等规则，但还是会有空子钻。"西吉县扶贫办副主任陈晓宁坦言。

从 2020 年起，当地补贴政策主要转向青贮玉米种植、青贮池建设等，骗补难度增大。

补贴用于脱贫，致富要靠贷款

程海峰自己就是毛坪村带头养牛的标兵，除了他，村主任、副主任也都是。

2018 年，毛坪村被认定为自治区级深度贫困村，当年，该村的建档立卡户一户没少，还新增进三户。从兰州回家的退伍军人程海峰这年起担任村支书一职。

毛坪村早前也养过珍珠鸡、黑山羊，都以失败告终。2019 年争取来养牛示范村的试点，到年底，村子通过了县级脱贫验收。

村民们在养牛中重拾勤劳致富的信心。"过去一年，牛价总体走高，加之扶贫贷款的杠杆效应，效益确实很明显。"程海峰说。

如今，全村上下有条件能养的都养上了，仅剩的四户建档立卡户还只能靠托底供养。

今年 3 月，程海峰把自己当兵十余年攒下的积蓄全部投入养牛，还贷了 20 万元，盖起了 400 平方米牛舍，承揽下一百多亩地种青贮玉米，能存栏四十多头。

"自己的钱投进去，才感觉这规模养殖风险还是高，"程海峰向南方周末记者坦言，"天气、雨水、人工、牛价，哪一个出问题，创业就有可能失败。"

稳脱贫、防返贫、促致富成为该村的新课题。

随着贫困村和贫困户渐次摘帽，原先对贫困户的针对性政策逐渐转向普惠。

以草畜产业政策为例，2019年起，补贴对象由建档立卡户扩大至养牛示范村所有村民，扶贫贷款也转变为面向所有村民的产业贷款。

每年年初，陈晓宁都要和同事们反复斟酌当年的产业政策文件，"政策还是倾向于没有享受过补贴的贫困户，设定补贴上限，否则规模养殖户会拿走大部分补贴"。

陈晓宁认为，补贴用于脱贫，致富则要靠贷款。"贷款是银行主导的，不是扶贫办要来的，地方政府也不贴息，银行敢贷说明对产业利润有信心。"陈晓宁说。

张维山也觉得，贷款是比补贴更好的政策工具。

"政府发放补贴，发完就结束了，银行放了贷款，我们有足够的监管动力。"张维山告诉南方周末记者，支行的客户经理会定期走访贷款农户，对各家养牛情况非常熟悉，还会建议农户购买保险，帮农户联系农技人员。

"几年的补贴政策调动了老百姓养牛的积极性，"偏城乡乡长陈志伟告诉南方周末记者，"如今愿意养的都养起来了，也敢贷款了，贷款政策的作用就凸显出来了。"

根据张维山的观察，农村小额信贷的坏账率很低。"村民安土重迁，爱惜名声，逃贷很少见，"他说，"过去与其说是银行不敢贷，不如说是村民不敢借。"

以毛坪村为例，2016年，驻村工作队好说歹说，才说动了三十来户贫困户。"缺资金又怕贷款是当时不少贫困户的共同点。"该村第一书记张成明回忆道。

村民宋义军是被说动的那批贫困户之一。如今，他的三头牛变成了六头牛，还计划增加到十头。"三头牛和十头牛费的功夫差不多，但收益可差着好几倍。"

一笔五万元的扶贫贷款，已让贫困户初尝杠杆的滋味。

这是一条牵一发而动全身的产业链。为了风险相对可控，"小群体、大规模"仍是主要思路，马福学说，农户养殖的适宜规模就是十五头左右。

"目前西吉的畜牧产品仍以初级产品进入市场进行交易，产品附加值低、产业链短，导致议价权不高。原先就愁咱们什么也没有，如今产业发展起来了，愁的却也更多了。"——疫情期间，牛运不出去要愁；眼看存栏量越来越大，要扩大防疫队伍；天旱着，又要找备用草料。

作为直接负责的农业部门负责人，马福学要操心的比过去多多了。

云南禄劝：一个国家级贫困县的教育"突围"*

学生、教师、教育局官员，每个人都对"屏幕"寄托了不同期待，有人拓宽视野，有人学习方法，有人教授，也有人寄托其上自己的任职愿望。

毕业多年后，高超在重庆开始动漫自媒体创业，他始终记得那个瞬间：屏幕上成都七中的一个"死宅"说起有关二次元和动漫的内容，全班人毫无反应，只有自己兴奋极了。

王开富估摸着县财政拿不出太多钱，所以只请求县政府拨款减免农村学子读普通高中的学费和住宿费。县委书记看到请示，随即打电话给他，一开口便用禄劝方言骂他小气。"钱是你出吗？能解决问题吗？"

2018 年最后短短半个月里，云南禄劝一中迎来了近十家媒体，副校长吴飞告诉南方周末记者，"甚至有媒体一来就问，'你们是不是在炒作？'"

禄劝这个地处西南的国家级贫困县（即"国家扶贫开发工作重点县"），因为"一块屏幕"的远程教育进入公众视野。

此前诸多报道中，这块"屏幕"能帮助偏远学校享受著名高中成都七中的优质教育资源。拥有"屏幕"的班级常被称为"远端班"，师生可以同步参与成都七中"被直播班"的课堂。

2018 年 12 月 24 日 10：00，禄劝一中高三远端班学生开始了一场和 900 公里外的成都七中学生同步进行的语文考试。这是 2019 届直播班高三

---

* 本文首发于 2019 年 1 月 3 日《南方周末》，原标题《一个国家级贫困县的教育"突围"：有关云南禄劝教育的更多细节》。作者：南方周末记者汤禹成，南方周末实习生孙美琪、李权虎、向思琦。

上学期成都市一诊考试（第一次诊断考试），为成都市统一命题。考场门口的考试安排表上写着：相关媒体要做跟踪报道，请各班主任抽时间做好学生考纪考风教育。

校园里多处张贴着 2018 年高考简讯：2018 年全校报考人数 1230 人，一本上线 147 人。近三年来，禄劝一中一本率从 2016 年的 7.10% 上升至 12.34%。校长刘正德称，在直播班初启的 2006 年，每届约三百人的禄劝一中，只有二十余人考上一本。

昆明市教育局也关注到"禄劝现象"。这种现象可以被理解为"低进高出"：2015 级学生中，中考成绩达到昆明市一级普通高级中学分数线的仅 57 人，到了 2018 年，一本上线人数却远超此数。

这些远非禄劝最骄傲的。除了高考简讯，一中校门口还有另一张喜报宣告，2018 年有两名学生从这走出，去往中国最顶尖的两所学府——清华和北大。他们的姓名——陈泓旭、耿世涵，被醒目地写在喜报中央。

这个县城里上一次有学生被清华北大录取，已是三十多年前的旧事。

2018 年末，南方周末记者走访云南禄劝，同时也采访了正在或曾经使用直播班的云南宜良、武定、山西临汾等地高中，在不同样本的对比和分析中，探索禄劝这个国家级贫困县如何在教育中试图突围。"屏幕"背后影响教育的诸多因素，也在采访过程中渐次浮现。

清北生："任期内哪怕出一个也不错"

2018 年暑假，12 名原本打算让孩子就读昆明学校的家长，组团到禄劝县教育局找到局长王开富，申请让孩子回来读书。

生源回流并不少见，但往往是因为孩子跟不上学习进度或不适应离家生活。这次却不一样，王开富询问原因，有家长回答："当时是娃娃自己报的，娃娃不懂事。"他哭笑不得，心想，"怪就怪 2018 届学生考太好了"。

禄劝到昆明的直线距离是 85 公里，横亘两地之间的教育差距远不止于此，才有了"把孩子送去昆明读书"现象。

十余年前，禄劝全县仅 4 所高中，每年招生不超过 12 个班。合并办学后，禄劝一中和禄劝民族实验中学承担起提升高中毛入学率的主要任务，全县招生规模逐渐扩至 50 班，每年众多新教师涌入，而年轻教师也意味着教学经验的短缺。

另一边，家长供孩子上好学校的愿望日益强烈。王开富的儿子也曾在昆明念书。每到周五或周日，他就操心孩子的接送问题。他理解家长的想法，曾有家长当着他的面埋怨，禄劝教育质量差，只能让孩子离家求学。

不过，这 12 位家长也提出了一致的条件：孩子回禄劝后必须进入"培优班"。家长们都知晓，考上清华和北大的陈泓旭、耿世涵出自培优班，也就是直播班中再经挑选的小班。

2018 年 3 月，王开富在高三直播班下学期第一次联考后去学校和学生座谈，这是高三直播班每次考试后，教研室和师生一起分析成绩的会。王开富经常出席，他甚至曾在会上念出一名成绩排名从第 127 名进步至第 47 名的同学名字，让台下学生震惊又兴奋。

也是那次，陈泓旭直接提出两个请求。其一，他觉得自己语文成绩不理想，想弥补语文短板。其二，希望能将 8 个直播班里成绩较好的同学聚集起来形成小班。

进入高二后始终保持年级第一的陈泓旭，早就是教育局和学校选中的"苗子"。

2015 年，王开富阔别七年后回到教育局担任局长，他暗自和昆明学校较劲：凭什么我们培养不出考上清华、北大的学生？此前，他从副局长的位置调岗至县政府、乡镇任职。

因此，陈泓旭的要求，他也尽量满足。王开富通过私人关系，找到昆明市语文特级教师为陈补课。至于小班，王开富起初犹豫，"万一弄了还是没考好呢？"他找县委书记商量，得到同意后，开设网络 9 班、10 班，一文一理，任课教师由学生决定。

这成了后来家长口中的"培优班"。

培优班复习进度更快，学生学习也更为自觉。起初，王开富怀疑是陈泓旭的班主任杨文权"怂恿"孩子提出要求，因为培养清北生始终是杨文权的目标。3 年前，他和搭班同事说发现了清华的苗子，别人只当他"痴人说梦"。

在杨文权的叙述里，陈泓旭高一时就展现出难得的学习热情。一般学生来办公室问问题，只要杨文权说"高考不考"，他们就会放弃；而这名学生喜欢刨根问底，总以知识点的掌握为导向。每次考完试，他不急于知道考分，而是主动和老师探讨难题的解题思路。

2018 年夏天，那个曾在王开富面前扬言"一定要考清华，不然就复读"的学生，以 695 分考入清华——清华在云南省的一批录取分数线为 703 分。

这很大程度上得益于重点高校定向招收贫困地区学生的国家专项计划。该政策于 2012 年出台，到了 2018 年，清华大学在云南省招收的国家专项批人数为 17 人。

陈泓旭完成了王开富此次任期内的最大执念——出一个清北生，"哪怕就一个也行"。

抛却高考的不确定性，小县城里清华北大学子的诞生，更像是倾尽所有后的一种必然。

位于湖北的国家级贫困县保康，也曾在 2015 年考出一个北大学生。一名在保康教育系统工作的人士透露，那位学生本可以就读襄阳市区的重点高中，但保康一中承诺为他免去学费，整个年级最好的师资也全部倾注于他一人。"全年级有两种学习进度，一个是他，一个是除他之外的所有人。"

一块"屏幕"承载的过多期待

学生、教师、教育局官员，每个人都对"屏幕"寄托了不同期待，有人拓宽视野，有人学习方法，有人教授，也有人寄托其上自己的任职愿望。

距离昆明更近的云南宜良县，面临的教育问题和禄劝相似。为留住优质生源，宜良一中、二中的校长主动找到刚创办不久的东方闻道网校，在 2004 年开始试运行直播班。2006 年，第一届直播班毕业。

也是那一年，时任禄劝教育局副局长的王开富，带着校长、老师，到已试运行一届直播班的宜良一中参观取经。宜良一中的年级组长、任课老师和在读的远端班学生皆来分享经验。

高超是宜良当时首届直播班的学生。毕业多年后，他在重庆开始动漫自媒体创业。无意将人生选择与当初的屏幕挂钩，但他始终记得那个瞬间：屏幕上成都七中的一个"死宅"说起有关二次元和动漫的内容，全班人毫无反应，只有自己兴奋极了。孤独的县城少年，第一次觉得找到了同好。

类似触动不断鼓励高超向外走。语文老师用成都话念的"巷子"，他到如今还能模仿，这是少年初次听见和成都的水雾一样湿濡的西南官话；一次课间偶然播放的成都七中宣传片，他看到人员齐全、表演机会众多的管乐队，羡慕不已。

高超自称学渣，却也认同直播班像"往井下打了光"。他回忆，那届高考直播班成绩出色，本科率达到90%，而他属于剩下的10%。

同学薛智佳截然相反。作为常年第一的尖子生，薛智佳高三一年在成都七中借读，回云南高考时，成为全省第13名，进入北大。高超记得，高二时新出一款游戏，薛智佳"沉沦"短短3天就决定出坑："这游戏会上瘾，不能再玩。"

这名被"学渣"高超惦记着的尖子生，大学毕业后成了培训机构的物理老师，后来更自己开了教育培训机构。高超看到过他的"名师"海报，上面印着一句口号：我们不生产题，我们是题海的搬运工。

这些共同经受"屏幕"熏染的人生可能永远不再交错，但不同人寄托其上的愿景本就不尽相同。

考察宜良后的王开富，寄托在"屏幕"上的愿望便是提升禄劝的本科率、一本率。他决定在禄劝一中和禄劝民族实验中学接入东方闻道网校，教育局帮学校安装设备。

校长刘正德向南方周末记者阐释对直播班的理解："我们的定位就是通过直播，培养年轻教师，然后通过年轻教师的成长来提升整个学校的教学水平和管理水平。"

他试图纠正一种神化"屏幕"的观念："如果拉一根线一个屏幕，高考就能突飞猛进，这个教育就好办了。"

2006年，直播班在禄劝开办。禄劝一中效仿宜良，让同批老师既教直播班也教普通班，形成对照。3 年后，无论一本人数还是二本人数，直播班都比普通班多。刘正德相信改变会缓慢发生，他举例：高考最高分从最初的五百八分，逐渐突破六百分，再至六百四五十分，直到陈泓旭考了 695 分。

不同于宜良一中由学生家长自行承担网校学费，作为国家级贫困县的禄劝，为学生减免高中学费还来不及，更谈不上让家长另付网校学费。吴飞介绍，每个网校文科班每年学费为 6 万元，理科班则为 7 万元。2015 年以前，费用一直由学校支付。

同在禄劝，民族实验中学的网校却有不同命运。当时，曾有年轻老师不服气，提出将 6 万元学费直接分给 6 位主科老师的要求，并保证自己会比成都七中教得好。试用不久后，民族实验中学就停了直播班。

刘昆明曾是宜良二中的老师，在他印象中，大约 2010 年，宜良停办一届直播班，结果那一届的高考，尖子生数量明显下滑，此后直播班延续至今。

禄劝一中虽晚于宜良开办直播班，但规模后来居上。随着学校招生规模扩大，2010 年在一个理科直播班的基础上增加一个文科班，2014 年扩展至 3 理 2 文，2015 年禄劝县所有高一新生中，大约有 480 人能进入 8 个直播班。

"穷得连水电费都拖欠"

2008 年，王开富和时任局长相继转岗。此后，禄劝一中规模逐步扩大，经费依然由学校承担。刘正德和吴飞都为这笔开支焦虑过，学校一度连水电费都拖欠到来年再交。

7 年后，王开富又回来了。当时，直播班的效果已逐渐显现，2015 年，杨文权带的第一届直播班毕业，60 人的班级有 57 人被一本学校录取，刷新了县城的纪录。王开富却觉得，直播班数量太少，影响力不够，为此，决定将直播班扩至 8 个班。

然而，直播班扩容的真正原因，就算是在王开富的叙述里，也有不同说辞。

接受南方周末记者采访时，他不经意陈述了扩班的另一原因："那时从乡镇领导到身边熟人，都会请我帮忙安排他们孩子读书，要帮忙就得想办法，如果才这点（直播）班，光这些人的孩子都不够。"

反对意见也不少。教育局同事担心，"那么多人读直播班，以后成绩不好更麻烦"。学校老师认为，8 个直播班规模太大，这意味着会招入更多基础较弱的学生，课程进度更难把握。杨文权回忆，有些学生为了跟上学习进度，每晚熬夜到凌晨，他看着心疼。

王开富最终坚持了自己的决定。

和此前不同，2015 年开始，直播班由一中和民中合办，即两校每年共招 8 个直播班，每届办学地点在两校轮流，4 个班用一中老师，4 个班用民中老师。王开富解释此举动机：两校老师一起上课，谁也不服谁，可以相互竞争，民中老师看到一中老师努力教，不努力也不好意思。

王开富算过一笔账，全县 8 个直播班三年费用总和不超 200 万元，禄劝本地老师会从直播课中受益，而早在 2015 年，上级教育部门就提出增加用于教师培训的经费，相比师训费，200 万元只是较小一块蛋糕。

他以此争取到了县财政专门拨款用于直播班运营。

与直播班扩容形成对比的是，禄劝一中的一本率从 2017 年的 10.02% 提升为 2018 年的 12.34%。

直播班在禄劝得以坚持办下来，吴飞认可局长王开富发挥的作用："要不是他来，也不会弄到 8 个，场地没有，师资也没有，经费更没有。"在吴飞的印象中，局长特别关注作为基础教育出口的高中教育，包括课程设置、考试成果等，中、小学则由其他的副职科室重点关注。

除了用于直播班的经费，王开富最常提的，还有落在大部分禄劝高中生身上的两笔钱。第一笔是直接由县财政承担的"三免一补"：2017 年，禄劝实现县内农村家庭就读高中阶段学生学费、住宿费和教科书费全免，并补助生活费。第二笔，则是由中央、省市、县按不同比例分摊所得的 1200 元生均公用经费，这笔经费用于学校日常的运营。

2017 年，禄劝全县财政收入为 6.118 亿元，对教育的投入占比约 26%，用于直播班的经费以及人均 3960 元的"三免一补"就在这 26% 中。同年，禄劝县的教育投入总额为 8.2199 亿元，这是中央、省、市、县的共同投入。

仅靠一个贫困县的财政发展全县教育，只是杯水车薪。即便如此，作为国家级贫困县，禄劝在县财政中拿出人均 3960 元共计 3200 万元的普通高中"三免一补"经费，已属云南首例。

回忆起争取经费的过程，王开富形容是"为阻隔贫困代际传递做出的教育突围"。

当时，教育局班子成员想写一份请示，请求县财政拨款。担任过政府办副主任的王开富，知道县长的难处，因此估摸着县财政拿不出太多钱，只请求县政府能拨款减免农村学子读普通高中的学费和住宿费，每人约 960 元，总额不到千万元。

县委书记也看到了请示，随即打电话给王开富，一开口便用禄劝方言骂他小气。"钱是你出吗？（这些钱）能解决问题吗？"于是，王开富又将提前准备好的二稿发了过去。

在王开富的叙述里，等到县政府开常务会，财政局工作人员首先反对，"这么多钱从哪来？"王开富于是按照学费、住宿费、书费、补助金一笔笔解释，最终，方案得以通过并落实。

对比禄劝开办直播班的相对顺利，因缺乏财政支持而被迫中断直播班的案例也不鲜见。

2012 年到 2017 年，山西省临汾市第一实验中学共有 3 届学生经历过直播班。教导主任赵老师表示，这些年的网校费用均由学校承担，从各种经费里"使劲抠出来"。5 年后，学校难以为继，选择停掉直播班。

和全国大部分地区的现状一样，教育经费更多用在基础设施上。"教育局不关注这事儿，不会为此拨钱，我们也申请过。他们一般关注硬件建设，例如建大楼、配置实验设备。"赵老师说。

被屏幕培养出的教师们

正如众多采访对象反复提及的那样，设立直播班的意义更在于对教师的培养。

成都七中的课程以快节奏、大容量、高强度著称。直播班里，老师也是学生。在赵老师眼里，成都七中的文科老师视野更开阔，而理科老师讲题"语言简约，切中要害"，调取核心知识点路径的能力更强。

经费紧缺时，吴飞也算过账。假设每年进来 20 位教师，直播班学费分摊到每个老师身上，就是六七千元的培训费。成都七中用的课件和资料，新老师可以直接拷贝用以观看，成都七中老师的教学方法，新老师也可以琢磨借鉴。

2006 年，后来教出了清华北大学生的杨文权刚大学毕业不久。最初使用直播班时，学校挑选经验丰富的老教师教授直播班学生，年轻的新教师杨文权非常羡慕。

6 年后，杨文权终于如愿。开学第一周，他有些无所适从。如今，他会在上课时观察学生的神情。孩子眉头紧锁、神情迷茫时，他就会赶紧拿粉笔在屏幕旁的黑板缝隙里，写下被省略的步骤或是思维导图。如果他觉得自己的解题思路学生更容易理解，便会直接关掉视频声音，自己开讲。

这些都是在后来的不断摸索中掌握的教学方法。前端老师和远端老师每周进行一次联网备课，他也会和成都七中的老师交流。

带第一届直播班时，杨文权跟着做成都七中的数学题，草稿纸堆起一个桌子的高度，时常自己解起题来都感到费劲。到了第二届再解这些题，杨文权已经能举一反三，看到题就能马上想起思路，也能更好地给学生讲解。

杨文权不仅每天提前观看成都七中经由网校系统传来的资料，带领学生预习和复习，还会一对一当面批改作业，当场答疑解惑。有时自家孩子生病了，他去医院陪一会儿，就赶回学校陪学生。

这位如今闻名小城的教师，微信签名上写着："工作狂。"

王开富仍有野心。为了 2019 年的高考成绩，他曾提出想让杨文权在新学期接着教高三。

一位在昆明某县教育局工作的人士告诉南方周末记者，该现象在当地较普遍，杨文权这样的老师被称为"把关老师"，领导希望一直由"把关老师"教高三，资历不够的老师带完高二后接着再去带高一，这种做法因为较功利而存在争议。

杨文权拒绝了。

2018 年末的禄劝一中，一个普通的周三上午，第三节课下课。杨文权和高一直播班的其他数学老师从教室走回办公室。一名男老师把教材"砰"的一下扔在桌面，"哎，实在太快了，学生根本跟不上"。

在和禄劝相邻的云南另一个国家级贫困县武定县，武定县第一中学、武定县民族中学也曾分别办过一年和两年直播班。

武定县教育局一名知情人士这样解释停办直播班的原因："其一，本地和七中的生源差距实在太大，直播课程跟不上，老师的教学方法和进度太不接地气；其二，成都七中的课程和考试要求都和本地学校差距太大，比如高考目标分数，550 分在这边算中高分了，但那是他们的基础分。"

这也是禄劝始终面对的难题。

从高考数据上看，禄劝的教育确实正在突围，"科教兴县"既是这个国家级贫困县的发展战略，也被当作县领导治理有方的政绩。

2019 年，是直播班在禄劝开班的第 13 个年头，然而，一直期望"教育脱贫"的禄劝尚未摘帽。教育本身给县城带去怎样更深邃长远的影响，"应该交给时间"。

下篇
创新企业扶贫模式

　　习近平总书记曾强调，扶贫开发是全党全社会的共同责任，要动员和凝聚全社会力量广泛参与。要坚持专项扶贫、行业扶贫、社会扶贫等多方力量、多种举措有机结合和互为支撑的"三位一体"大扶贫格局，健全东西部协作、党政机关定点扶贫机制，广泛调动社会各界参与扶贫开发积极性。

　　本部分旨在展现全社会力量共同参与扶贫开发，总结我国扶贫开发事业取得伟大成就的经验和模式。多年来，企业作为最重要的市场活动主体，在脱贫攻坚战中主动担当作为，倾情投入人力、物力、财力、智力，为决战脱贫攻坚、决胜全面小康作出了积极贡献，探索出了大量的扶贫经验、扶贫模式。

　　在精准脱贫攻坚战中，企业充分发挥决策机制灵活、市场反应灵敏、资源配置高效等方面优势，坚持因户因人施策，因企因地制宜，在帮扶举措上下足"绣花"功夫，找准"穷根"、对症下药，不断探索创新帮扶路径、组织形式、合作机制，为丰富和发展中国特色扶贫开发理论提供了鲜活素材。

　　本部分对电力、房地产、金融、食品和农业、酿酒、交通运输、电子信息、综合类等行业的 27 家企业的扶贫模式进行了系统总结与呈现，样本中包括了中央企业、国有企业、民营企业以及在华外资等不同性质的企业，以全方位、多层次呈现企业参与扶贫的全图景。

金融行业：资源调配输血基层

"113431"：国家开发银行打造开发性金融扶贫样板 *

党的十八大以来，国家开发银行深入学习习近平总书记关于扶贫工作的重要论述，坚决贯彻落实中央关于脱贫攻坚的决策部署，在实践中探索形成了具有开发性金融特色的"113431"扶贫工作体系，即建立一个以扶贫金融事业部为主体、全行共同参与、协同作战的高效组织保障体系；科学制定一个明确时间点路线图的脱贫攻坚实施规划，"十三五"期间发放扶贫贷款1.5万亿元；明确融制、融资、融智的"三融"扶贫策略；坚持易地扶贫搬迁到省、基础设施到县、产业发展到村（户）、教育资助到户（人）的"四到"思路方法；深入开展深度贫困地区脱贫攻坚、东西部扶贫协作和定点扶贫"三大行动"；落实一个有效的考核监督体系，签订责任状，确保各项工作落到实处。

---

* 案例素材由国家开发银行股份有限公司提供，南方周末中国企业社会责任研究中心进行编辑。

金融是现代经济的血液。打赢脱贫攻坚战，更需要金融强有力的支持。习近平总书记在 2015 年召开的中央扶贫开发工作会议上明确指出，要做好金融扶贫这篇文章，要重视发挥好政策性金融和开发性金融在脱贫攻坚中的作用。同年，我国打赢脱贫攻坚战的纲领性文件《中共中央　国务院关于打赢脱贫攻坚战的决定》（中发〔2015〕34 号）对加大金融扶贫力度设立专款作出 20 项规定，提出了金融支持脱贫攻坚的一揽子政策，包括明确要求国家开发银行（以下简称"开发银行"）设立"扶贫金融事业部"，这充分体现了党中央、国务院对金融扶贫的高度重视，凸显了金融在脱贫攻坚中的重要作用。

党的十八大以来，国家开发银行深入学习习近平总书记关于扶贫工作的重要论述，坚决贯彻落实党中央、国务院关于脱贫攻坚的决策部署，坚持开发性金融机构功能定位，在实践探索中形成了"113431"扶贫工作体系，具体含义为：建立一个以扶贫金融事业部为主体、全行共同参与、协同作战的高效组织保障体系；科学制定一个明确时间点路线图的脱贫攻坚实施规划，"十三五"期间发放扶贫贷款 1.5 万亿元；明确融制、融资、融智的"三融"扶贫策略；坚持易地扶贫搬迁到省、基础设施到县、产业发展到村（户）、教育资助到户（人）的"四到"思路方法；深入开展深度贫困地区脱贫攻坚、东西部扶贫协作和定点扶贫"三大行动"；落实一个有效的考核监督体系，签订责任状，确保各项工作落到实处。

截至 2020 年 8 月底，"十三五"以来累计发放扶贫贷款 1.5 万亿元，向贫困地区提供捐赠资金 1.83 亿元，连续 14 年蝉联人民网"人民社会责任奖"，连续 3 年获新华网"社会责任精准扶贫奖"，连续 3 年在中央单位定点扶贫工作考核等次为第一档"好"，并荣获 2018 年全国脱贫攻坚奖（组织创新奖）。

一　项目实施举措与成效

开发银行自 1994 年成立起就承担了定点扶贫任务。2003 年起，围绕"三农"、保障性住房、中小企业等多个领域开展"基层金融业务"，并逐步发展为"民生业务"，不断探索支持贫困地区、贫困群众的思路方法。2006年，开发银行与国务院扶贫办签署扶贫合作备忘录，在产业扶贫、农村饮水安全和扶贫经验推广等领域开展一系列合作，积极支持扶贫事业发展。2016年，经有关部门批准，开发银行扶贫金融事业部于5月31日挂牌成立，下设综合业务局、基础设施局、区域开发局，25家分行成立扶贫金融事业部分部，通过专业分工、统筹协作，发挥"集团军"优势和作用，为支持打赢脱贫攻坚战提供支撑和保障。

（一）加强机制建设，夯实脱贫攻坚工作基础

"脱贫攻坚要取得实实在在的效果，关键是要找准路子，构建好的体制机制。"习近平总书记的指示，为全国决战脱贫攻坚指明了方向，也为开发银行的金融扶贫工作提供了遵循。

1. 明确目标任务，加大扶贫力度

为了更好地落实扶贫开发任务，开发银行研究编制了《国家开发银行扶贫开发"十三五"实施规划》，明确了"十三五"期间发放1.5万亿元扶贫贷款的任务目标，并将这一目标任务分解到年、到领域、到行到人，确保"一张蓝图干到底"。同时，在全行成立了以党委书记、董事长为组长的脱贫攻坚领导小组，22个总行厅局参加，领导小组每季度召开会议，全面加强扶贫工作部署。此外，开发银行37家分行党委的一把手都与总行党委签订了脱贫攻坚责任书，立下"军令状"，逐级明确落实脱贫攻坚主体责任。

2. 深化银政合作

开发银行一直把加强银政合作作为支持脱贫攻坚的重要抓手，充分发挥政府在政策制定、组织协调、行业管理等方面的优势和开发性金融的融资融智优势，不断深化和拓展在脱贫攻坚领域的合作。一是加强与国家发改委、财政部、农业农村部、人民银行、银保监会、国务院扶贫办等部门的沟通汇报，积极参与政策创设，做好政策落实。二是加强与水利部、交通部、教育部等部门合作，联合推动水利、交通、教育等行业扶贫工作。三是加强与各脱贫攻坚重点省份合作，与河南、湖南、广西等21个省（区、市）签订了开

发性金融支持脱贫攻坚合作协议，将政府的组织协调优势与开发性金融的融资融智优势相结合，共谋脱贫攻坚的决胜之道。

（二）加大融资支持，为脱贫攻坚提供充足资金保障

习近平总书记指出，"金融是现代经济的血液。血脉通，增长才有力"。贫困地区发展离不开金融的支持。作为金融扶贫主力军，开发银行按照"易地扶贫搬迁到省、基础设施到县、产业发展到村（户）、教育资助到户（人）"的"四到"工作思路，瞄准贫困地区的难点痛点，精准发力，精准信贷，开发性金融已成为破解脱贫攻坚融资瓶颈的利器。

1. 以易地扶贫搬迁为切入点，打好脱贫攻坚第一战

对 1000 万建档立卡贫困人口实施易地扶贫搬迁是脱贫攻坚的首战，任务艰难，意义重大。面对易地扶贫搬迁复杂的形势，开发银行积极筹谋，理顺机制，稳妥推进，积极协助 22 个省（区、市）政府建立起省级扶贫投融资主体，就投融资主体的主要职责、运作模式以及资金来源等为地方政府提出意见建议和咨询服务。主动研究资金上下贯通的省、市、县三级资金管理体系，打通资金借、用、管、还各环节，所提建议被国家有关主管部门采纳。"十三五"以来，开发银行对 22 个省（区、市）累计投放易地扶贫搬迁资金1326 亿元，支持约 312 万建档立卡贫困人口实施易地扶贫搬迁。

2019 年初，习近平总书记对易地扶贫搬迁后续扶持工作做出重要指示。开发银行认真贯彻落实全国易地扶贫搬迁后续扶持工作现场会精神，将支持易地扶贫搬迁后续就业脱贫发展作为扶贫工作重大专项，设立易地扶贫搬迁后续发展贷款，重点支持安置人口在 1000 人以上（尤其是 3000 人以上）大型安置区的发展。截至 2020 年 8 月底，开发银行累计发放搬迁后续发展贷款 413 亿元，支持项目 185 个，辐射 139 个县的 2284 个集中安置区。

2. 以贫困村提升工程为发力点，加快基础设施改善

基础设施条件的落后，是农村脱贫的主要障碍。经过多年发展，中国的通村路已基本实现覆盖，但是，贫困村的村组道路仍然十分落后。"看到屋，走到哭""晴天一身土，雨天一身泥"是一些贫困地区交通状况的真实写照。

一些贫困村吃水仍要靠肩挑背扛，乡村环境脏乱差，农村学校设施也十分简陋。由于贫困地区经济实力弱，仅靠自身财政难以改变这些贫困落后的面貌。12.8 万个建档立卡贫困村大多基础设施落后、公共服务欠缺，是脱贫攻坚的"坚中之坚"。

开发银行立足支持基础设施建设的传统优势，创新融资模式，围绕村组道路、安全饮水、环境整治、校安工程等难点和"短板"，在不增加地方政府负债的前提下，积极融资支持贫困村基础设施建设，有力改善了贫困群众生产生活条件，为百姓带来幸福感、获得感。

截至 2020 年 8 月底，开发银行"十三五"以来累计向贫困地区发放农村基础设施贷款 3649 亿元，支持建设村组道路 31 万公里、校安工程 6508 个、农村危旧房改造 57 万户、安全饮水设施 20 万个，惠及建档立卡贫困人口 2800 多万人，显著改善了贫困地区的生产生活条件，为进一步产业发展奠定了坚实基础。

此外，开发银行认真贯彻落实中发 34 号文件关于"加快交通、水利、电力建设"的有关要求，加强与交通部、水利部等有关部委合作，不断加大对贫困地区交通、水利、电力等重大基础设施的支持力度。截至 2020 年 8 月底，"十三五"以来累计发放重大基础设施贷款 5434 亿元，重点解决贫困地区"难在路上、困在水上、缺在电上"等问题，使贫困地区区域发展环境明显改善，发展能力显著提升。

3. 以产业扶贫为着力点，增强贫困地区"造血"能力

习近平总书记强调，发展产业是实现脱贫的根本之策。开发银行紧抓产业扶贫这个脱贫攻坚的关键环节，着力增强贫困地区的内生发展动力。截至 2020 年 8 月底，累计发放产业扶贫贷款 3535 亿元，预计可带动约 46 万建档立卡贫困人口增收脱贫，其中"十三五"以来累计发放 3466 亿元，并探索形成了符合开发银行特点和贫困地区实际的业务模式。一是将开发银行批发优势和中小商业银行零售优势有机结合，合作开展扶贫转贷款。二是与央企、国企、地方行业龙头企业开展合作，通过签订购销合同、吸纳就业、土地流转、分红等方式，构建龙头企业与贫困人口间利益联结机制。三是加大

对储备林、油茶等林业扶贫项目的融资支持力度，通过林地租赁、吸纳就业等方式切实带动贫困户增收脱贫。

4. 以教育扶贫为根本点，阻断贫困的代际传递

按照中央"加大扶贫开发力度，提高贫困人口素质"的要求，开发银行以提高素质、增强就业和创业能力为宗旨，大力开展教育扶贫，助力贫困人口彻底摆脱贫困。

一是瞄准基础教育薄弱环节，加大教育基础设施支持力度。如推动云南省职业教育扶贫工程项目落地，累计发放超过 60 亿元，支持近 40 万有接受职业教育意愿的贫困建档立卡户适龄青年接受中高等职业教育。二是积极支持贫困地区幼儿园建设，确保贫困家庭孩子从小就获得教育。三是发挥助学贷款主力银行作用，支持贫困学生接受高等教育。2004 年以来，开发银行主动承担社会责任，探索建立了"政府主导、教育主办、开发性金融支持"的助学贷款模式。截至 2019 年底，累计发放助学贷款 1957 亿元，支持家庭经济困难学生 3049 万人次、1334 万人，覆盖了全国 26 个省（自治区、直辖市）、2348 个县（区）和教育部认可的所有高校，其中"十三五"以来累计发放 1079 亿元，有效保障了家庭经济困难学生受教育权，促进了教育公平。

同时，聚焦贫困学生就业问题，将服务延伸拓展至就业领域，积极整合政府主管部门、社会、企业、高校等各方资源，通过举办求职应聘技能培训和专场招聘会、提供定向实习就业岗位等多种措施帮助支持家庭经济困难学生顺利就业。2019 年，开发银行牵头举办贫困学生专场招聘会，共有 6145 家企业提供就业岗位超过 14.6 万个，帮助学生完成"助学"到"助业"的跨越。

5. 大力实施"三大行动"，形成开发性金融大扶贫格局

开发银行大力实施深度贫困地区脱贫攻坚、定点扶贫、东西部扶贫协作"三大行动"。这是开发性金融决战脱贫攻坚的又一超常规举措，建立起了整合资源、凝聚合力的大扶贫格局。

一是深度贫困地区脱贫攻坚。针对贫困程度最深的深度贫困地区，开发银行在深入调研的基础上，研究提出"信贷政策更优、贷款定价更优、审批

流程更优、资源配置更优、服务方式更优"的"五个更优"工作原则，以及一系列差异化支持政策。截至 2020 年 8 月底，累计向"三区三州"等深度贫困地区发放扶贫贷款 7189 亿元，其中 2019 年发放 1436 亿元，超过当年脱贫攻坚贷款发放的三分之一，有效缓解了深度贫困地区的资金瓶颈制约。

二是东西部协作扶贫。建立起了 14 家东部分行、16 家西部分行的东西部扶贫协作联系机制，与地方政府签署四方合作协议，建立信息互通、资源共享的协作机制，并组织东部企业赴西部对接，探索合作商机，发掘潜在项目。在上海举办"东西部扶贫协作上海在行动"活动，会同上海市政府组织 70 余家在沪企业与对口的遵义、云南等地区精准对接，促成多个项目和企业现场签约。总计在上海、广东等地举办 13 场"在行动"对接会，共对接 290 余家企业，签署合作协议 50 余份，融资需求超过 500 亿元。此外，聚焦西部地区工业园区发展和产能转移、劳务协作、深度贫困地区脱贫攻坚等重点领域，成功落地了一批具有代表性的项目。截至 2020 年 8 月底，开发银行累计支持东西部扶贫协作项目 197 个，发放扶贫贷款 919 亿元，直接带动建档立卡贫困人口 11962 人。

三是定点扶贫。开发银行承担了贵州正安、务川、道真和四川古蔺 4 个县的定点扶贫工作。截至 2019 年底，向 4 县累计发放贷款 110 亿元，捐赠资金 7870 万元。目前，四县均已实现脱贫摘帽，累计实现 322 个贫困村退出、40.9 万人口脱贫。今年以来，在行领导的高度重视和部署推动下，在做好自身定点扶贫工作的同时，开发银行还将中央国家机关和单位的组织协调、政策保障和行业管理等优势与自身融资融智优势相结合，通过联合调研、干部培训等方式积极探索合力推进定点扶贫的新路子。截至 8 月底，向四个县新增发放扶贫贷款 26.86 亿元，捐赠资金 3639 万元，引入帮扶资金 108.1 万元，培训基层干部、技术人员 5804 人，并提前 7 个月完成中央单位定点扶贫责任书全部 7 个任务目标。

6. 凝心聚力实施挂牌督战，切实做到"一县一策"

习近平总书记在决战决胜脱贫攻坚座谈会上强调，要确保剩余建档立卡贫困人口如期脱贫，对 52 个未摘帽贫困县和 1113 个贫困村实施挂牌督战。

开发银行明确今年全年向挂牌督战县发放 200 亿元贷款目标，对挂牌督战县村比照深度贫困地区给予差异化政策支持。总行党委成员分片推动挂牌督战工作，挂牌督战县村所在的 7 家省级分行均成立挂牌督战领导小组或专项工作组，并结合实际制定"一县一策"金融服务方案，确保突出优势特色。截至 8 月底，本年向挂牌督战县发放扶贫贷款 145 亿元。

（三）强化融智服务，提升贫困地区自我发展能力

扶贫先扶志，扶贫必扶智。为贫困地区提供融智服务，以此提升内生发展动力，推动构建永续脱贫机制，已成为开发性金融支持脱贫攻坚的鲜明特色和重要优势。

1. 派驻扶贫金融专员

为解决贫困地区金融人才不足的问题，开发银行选派 183 名综合素质好、责任意识强、业务能力过硬的业务骨干，到 832 个国家级和集中连片特困地区贫困县所在地市州专职开展扶贫工作，在政策宣传、规划编制、扶贫项目策划、融资模式设计、理顺资金运行机制等方面发挥了重要作用。此外，还直接向贫困村派驻第一书记和驻村干部，常年驻村开展帮扶工作，带领贫困村民脱贫致富。目前，开发银行总计向贫困地区派驻扶贫金融专员、驻村第一书记、驻村干部等各类扶贫干部 210 名。

这些扎根一线、坚守一线的开发银行青年不畏艰难、不辞辛苦，走村入户，和贫困群众交朋友、拉家常、谋发展，帮贫困地区摸情况、找思路、出主意。有的借助互联网力量，发起网络众筹，为贫困村发展甜橙等特色产业开展宣传、筹集资金；有的帮助农户引入优质品种，更新种植技术，并协助筹集资金，发展葡萄种植产业，同时通过引进葡萄酒生产商和电商平台开拓销路，为村子脱贫致富提供了全面服务。他们运用开发性金融原理和方法，走进深山荒漠，积极探索开发性金融支持脱贫攻坚的新模式和新举措，为贫困地区打赢脱贫攻坚战提供融智支持。

2. 坚持规划引领

脱贫攻坚是一项复杂的系统性工程，要从根本上改变一个地区长期形

成的贫穷状态，需要以长远眼光统筹全局，通过科学规划找到正确的发展路径和长久的脱贫机制。多年来，开发银行发挥在专家、行业等方面的优势，因地施策、量体裁衣，通过编制规划和咨询报告，为贫困地区提出差异化发展思路和融资支持方案，逐步形成了从片区、省级规划到市县、乡村规划，从行业发展规划到系统性融资规划的多维度、多领域的扶贫规划体系。

开发银行先后支持和参与了 22 个省扶贫开发规划编制，主动为市县一级地方政府编制融资规划和咨询报告，编制完成《湖南省湘西州脱贫攻坚规划咨询报告》《卢氏县脱贫攻坚咨询报告》等扶贫融资规划和规划咨询报告 100 多份，实现"三区三州"深度贫困地区规划咨询服务全覆盖。

3. 开展干部培训

脱贫攻坚关键在党，关键在人。广大干部处在脱贫攻坚第一线，干部素质的高低、能力的强弱，直接关系扶贫工作的成败。怎样才能帮助贫困地区地方干部更好地了解国家脱贫攻坚的方针政策、掌握金融扶贫先进理念和方法、拓宽带领贫困群众脱贫致富的思路和举措？开发银行在地方干部培训方面下了不少功夫，取得了很好的成效。

围绕脱贫攻坚主题为贫困地区干部举办培训班，是开发银行贯彻党中央打赢脱贫攻坚战决策部署、推进脱贫攻坚的重要体现，也是开发银行深化银政合作、提升融智服务的重要方式和内容。截至 2020 年 8 月底，开发银行累计举办 52 期脱贫攻坚地方干部培训班，培训 4818 人次地方干部，实现 14 个集中连片特困地区和"三区三州"深度贫困地区全覆盖，提升了地方干部运用金融手段开展扶贫工作的意识和能力。

二　经验模式总结

多年来，开发银行以习近平总书记关于扶贫工作的重要论述为根本遵循，不断加强党的领导，把脱贫攻坚作为重大使命和政治责任，切实提高政治站位，强化责任担当，充分运用服务国家战略、依托信用支持、市场运作、保本微利的开发性金融功能，不断强化体制机制建设和模式创新，加强思路方法研究，在实践中形成了一系列好的经验做法。

（一）加强规划谋划，强化融智扶志，激发贫困地区内生发展动力

脱贫攻坚既要立足实际，也要着眼长远。开发银行坚持规划先行，将开展扶贫规划和咨询服务作为金融扶贫工作的重要抓手，充分发挥专家、行业优势，因地施策、量体裁衣，为贫困地区提出差异化发展思路和融资支持方案，助力实现科学可持续发展。同时，通过干部培训、人才支持等多种方式提供融智服务，提升地方干部推进脱贫攻坚的意识和能力，帮助贫困群众掌握脱贫致富技能，激发贫困地区内生发展动力。

（二）集中资源力量，加大重点领域融资支持

一方面，发挥我国基础设施投融资领域主力银行优势，利用开发银行长期、大额、批发资金，集中资源力量支持补齐贫困地区基础设施短板，改善生产生活条件，提升贫困群众获得感，为促进产业发展、实现持久脱贫创造条件。另一方面，将产业扶贫作为脱贫攻坚的根本之策，重点围绕转贷款支持小微企业、龙头企业产业链延伸及东西部扶贫产业协作等领域开展各项工作，因地制宜推进贫困地区产业发展。

（三）凝聚各方合力，构建社会化合作机制

脱贫攻坚是一项系统工作，需要动员和凝聚全社会力量广泛参与，形成脱贫攻坚强大合力。开发银行与贫困地区各级政府、金融机构、企业等各方力量加强合作，主动推进市场建设、信用建设、制度建设，打通融资瓶颈，弥补市场空白和缺失，引导社会资金支持经济社会发展中的瓶颈领域和薄弱环节，成为开发性金融扶贫的重要手段。

（四）加强风险防控，确保扶贫贷款精准投放、用得好收得回

在金融扶贫工作中，开发银行坚持按照市场化方式设计扶贫领域融资

模式，加强信用机构设计和风险防控，始终把金融扶贫风险防范摆在突出位置，严把对象识别、扶贫规划、政策要求、扶贫成效、资金监督、作风建设等各道关口，确保扶贫资金用在脱贫攻坚的"刀刃上"，做到精准发力、风险可控。

发挥优势，聚焦精准：中国农业银行做精做深金融扶贫*

　　中国农业银行发挥"三农"服务优势，聚焦"精准扶贫精准脱贫"方略，创新金融扶贫工作思路和方法。在机制建设上，形成专门规划、专门机构、专门资源、专门考核的扶贫工作制度体系；在扶贫实践中，构建以信贷扶贫为基础，以消费扶贫、东西部行扶贫协作、教育扶贫、就业扶贫等为重要内容的立体式金融扶贫模式，并扎实做好定点扶贫工作。截至2020年6月末，中国农业银行在832个国家扶贫重点县贷款余额超过1万亿元，累计发放精准扶贫贷款8362亿元，带动服务建档立卡贫困人口1467万人（次）。

　　2020年是全面建成小康社会目标实现之年，是全面打赢脱贫攻坚战收官之年。脱贫攻坚质量怎么样、小康成色如何，很大程度上要看"三农"工作成效。作为"三农"金融服务的主力银行，中国农业银行（以下简称"农业银行"）自成立以来，就扎根"三农"领域，有力支持国家扶贫开发工作。

　　党的十八大以来，我国扶贫开发事业进入新阶段。农业银行作为国务院扶贫开发领导小组唯一商业银行成员单位，始终以习近平总书记关于扶贫工作的重要论述为全行金融扶贫工作的根本遵循和行动指南，坚决扛起国有大型商业银行金融扶贫政治责任，全力以赴助力打赢脱贫攻坚战。针对农村贫困地区普遍存在的产业发展薄弱、贫困人口脱贫能力不足、金融服务可得性差等问题，农业银行不断加大金融资源投入力度，一方面基于对"三农"金融需求的深刻理解，创新金融扶贫产品，满足贫困地区贫困人口多层次、多

---

　　* 案例素材由中国农业银行股份有限公司提供，南方周末中国企业社会责任研究中心进行编辑。

元化的金融服务需求；另一方面运用科技手段，延伸服务渠道，助力提升贫困地区金融服务可得性和便利性。

与此同时，为了保障扶贫工作有序开展，农业银行充分发挥全国性大型商业银行独特优势，建立系统化组织保障体系、精准化政策支持体系、长效化带贫益贫机制，确保金融扶贫工作有序开展并取得实效。截至 2020 年 6 月末，农业银行在 832 个国家扶贫重点县贷款余额超过 1 万亿元，累计发放精准扶贫贷款 8362 亿元，带动服务建档立卡贫困人口 1467 万人（次）。

一　项目实施举措与成效

（一）瞄准贫困人口，加大金融精准扶贫工作力度

1. 实施优惠利率

在贫困地区，农业银行将客户的扶贫带动能力作为授、用信调查的重要内容，对符合人民银行精准扶贫统计标准的贷款客户，执行优惠贷款利率。建立"银行让利、企业带动、贫困户受益"的利益联结机制，帮助贫困人口以雇佣劳动、订单交易、土地流转、牲畜托养等多种形式实现增收脱贫。截至 2020 年 6 月末，全行产业精准扶贫贷款余额 1671 亿元，存量带动 65 万贫困人口增收。

2. 解决准入难题

对于有劳动力、有致富渠道、有还款意愿的贫困户，农业银行允许县支行将信用评级针对性上调，解决贷款准入问题，并主动与各级党政加强合作，建立"政府增信、银政共管"扶贫机制。"政府增信"即政府通过成立专业化担保公司、风险补偿基金等方式，为贫困农户进行信用增信，农业银行按照担保公司资本金或风险补偿资金的一定比例为增信对象发放贷款。"银政共管"即在选择客户、推荐客户、审核客户、管理客户等方面，借助党政力量，发挥党政作用。截至 2020 年 6 月末，全行扶贫小额贷款余额 188.6 亿元。

（二）立足产业发展，增强脱贫攻坚的可持续性和稳定性

农业银行发挥大行的客户、资金和综合服务优势，深入挖掘贫困地区产业优势，因地制宜创新符合扶贫企业和建档立卡贫困人口需要的贷款产品，着力支持贫困地区产业发展，实现"支持一个产业、繁荣一片区域、带富一方百姓"。

1. 支持发展特色产业

针对特色农业，农业银行向贫困地区一级分行转授了涉农产品创新权，在贫困地区设立了 36 家"三农"产品创新基地，推出了油茶贷（江西、湖南）、甜蜜贷（广西）、高原畜牧贷（青海）、普洱贷（云南）等近百种区域特色农业信贷产品。启动了"百优特色产区专项行动"，在国家扶贫重点县重点支持当地特色农业优质产区。

2. 助力开展乡村旅游

针对特色旅游业，农业银行出台了旅游行业信贷政策，研究制定县域旅游开发建设贷款、"农家乐"贷款等专项信贷产品，支持贫困地区农文旅融合发展。截至 2020 年 6 月末，在 832 个国家扶贫重点县旅游行业贷款余额 209 亿元。

3. 支持基础设施建设

针对产业发展瓶颈，农业银行以 PPP 项目、特许经营权项目等为切入点，大力支持贫困地区水、电、路、网等基础设施建设项目，改善贫困地区生产生活环境。同时，对于贫困地区上报总行的贷款项目，开辟信贷审批绿色通道，实施限时办结，确保贷款尽快投放到位。截至 2020 年 6 月末，在 832 个国家扶贫重点县的农村基础设施贷款余额 4406 亿元。

（三）聚焦深贫地区，加大资源政策倾斜力度

1. 加强组织领导

在加强组织领导上，农业银行开展了深度贫困地区脱贫攻坚挂点指导行动，总行党委成员每人挂点指导一个深度贫困县支行，指导推进专项巡视整

改工作，对基层行反映的问题、地方党政表达的诉求，积极回应，主动解决。如：研究制定精准扶贫贷款利率补贴方案，适当弥补基层行执行优惠利率的收益损失；帮助挂点县引进农产品加工龙头企业，支持当地特色产业发展等。总行相关部门负责人、一级分行领导班子成员也开展了挂点指导工作。

2. 倾斜信贷资源

在倾斜信贷资源上，向深贫地区县支行落实了全额保障信贷规模、全额减免经济资本占用、全额满足财务费用需求、全额匹配渠道建设投资预算等二十条倾斜支持政策。2020 年，将原有对深度贫困地区各项贷款经济资本占用全部减免的政策扩大至 52 个未摘帽县，并对 832 个国家扶贫工作重点县信贷计划完成情况较好的一级分行，适度调减分行经济资本成本，鼓励加大贷款投放力度。截至 2020 年 6 月末，在深度贫困地区贷款余额 4643 亿元。

3. 实施专项行动

实施了东西部扶贫协作。出台《中国农业银行东西部扶贫协作金融服务行动方案》，确定上海、天津、江苏、福建等 12 家东部行结对帮扶"三区三州" 12 个地州，在招商引资、干部帮扶、业务推进、消费扶贫等方面实施对口帮扶。2019 年，12 家东部行派出 10 多名干部到对口帮扶行开展结对帮扶，对接招商项目 39 个，协调引进项目企业 8 个。

实施消费扶贫。出台《关于开展消费扶贫工作的实施意见》，推动农业银行各级行工会、后勤系统积极采买贫困地区产品。研发创建"扶贫商城"，举办贫困地区特色产品展销会，协调农行客户与贫困地区企业、农户建立供销关系。依托"扶贫商城"与中央和国家机关单位、中央企业、各大高校等单位开展合作，推动其购买贫困地区商品。截至 2019 年末，农业银行全行共帮助贫困地区销售农产品 7.3 亿多元，直接购买贫困地区农产品 7017 万元。"扶贫商城"商品已实现 592 个中央单位定点帮扶县全覆盖，832 个国家扶贫重点县覆盖率超过 90%，线上交易额超过 7000 多万元。

实施教育就业扶贫。继续实施"金穗圆梦"助学活动，多方筹措资金，资助建档立卡贫困家庭新入学大学生，累计资助 7828 名"三区三州"深度贫困县、定点扶贫县、重点帮扶县的建档立卡贫困家庭大一新生，其中 2019 年资助 3832 名。按照三年招聘 1000 名建档立卡贫困家庭大学生的计划，启动实施就业扶贫专项行动，将报名应聘农业银行的建档立卡贫困家庭大学生全部纳入笔试、面试考察。截至 2019 年末，全行已累计招收 547 名深贫地区贫困家庭大学生。

（四）延伸服务渠道，提升基础金融服务的可得性和便捷性

农业银行立足贫困地区实际，在原有物理网点对县域全覆盖的基础上，运用科技和网络技术手段，初步构建了"物理网点 + 自助网点 + 惠农通服务点 + 互联网金融平台 + 流动金融服务""五位一体"的新型渠道服务体系。

1. 扩大物理网点覆盖范围

农业银行将物理网点、自助网点的新增计划向贫困地区特别是乡镇一级倾斜。在贫困地区大力实施金穗惠农通工程，在乡村小超市、农资店、卫生所等地布放电子机具，建立惠农金融服务点，为农户提供转账、小额取现等金融服务，并积极代理涉农财政补贴、公共事业代收费等项目。截至 2019 年末，农业银行在国家扶贫工作重点县的电子机具行政村覆盖率达 86%。

2. 推动网点互联网化升级

同时，农业银行推动了惠农金融服务点的互联网化升级，实施了互联网服务"三农""一号工程"，加大了掌上银行、网上银行和"惠农 e 通"平台（具有线上支付、电商交易、线上放贷等功能）的推广力度。截至 2020 年 6 月末，农业银行在 832 个国家扶贫重点县的掌银、网银客户分别超过了 3500 万户、3700 万户。

3. 开展移动金融服务车试点

2019 年农业银行在"三区三州"开展了移动金融服务车试点，单独下达投资预算，已先行投放移动金融服务车 26 辆，后续将力争实现具备条件地区县支行移动金融服务车全覆盖，解决偏远贫困地区金融服务

难题。

（五）完善机制体制，推动金融精准扶贫各项政策措施落实到位

1. 保障体系

在组织推进上，农业银行建立了"总行统筹、分行推进、县支行抓落实"的工作机制。在总、分行成立了由党委书记任组长的金融扶贫工作领导（推进）小组，完善了议事规则，定期召开会议部署金融扶贫工作。在总、分行设立了扶贫开发金融部，组建了一支专业化的金融扶贫队伍。总行印发了"十三五"金融扶贫工作意见、深度贫困地区金融扶贫意见，按年制定全行金融扶贫工作意见，明确精准扶贫工作目标、措施和责任部门、责任人等。定期监测全行精准扶贫贷款情况，对工作不到位的分、支行，通过下发提示函、下派工作组、约谈督导等方式，推进问题整改。

2. 政策保障

在政策保障上，农业银行总行每年初向 832 个国家扶贫重点县机构单列信贷计划，一级分行实施贷款规模动态管理，保障贷款投放。总行穿透配置脱贫攻坚专项战略投资预算，全额保障贫困地区网点建设投资需求和网点建设外的其他基建投入。在贫困地区，逐年加大财务费用投入力度，保障业务经营、金穗惠农通工程和互联网服务"三农""一号工程"建设。制定了扶贫小额信贷、法人精准扶贫贷款尽职免责规定，细化了免责范围，明确了免责认定流程，为敢做事、能做事的扶贫干部松绑撑腰。全行捐赠资源主要用于贫困地区，在用工计划、招聘政策、培训资源等方面，向贫困地区行倾斜。鼓励分、支行研究制定差异化的金融扶贫政策，允许"三区三州"深度贫困地区行突破总行信贷政策创新信贷产品，备案总行后实施。

3. 考核引导

在考核引导上，农业银行横向在总、分行相关部门，纵向在省、市、县行建立了金融扶贫考核体系。设置"脱贫攻坚"指标，对一级分行金融扶贫工作进行专项评价，考核结果同步纳入分行领导班子考核。出台"扶贫重点

县机构金融扶贫专项评价方案"，直接穿透考核至贫困县支行，引导贫困县支行聚焦重点工作，确保金融扶贫方向不偏。同时，将金融扶贫工作纳入一级分行党建考核，作为贫困县支行党委书记抓基层党建述职评议的必述内容，列为基层行党组织清单式管理和党员积分制管理的重要指标，引导各级党组织和党员干部在脱贫攻坚一线切实发挥先锋模范作用。

二　经验模式总结

（一）坚持党的领导

一直以来，农业银行始终把加强党的领导作为金融扶贫工作的"根"和"魂"常抓不懈。明确了金融扶贫工作实行"一把手"负总责，亲自抓，亲自管，层层传导压力，层层压实责任。持续深入开展了金融扶贫领域作风问题专项治理工作。将金融扶贫工作情况纳入了领导干部党建考核，纳入了各级行党委落实主体责任情况报告。

（二）把握精准方略

农业银行在金融扶贫工作中，深入了解地方脱贫攻坚规划和进展情况，摸清建档立卡贫困人口致贫原因，将支持带动贫困人口作为各项工作的出发点和落脚点，千方百计建立精准扶贫利益联结机制。发挥大行优势，将扶"贫"与扶"志"、扶"智"相结合，在帮助贫困户发展产业、参加就业上下功夫，在提高贫困户组织化程度上下功夫，增强其自我发展能力，变"输血"为"造血"。

（三）立足产业发展

农业银行发挥服务"三农"的产品、经验和客户优势，针对贫困地区乡村振兴的新主体、新市场、新要素、新业态，把支持农业供给侧结构性改革作为重点领域和主攻方向，助力农村产业转型升级、融合发展。围绕龙头企业形成的产业链，创新推出了惠农 e 贷、网捷贷等互联网金融产品，批量支持上下游的小微企业、专业合作社、规模农户等。还积极对接交通扶贫、水利扶贫、电力和网络扶贫、农村人居环境整治等专项行动，改善贫困地区产业发展条件。

（四）因地制宜

针对各贫困县的资源禀赋和产业基础千差万别、贫困户的致贫原因和发展需求多种多样的实际情况，农业银行向贫困地区行充分下放产品创新权限，开辟信贷审批绿色通道，鼓励因地制宜创新扶贫产品。梳理总结了特色产业扶贫、龙头企业带贫、水利金融扶贫、农地金融扶贫等25种金融扶贫具体模式，通过培训、宣传、专刊、视频等方式，向全行复制推广。针对贫困地区高寒、偏远、基础设施建设相对滞后等问题，创新打造了"五位一体"的新型渠道服务体系。

（五）凝聚多方合力

农业银行在金融精准扶贫工作中，特别重视与党政部门、金融同业、社会团体、龙头企业等加强沟通合作，实现优势互补，尤其是与各级党政合作创新的"政府增信＋银政共管"扶贫机制，既有效解决了贫困人口担保难、贷款难、贷款贵问题，又从整体上降低了因管理半径过大、信息不对称等带来的信贷风险和经营成本。

（六）严守风险底线

农业银行作为全球系统重要性银行和上市公司，在金融扶贫工作中始终坚持商业可持续原则，切实加强贷款准入和风险管理，确保精准扶贫贷款放得出、收得回，贫困农户有收益。严格遵守脱贫攻坚政策和金融监管规定，加大巡视审计力度，严格禁止"户贷企用"、以信贷资金入股、以扶贫贷款名义增加地方政府隐性债务等违规行为。

"1+6"精准扶贫：华夏银行助推扶贫工作 *

华夏银行将脱贫攻坚同民族团结融会贯通，积极参与"访惠聚"驻村工作，把"访民情、惠民生、聚民心"落到实处，全力支持新疆脱贫攻坚战。自2017年开展"访惠聚"驻村工作及脱贫攻坚工作以来，华夏银行乌鲁木齐分行坚持精准扶贫、精准脱贫基本方略不动摇，逐渐形成了后盾支持作保障、教育扶贫以扶智、产业扶贫促造血、消费扶贫助脱困、就业扶贫添动力、金融扶贫显专业、公益扶贫增幸福的"1+6"精准扶贫模式，着力激发贫困人口内生动力，集中力量攻克深度贫困堡垒。

新中国成立以来，中国共产党带领人民持续向贫困宣战。2015年11月中央召开政治局会议，释放减贫新信号，审议通过了《关于打赢脱贫攻坚战的决定》，在中央扶贫开发工作会议上，习近平总书记强调，全面建成小康社会，是我们对全国人民的庄严承诺。脱贫攻坚战的冲锋号已经吹响。我们要立下愚公移山志，咬定目标、苦干实干，坚决打赢脱贫攻坚战。

华夏银行作为一家"北京的银行"以及全国性股份制商业银行，高度重视扶贫工作，将其作为总行党委重要的工作来抓。在实践中，始终坚持以首善标准，落实好北京市委、市政府各项工作部署，按照北京市国资委要求制定实施方案，明确责任落实，发挥金融扶贫的特色优势，展现北京市管企业的担当。华夏银行高度关注新疆自治区的发展，于2003年10月进驻乌鲁木齐，设立华夏银行成功上市后增设的第一家省级分行。这是华夏银行积极响应国家西部大开发号召的具体表现。

2016年11月16日，新疆自治区党委常委会专题听取工作汇报，研究具体推进举措，审议通过《关于深入"访民情惠民生聚民心"驻村工作的实

---

* 案例素材由华夏银行股份有限公司提供，南方周末中国企业社会责任研究中心进行编辑。

施意见》。号召全疆单位积极贯彻落实党中央治疆方略，特别是社会稳定和长治久安总目标，深刻领会自治区党委关于"访惠聚"驻村工作"一条主线"（学习贯彻习近平新时代中国特色社会主义思想和十九大精神）、"一个总目标"（社会稳定和长治久安）、"八项任务"（"1+2+5"核心举措，"1"是明确"一个目标"，即维护社会稳定；"2"是突出两项任务，即建强基层组织和做好群众工作；"5"是做好五件好事，即落实惠民政策、拓宽致富门路、推进脱贫攻坚、办好实事好事、壮大党员队伍）的部署要求，持续用力推进"访惠聚"驻村工作。

为响应自治区党委号召，经总行批准，乌鲁木齐分行于 2017 年选派 7 人，赴"和田市夏玛勒巴格片区阿热勒村"开展驻村工作，2018 年又增派 2 人担任 2 个深度贫困村（和田市阿克恰勒乡肖尔巴格村、曙光村）第一书记。2020 年，为打赢脱贫攻坚战，落实党中央及北京市国资委扶贫工作要求，乌鲁木齐分行在总行党委的大力支持下，重点围绕中央挂牌督战的和田地区两个贫困县墨玉县和洛浦县，集中投入资源开展扶贫重点项目 4 个。

乌鲁木齐分行持续深化与新疆自治区和和田地委行署的战略合作，加大金融扶贫力度，积极支持自治区扶贫工作，服务当地实体经济发展，多年来形成了特色扶贫工作模式，帮助受援地区建立了可持续发展的脱贫巩固与提升的良效发展机制，为新疆脱贫攻坚帮扶工作提供了典型案例，具有一定的创新示范意义。

一 项目实施举措与成效

乌鲁木齐分行始终高度重视脱贫攻坚工作，将扶贫工作作为每年度重点开展的日常工作。近年来，乌鲁木齐分行充分发挥自身行业优势，通过"访惠聚"驻村工作平台、"民族团结一家亲"和民族团结联谊活动平台，将脱贫攻坚工作与两个平台有机统一，形成工作合力。通过长期深入的实践，乌鲁木齐分行探索出行之有效的"1+6"精准扶贫帮扶模式："1"是指以乌鲁木齐分行后盾帮扶为基础，落实思想指导、领导责任、机制保障、人员保障、资金保障及关心关爱。通过发挥乌鲁木齐分行后盾职能，消除驻村一线的后顾之忧，助推脱贫攻坚工作正常运转；"6"指的是开展教育扶贫、消费扶贫、产业扶贫、就业扶贫、金融扶贫、公益扶贫。通过多元化帮扶举措全面推进驻村脱贫工作。

表1 华夏银行乌鲁木齐分行"1+6"精准扶贫模式

"1个基本点"：后盾支持

理论支持：积极学习党中央、自治区先进扶贫理论知识，坚定政治立场，指导扶贫工作
领导支持：总分行党委领导班子高度重视，多次前往驻村点实地调研慰问，指导扶贫工作
机制支持：设立扶贫专班，细分责任落实到具体部门，助推扶贫工作
人员支持：按要求选派政治觉悟高、工作能力强的年轻干部开展驻村扶贫工作，带领驻村点完成脱贫目标
资金支持：累计投入1200万余元运营费用、2550万余元捐赠款项助力和田地区脱贫攻坚
关心关爱：落实关心关爱政策，消除驻村干部后顾之忧

"6个举措"：精准扶贫					
教育扶贫	产业扶贫	消费扶贫	就业扶贫	金融扶贫	公益扶贫
①助推和田基础教育设施建设：连续3年捐赠资金合计850万元帮助和田地区升级基础教育设施。设立"华夏银行幼儿园"，帮助阿热勒小学、中学升级教学楼及食堂 ②帮扶资助贫困学子：连续三年对驻村点考入本科、大中专院校的贫困学生发放助学金4万元，助力和田地区培养优秀的年轻人才	①发展庭院经济：开展尼雅黑鸡养殖帮扶项目，成立助农合作社，推进种兔养殖、牛羊托管养殖项目助农增收 ②建立扶贫实体产业：组织实施"华夏银行惠民超市""华夏银行扶贫煤场""华夏银行扶贫夜市"等惠民项目 ③设立扶贫产业帮扶资金：设立500万元产业帮扶基金，助推和田扶贫产业发展	①2018年消费扶贫：分行员工积极认购村民滞销的红枣、核桃共计4吨，合计金额28万元 ②2019年消费扶贫：分行组织员工认购红枣200余箱、扶贫养殖项目尼雅黑鸡1700余只，合计金额16万元 ③2020年消费扶贫：购买驻村点尼雅黑鸡2700余只（实施中）、肖尔巴格村甜瓜1000箱	①开展驻村点就业扶贫项目：通过开展"肖尔巴格村村民广场""公益性岗位扶贫计划""庭园改造小分队"等项目帮助建档立卡贫困户实现就业脱贫 ②助推两县就业扶贫：为和田地区的墨玉县和洛浦县各捐赠500万元，签署帮扶协议，助力公益性岗位购买推进就业扶贫脱贫摘帽	①发挥银行专业优势：为地方企业提供金融支持，截至2020年4月末贷款余额2.26亿元。驻村点自助机具布放：克服驻村点无实体网点等困难，布放自助机具为村民提供便捷化金融服务 ②金融知识普及：定期开展"金融知识万里行""315金融防诈骗宣讲"等活动，帮助群众掌握基础金融知识	①开展"献爱心·捐衣物"活动：累计为阿热勒村贫困户、孤寡老人和孤儿等捐赠冬季御寒衣物共2000余件 ②发动全行开展助农捐款活动：2017年来累计捐款17.9万元 ③联合第三方开展惠民项目帮扶：与新疆慈善总会等机构签署帮扶协议，捐赠100万元开展和田地区惠民项目帮扶，提升群众幸福生活指数

（一）以心攻坚，后盾支持

1. "理论学习 + 领导重视" 正方向

脱贫攻坚理论知识是做好扶贫工作的根本遵循和行动指南。自开展脱贫攻坚工作以来，乌鲁木齐分行党委积极学习贯彻习近平总书记关于扶贫工作的重要论述、党中央脱贫攻坚重大决策部署、新疆自治区党委和中国银保监会党委脱贫攻坚工作安排部署、华夏银行总行有关脱贫攻坚最新通知及指导方案等，并将其纳入党委中心组理论学习内容。同时，乌鲁木齐分行将驻村扶贫相关的事宜均纳入党委会日常议事议程，每年按时制定计划、明确思路、统筹推进、强化保证，为乌鲁木齐分行的脱贫攻坚工作明确了前进方向，夯实了理论基础。

华夏银行总分行党委领导班子坚持以实际行动支持驻村扶贫。2017 年至今华夏银行总行党委领导班子多次来到新疆开展调研、慰问工作，对驻村工作给予帮扶和指导。乌鲁木齐分行党委领导班子每年定期前往驻村点进行实地调研，前往困难群众家中进行慰问，落实帮扶政策，真心实意地为群众解决实际困难。乌鲁木齐分行党委书记严格落实 "第一责任人" 的职责要求，强化政治使命担当，压实帮扶责任。通过抓学习正方向、抓班子带队伍、抓制度建机制、抓作风促落实，推动形成落实扶贫目标任务的强大合力。

2. "专班分工 + 压实责任" 强基础

2018 年，乌鲁木齐分行成立了 "扶贫工作领导小组" 助推脱贫攻坚工作。2019 年，乌鲁木齐分行成立了 "访惠聚" 驻村工作办公室，明确了办公室负责 "访惠聚" 驻村工作、扶贫工作、"民族团结一家亲" 和民族团结联谊活动组织推动的职责。同时调整了扶贫领导小组的组织架构及工作职责，细化分工，明确具体承办部门，为推动驻村工作落实、推进脱贫攻坚工作深入开展提供了组织保障。

3. "后盾保障 + 关心关爱" 添干劲

自 2017 年以来，乌鲁木齐分行始终坚持选优配强，派驻优秀稳定的驻村干部及贫困村第一书记，先后派出驻村队员共计 15 名，现有驻村队员

9 名。每年组织开展的新一轮驻村工作报名活动都得到了全行员工的积极响应。总分行党委高度重视脱贫攻坚，为乌鲁木齐分行驻村扶贫工作提供充足的经费保障。在华夏银行总行党委的大力支持下，截至 2020 年 9 月，乌鲁木齐分行为驻村脱贫工作累计投入 1200 万余元运营费用、2550 万余元捐赠款项支持分行驻村工作运营开展及和田地区脱贫攻坚工作。

乌鲁木齐分行坚持发挥"后盾作用"，为工作队解困难、谋福利。每月按时发放补贴，及时划拨工作资金。落实驻村干部请休假制度，加强与自治区上级单位的联系，及时传达最新文件精神与工作要求。节假日安排专人走访慰问驻村干部家属，解决实际困难，切实让驻村干部安身、安心、安业，为驻村扶贫做好保障。

（二）用情扶贫，全面开花

1. 助推教育扶贫，爱心助学暖人心

3 年来，乌鲁木齐分行为和田地区教育事业累计捐赠 850 万元支持和田基础教育设施建设，设立"华夏银行幼儿园"，为当地小学、中学改扩建工程提供资金援助，推动"教育精准扶贫"。同时，乌鲁木齐分行坚持"扶贫必扶智"，连续三年对驻村点考入本科、大中专院校的贫困学生发放助学金 4 万元，助力和田地区培养优秀的年轻人才。

2. 坚持消费扶贫，助农脱困齐协力

消费扶贫有利于贫困户的稳定增收，有利于驻村点特色产业的长期培养，有利于实现"扶贫先扶志"。2018 年，乌鲁木齐分行员工积极认购村民滞销的红枣、核桃共计 4 吨，合计金额 28 万元。2019 年，再次组织员工认购红枣 200 余箱、扶贫养殖项目尼雅黑鸡 1700 余只，合计金额 16 万元。2020 年为响应"打赢脱贫攻坚战"号召，乌鲁木齐分行扩大消费扶贫规模，采购驻村点甜瓜 1000 箱、尼雅黑鸡 2700 余只，合计金额 36.4 万元。

3. 加强产业扶贫，就业增收有成效

乌鲁木齐分行始终坚持"输血"式扶贫向"造血"式扶贫、"开发式"

扶贫向"参与式"扶贫转变的工作理念，坚持增强驻村点内生发展动力，提升贫困户自主脱贫能力。3 年来，工作队从驻村点实际出发，组织实施了"华夏银行惠民超市""华夏银行扶贫煤场""华夏银行扶贫夜市"等惠民项目，为村集体经济年均增收 16 万元。与此同时，工作队因地制宜，组织驻村点大力开展庭院经济、助农经济，帮助驻村点成立助农合作社，开展尼雅黑鸡养殖、种兔养殖、牛羊托养等项目助农增收。2020 年，乌鲁木齐分行出资 500 万元设立华夏银行助力和田地区脱贫攻坚产业扶贫帮扶基金，通过创新扶贫方式助推和田地区脱贫巩固提升。

4. 落实就业扶贫，精准帮扶深发力

就业扶贫是精准扶贫基本方略的重要环节，也是实现稳定脱贫、长效脱贫、防止返贫的重要途径。3 年来，驻村点通过开展"肖尔巴格村村民广场""公益性岗位扶贫计划""庭园改造小分队"等项目帮助建档立卡贫困户实现就业脱贫，截至 2019 年末，驻村点贫困人员新增就业达到 140 人次，月均薪酬达到 2000 元以上。2020 年，乌鲁木齐分行与和田地区 2 个未摘帽的墨玉县、洛浦县政府展开合作，出资 1000 万元与两县签署帮扶协议，通过购买公益性岗位等方式助力两县完成脱贫攻坚任务。

5. 推进金融扶贫，专业优势要发挥

金融业助力脱贫攻坚也是实现从"输血"到"造血"转变的重要途径，是实现助农脱困、帮助贫困户增收致富、提升群众生产生活质量的关键点。3 年来，乌鲁木齐分行不断探寻从专业领域推进金融扶贫，持续寻找为和田地区企业提供信贷支持的机会。为新疆供销投资（控股）集团有限责任公司承销发行 5 亿元定向债务融资工具，重点用于果业集团在和田地区收购农副产品；为新疆新业国有资产经营（集团）有限责任公司承销发行 4 亿元债权融资计划，重点用于和田果之初食品、于田瑰觅生物农副产品收购及生产经营；为和田天博商贸、和田果业等 8 家企业累计提供信贷资金 14.48 亿元，支持当地企业发展。同时，乌鲁木齐分积极开展专业部门工作帮扶，安排专业部门研究金融服务支持措施，包括金融知识普及、防止电信诈骗、驻村点自助机具布放等。

6. 开展公益扶贫，全员参与热情高

扶贫公益活动是凝聚广大帮扶力量、营造良好氛围的关键。3 年来，乌鲁木齐分行坚持开展"献爱心·捐衣物"活动，累计为阿热勒村贫困户、孤寡老人和孤儿等捐赠冬季御寒衣物共 2000 余件；员工自发为贫困村捐款，2017 年来累计捐款 17.9 万元；2020 年，与新疆慈善总会、和田慈善总会签署帮扶协议，捐赠 100 万元助力和田地区惠民项目建设，通过开展各项惠民活动提升受援地区人民群众幸福生活指数。

（三）扶贫成效

3 年里，驻村点群众心里的灯亮了，生活好起来了。乌鲁木齐分行对接的两个深度贫困村分别于 2018 年、2019 年成功完成整村退出任务，驻村点 259 户 1142 名建档立卡贫困人口陆续脱贫，到 2019 年底三个村贫困发生率均为 0，村民的年均收入破万元大关喜跨新台阶，村集体经济收入也节节攀高。

在党中央、新疆自治区党委、北京国资委的正确指导下，在华夏银行总分行党委的大力支持下，乌鲁木齐分行在 3 年里通过不懈的努力取得了一个又一个的好成绩："访惠聚"驻村工作连续 3 年年度考核为"优秀"，包村定点扶贫工作连续 2 年年度考核为"第一等级"，在新疆自治区组织的 2019 年驻村考核 4 大项指标中，首次全部获得最优评价等级（优秀组织单位、先进工作队、先进工作队长、先进工作队员），被和田市政府授予"促进产业发展先进企业""扶贫先进基层单位"等荣誉称号，工作队队员多次被新疆自治区评选为"民族团结一家亲和民族团结联谊活动先进个人"，乌鲁木齐分行党委书记荣获北京市 2019 年"扶贫协作创新案例奖"。

二 经验模式总结

（一）激发脱贫内生动力，多措并举的企业扶贫模式行之有效

乌鲁木齐分行始终将"履行社会责任、践行国企担当"作为推动自身发展

的动力之一，坚持以"首善标准"去落实党中央及新疆自治区提出的工作要求，致力于"扎根大西部、服务大新疆"，采取以多年工作积累所形成的后盾支持为基础、6项扶贫举措对症下药的"1+6"精准扶贫模式，用受援地区脱贫所结出的累累硕果生动地证明了扶贫不是简单的资金投入、不是一味地流于表面、不是短暂的形象工程，而是需要持久的、长效的、脚踏实地的扶贫投入。致富不是来自外因，而是源于内生动力，乌鲁木齐分行的扶贫经验说明，企业扶贫也要扎根基层、走进群众，要带领群众主动致富，而不是帮助群众表面脱贫。

（二）聚合各方工作平台，因地制宜结合受援地实际情况开展扶贫工作

乌鲁木齐分行多年来坚持以"访惠聚"为平台把驻村扶贫工作落到实处。紧紧围绕新疆"社会稳定和长治久安"总目标，深入开展"访民情惠民生聚民心"驻村工作。通过建强基层组织、做好群众工作、拓宽致富门路等措施，全力支持驻村点打赢脱贫攻坚战。做好新疆的脱贫工作，必须要从实际出发，发挥"访惠聚"驻村这一特色平台的优势，融合"民族团结一家亲"和民族团结联谊活动，形成工作合力。以民族大团结凝聚群众脱贫致富力量，扎实完成扶贫工作目标。

（三）探索金融扶贫创新，建立防返贫机制，巩固脱贫攻坚成果

乌鲁木齐分行始终明白脱贫攻坚不是一个阶段性工作，通过采取总分行支持、业内外联动、多方面发力的扶贫模式，指导贫困村如期脱贫，在实现驻村点259户1142名建档立卡贫困人口全面脱贫后，仍坚持不断探寻多元化扶贫方式以及可持续扶贫创新模式，通过与受援地政府合作实施设立产业扶贫帮扶基金的创新方式，推进产业扶贫与公益扶贫相结合，助力受援地建立防返贫机制。

"光大购精彩"：光大银行探索电商扶贫新路径*

为创新性开展扶贫工作，光大银行自建电商平台——光大购精彩，光大购精彩自上线之初，积极开展电商精准扶贫工作，通过对全国贫困地区产品推行"三免一合"的优惠政策，即免开发费、免入场费、免导流费与合作营销，累计帮助17个省60个国家级贫困县开拓扶贫新路径，真正将电商模式"引进来"，让扶贫商品"走出去"。

为深入贯彻党的十九大精神和党中央、国务院脱贫攻坚决策部署，积极落实光大集团、光大银行扶贫工作领导小组的指示精神，以更加强大的力度和更加务实的创新产品，持续保障和改善民生，让扶贫工作真正实现可持续发展，光大购精彩电商平台自上线之初，积极开展电商精准扶贫工作，通过对全国贫困地区产品推行"三免一合"的优惠政策，即免开发费、免入场费、免导流费与合作营销，累计帮助17个省60个国家级贫困县开拓扶贫新路径。

一 项目实施举措与成效

（一）搭建电商平台，探索扶贫路径

2015年末，中国光大银行将电商业务列为"一扇门、两朵云、三个e"六大重点项目之一。光大银行购精彩团队建系统、引商户、上商品、促营销、做售后，历经五个月的开发准备，上线了"光大购精彩"电商平台。

2016年9月，光大集团与人民日报社共同推动定点扶贫县的精准扶贫工作，将扶贫商品纳入电商平台。电商扶贫是一个崭新的领域，涉及的产品

---

*　案例素材由中国光大银行股份有限公司提供，南方周末中国企业社会责任研究中心进行编辑。

标准化、资质要求、审核流程、营销推广等问题和常见的电商平台都不一样，可借鉴的经验极少。

光大集团对接的国家级贫困县湖南省古丈县出产古丈毛尖、古丈红茶、腊肉等上百种产品，以及河北省滦平县出产富硒大豆类加工食品，但扶贫产品往往存在缺少相应生产资质、包装等问题。购精彩团队从海量的产品中挑选特色产品，筛选资质，协助农户完成相应的上架工作。在"光大购精彩"平台设立"欣欣湘荣，冀往开来"扶贫专区，让购精彩商城实现更大的社会价值。

从 2017 年开始，购精彩团队便积极寻找更多销售渠道，将销售扩展到企业福利采购领域，同时也扎根贫困县，寻找适合的特色扶贫产品。光大银行在河南省兰考县调研时发现当地广泛种植山药。兰考县出产的山药口感软糯、干面香甜，营养价值丰富，是难得的优质产品，但由于信息闭塞，当地的创业明星"山药姑娘"潘春婷却苦于其种植的大量山药无法打开销路。光大购精彩团队在深入考察后，决定将她种植的铁棍山药引入购精彩商城的扶贫专区，在面向零售客户销售的同时，通过福利采购渠道帮助其扩大销路。通过广泛宣传，加上口碑传播，短短一个月为潘春婷带来 40 余万元销售收入。她也因此得以提前偿还前期贷款，并购入了用于储存山药的冷库，产供销走上正轨，并带领全村人民走上致富奔小康的康庄大道。

（二）构建扶贫产品的专业化运营模式

光大银行购精彩平台发现消费扶贫深受社会公众关注，但扶贫县农户缺乏电商运营思维，往往忽视了销售环节中最为重要的产品包装、品牌宣传和电商运维等问题，导致销量一直无法进一步增加。购精彩团队在充分研究讨论的基础上，决定推行"一揽子"解决方案。在商品生产和上架环节，团队从包装设计、品牌打造、营销活动、产品宣传等方面发力，全方位帮助农户出谋划策。在物流发货环节，团队每天由专人负责导出扶贫商品订单，逐一核对发货情况并跟踪物流进度，及时与农户和物流公司核实异常状态及其原因，直到每一笔订单都完好地送到客户手上。在售后服务环节，遇到客户投诉等突发情况，团队积极协调双方做好沟通，直至问题解决。这些专业化运营举措，有效解决了贫困户使用电商平台销售的"痛点"和难点问题。

（三）树立扶贫产品的品牌形象

练好内功，打造品牌，树立口碑，购精彩扶贫工作进入了快车道。购精彩商城上线多款古丈茶，帮助商户设计、制作茶叶宣传图片和商品详情页面，拓展商品销售渠道，制作微信帖等宣传素材进行广泛的产品宣传。购精彩更是借助2019年中国（北京）国际服务贸易交易会金融服务专题展，将古丈县的扶贫茶园"搬进"北京展览馆。现场借助AR（增强现实）、VR（虚拟现实）等技术，宣传光大电商扶贫的科技创新及扎实成果。通过线上线下渠道的同步宣传，商品上线仅三个月的时间，销售额就突破630万元，助力古丈县决战决胜脱贫攻坚，全面冲刺奔小康。"董事长代言古丈茶"案例更是荣获2019年中国金融年度品牌大奖。

2019年10月16日，光大集团首届扶贫成果展隆重召开。为期一周的扶贫展热闹纷繁，集团各企业组团前来观展体验，纷纷下单参与消费扶贫。展会还吸引了多家外部企业前来参观学习。

（四）运用新技术手段打开扶贫产品销路

2020年4月，光大银行尝试创新扶贫方式，通过电商直播带货扶贫农产品。此时光大购精彩团队积极研究、学习时下流行的电商直播带货，首次策划开展江西省瑞金县扶贫商品直播活动，并邀请瑞金市委书记为直播代言，取得了14万名网友观看及13万元销售额的开门红佳绩。2020年5月，由光大集团扶贫办公室牵头，光大银行购精彩团队瞄准光大集团定点扶贫县——古丈县策划开展直播活动。

通过光大银行手机银行"光银直播"、抖音平台、特抱抱平台三大渠道共同开展"情暖古丈，扶贫有我"直播活动，邀请副行长卢鸿作为视频连线嘉宾与青年歌手云飞共同主播，2个小时的直播共吸引72万名网友在线观看，销售额达150.69万元，共计销售约3600斤古丈腊肉和6600斤古丈茶，让国家深度扶贫县湖南省古丈县的"土味山货"摇身一变成为"畅销爆款"。一炮打响了光大银行购精彩扶贫直播品牌。2020 年 6 月，光大银行再次走进江西，由鄱阳县委常委、副县长代言的"保护一湖清水　践行绿色发展"扶贫直播活动如期开展。在直播活动前期强大的宣传预热带动下，直播开场前 10 秒钟就有数百份商品被抢购下单。此次扶贫直播活动浏览量超过 35 万人次，点赞 19 万人次，光大银行购精彩平台累计销售鄱阳湖银鱼、餐子鱼、大米、食用油等各类商品 2500 余份，销售金额超 13 万余元，使得扶贫直播活动模式化并具有复制性，积极推动乡村振兴，助力打赢脱贫攻坚战。

（五）发挥消费扶贫作用，解决特色农产品滞销问题

2020 年伊始，受新冠肺炎疫情影响，湖北农产品外销受阻，多地出现不同程度的农产品滞销。为认真贯彻党中央决策部署，落实光大集团《关于发挥消费扶贫作用助力湖北省解决特色农产品滞销问题的通知》，积极解决湖北农产品滞销问题，光大购精彩第一时间行动起来，在疫情期间发动全行力量，连夜沟通，积极协调资源，筛选出首批帮扶对象。由于湖北各企业复工复产处于起步阶段，光大购精彩团队成员及时分工，一对一与扶贫企业进行对接，主动帮助扶贫企业梳理商品清单、整理商品资质、确认发货时效、收集商品详情页、联络物流发货，48 小时火速完成第一批农产品在"光大购精彩"平台的上线工作。通过光大集团、光大银行的多渠道销售推广，截至 2020 年 6 月末，购精彩共销售湖北农产品 7.19 万件，销售额 563.42 万元，占所有 100 余家中央和国家机关湖北农产品销售总额的 10.58%。

2020 年 7 月，为认真贯彻落实《关于中央国家机关加大消费扶贫力度助力湖北省第二批滞销农产品销售和 52 个未摘帽县如期脱贫的通知》，光大银行再次迅速响应，考虑到涉及多个省市，迅速发动全行力量，并通过购精彩平台进行消费扶贫帮扶。购精彩团队成员不仅克服了少数民族地区语言沟通不畅、偏远地区实地考察难及物流不发达、扶贫商户电商运营经验不足等难题，在严把质量关的基础上，更通过针对扶贫商户、扶贫商品灵活定制平台入驻、上线标准，迅速完成此次帮扶产品的上架工作，累计上架 5 个省近

30 款商品，同时制作了第二批助力湖北滞销农产品及 52 个未摘帽扶贫县扶贫专区，通过光大银行内外部多种渠道进行宣传推广，积极促进消费扶贫。

从 2015 年末"光大购精彩"正式上线，到 2016 年创新推出电商精准扶贫"输血"变"造血"，再到相继推出"欣欣湘荣，冀往开来""精准扶贫在兰考""全国扶贫地图""爱心助农，守望相助"等扶贫专栏……5 年来，为帮扶的 17 个省 60 个国家级贫困县开拓扶贫新路径；"光大购精彩"商城从扶贫商品年销售额不足 10 万元，发展到目前上线扶贫商品 317 款，累计销售扶贫商品 84.26 万件，累计销售额达 6341.82 万元。凭借在精准扶贫方面施行的优秀举措，光大银行获评 2017 年"人民企业社会责任年度扶贫奖"、中国普惠金融大会"2017 年度普惠金融优秀案例"、南方周末"精准扶贫年度典范企业奖"、中国网"2019 年度金融扶贫先锋机构"，中国银行业协会授予光大购精彩"年度中国银行业最佳社会责任实践案例奖"，光大购精彩平台荣获一点资讯"第二届'金融有温度'精准扶贫实践奖"。

二 经验模式总结

光大购精彩立足光大产融结合和贫困县当地资源，创造性地从市场扶贫角度入手，通过"输血"扶贫变"造血"扶贫，成功探索出一条电商精准扶贫的新路径，基本实现扶贫项目精致、扶贫对象精准、扶贫管理精盆、扶贫服务精细的扶贫"四精"。通过上线扶贫农产品、建设购精彩扶贫专区、直播活动带货农产品、推广企业扶贫集采、举办集团扶贫展等举措，线上、线下共同发力，集采、零售双管齐下，网销、直播齐上阵，促进消费扶贫、产业扶贫双提升。

光大购精彩全力协助贫困县农户打通农产品从地头出来的"最先一公里"和到消费者手上的"最后一公里"，为帮助更多扶贫商户登录平台、扩大销量，购精彩平台通过见实效、机制化、可复制的电商扶贫模式，输出成功经验：引导未开展电商销售的扶贫商户首次触网，上线到购精彩平台，不断提升电商运营能力；辅导已入驻购精彩的商户优化市场营销方法、合规经营观念，孵化为具有成熟电商经验的优质商户，并帮助其推广到更多的外部互联网电商平台，带动整个地区产品的销售，拉动县域经济发展。

这些专业化运营举措，有效解决了贫困户使用电商平台销售的"痛点"和难点问题，更树立了"米大姐""山药姑娘""素颜橙""古丈茶""助力湖北""直播带货"等扶贫助农典型案例。

"双生计划"：阳光保险多措并举发挥金融主业优势 *

2018 年，阳光保险正式启动《阳光保险集团精准扶贫工作方案（2018-2020 年）》，在三区三州、吉林安图、四川雅安、内蒙古乌兰察布等地区，推进产业扶贫、教育扶贫、健康扶贫等多领域精准扶贫举措，并结合保险主业优势，在推进精准扶贫中发挥保险金融的力量，以"资助为先，长效赋能"的扶贫理念，积极探索可造血、可复制、可持续的精准扶贫模式。

党的十九大以来，党中央再次对打赢脱贫攻坚战作出部署，着眼于全面建成小康社会，大力实施精准扶贫，推动贫困地区和贫困群众加快脱贫致富奔小康的步伐，解决区域性整体贫困。

行至半山不停步，船到中流当奋楫。近年来，阳光保险按照党中央、国务院《关于打赢脱贫攻坚战三年行动的指导意见》的要求，积极投身于各项扶贫事业，结合自身优势，探索创新扶贫模式，真正做到精准扶贫，助力党和政府决胜小康社会。

一 项目实施举措与成效

多年的扶贫路上，阳光保险打造了具有阳光特色的智慧扶贫模式，凭借积累的企业管理经验、治理方式、信息获取能力、市场拓展能力为乡村赋能。截至 2020 年 5 月，阳光保险累计投入扶贫公益超过 3.6 亿元，直接受益人数超过 20 万人次，从产业扶贫、健康扶贫、教育扶贫、保险扶贫四大举措入

---

* 案例素材由阳光保险集团股份有限公司提供，南方周末中国企业社会责任研究中心进行编辑。

手，综合性地促进乡村振兴，真正做到扶贫对象精准、措施到户精准、项目安排精准、资金使用精准、因村派人精准、脱贫成效精准"六个精准"，取得了丰硕成果。

（一）产业扶贫，构建乡村致富长效机制

实施乡村振兴战略，是解决人民日益增长的美好生活需要和不平衡不充分的发展之间矛盾的必然要求，是实现"两个一百年"奋斗目标的必然要求，是实现全体人民共同富裕的必然要求。产业兴旺则是乡村振兴的基础，也是乡村振兴的突破点。阳光保险凭借积累的企业管理经验、治理方式、信息获取能力、市场拓展能力为乡村赋能，打造了具有阳光特色的智慧产业扶贫模式。

1. 精准帮扶吉林安图龙泉村

2018 年，阳光保险启动与吉林省延边朝鲜族自治州安图县龙泉村对口帮扶计划，实施产业扶贫，振兴龙泉村。该计划结合龙泉村资源禀赋、产业特色，围绕推动贫困农户脱贫、助力村民致富、壮大村集体经济、构建致富长效机制四个目标，做好龙林沟乡村旅游、产业布局和产品品牌整合顶层设计规划。

阳光保险在龙泉村，与村集体、当地能人共同建设阳光冰泉大米生态农场、冰泉煎饼加工厂、远程问诊医务站、有机木耳专业生产合作社等一揽子实业项目，将多年积累的企业管理经验、治理方式、信息获取能力、市场拓展能力注入其中，有效弥补了龙泉村现代企业管理理念和经验不足的短板，提升精细化管理水平，有力保障项目长期稳定健康发展；通过捐赠的方式使村集体有实业资产，通过收益分配使村集体获得稳定的收入来源，为脱贫致富提供长期稳定的保障。

2019 年，阳光保险先后组织集团多个部门人员，前后 10 余次深入龙泉村现场办公，帮助两个帮扶项目公司建立企业财务制度、经营管理者薪酬制度、年度奖励制度等，帮扶企业管理、运营逐步走向标准化、规范化。

随着两个项目公司产品的陆续上市，阳光保险又通过组织广大员工利用"消费扶贫"的方式，扩大了两个企业的市场销路，既解决了龙泉村贫困人

口的就业问题，又为村集体创造了一定的经济效益，也让村民看到了未来致富路上的希望。截至 2019 年底，阳光龙泉食品有限公司的煎饼销售额已达 104.7 万元，实现利润近 20.5 万元。阳光冰泉大米生态农场生产的大米 4 万余斤，可实现销售额近 95 万元，产生超 40 万元的利润。

2. 打造雅安"造血式"扶贫模式

结合自身企业管理的专业经验，阳光保险在四川雅安打造了创新产业扶贫创新模式。以上游支持资金、中游增加保障、下游提升品牌营销的模式，打通产业链，从产业角度来实现"造血式"扶贫。协助支持当地建立了黄果柑、枇杷、茶叶、猕猴桃等四个品类基地，帮助四川雅安地区贫困农户通过生产可靠的农产品实现可持续性增收，助力脱贫攻坚事业。截至 2019 年底，阳光保险各子公司、融和医院、爱心基金会等多个板块参与扶贫事业，号召社会各界参与公益扶贫，累计购销扶贫农产品超过 125 万元，援建扶贫产业基地共计 3200 余亩，辐射贫困农户 1087 户。

3. 结对帮扶内蒙古乌兰察布

2019 年，阳光保险启动内蒙古乌兰察布贲红镇雪菊产业扶贫项目。其间阳光保险与北京农林科学院、北京农业生物技术研究中心正式签订贲红镇雪菊生产技术指导合作协议，组织农业专家团队，在雪菊生长过程中的关键生长期及加工期，提供种栽培、加工等方面的技术指导。研究中心专家多批次前往贲红镇进行雪菊种植指导培训，介绍常见病虫种类及防治方法，对育苗期及花期的种植、栽培与后期收获加工等进行了技术指导，当年雪菊就已获丰收，产量 3000 多斤。

同年，为保障乌兰察布地区贫困村民的种植收入，阳光保险与保险保障基金联合捐资 300 多万元，为内蒙古乌兰察布乌苏图镇援建一座容量 4860 立方米的大型恒温库，当地政府拟出租给企业进行运营，收益作为村集体经济收入，并按 4:3:3 比例使用，其中 40% 用于发展壮大村集体经济、30% 用于村内小型公益建设和特困户救助、30% 用于激发贫困户内生动力。恒温库投入使用后，将会更好地满足当地胡萝卜等农产品的储存需求，为农民存储农产品、市场价格高位时出售提供支持。

（二）教育扶贫，阻隔贫困代际传递

"扶贫先扶志""扶贫必扶智"是习近平总书记提出的重要教育扶贫方略，教育扶贫是阻断贫困代际传递的最有效的方式之一。阳光保险于 2018 年 8 月启动"双生计划"之"万名贫困学生帮扶计划"，以一对一、包班形式资助超过万名深度贫困地区学生。该计划囊括了"三州"地区 2018 年所有考入高中的贫困学子，累计向贫困地区学生捐款超 2364.3 万元，在 34 个国家级贫困县的 73 所学校，设立 186 个"阳光自强班"，覆盖 2018 年入学的三州地区全部建档立卡贫困高一新生，共有两万余人次学生受益。切实为帮扶的贫困学生解决上学期间费用负担问题，有效避免"因学返贫""因学致贫"。

（三）健康扶贫，阻断贫困代际传递

开展健康扶贫是实现全面建成小康社会的有效举措。2018 年，阳光保险向山东省扶贫开发基金会捐赠 680 万元，正式启动"万名村医能力提升计划"，旨在为贫困地区培养并留住一批优秀的乡村医生，提升贫困地区基层卫生服务能力、医疗防疫水平等，让村医更好地服务基层群众。为方便及时进行技术指导，融和医院在内蒙古的乌兰察布为察右中旗医院、乌素图镇卫生院、贲红镇卫生院设立了远程医疗服务站，可在线完成业务咨询、诊疗、会诊等技能辅导。2020 年 8 月，融和医院脑血管专家通过服务站，为贲红镇 5 例当地处理难度较大的患者进行了远程问诊并给予用药及治疗指导，受到了当地医务人员及患者的一致好评。

针对乡医执业中的常见病与多发病，阳光保险组织阳光融和医院各专业副高级以上优秀专家 50 余人担任授课老师，对乡村医生从病因、表现、诊断、治疗等多方面进行授课培训和案例讲解。2019 年全年累计在吉林省安图县、内蒙古乌兰察布市察哈尔右翼中旗和察哈尔右翼后旗、山东省潍坊市内 9 区及寿光、安丘、临朐、昌邑、昌乐、诸城、青州、高密等县市培训乡村医生 8183 名，建立远程医疗服务站 25 家，有效提升了帮扶村的医疗卫生水平，为贫困地区的患者提供了快速便捷的诊疗服务。

（四）保险扶贫，发挥金融主业优势

在保险产品扶贫方面，阳光保险研发了服务"三农"的"胡萝卜目标价格指数保险"，承保了内蒙古察右中旗乌素图镇 15 个自然村 583 种植户的 15000 亩胡萝卜种植基地。当市场价格低于目标价格时，参保贫困农户就能拿到市场价与目标价的差额赔偿款。2019 年秋季，胡萝卜遭市场"冷遇"，价格持续低迷而且滞销。当年年底，阳光保险通过现场和线上远程集中给付相结合的形式，为贫困农户挽回损失 933 万元。

自 2018 年起，阳光保险集团连续两年向吉林安图县 500 名驻贫困村干部及建档立卡贫困村民捐赠价值 3000 万元的保险服务，为他们的幸福生活添加一道保障。此次捐赠还特别添加了意外伤害医疗险，可以有效降低农民在务农作业时发生意外情况所带来的损失。

阳光保险已陆续在 16 个省开展覆盖类别广泛的农业保险服务，在贵州、青海、西藏等 6 省开办扶贫团体意外险、重疾险等，承担风险超过 400 亿元。这一系列围绕农村经济振兴的农业保险、林业保险、农产品质量责任保证保险、小额人身意外伤害保险等农村应用场景的保险产品，有效地化解了贫困人口因病或因灾、意外事故致贫、返贫风险。

二 经验模式总结

（一）以企业经营经验探索智慧型减贫模式

实施乡村振兴战略，是解决人民日益增长的美好生活需要和不平衡不充分的发展之间矛盾的必然要求，是实现"两个一百年"奋斗目标的必然要求，是实现全体人民共同富裕的必然要求。产业兴旺则是乡村振兴的基础，也是乡村振兴的突破点。在实践精准扶贫过程中，阳光保险通过打造贴合乡村实际需求的智慧、可持续、完整的产业链，为当地贫困村民构建长久致富之道。在吉林安图、四川雅安、内蒙古乌兰察布，阳光保险结合当地条件，科学定制产业扶贫方案，使当地产业实现长效、持续发展，实现项目的可复制、自

造血。脱贫并不是终极目标，能使贫困人口保持致富能力，让脱贫成果长期可持续，才是阳光保险追求的扶贫模式。

（二）科技赋能助推精准扶贫的实践

贫困地区村医能力建设一直是健康扶贫的痛点，乡村医生水平影响并决定着当地村民的健康状态。在阳光保险"万名村医能力提升计划"线下逐步推进的过程中，阳光保险充分发挥旗下阳光融和医院的特色优势医疗资源平台的力量，利用阳光保险的科技和教育资源，以阳光 E 学堂 App 开展远程教学、开展"阳光融和医院名医上山下乡助教"活动、提供远程教学和远程医疗服务、选拔优秀医生开展实训四大健康扶贫项目板块，提升贫困地区乡村医生技能，通过科技赋能建立长效、快速的培训通道。

（三）以保险"护航"精准脱贫的实践

一直以来，保险都被视为脱贫攻坚的有效工具，商业保险的机制手段可以有效化解贫困人口因病或因灾、意外事故致贫、返贫风险。农村经济主要行业，如种植、养殖业，因自身抗拒风险能力较弱，成为乡村脱贫路上的难题，而保险的形式可以有效保障农民的财产和生活安全，为实现乡村振兴添加一道保障。

"小满助力计划"：度小满金融探索金融扶贫新模式 *

> 度小满秉承普惠金融服务理念，探索精准扶贫长效运作机制，围绕产业扶贫，扶持特色农业发展，建立和完善"致富带头人＋普通农户＋建卡贫困户＋农业合作社成员＋家庭农场主＋农企联盟成员"贷款扶持模式和机制，同时依托互联网和金融科技手段，让更多偏远地区的农村百姓在缺少启动和周转资金时，能更加便捷、高效地享受专业金融服务，扩大再生产，实现"脱贫不返贫"，在填补金融服务空白的同时，完善农村地区人群的征信体系，同时提高普惠金融服务的可获得性、可适性及可持续性。

2020 年是我国全面建成小康社会，实现第一个一百年奋斗目标的收官之年。党的十八大以来，以习近平同志为核心的党中央把脱贫攻坚工作纳入"五位一体"总体布局和"四个全面"战略布局。2020 年 2 月 25 日，习总书记对全国春季农业生产工作再次作出重要指示，要统筹抓好决胜全面建成小康社会、决战脱贫攻坚的重点任务。

度小满金融作为一家金融科技公司，致力于用人工智能推动普惠金融，为更多人提供值得信赖的金融服务，也让更多人享受平等、专业、普惠的金融服务。

"小满助力计划"是度小满金融于 2019 年 4 月推出的公益助农免息贷款项目，初衷是探索金融扶贫的新模式，助力脱贫攻坚及乡村振兴。这种模式不同于商业贷款，也不是无偿捐赠，而是通过企业贴息的方式，为有资金需求的贫困人群提供免息贷款。通过"实地走访＋线上风控＋线上放款"的模

---

* 案例素材由度小满科技（北京）有限公司提供，南方周末中国企业社会责任研究中心进行编辑。

式，实现"一对一"精准扶贫，而且在度小满金融 App 上实现"线上申请 + 线上风控 + 远程面签 + 线上放款"全线上化流程。2020 年，在帮助农户解决融资难题的同时，集团借助央视财经等媒体平台的影响力，通过直播带货发动全社会力量，打通农产品销售的"最后一公里"，并通过集团自采的方式为农户提供从产到销的全面帮扶。

一　项目实施举措与成效

小满助力计划面向不同类型农村地区人群，提供无抵押、无担保、无利息的纯信用贷款服务，免息贷款金额 1 万 ~10 万元，循环额度，还款周期为一年一次，如果还款状况良好可以续贷，享受连续免息三年。

2019 年，"小满助力计划"通过"实地走访 + 线上风控 + 线上放款"的模式，完成了对近 200 位农户的帮扶，保证每一笔资金都给到有产业、有需要的农户手中，实现了"一对一"精准扶贫。

2020 年，"小满助力计划"基于 2019 年的经验，对过往的产品流程进行改造，在度小满金融 App 上实现了全线上化流程，实现了"线上申请 + 线上风控 + 远程面签 + 线上放款"的全线上化流程，践行科技助农、金融扶贫的本质。

在帮扶方向方面，"小满助力计划"不只局限于建卡贫困户，而是在产业扶贫基础上实现外延，把有内生动力、有带动效应的一般农户、致富带头人、扶贫车间负责人、农业合作社成员等多类农村产业人群和模式纳入，根据实际情况进行帮扶。

2019 年，由度小满金融发起的扶贫免息贷款项目"小满助力计划"率先在重庆市下辖各乡镇落地，覆盖了众多不能获得金融服务的农户，不仅填补了金融扶贫的空白，更是进一步完善了农村诚信体系。

表1 小满助力计划进展

项目	进展
重庆秀山县隘口镇	2019年5月，第一期小满助力计划在重庆市18个深度贫困乡镇之一的秀山县隘口镇落地
重庆铁峰乡、龙驹镇	2019年9月底，以"秀山隘口"模式为基础，度小满启动了"小满助力计划"第二期，走访调研万州区铁峰乡、龙驹镇两个乡镇，帮扶的特色农户包括翠冠梨、猕猴桃、脆李等种植户与小龙虾、生猪、肉牛、山羊等养殖户。并以此为基础，发挥自身金融科技优势，探索区域金融扶贫的精细化路线
重庆丰都、石柱两县	2019年10~11月，度小满金融派遣专业团队深入重庆市丰都、石柱两县，对两地农户进行入户调研和材料收集，主要针对致富带头人、需要周转资金的农企联盟成员、一般农户及建卡贫困户四类人群，覆盖肉牛、蛋鸡、长毛兔、生猪、石蛙等，黄精、黄连等，草莓、脆李、猕猴桃等，食用菌、木耳、牧草等，以及农家乐等旅游产业，遵从"扶贫＝扶智""救急≠救穷"的原则，帮扶农企联盟成员及致富带头人，带动当地农户就业创收，最终向72位农户提供407万元免息贷款
重庆巫溪县红池坝镇	2019年12月初，"小满助力计划第四期"来到巫溪县红池坝镇进行走访，为红池坝镇有产业资金需求的37位农户，提供了120万元免息贷款，扶持的农户包含专业合作社农户、普通农户、贫困户、扶贫车间负责人及农户等，完善"一带多、多带广"的带动扶持模式
全国开放申请平台启动	2020年5月，度小满金融启动"2020小满助力计划·亿元免息贷款公益项目"，投入1亿元，开启开放式申请平台，面向全国农村地区人群提供公益助农免息贷款
直播带货助力扶贫全产业链发展	2020年5月21日，度小满金融联手央视财经，在抖音平台开启直播带货，助力重庆、恩施等地区小满助力计划农户的农产品销售。同时，"2020小满助力计划"正式落地湖北省恩施市走马镇，帮扶43位农户
贵州铜仁石阡县	2020年8月，度小满金融工作组与新华社驻村工作队共同牵头，经过数月对石阡县大沙坝乡、花桥镇等多个乡镇近百名农户的走访调查，结合当地农户实际产业需求，再度开启"小满助力计划"定点、集中式的金融科技扶贫助农支持，以铜仁市项目落地为样本，辐射贵州更多地区，切实服务更多有实际困难和资金需求的农户，助力西部地区脱贫攻坚战
携手央视财经大篷车直播全国走百村助脱贫	作为2020年CCTV-2央视财经金融科技服务合作伙伴，度小满金融携手央视财经走村直播看脱贫活动，推动公益项目"小满助力计划"下乡，向有资金需求的农户提供公益免息贷款。"小满助力计划"在携手央视财经走进陕西汉中春生社区、贵州遵义花茂村、湖南永顺县科皮村、湖北恩施白杨镇洞下槽村后，将继续前往青海、甘肃、宁夏等多地的贫困村，推动公益免息贷款下乡助农

截至 2019 年末，"小满助力计划"已经落地四期，"一对一"扶持农户 198 位，共计发放免息贷 1002 万元，涉及重庆市秀山县、万州区、丰都县、石柱县、巫溪县 5 个区县，8 个乡镇（隘口镇、铁峰乡、龙驹镇、龙河镇、大歇镇、中益乡、洗新乡、红池坝镇，其中隘口镇、龙驹镇、红池坝镇都为重庆市深度贫困镇），50 个行政村，人均放款金额达 5.06 万元，间接辐射超 5 万农户，不仅带动了当地产业集群化发展，更带动了当地的贫困户就业。

2020 年 5 月 21 日，在度小满金融成立两周年之际，度小满金融启动了"2020 小满助力计划·亿元免息贷款公益项目"，于 2020 年投入 1 亿元，面向全国农村地区人群提供公益助农免息贷款，助农扶贫。所有符合条件的农户，均可以登录度小满金融官网或度小满金融 App 在线申请。同时，"开放申请 + 定向扶贫"模式并行，完成了在湖北恩施市的落地帮扶。

2020 年，"小满助力计划"已经先后在湖北省恩施市、贵州省铜仁市石阡县等地落地，其中 5 月湖北恩施扶持农户 43 户，发放免息贷款 211 万元。

2020 年 8 月以来，度小满金融联合央视财经频道"走村直播看脱贫"栏目在全国不同地区的贫困乡村进行调研走访，进一步通过开放平台申请 + 定点推广扶植的方式，务实推动小满助力计划为全国有需要的农户提供帮扶。

（一）产业扶贫，建立发展长效机制

习近平总书记在连樟村考察时指出，产业扶贫是最直接、最有效的办法，要加强产业扶贫项目规划，引导和推动更多产业项目落户贫困地区。

"小满助力计划"将帮扶农户范围从困难农户扩大到有产业发展资金需求的农户，主要通过产业扶贫，扶持有内生动力的农户，通过帮扶一批带头人勤劳致富，为周边农户提供就业机会，激发群众内生动力，建立可持续发展的稳定脱贫机制。

例如在重庆秀山县隘口镇，小满助力计划帮扶农户产业覆盖金银花、黄

175

精、核桃、茶叶、水果、蔬菜等种植、收购和加工，肉牛、山羊养殖，电商经营销售以及民宿旅游等领域及产业，在激发农户内生动力的同时，注重发挥区域特色产业优势，探索"一带多，多带广"的区域扶贫方式。

（二）探索公益与市场统一、与多方协作机制

这种公益免息贷款的扶贫支农模式，在农户、企业、当地政府和监管的共同参与、协作下，服务和促进贫困地区特色农业发展，形成了公益与市场有机统一。头部地方金融机构发挥资金技术优势，开展特色化、可持续金融扶贫有益探索，助力精准脱贫攻坚战，对接乡村振兴战略，具备普惠金融典型示范意义，也展现了金融机构强烈的社会责任和担当。

（三）金融科技助力普惠更方便、更快捷

2020 年，度小满金融发布小满助力计划亿元免息贷款项目，面向全国农户开放申请，总计提供 1 亿元免息贷款，探索金融扶贫新模式；同时，为提升农户体验，度小满金融简化了免息贷款申请流程，农户可下载度小满金融 App，完成账号注册登录，点击首页"亿元助农免息贷款申请已开放"提示进入申请页面。按照申请页提示填写包括姓名等基本信息和相关证明资料，审批通过后最快 3~5 个工作日就可获得贷款。

小满助力计划面向不同类型农村地区人群，提供无抵押、无担保、无利息的纯信用贷款服务，循环额度，还款周期为一年一次，如果还款状况良好可以续贷，信用评估良好可享受 3 年免息。

（四）直播带货、消费扶贫多元化接力，"从产到销"务实帮扶

2020 年 5 月，为了更切实解决农户产销难题，度小满金融还与央视财经频道共同发起公益助农直播，为多地农户生产的农产品带货，通过资金与销路双向扶持模式，帮助农户打通"产销全链路"。

度小满金融联合央视财经发起的"小满助力，'鸿洋'爱心"公益助农直播专场活动在抖音多个直播间开始，度小满金融 CEO 朱光也参与下场带

货，直播农产品很大一部分来自助力计划的帮扶农户，此次直播活动获赞无数。直播是销售模式的创新，直播带货探索的是"金融＋直播＋农产品"扶贫一条龙创新模式。

2020年7月中旬，在了解到首批小满助力计划帮扶农户不同程度遭受洪涝灾害情况后，度小满金融相关工作组立即商讨救助方案，采用集团采购等方式切实解决受灾果农的滞销问题，用实际行动"接力"小满助力计划。

在产业扶贫的同时，度小满金融积极助力"消费扶贫"，从秀山隘口、万州区铁峰乡、红池坝等地农户手中购买当地土特产，消费扶贫资金近200万元。

二 经验模式总结

（一）扶贫重点在扶志

小满助力计划通过重塑个人能力，寻找有内生动力的农户，从"输血"转向"造血"，探索"一带多，多带广"的区域脱贫路线，为政、研、产、企等机构共同参与金融扶贫工作提供更为精细化的思路，成为金融扶贫工作的有益补充，促进贫困地区特色产业发展。

（二）坚持"三扶"模式助力脱贫

"三扶"即小满助力计划扶持有内生动力农户、扶持资金帮扶不到的农户、扶持特色支柱产业。

农村有很多有内生动力的农户，但因为无抵押、无担保、不是贫困户，难以从传统金融机构获得资金帮扶，同时很多农户还是"征信白户"，但其发展意愿和能力较强，并能带动周边村民及贫困户就业，对于这类群体应根据产业情况给予相应资金支持。这种模式不同于商业贷款，也不是无偿捐赠，而是通过企业贴息的方式，为有资金需求的贫困人群提供免息贷款，帮助那些有梦想的农户，帮助那些有能力把资金发挥更大价值、带领村民一起脱贫的农户。

（三）"AI+ 公益"创新实践

在产品设计上，小满助力计划面向所有农户，以扶贫政策不能覆盖的急需发展资金的农户为重点对象，提供无抵押、无担保、无利息的纯信用贷款服务，循环额度，还款周期为一年一次的贷款原则，如果还款状况良好可以续贷，最长免息期 3 年。

风控流程中，采取"线下调研＋线上大数据风控"模式，让"征信空白"的农户也有机会获得资金扶持，实现科技助农、精准帮扶。

用信还款方面，采用线上申请、线上放款模式，只需通过手机操作，当天就能收到款项；采用循环额度，当不使用贷款时可以随时还款，恢复额度，待到农忙时节可以随时申请借款。

（四）"以点带面"互促发展

"小满助力计划"是互联网金融服务向农村延伸的一次全新尝试，使更多的农户受益，真正使想发展、能发展的农户得到帮助，以点带面带动区域整体发展，使贫困地区由脱贫攻坚向乡村振兴稳步推进，使贫困农户由摆脱贫困向增收致富方向发展。

食品农业：产业下乡科技兴农

"3+X"扶贫模式：蒙牛多方位助力脱贫攻坚 *

蒙牛持续发挥产业优势，聚焦产业扶贫，探索"产业扶贫＋营养扶贫＋定点扶贫＋多元帮扶"的"3+X"精准扶贫模式。围绕"以奶带农"为核心，蒙牛推动乳业产业链完整融入区域经济发展，通过产业落地、金融帮扶、技术帮扶、渠道帮扶等多元化方式，带动农牧民技能提升、就业增收；通过开创"身体营养扶贫和智力营养扶贫相结合"的扶贫模式，蒙牛针对贫困地区儿童营养改善问题持续开展帮扶工作；响应定点扶贫号召，开展多元帮扶工作，蒙牛从援建基础设施、发展产业、健康扶贫、医疗扶贫、慰问救济等多方面开展帮扶工作，持续推进党建扶贫、消费扶贫、公益扶贫等多元帮扶举措，改善当地发展环境，提高贫困群众生活品质，为当地带去切实利益。

---

* 案例素材由内蒙古蒙牛乳业（集团）股份有限公司提供，南方周末中国企业社会责任研究中心进行编辑。

党的十八大以来，以习近平同志为核心的党中央从实现第一个百年奋斗目标的战略全局出发，把扶贫开发工作摆在治国理政的突出位置，全面打响脱贫攻坚战。

习近平总书记指出，要坚持精准扶贫、精准脱贫，重在提高脱贫攻坚成效。企业参与扶贫实践，要坚持效果导向、问题导向、项目导向，针对贫困区域不同贫困成因，找准问题、聚焦问题、攻坚克难，发挥主观能动性，一个区域一个问题地进行精准扶贫、精准脱贫。

在扶贫实践中，蒙牛将贫困成因梳理为两类因素：一是客观因素，不少贫困地区缺失可"一方水土养一方人"的产业、技术、基础设施等先决条件；二是主观因素，许多贫困人口缺少保险等脱贫保障，往往发生因病等意外返贫。必须调动各方面积极性、形成强大合力。

作为中国奶业领军企业，蒙牛始终将推进国家奶业振兴和带动地方经济社会繁荣发展作为光荣使命。按照党中央、内蒙古自治区党委、呼和浩特市委、中粮集团党组关于脱贫攻坚工作部署要求，充分发挥奶业领域的优势，结合贫困地区实际需求和资源禀赋，逐步探索形成"3+X"（产业扶贫＋营养扶贫＋定点扶贫＋多元帮扶）精准扶贫模式，帮扶当地解决最紧迫的民生难题，增强发展内生动力，助力打赢脱贫攻坚战。

一　项目实施举措与成效

乳业有着超长产业链，作为行业领军企业，蒙牛通过实施"产业扶贫＋营养扶贫＋定点扶贫＋多元帮扶"的精准扶贫模式，不仅有效带动脱贫致富，更实现了可持续发展，最大限度地发挥了乳企的扶贫效能。

在扶贫实践中，蒙牛创新性开展扶贫工作，通过发展扶贫产业，积极推进就业扶贫工作，以稳就业促脱贫；通过扶持当地交通基础设施建设，让大山里的贫困群众告别"出行难"；通过开展饮水工程建设，帮助贫困村民喝上"自来水"；推动营养扶贫＋扶智，大力提升贫困学生营养保障水平，提升贫困地区教育发展质量。

表1　蒙牛"3+X"扶贫模式

"以奶带农" 产业扶贫	"以奶助学" 营养扶贫	精准施策 定点扶贫	因地制宜 多元帮扶
①产业落地：蒙牛在全国推动"种养加一体化"，仅在内蒙古地区就合作300余座牧场，带动超过7000名农牧民、贫困养殖户就业，帮助近40万名农牧民脱贫致富 ②金融帮扶：截至目前蒙牛已累计发放奶款近2000亿元，累计投入奶源扶持资金近160亿元，为合作牧场节约了大量资金成本 ③技术帮扶：蒙牛开展"牧场主大学"技术帮扶项目，全国累计培训3000余场，培训超50000人次，帮助牧场效益提升超15亿元 ④渠道帮扶：蒙牛打造"奶业生态圈互助联盟""爱养牛集采平台"等渠道和平台，帮助合作牧场节约各类成本超过3亿元	①身体营养扶贫：蒙牛开展"营养普惠计划"，累计投入超过6000万元，为全国30个省、自治区、直辖市1000余所学校捐赠学生奶，80余万名学生受惠，用营养支持贫困地区儿童成长 ②智力营养扶贫：蒙牛"营养普惠计划"通过开展营养健康科研、科普教育、食育教育、环保教育，携手互联网公益在线教育平台，对2000名乡村青年教师进行互联网培训赋能，通过赋能乡村教育，助力乡村儿童发展，有效阻断贫困代际传递	①扶贫"组合拳"：从援建基础设施、发展产业、健康扶贫、医疗扶贫、慰问救济等多方面开展帮扶工作，打出一套涵盖修建蓄水池、道路、水井，建设羊群沟乡圪洞坪村育肥牛羊养殖基地等措施在内的扶贫"组合拳"，为贫困地区人群带去切实利益 ②精准定位：在广西南宁市隆安县、西藏山南市洛扎县，蒙牛认真调研当地资源禀赋，针对性地投资建设了牛羊养殖基地、种养殖循环农业等项目，取得了很好的效果，成为当地的特色产业，大量贫困户实现脱贫增收	①党建扶贫：蒙牛持续与牧场开展党建共建，在全国做到100%全覆盖，依托"蒙牛基层党支部+牧场所在地村党支部"模式、"蒙牛基层党支部+地方银行党支部+牧场党支部"模式，解决劳动力牧场就业问题、牧场融资难问题 ②消费扶贫：蒙牛在节假日积极号召员工用实际行动支持消费扶贫。 ③公益扶贫：自2017年起，蒙牛设立海军家属关爱基金，投入近200万元，用于资助家庭生活困难的海军官兵家属及官兵慰问活动。2019年，蒙牛推出"退役军人999公益牛奶计划"项目，在全国范围内为999个困难老兵家庭长期提供免费牛奶产品，提高老兵生活质量

（一）产业扶贫

蒙牛立足自身超长产业链和业务分布广泛的特点，通过产业落地、金融帮扶、技术帮扶、渠道帮扶等多元化方式，带动地方养殖业、牧业和奶业可持续发展，带动农牧民就业和技能提升，实现稳定增收。

1. 产业落地，为脱贫增添"造血"功能

蒙牛积极依托中国乳业产业园建设，通过加强奶源基地建设、黑麦草研发试验基地建设等，以发展优势产业提高贫困户的产业参与度和受益度，提升"造血"功能，为脱贫致富贡献力量。

奶源基地建设，带动农牧民增收致富。2020年，蒙牛"中国乳业产业

园 30 万头奶源基地建设项目"分别于 5 月 14 日、16 日、18 日在巴彦淖尔市、通辽市、呼和浩特市开工奠基，并于 6 月 20 日联合中国银行、中国建设银行、中国农业银行，以及草、牧、奶等奶业生态圈伙伴联动召开"奶业振兴　生态共赢——奶业生态圈助力中国乳业产业园高质量发展招商会"，通过"地、草、牧、奶、场、设备、环保、金融"八大维度的资源联动，共同参与中国乳业产业园建设，解决奶业发展中土地、资金、购销、技术提升、利益联结等瓶颈问题，现场签订产业园战略合作协议 20 余份，近 80 家产业链合作伙伴创造合作价值近 50 亿元，助力内蒙古奶业全产业补链、强链、延链发展。

2020 年，蒙牛在呼和浩特、巴彦淖尔、通辽地区计划建设 13 座规模牧场，设计奶牛存栏 13 万头。已投产 1 座 5000 头规模牧场，其他牧场正在建设或选址过程中。未来，奶源基地项目建成后，将直接和间接带动内蒙古自治区近 100 万名农牧民增收致富。

建设黑麦草研发试验基地，带动农户就业创收。2020 年 5 月，蒙牛奶牛研究院联合雷力公司在呼和浩特市沙尔沁工业园区建立中国乳业产业园黑麦草研发试验基地。"种好草、养好牛、卖好奶"是黑麦草研发试验基地的宗旨，目前已在沙尔沁周边带动农户 135 户，户均经济收入增加 2000 多元，带动 9 位建卡贫困户就业，平均月工资 4000 元。奶牛研究院将持续开展优质黑麦草的推广种植，带动周边 10 万亩、增加创收 3.5 亿元，不仅可以有效解决奶牛养殖中粗饲料本地化问题，更能调动当地农牧民发展"种养结合、循环农业"的积极性，助力畜牧业"降成本，补短板"，促进农牧民增收致富，为打赢脱贫攻坚战贡献蒙牛及合作伙伴力量。

2. 金融帮扶，为脱贫注入资金活力

疫情期间，正值奶牛产犊与单产恢复高峰期，需求降、奶量涨，行业供需矛盾突出。蒙牛积极承担社会责任，发挥龙头企业的带动作用，采取一系列举措保障生鲜乳正常收购，保障农牧民利益不遭受损失，维护牧场稳定经营，助力奶业振兴发展。

帮扶上游五大保障举措：保收购，蒙牛按照购销合同约定，保障合作牧场生鲜乳正常收购，维护广大奶农的利益不受损。保供应，蒙牛协同爱养牛集采平台供应链合作伙伴，保障合作牧场生产物资及时供应、稳定价格，保障牧场正常生产经营，2020年2月通过爱养牛集采平台实现5万吨物资保障、3000余万元免费物资发放。保运力，蒙牛协同政府、奶业协会及物流合作伙伴，解决车辆短缺和通行受阻问题，保障牧场饲草料"运得进"、生鲜乳"送得出"，2020年2月共协调解决300多台运输车辆，增加万吨运力。保资金，蒙牛对合作牧场的扶持资金推出降息、缓扣等支持政策，适时启动提前支付奶款等"实招""硬招"，缓减牧场经营压力。保运营，通过技术支持牧场"优化饲喂配方、调整牛群结构、降低采购成本、精益运营管理"等措施，帮助牧场实现降本增效。制定《牧场新型冠状病毒防控指导手册》，聘请国家级专家开展线上技术讲座，截至2020年3月直播在线学习人数超过6000人次。

上游扶持资金落到实处：为缓解合作牧场的现金流危机，蒙牛在2020年3~5月迅速落实发放30亿元短期免息资金，进一步帮助牧场缩短饲草料采购账期，降低采购成本，节省贷款利率，为合作牧场节约经营成本超过3000万元。

蒙牛爱养牛集采平台也协同蒙牛资源，联动银行、中粮资本、腾讯、联易融等金融机构，2020年全年授信100亿元帮助牧场实现可持续发展，保障牧场农牧民有充足的现金流以稳定经营。

持续开展"中小型家庭牧场"项目。蒙牛通过金融帮扶解决上游牧场融资难和融资贵的问题，为牧场发展注入资金活力。

蒙牛先后出台购牛补贴、牧场升级搬迁补贴、良种繁育补贴等政策，还对农牧民牧场转型升级，以及挤奶、制冷、饲喂、粪肥资源化利用、数字化设备升级购置、饲草料收储等方面持续提供资金支持。截至2020年9月，蒙牛已累计发放奶款近2000亿元，累计投入扶持资金近160亿元，其中发放奶源基地建设扶持资金130多亿元，持续帮助中小型牧场发展壮大。

3. 技术帮扶，为脱贫铺就转型之路

蒙牛坚持"授人以渔"的可持续扶贫之路，通过技术帮扶提升牧场运营水平和能力，助力国家贫困县牧场向现代化、规模化、集约化、数字化转型升级，进一步与广大农牧民深化构建"命运共同体"，帮助广大农牧民从根源上真正做到脱贫致富。

"牧场主大学"：2013 年，蒙牛联合高校、科研机构和"中国·丹麦乳业技术合作中心"启动"牧场主大学"社会责任项目，免费为牧场提供先进管理技术交流、先进新型技术引入、先进专业技能提升等服务，加快合作牧场转型升级，带动农牧民增收致富。7 年来，"牧场主大学"项目已累计组织技术培训 3000 余场，覆盖超过 50000 人次，帮助牧场累计效益提升超 15 亿元。

"奶牛金钥匙"：2016 年，蒙牛与国家奶牛产业技术体系"奶牛金钥匙"项目达成合作意向，将进一步升级"牧场主大学"，在全国奶源区域开展"奶牛金钥匙"蒙牛专场活动，通过现场诊断服务、专项技术报告、技术操作方法演练、技术沙龙互动相结合的形式，帮助合作牧场实现竞争力的提升。"奶牛金钥匙"项目已在全国奶源区域共开展 21 期蒙牛专场活动，实现牧场每公斤奶成本平均降低 0.2 元，累计效益提升近 10 亿元。

"牛人说"：为了让更多养牛人受益，蒙牛利用互联网技术创新开发"牛人说"牧业知识分享平台。养牛人只需使用智能手机，就能随时随地连线牧业专家，接受多名专家"会诊"，该平台已累计服务养牛人 20 多万人次。

4. 渠道帮扶，为脱贫打开广阔市场

蒙牛通过打造"奶业生态圈互助联盟""爱养牛集采平台"等渠道和平台，帮助牧场拓展产品销售渠道，以销促产，以产助销，实现增收致富。

奶业生态圈互助联盟：2015 年，蒙牛与中国农业大学、中国奶业产业技术体系、奶业技术服务联盟共同发起"奶业生态圈互助联盟"，以"优化资源，携手共赢奶业可持续发展"为宗旨，为源头牧场拓展产品销售渠道，加强品牌建设。

爱养牛集采平台：蒙牛创新"畜牧业＋互联网"模式，打造智慧的一站式乳业生态共享平台，依托核心企业为产业链上各企业提供供应链金融服务、技术服务、产业再教育相关服务等，实现产业链上各企业共生共赢。2019 年

6月，蒙牛正式发布爱养牛集采平台，通过整合全球产业资源，覆盖牧场物资采购全品类，缩短交易环节，降低采购成本，截至 2019 年末平台为牧场节约成本超过 3 亿元。

（二）营养扶贫

多年来，蒙牛坚持身体营养扶贫和智力营养扶贫相结合，持续开展帮扶工作，不仅为广大乡村儿童带去营养健康，更将通过助力乡村教师成长，为孩子们带去更好的教育和未来，阻碍贫困代际传递，更为"少年强"的伟大理想贡献力量，助力"健康中国梦"。

1. "营养普惠"，关爱儿童健康

为帮助贫困地区儿童改善营养状况，蒙牛依托业务优势，实施营养扶贫，用行动守护孩子们的健康未来。

牛奶助学行动：自 2002 年获得国家学生奶生产资格以来，蒙牛持续开展牛奶助学行动，已累计为 2000 多所学校捐赠价值 2 亿元的牛奶，为贫困地区的孩子带去营养健康。

"营养普惠计划"：2017 年以来，蒙牛率先响应农业部与中国奶业协会发起的"中国小康牛奶行动"，将牛奶助学行动升级成蒙牛"营养普惠计划"，为贫困儿童捐赠学生奶，同时开展营养健康科普教育，提升贫困地区儿童营养水平。2019 年，"营养普惠计划"为全国 88 个市、122 个区县、186 所学校、52768 名学生（其中包括 39652 名贫困生）捐赠牛奶 20 万提，捐赠产品价值达人民币 900 万元。蒙牛"营养普惠计划"项目已连续 3 年荣获亚洲企业商会颁发的"亚洲企业社会责任奖—社会公益奖"。

"营养普惠合伙人"：2019 年 7 月，蒙牛正式启动以"点亮一颗星，捐出一杯奶"为主题的"营养普惠合伙人"项目，打造"互联网＋"公益平台，携手消费者，共同为贫困地区儿童捐赠牛奶。活动开展仅 3 天参与人次就超过 15 万人次，2 周内共计 50 万人次参与。

2020 年，蒙牛营养普惠计划捐赠牛奶 480 万盒，覆盖 24 个省区市，涉及学校约 500 余所，受惠学生人数超 70 万人。2020 年项目将通过与中

国青少年发展基金会深度合作，更加精准了解青少年健康需求，将营养精准送到孩子身边。

2020年，营养普惠计划全年开展100场面向家长的食育大讲堂和面向学生的食育小课堂，邀请营养专家进校园，计划覆盖1万人以上；全年开展100场蒙牛工厂研学参观活动；与环保公益组织合作，全年开展100场环保小课堂，组织孩子们动手体验废包利用，寓教于乐，传授环保知识。蒙牛还与WFP（联合国世界粮食计划署）合作开展学龄前儿童营养改善项目，覆盖29所学校，为2000多名学龄前儿童提供三学年免费饮奶。通过该项目对中国乡村孩子的营养问题进行摸底分析，借鉴国外经验，期望推动政策立法，更好地解决乡村儿童尤其是贫困儿童营养改善问题。

2. "青椒计划"，守护儿童未来

扶贫必扶智，为让贫困地区的孩子们接触到更先进的教学理念和知识，2019年，蒙牛从强化师资力量入手，与乡村青年教师社会支持公益计划（"青椒计划"）正式开启战略合作，借助"互联网＋教师培训"的方式，开展线上专业课程、线下培训活动与社区运营，对20个区县市2000名乡村青年教师进行帮扶，搭建共建、共创、共享平台，扶贫、扶智、强师，更好地赋能乡村青年教师，助力乡村孩子多元发展，共同探索和推动中国乡村教育的振兴和创新。

（三）定点扶贫

蒙牛积极响应定点扶贫号召，从援建基础设施、发展产业、健康扶贫、医疗扶贫、慰问救济等多方面开展帮扶工作，切切实实让贫困村民过上好日子。

1. 做好蒙牛集团对口帮扶工作

2014年，蒙牛开始定点帮扶呼和浩特市和林县羊群沟乡圪洞坪村，从修建蓄水池、道路、水井，到建设羊群沟乡圪洞坪村育肥牛羊养殖基地等方面打出了一套扶贫"组合拳"。

多元帮扶，保障基本生活。定点帮扶圪洞坪村后，蒙牛了解到当地村民饮水难的问题，2014~2015 年，出资约 1 万元为圪洞坪两个自然村修建"爱心蓄水池"。蓄水池让当地百姓生活得到了一定程度的改善，但未根本解决饮水问题，2017 年，蒙牛再次出资 40 万元在当地修建了一口深水井，并配套了基础设施，彻底解决了当地村民的饮水问题。"没想到有一天，在家就可以吃上自来水。"这句话成为当地村民最多的感慨。

自 2014 年以来，在春节和中秋连续向圪洞坪村送去价值近 10 万多元的慰问物品（米、面、油、奶）。2018 年初，向和林县捐赠 100 万元，为和林全县贫困人口代缴贫困人口意外身故、残疾、意外住院医疗补充、重大疾病住院补充保险费用，并分两批次为全县贫困户发放牛奶，为和林县扶贫脱贫工作注入了新的动力。2019 年 4 月，组织开展"员工徒步 + 公益"活动，为羊群沟乡幸福院的孤寡老人募捐 300 件爱心牛奶，以实际行动传递温暖能量。2020 年 5 月，对圪洞坪村建档立卡 42 户贫困户和驻村干部送去五一劳动节的慰问。通过以上帮扶，让贫困群众拥有了直接的获得感，培养了贫困群众的发展意愿，为脱贫致富提振"精气神"。

发展产业，增强内生动力。2019 年 10 月，蒙牛捐赠 100 万元帮扶羊群沟乡发展产业，其中 80 万元用于发展"龙头企业 + 合作社 + 一般农户 + 贫困户"模式的育肥牛羊养殖基地，截至 2020 年 5 月，基地已有 400 只羊、54 头牛；20 万元用于支持由村委会负责建设的山茶种植示范园，助力村民增收，推动当地可持续发展。

2. 参与中粮集团定点扶贫工作

蒙牛还积极参与中粮集团在广西南宁市隆安县和西藏山南市洛扎县的定点扶贫工作，通过主动采购当地产品原料、帮助开展种养殖循环农业项目等方式，助力当地脱贫攻坚。在隆安县，2018 年蒙牛安排 100 万元扶贫资金，支持扶贫产业项目的开展，并采购当地生产厂家广西铂洋公司价值 13.6 万元的香蕉浆作为产品原料，带动当地经济发展。在洛扎县，2019 年蒙牛投入帮扶资金 800 万元，2020 年预计还将投资 1000 万元，用于支持种养殖循环农业项目和洛扎边境小康村建设，以及民生改善、健康扶贫、医疗扶贫等扶贫项目的开展。

（四）"X"多元帮扶

蒙牛积极结合贫困地区和贫困人口实际需求，因地制宜、因人制宜推进党建扶贫、消费扶贫、公益扶贫等帮扶举措，改善当地发展环境和生活质量。

1. 党建扶贫

2020 年，蒙牛持续与牧场开展党建共建，同时在全国做到 100% 全覆盖，其中呼市地区覆盖和林格尔县、托克托县约 10 个自然村党支部所辖的 18 家牧场。依托"蒙牛基层党支部 + 牧场所在地村党支部"模式，开展青贮收购，安排部分劳动力在牧场就业，实现集体增收和村民持续致富；依托"蒙牛基层党支部 + 地方银行党支部 + 牧场党支部"模式，解决牧场融资难问题，实现牧场良性运转，解决周围相对贫困户"打工有地方，收入有来源"。

2. 消费扶贫

蒙牛积极开展"消费扶贫行动"，2020 年春节慰问采购价值 7 万元的笋酱。4 月和林餐厅购买笋酱后，在餐厅售卖区进行售卖，号召员工用实际行动支持消费扶贫。

3. 公益扶贫

自 2017 年起，蒙牛设立海军家属关爱基金，投入近 200 万元，用于资助家庭生活困难的海军官兵家属及官兵慰问活动。2019 年，蒙牛响应由中国拥军优属基金会举办的"惠军直通车 999 公益计划"，正式推出"退役军人 999 公益牛奶计划"项目，创新"互联网 + 公益"拥军优属模式，在全国范围内寻找 999 个困难老兵家庭，为他们长期提供免费牛奶产品，提高老兵生活质量，全力响应国家"让军人成为社会最尊崇职业"的号召，为行业作出公益表率。

二 经验模式总结

（一）强化机制管理，保障脱贫工作高效开展

完善的工作管理机制和有效的工作部署是扶贫工作高效开展的有力保证。

蒙牛成立脱贫攻坚领导小组，下设领导小组办公室、扶贫业务推进组和督导检查组，以"高标准、严要求、实作风、诚态度"推进各项扶贫举措落地见效。

脱贫攻坚工作领导小组由总裁卢敏放担任组长，相关部门、事业部、子公司主要负责人担任组员，负责脱贫攻坚工作决策部署。领导小组办公室设在集团党委工会办公室，负责牵头落实领导小组的决策部署，统筹推进脱贫攻坚各项工作的执行与落地。设立产业扶贫组、社会扶贫组、营养扶贫组、定点扶贫组和资金统筹组 5 个扶贫业务推进组，扎实推进各项扶贫工作。督导检查组设在纪委办公室，负责对各事业部、各部门开展脱贫攻坚工作进行指导、督促、检查，做到有检查、有整改、有落实。

蒙牛制定整体的扶贫工作目标和规划，并在不同阶段制定具体详细的工作规划和项目实施计划，如《蒙牛乳业 2020 年助力内蒙古自治区脱贫攻坚工作实施方案》《蒙牛乳业 2020 年脱贫攻坚工作实施方案》，通过完善"时间表""任务书""路线图"，提升扶贫实效，确保扶贫工作有效开展。

（二）发挥主业优势，探索可持续脱贫方式

蒙牛立足自身"从牧场到奶杯"的超长产业链和业务分布广泛的优势特点，将扶贫工作与主营业务相结合，有效提升扶贫工作的可持续性。蒙牛充分依托中国乳业产业园建设，发挥产业落地扶贫带贫作用，提高贫困户产业参与度和受益度。创新实现灵活、高效的供应链管理模式，为贫困农牧民提供资金、技术帮扶，带动源头牧场向现代化、规模化、集约化、信息化转型升级，让贫困群众获得实实在在的收益。蒙牛致力于履行增强国民体质这一社会责任，持续在贫困地区开展营养帮扶，捐赠爱心牛奶。蒙牛的扶贫项目始终围绕着业务优势和可持续发展目标，以及贫困群众的可持续脱贫目标展开，统筹考虑经济效益和社会效益，构建扶贫对象、企业和社会的利益共同体，实现互利双赢。

（三）坚持"输血"和"造血"结合，激发贫困群众内生动力

贫困群众既是脱贫攻坚的对象，更是脱贫致富的主体，激发贫困人口脱

贫致富的内生动力是确保打赢脱贫攻坚战的关键所在。

　　蒙牛深入了解贫困群众存在的问题和实际需求，开展"输血"和"造血"相结合的扶贫举措，充分调动贫困人口的积极性和主动性，构建可持续脱贫的长效机制。在"输血"方面，如帮扶贫困地区完善基础设施、实施慰问救济帮扶、提供资金支持等，提升贫困农牧民直接获得感，激发其致富积极性。在"造血"方面，如建立乳业产业园，带动贫困人口就业；持续开展牧场主大学、奶牛金钥匙、"牛人说"等项目，帮助牧场主和养牛人提升技能水平和发展意识；结合定点扶贫地区资源禀赋，帮扶发展种植、养殖、加工等特色产业；开展"青椒计划"，培育乡村教师，助力孩子智力发展，阻碍贫困代际传递。

造血扶智：李锦记以创新思维助力教育扶贫 *

自 2011 年起，李锦记酱料集团创办"李锦记希望厨师项目"，通过全额资助来自经济困难家庭的青年进入国家重点职业高中学习中餐烹饪技能的方式，帮助他们完成学业，掌握一技之长，逐渐走向自立。截至 2020 年 9 月，李锦记希望厨师项目累计投入超千万元，招募了全国 21 个省区市的 879 名有志青年学厨圆梦，其中已有 482 名走上工作岗位。在过去的 9 年里，53 个国家级贫困县通过该项目受益。不同于传统的"输血"型公益项目，李锦记希望厨师项目更乐见于"造血扶智"，以创新思维整合企业优势资源，助力有志青年学习一技之长，规划理想人生。

"职教一人，就业一人，脱贫一家"，职业教育是国民教育体系和人力资源开发的重要组成部分，是广大青年打开通往成功成才大门的重要途径，是实现"发展教育脱贫一批"的重要手段，在教育脱贫攻坚中具有重要作用。

作为一家生产酱料产品的企业，李锦记会和很多厨师打交道。在这个过程中，李锦记看到，虽然在内地，厨师收入不低，但他们劳动强度大，工作环境及社会地位等不尽如人意，越来越多的年轻人不愿意进入这一行，如此下去，厨师行业将后继乏人，中餐业的发展急需人才。此外，在经济欠发达地区，有些考不上高中或者家庭经济条件不好的孩子，初中毕业就辍学，因为没有一技之长，只能从事技术含量很低的工作。如果能够帮助这些青年掌握一技之长，可以有效解决该社会问题。

---

* 案例素材由李锦记（中国）销售有限公司提供，南方周末中国企业社会责任研究中心进行编辑。

基于这个考量，李锦记结合企业自身优势，推出了希望厨师项目，通过资助家庭困难的有志青年入读重点职业高中的中餐烹饪专业，让他们学习厨艺，掌握一技之长，实现就业创业，带动稳定脱贫。

一　项目实施举措与成效

李锦记积极倡导"精准扶贫，用厨艺为有志青年打开一扇希望之门"。在共同的教育梦想及价值理念下，李锦记先后与北京市劲松职业高中、四川省财贸职业高级中学校、广州市旅游商务职业学校携手开启校企合作，共同为中餐行业人才培养搭建平台。

在希望厨师项目的运营过程中，李锦记充分利用企业资源优势，发动社会各界力量，面向全国招募符合条件的青年。"李锦记希望厨师项目"自2011年设立起，累计投入超千万元，至今已招募了879名有志青年学厨圆梦，覆盖了四川、重庆、天津、贵州、云南、甘肃、山西、陕西、内蒙古、黑龙江、吉林、辽宁、河南、河北、山东、湖南、湖北、广西、广东、江西、海南21个省区市，截至2020年6月，已有482名希望厨师顺利毕业。毕业学生多在北京、上海、广州、成都、深圳等一线城市的四、五星级酒店和知名餐饮企业工作，诸如希尔顿酒店、香格里拉大酒店、中央电视塔旋转餐厅、北京香港马会会所、北京王府井文华东方酒店、北京日出东方凯宾斯基酒店、北京新云南皇冠假日酒店、北京大董烤鸭店、成都华尔道夫大酒店、成都JW万豪酒店、成都明宇豪雅酒店等；也有选择回到临近家乡的省会城市餐饮行业就业。李锦记跟踪调研发现，毕业后的希望厨师月均收入多在4500元以上，其中不乏佼佼者已经成为厨师长，月均收入上万元；也有一些希望厨师直接开起了餐饮店。一批又一批青年因为希望厨师项目改写命运，逐渐有能力带领自身及其家庭脱贫致富。

不同于传统的"输血"型公益项目，"李锦记希望厨师项目"更乐见于"造血扶智"，以创新思维整合企业优势资源，助力有志青年学习一技之长，规划理想人生。

（一）成立项目工作小组，负责项目运营

李锦记成立了希望厨师项目小组，负责项目的策划、执行和对希望厨师的跟踪管理，同时建立了完善的招录工作体系和面试评分标准，实现了全程公平、公正、务实、透明的项目运作。

每年，李锦记和合作学校会组成希望厨师项目小组，共同制定招生方案，报名结束后，项目小组前往面试站点对申请人进行笔试、面试、体格检查等。同时，招生小组还会实地家访，考察报名人员的家庭情况。最终，项目小组会根据申请人的面试成绩及综合能力，择优录取，确定资助名单。

图1　李锦记希望厨师项目招录流程

（二）发挥合作伙伴优势，助力希望厨师生源选拔

李锦记携手政府、教育局、扶贫办、社会组织、公益基金会、行业协会等机构，通过跨界合作、政府职能支持和背书等措施，保障希望厨师公益项目的稳健运营。

李锦记与各地合作伙伴合作，借助他们在当地的经验优势、亲情优势和时空优势，为希望厨师项目推荐生源。例如在黑龙江，李锦记与哈尔滨关心下一代工作委员会携手，依靠在关工委工作的老党员、老干部、老军人、老模范、老教师"五老"同志在当地开展工作。农村的"五老"在当地具有很高的威望，受人尊敬，可信度高，他们深入村屯对"李锦记希望厨师项目"进行宣传动员时，家长及孩子更容易接受和信服；在四川，李锦记与中共四川省委统战部合作，发动四川省各市、州统战部的力量动员招生；在甘肃，李锦记与西部阳光基金会合作，利用他们在当地初中学校的驻校社工，向学

生宣传希望厨师项目。截至 2020 年 9 月，"李锦记希望厨师项目"覆盖国家级贫困县 53 个，其中 12 个为未摘帽贫困县。

表1　李锦记希望厨师项目覆盖的国家级贫困县

	黑龙江	延寿县
"李锦记希望厨师项目"覆盖的国家级贫困县53个	甘肃	礼县、宕昌县、康县
	广西	田东县、靖西县、隆安县、凌云县、巴马瑶族自治县、上林县、大化县、天等县
	云南	鲁甸县、禄劝县、大姚县
	江西	莲花县、余干县
	四川	普格县、宣汉县、越西县、平昌县、苍溪县、甘洛县、雷波县、金阳县、通江县、古蔺县、叙永县、广安区、万源市、理塘县、黑水、马边、美姑、布拖
	贵州	雷山县、石阡县、从江县、赫章县、纳雍县、威宁县、荔波县、大方县
	河北	唐县
	山西	石楼县
	陕西	淳化县、旬邑县、长武县、洋县
	湖南	平江县
	河南	范县
	重庆	武隆、石柱土家族自治县
"李锦记希望厨师项目"覆盖的未摘帽贫困县12个	贵州	从江县、赫章县、纳雍县、威宁县
	四川	普格县、布拖县、金阳县、越西县、美姑县
	甘肃	礼县、宕昌县
	广西	大化县

（三）校企合作，共建培育体系

2019 年，国务院发布了《国家职业教育改革实施方案》，提出促进产教融合，校企"双元"育人，推动校企全面加强深度合作，鼓励和支持社会各界特别是企业积极支持职业教育，着力培养高素质劳动者和技术技能人才。

对于李锦记希望厨师的培养，校企双方高度重视，为了保障教学质量，校企共建希望厨师培育领导小组及工作小组，负责项目的整体设计、统筹规划、监督实施、质量评估、组织管理和条件保障。小组成员分工协作，各司其职，确保项目的顺利运行。校企共同构建了"希望厨师"培育体系，通过5种途径，对希望厨师进行全方位培养。

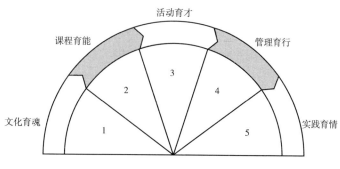

图2 "希望厨师"培育体系

1. 文化育魂

李锦记与合作学校构建了以李锦记"思利及人"企业文化为根本，以学校精神文化为引领，以特色课程为核心，以管理文化为保障，以物质文化为支撑，以校园文化活动为载体，将劳模精神和工匠精神贯穿育人全过程的"文化育魂"体系，从学校文化建设、专业文化建设到班级文化建设，进行完整设计。李锦记希望厨师班每个班都有班徽，设计将学校文化与企业文化相融合，都是以学生为主体，汇集了老师、家长、企业等多方意见，形成共同的价值理念。

2. 课程育能

通过特色课程实施，坚定学生信念和理想，厚植爱国主义情怀，加强品德修养，培养奋斗精神，弘扬劳动精神。工匠精神可以体现在很多方面，归根结底是对专业的敬畏之心。希望厨师学习的中餐烹饪专业，课程由企业及学校共同设计，以真实任务为载体，融合了中餐热菜、冷菜、面点、酒店服务等模块。学生除了要学习语文、数学、英语等公共基础课外，还要学习烹饪美术、雕刻与冷拼、热菜制作、成本核算、食品卫生、营养搭配等专业课程，学校在实践中帮助学生提高职业素质及综合能力。

3. 活动育才

校企双方十分重视育人活动的设计，充分体现育人意图。通过组织多种形式的活动帮助学生自信自强，全面提升技能与素养。入读李锦记希望厨师班后，学校和李锦记在培养希望厨师掌握烹饪技能的同时，鼓励他们走出学校，到社会的大课堂上去增长才干。在校期间，李锦记和学校经常不定期地举办各种活动：学校组织的职业技能大赛，是培养技术技能型人才的重要手段；文化节、体育节、社团活动等，是希望厨师才艺人生精彩绽放的平台；传统节日的共同庆祝，中秋节做月饼，国庆节包饺子，是浓浓亲情的人文关怀；观看爱国主义电影、参观年画村和故宫博物院，是培养希望厨师人文素养的重要途径；与行业联动，参观五星级酒店，观摩厨王争霸赛、世界青年厨师中餐烹饪大赛，与媒体和网友交流切磋厨艺，是希望厨师拓宽视野与丰富阅历的过程。

4. 管理育行

校企对希望厨师的管理刚柔并济，制度建设与人文关怀并举，引导精神文化内化于心、外化于行。每年在李锦记希望厨师开班仪式上，都有老生为新生佩戴厨师帽和新生宣誓的环节，这代表着他们厨师生涯的起步；在毕业典礼上，李锦记希望厨师老生会把象征希望厨师传承的水晶座交到学弟学妹的手中，勉励他们把李锦记希望厨师的精神传递下去，同时也会有学生家长到场见证希望厨师毕业的庄严时刻；每个李锦记希望厨师班，都会在班主任的带领下，自主制定班级誓词、班级公约，这种柔性管理和人文关怀也教会了他们感恩，成为他们思利及人、回馈社会的内生动力。

5. 实践育情

社会实践是人才培养的重要环节，校企为希望厨师搭建了多元实践平台，鼓励他们用一技之长、感恩之心回馈社会。通过丰富多彩的社会实践活动，李锦记希望厨师变得自信勇敢，利用自己的专业技能走出校园，造福社会在实践中、在奉献中，希望厨师得到了全方位的锻炼，他们的专业技能、沟通能力、团队协作、责任意识等综合素质得到了全面提升。

二　经验模式总结

（一）扶志＋扶智，可造血式技能培训助力教育扶贫

封闭的地域环境、困难的家庭条件、匮乏的教育资源，让这些青年处在不该有的"休眠期"，早早地磨掉了他们应该有的朝气和快乐。现实生活的窘困压在孩子们稚嫩的肩膀上——未来要怎么走，怎样才能在社会上立足，而"李锦记希望厨师项目"的到来，让他们看到了一丝曙光。

育人心，启人智，授人技，助人立。"李锦记希望厨师项目"通过精准帮助困难家庭学生职业学习和就业，使教育改变命运成为现实。在"授人以渔"的同时，"李锦记希望厨师项目"更注重对来自偏远地区的青年心智的培养，帮助他们树立自信、坚定信念，让他们能够站在人生新的起跑线上，通过努力拼搏，改变自己和家庭的命运，有效阻断了贫困代际传递链，推动了教育公平，让更多贫困家庭看到了希望。

（二）公益项目与企业使命相结合，让公益项目效果最大化

希望厨师项目与李锦记"发扬中华优秀饮食文化"的使命完美结合，通过联合共创的方式跨界合作，有效链接了多方资源。在项目开展的过程中，李锦记走到农村一线，深入了解当地青年和家庭的真实需求，得到各地公众和各级政府的大力支持和高度认可，打造了具有企业特色的教育扶贫公益典范品牌，为企业树立了良好的声誉和形象。这种共创共赢的模式，可以推广到更多城市。这也给了公益人很好的启示，对于未来公益而言，公益项目要结合机构或企业的自身发展战略来设计完成，要起到项目执行、资源链接、平台搭建的作用，通过共创共建、多方合作的方式实现公益价值最大化。

"产业＋就业"：口味王构建新扶贫格局*

口味王集团立足自身产业，赋能海南槟榔产业健康可持续发展，实施"党支部＋新型农业经营主体＋村集体经济社＋贫困户"的产业扶贫模式，为贫困群众提供就业岗位，将扶贫与扶志、扶智相结合，助力脱贫攻坚，以"为国家分忧、为社会做贡献、为行业谋发展、为员工和百姓谋幸福"为职责，逐渐构建了"产业＋就业"的可持续扶贫模式。

党的十九大报告强调，"坚持大扶贫格局，注重扶贫同扶志、扶智相结合"。在全国推进精准扶贫战略的进程中，扶贫产业发展动力不足、贫困群众自我发展能力和意识不强等问题成为制约精准扶贫健康有效开展的关键因素。

在企业快速发展的同时，口味王集团始终以"共享幸福人生，共创幸福企业，共建幸福社会"为使命，以"为国家分忧、为社会做贡献、为行业谋发展、为员工和百姓谋幸福"为职责，积极承担社会责任，帮助贫困群众脱贫致富。

经过多年的探索和实践，口味王集团发现，坚持"造血"式扶贫，激发贫困群众内生动力活力，提高贫困人口的发展能力，对于科学贯彻落实精准扶贫起着重要作用，逐渐构建了"产业＋就业"的可持续扶贫模式。

一方面，口味王集团通过传授工艺技术、发展槟榔干果收储业、托市收购槟榔原果等方式，以带动海南槟榔产业良性健康发展为杠杆，促进海南贫困地区经济发展，提高当地贫困农户收入水平；另一方面，口味王集团为贫困群众提供大量的就业岗位，在为贫困群众创收的同时，推动他们从"要我脱贫"向"我要脱贫"转变，真正实现扶贫可持续。

---

* 案例素材由湖南口味王集团有限责任公司提供，南方周末中国企业社会责任研究中心进行编辑。

一　项目实施举措与成效

（一）产业扶贫，关键是因地制宜

发展特色产业是提高贫困地区自我发展能力的重要举措，也是实现稳定脱贫的必由之路。海南是我国槟榔的主产地，种植面积和产量均占全国的90%以上，具有较为坚实的产业基础，有利于因地制宜开展产业扶贫。

多年来，口味王在海南落地执行的各项产业扶贫举措，直接惠及230多万海南槟榔种植和加工户，累计投入资金数百亿元。

一是技术和设备支持。自2012年开始，口味王率先在槟榔行业推行蒸汽烘烤技术，并在海南全省进行推广，两年内为海南万宁的槟榔烘烤加工户无偿投资2018.22万元，协助建成了108条烘烤线，每条烤籽线每天可加工原籽22.5吨，大大提高了当地的槟榔加工效率及产品品质。

二是托市收购大量海南槟榔干果，保障农户收入。口味王在海南收购的槟榔干果年均数量达2万吨，年均收购资金近15亿元，每年为每户槟榔种植和加工户增收近5万元。

表1　2017~2019年口味王集团在海南的槟榔干果收购情况

年份	收购槟榔干果（吨）	收购款（亿元）	带动烘烤加工户（户）	带动种植农户（万户）	种植面积（万平方米）	户均增收（万元）
2017	15000	14.33	200	3	15	4.77
2018	13880	13.26	200	2.5	13.8	5.3
2019	17880	14.5	200	4.35	21.75	3.33

三是贫困村集体入股分红落实到位。2018年下半年，海南口味王科技发展公司分别与万宁市北大镇红星村委会、坚东村委会、大堀村委会、六角岭村委会、南桥镇小管村委会签订委托投资协议，每个村分别将50万元扶贫专项资金入股海南口味王科技发展责任公司，口味王则在10年内，每年按不

低于 10% 的比例给予各村入股金分红。

签订合同不到两个月，首笔 25 万元分红资金就于 2018 年 12 月 30 日按每村 5 万元分红到位，让贫困村看到了脱贫的希望。第二笔 25 万元分红资金于 2019 年 12 月 10 日按每村 5 万元分红到位。

除了产业扶贫之外，口味王还积极响应海南政府"打赢扶贫攻坚战"的号召，累计投入近 330 万元开展精准帮扶。2016 年，口味王向万宁市慈善基金会捐款 50 万元。2017 年，口味王向万宁市扶贫基金会捐助资金 50 万元，助力万宁市的脱贫攻坚工作，随即又投入资金 240 多万元用于对点帮扶，惠及贫困户 800 余户。

表 2　口味王在海南的其他精准帮扶成果

序号	对象	事项	投入资金（万元）	惠及贫困户（户）
1	万宁市慈善基金会	公益捐款	50	——
2	万宁市扶贫基金会	公益捐款	50	——
3	万宁市后安镇龙田村、东澳镇大田村、三更罗镇南平村	危房改造，采购门窗、家具、电器等	60	111
4	万宁市后安镇潮港村等	危房改造，采购门窗、家具、电器等	10	35
5	万宁市东澳镇和后安镇	危房改造，采购门窗、家具、电器等	7.5	25
6	万宁市北大镇北大村、尖岭村，琼中县中平镇南坵村	公益捐款	60	335
7	屯昌县西昌镇更丰村、南吕镇龙楼村，琼中县中平镇南坵村、红毛镇番响村	公益捐款	40	293
8	万宁和乐镇、东澳镇瓜农	采购滞销西瓜	65	13

（二）就业扶贫：核心是激发内生动力

失业和无业是导致贫困的重要原因，贫困群众、弱势群体长期游离在劳动力市场之外，不仅收入得不到保障，还容易引起信心的丧失和技能的退化。

就业扶贫为贫困群众提供了参与经济活动并获得收入的机会，让劳动力发挥了更大的价值，可以从根源上激发贫困群众脱贫的内在动力，实现从消除收入贫困向消除能力贫困转变。

口味王从成立之初就致力于就业扶贫，帮助贫困群众长期、持续、稳定和彻底的脱贫。

一是提供大量的就业岗位。口味王提供直接就业岗位 2 万多个，并积极为各级政府部门对口扶贫对象提供就业岗位，包括就业困难的大龄女职工、建档立卡的贫困户、残疾人群等，让贫困家庭真正实现一人就业全家脱贫的愿望。2018 年，口味王被评为"湖南省精准就业扶贫基地""湖南省精准就业扶贫爱心单位"。

二是开展技能培训。口味王各生产基地定期对贫困劳动力开展针对性较强的生产技能培训，帮助他们尽快熟悉生产流程，掌握技术要领，提高工作效率。

三是制定激励和帮扶机制。各生产基地为贫困群众开辟了"职工—台组长—组长—主管"的晋升通道，晋升比例达 10%。集团还鼓励贫困群众积极入党，已将 10% 的贫困群众培养成为入党积极分子。此外，集团为贫困群众专门建立了档案，对其家庭情况进行详细摸底，利用各种节庆活动开展慰问、捐赠等系列帮扶活动，同时还在公司内部发起成立爱心基金，帮助遭遇突发事件的贫困员工。

就业扶贫方面，口味王通过提供大量就业岗位，实现了近万名农村闲散劳动力和贫困人员的就业脱贫。

在海南，口味王为 380 名贫困户、残障人士解决了就业问题，覆盖万宁、乐东、临高、琼中、屯昌、陵水、五指山、昌江、儋州、白沙等 10 个县市的贫困人口，每人年均工资近 4 万元。其中已有 40 名贫困职工被培养成为入党积极分子，另有近 40 人获得了职位晋升。

在湖南益阳资阳区，口味王的三个基地提供了近 7000 个就业岗位，带动 6448 户农户就业，其中 90% 以上为"40""50"就业困难大龄女职工，并含有 139 名建档立卡的贫困劳动力，每人年均收入近 4 万元，帮助 139 户建档立卡贫困家庭实现脱贫。

除了产业和就业扶贫之外，口味王还积极开展捐资助学、扶危济困、修路筑桥等公益慈善事业，累计投入数千万元。

表3 口味王集团其他公益慈善事业一览

序号	对象	事项	投入资金（万元）
1	益阳市	学校建设、助学	1000
2	新疆吐鲁番	支援边疆建设、援建营区路灯	80
3	益阳市资阳区	建设向锋村幸福院	200
4	益阳市资阳区	修建向家堤村公路	100
5	贫困学子	百万助学工程	200
6	益阳市贫困家庭学生	"希望工程·抗洪救灾"助学行动	100
7	内部困难员工子女	困难员工子女助学金	9
8	贫困学子	"我要上大学"公益助学计划	50
9	内部困难员工	慰问经费、慰问物资	6
10	在粤务工的湘籍老乡	"爱心高铁回家乡"公益活动	200
11	在粤务工的湘籍老乡	"心愿航班 温暖回家"公益活动	300
12	在粤务工的湘豫贵老乡	"口味王包机 送你温暖回家"公益活动	1000
13	武汉各大医院	捐款助力抗击新冠肺炎	1000
14	湖南益阳、邵阳及海南万宁各大医院	捐赠医疗物资，支援抗疫	300

二 经验模式总结

（一）战略性：聚焦精准扶贫，坚持大扶贫格局

"为国家分忧、为社会做贡献、为行业谋发展、为员工和百姓谋幸福"是口味王多年来一贯的坚持。作为槟榔行业龙头企业，口味王具备先天性的

扶农助农、精准扶贫的基因。党的十九大报告指出，要坚决打赢脱贫攻坚战，坚持大扶贫格局，支持和鼓励农民就业创业，拓宽增收渠道。在这一政策背景下，口味王主动担当，发挥企业自身优势，在扶贫的道路上勇于探索、积极实践，为海南槟榔产业的健康可持续发展赋能，为贫困群众提供就业岗位，将扶贫与扶志、扶智相结合，助力脱贫攻坚。

（二）创新性：以产业发展和支持性就业为杠杆，助力脱贫脱困

经过多年的探索和实践，口味王利用自身的技术、行业、资源优势，创新打造"产业 + 就业"可持续扶贫模式，提供了包括槟榔种植加工、槟榔产业健康发展、就业、技能培训等在内的多重解决方案，以产业发展和就业培训为杠杆，激活贫困群众脱贫的内生动力，助力其持续、稳定、彻底脱贫。

（三）可持续性："产业 + 就业"精准扶贫贵在可持续

扶贫模式是否可持续，是精准扶贫的难点之一。一方面，口味王基于海南槟榔产业的现实困境和自身优势，通过技术推广、产业链打造、托市保价及学术支持等方式，推动海南槟榔产业健康可持续发展，助力农户脱贫增收。另一方面，口味王通过为贫困群众提供就业岗位和技能培训，将"输血"与"造血"相结合，提高贫困群众"治穷病、拔穷根"的自助能力，助力其从根源上解决贫困问题，实现扶贫可持续。

（四）可复制性："产业 + 就业"扶贫模式具有良好的经济和社会效益

多年来，口味王坚持在海南进行产业扶贫，在集团各生产基地进行就业扶贫，成果惠及海南全岛 230 多万槟榔种植户和加工户，以及公司内部近万名农村闲散劳动力和贫困人员，推动了槟榔种植、槟榔初加工、槟榔物流等产业的可持续健康发展，产生了良好的经济效益和社会效益，可进行大范围推广与应用。

"五元赋能"：广东海大探索造血式产业扶贫新路径*

  海大集团积极响应国家脱贫攻坚、乡村振兴的号召，秉承"科技兴农，改变中国农村现状"的企业使命，充分发挥龙头企业产业带动辐射作用，推行"五元赋能"产业扶贫模式，以产业链、产业园、基地、互联网、金融等五大元素赋能贫困户，并围绕精准扶贫、教育扶贫等领域不断发力，为帮助农民致富、激活农村经济、促进农业转型贡献海大力量。海大集团已在广西、贵州、湖南、湖北、河南、陕西等省份的多个国家级贫困县布局现代农业项目共34个，累计已投入资金超过30亿元，创造了5000多个就业岗位，新增带动10万多户农户脱贫奔小康。

党的十九大提出实施乡村振兴战略，开启了加快我国农业农村现代化的新征程。习近平总书记指出，中国要强，农业必须强；中国要美，农村必须美；中国要富，农民必须富。

作为一家具备高度社会责任感的企业，海大集团积极响应国家关于脱贫攻坚、乡村振兴的号召，秉承"科技兴农，改变中国农村现状"的企业使命，以帮助农民致富为根本。海大集团成立22年来，7000多名服务工程师一直奔走在塘头栏舍，切实帮助农民科学养殖，践行农牧龙头企业的担当及表率，发挥好产业优势、科研优势、服务优势及产品优势，持续增强自主创新能力与科研综合实力，积极响应国家精准扶贫行动号召，充分发挥龙头企业产业带动辐射作用，推行"五元赋能"产业扶贫模式，以产业链、产业园、基地、互联网、金融等五大元素赋能贫困户，助力农民持续增收、农业提档升级，

---

  * 案例素材由广东海大集团股份有限公司提供，南方周末中国企业社会责任研究中心进行编辑。

在精准扶贫、产业扶贫、教育扶贫等领域不断发力，为帮助农民致富、激活农村经济、促进农业转型贡献海大力量。

一　项目实施举措与成效

（一）推行"五元赋能"产业扶贫模式

近年来，海大集团充分发挥龙头企业产业带动辐射作用，以产业链、产业园、基地、互联网、金融等五大元素赋能贫困户，形成"一大链条、两大抓手、两大支撑"的产业扶贫体系，助力农民持续增收、农业提档升级，探索出一条造血式的产业扶贫新路径。

1."产业链＋农户"：聚合产业能量，赋能农民发展

海大集团基于自身综合优势，以全产业链发展谋求广泛带动效应，整合上下游产业链上的养殖户、合作伙伴，形成合作共同体，以产业链能量带动贫困户脱贫致富、共奔小康。

2."产业园＋农户"：面向产业未来，打造产业扶贫新平台

作为产业扶贫的重要抓手，海大集团充分发挥现代农业领域的优势，依托集团现有产业园（清新区桂花鱼产业园、韶关生猪养殖产业园、番禺区海鸥岛名优水产产业园），集中吸纳贫困户就业，集中传授产业技能，打造面向农业行业未来的产业扶贫新平台。

3."基地＋农户"：建立标准化基地，实现家门口脱贫

海大集团按照"统一养殖规划、统一技术服务、统一养殖规程、统一保价回收"的总体要求，将产业扶贫基地建设在贫困户家门口，按照全流程管理、全流程帮扶的模式，帮助贫困户完整掌握养殖方法，实现收入稳定增长，从而实现家门口脱贫。

4."互联网＋农户"：发挥科技优势，实现优质服务

海大集团构建大数据体系，发挥物联网技术优势，打造产销对接平台，积极为扶贫农产品创造销路。同时，利用互联网优势开展线上授课等，为贫困户答疑解惑、助力生产，形成强劲的科技支撑。

5. "金融＋农户"：提供多渠道支持，解决资金短缺痛点

海大集团近年来大力发展农业金融，通过建立农民合作社，提供小额贷款、保理、融资担保等多类型金融服务产品，解决贫困户资金短缺痛点，形成有力的金融支撑。

目前，海大集团已在广西、贵州、湖南、湖北、河南、陕西等省份的多个国家级贫困县布局现代农业项目共 34 个，累计已投入资金超过 30 亿元，创造了 5000 多个就业岗位，新带动了 10 万多户农户脱贫。截至 2019 年底，海大集团已经成功带动超过 100 万名农民增收致富，创造良好的经济效益和社会效益。

（二）贡献东西部协作民企力量，携手农民脱贫奔小康

"说一千、道一万，增加农民收入是关键"。习近平总书记强调，要加快构建促进农民持续较快增收的长效政策机制，让广大农民都尽快富裕起来。作为生于东部沿海、心系祖国大地的农牧高科技企业集团，海大集团聚焦农牧主航道二十多年如一日，积极响应东西部协作国家战略，勇挑龙头企业使命担当和责任，把技术、服务、人才、理念等方面的经验和资源导入贵州、广西、四川、云南、甘肃等西部贫困地区，近三年来累计带动就业人数超5000 人，工人月均工资超过 4000 元，实现贫困户脱贫约 2000 户，激活当地发展的内生动力，共同携手当地农民脱贫奔小康，为东西部贫困地区产业帮扶助增收补短板贡献民企力量。

1. 扶贫扶志，提升"造血"能力

结合东西部协作广州对口帮扶黔南州、都匀市的脱贫攻坚任务，海大集团积极响应产业扶贫号召，开展贵州省黔南州村企结对帮扶"携手奔小康"行动，精准扶贫助力深度贫困村脱贫摘帽，努力打造广州民企扶贫的援黔样本。秉承习近平总书记提出的"扶贫先扶志、扶贫必扶智"的重要精神。海大集团以产业扶贫的方式助力贫困地区实现"造血"功能，投资数亿元在贵州黔南州都匀市平浪镇罗雍村建立了占地面积近 1000 亩的种猪基地，并通过"公司＋基地＋农户"的扶志及扶智帮扶模式，对当地农民进行科学化、

专业化培训，为每个养殖户配备一名技术人员上门服务，让养殖户掌握一技之长，全力带动农民脱贫致富。作为广州对口帮扶贵州省毕节市、黔南州的民营企业扶贫代表之一，海大集团积极投入到广东帮扶贵州的扶贫战略中，斥资 15 亿元在都匀市、贵定县、榕江县、贵阳市等地市开展生猪养殖、饲料加工、磷化工厂等投资项目，最大限度地组织市场、技术、信息、资金、人力等优质资源，极大降低养殖发展风险。2019 年贵州项目年产值约 7 亿元，年纳税总额近 1000 万元，带动约 1200 户农户脱贫增收。其中，在都匀市投产的项目，截至 2020 年 5 月底实现生猪出栏 2 万余头，平均每户养户直接增加收益约 27 万元，帮助贫困地区新农人开辟致富之路。

2. 以党建引领，推行"龙头企业 + 党总支 + 合作社 + 农户"

海大集团在广西贵港重点发展生猪养殖产业，重点区域围绕广西贵港市平南县镇隆镇平隆村，总投资约 7300 多万元，推行"龙头企业 + 党总支 + 合作社 + 农户"模式，以党建引领高质量发展，实现生猪年出栏 40000 头的目标。此外，在广西钦州市大直镇，海大集团投资 1.2 亿元再建 5000 头母猪养殖基地，年出栏仔猪 12 万头，带动就业约 100 人，其中，约三成员工为当地贫困户，为他们提供了一份长久稳定的收入，让生活得以改善。基地运用现代科技力量，提升生产标准化、规模化水平，在大力发展生产的同时，构建起和谐政企、社企关系，吸纳地方劳动力，以安全、绿色环保为核心养殖理念，帮助贫困户走科学发展的养猪之路，通过发展经济改变家乡面貌，不断夯实脱贫攻坚的成果，为农民提供发家致富的载体，为地方产业脱贫提供持续动力。2019 年当地每头生猪收益约 300 元，平均为合作的村委（社区）集体经济增收 11.5 万元，带动了贫困群众增收、村级集体经济发展。

3. 引导返乡务工，提升自我发展能力

为响应云南省政府建设现代新昆明的号召，海大集团于 2011 年起对口帮扶云南省昆明市宜良县竹山镇老马地村和北古城镇小薛营村、大理白族自治州大理市凤仪镇乐和村，累计投资 1.5 亿元组建大型的现代化饲料生产及经营企业，通过"公司 + 农户"的产业带动扶贫模式，吸引了大批城市务工人员回乡创业，为贫困乡村留住了本土人才，给贫困地区赋予了自我发展的能力。该企业于 2012 年 7 月正式投产，目前已成为云南省规模较大、科技含量较高的大型现代农牧企业，2019 年纳税总额为 155 万元，直接带动当地就业 150 人，带动当地 89 户农户脱贫增收，为当地探索出一条可落地、可持续的产业扶贫之路，以优质产品和服务帮助贫困地区实现产业新发展。

4. 培育核心技术，让弃耕盐碱地重焕生机

在甘肃省景泰县沙沃镇白墩子村，原来白花花的弃耕盐碱地，现在成功变为波光潋滟的鱼塘，盐碱地变废为宝，不仅改良了盐碱地的土质，还挖掘出其经济价值，海大集团在当地成立水产养殖公司，帮助当地农民在盐碱地上搞水产养殖，养殖基地建有包括两个种苗繁育场、一个渔业中心、一个产业示范区在内的四个园区。截至 2019 年底，基地培养出专家级人才十余名，免费培育当地养殖户累计近 1000 小时，培养超过 200 户农户掌握了在盐碱地搞养殖的核心技术，预计未来三年可再输送养殖专家超过 500 人，大力推动了盐碱地水产养殖的可持续发展，为精准扶贫、建设美丽乡村提供了新的发展引擎。

5. 扎根乡村，提供全产业链服务

2005 年，海大集团投资 6000 多万元，在四川成都新津区永商镇烽火村成立了综合性饲料公司，直接带动当地就业 200 多人，带动 85 户农户实现脱贫增收，并大幅提高了农户的养殖水平，打造了乡村振兴的产业强镇。该公司常年配备 10 余名水产及畜禽方面的服务工程师，为当地约 300 户养殖户提供养殖模式、疾病防治、环境改善、成品销售渠道、金融服务等全方位的支持，大幅提高了农户的养殖水平与盈利能力。在 2019 年"非洲猪瘟"疫情期间，该公司提出"金猪保卫""金猪复养"等行动，为广大农户提供"非洲猪瘟"检测、防治等服务，助力农户走出困境、恢复生产。与广东罗定、韶关等地市政府签订生猪稳定保供和产业升级协议，各基地生猪养殖规模均超过 400 万头，养殖场直接吸收当地农民进场养殖，打破技术封锁，让农民掌握科学养殖的关键技术，带动 120 户农户脱贫增收，并让生猪养殖行业走出低谷，拉动粤西地区经济发展，确保了粤港澳大湾区安全食品的可持续供应，为全民奔小康、改善民生福祉贡献了海大力量。

6.打造特色产业园，带动农业品牌化、规模化、专业化转型

为了更好地服务乡村振兴战略，发挥联农带农作用，近年来，海大集团积极参与广东省现代农业产业园创建工作，在清远市清新区山塘镇低地村成功打造了清新桂花鱼产业园。产业园以实现桂花鱼的全产业链发展为主要目的，突出良种繁育、标准化养殖、加工流通、品牌营销和技术创新的发展内涵，做强主导产业，提升关联及配套产业，逐步成为引领全国桂花鱼产业发展的提升拓展区、华南地区水产绿色养殖的新标杆、广东全省乡村振兴和农业强县样板区，年总产值达 16 亿元，直接带动从业人员 3000 人，带动 965 户农户脱贫增收，具有良好的经济与社会效益。同时，公司在清远全力打造"中国桂花鱼之乡"，推动农业向品牌化、规模化、专业化升级。此外，从 2018 年起，海大集团在清远英德石灰铺镇下蓝村、石牯塘镇八宝村、西牛镇西联村等近 30 个村，以"公司＋家庭农场"的家禽养殖模式，成功带动超过 200 户农户脱贫增收。公司建设规模化的养殖基地，进行标准化鸡舍和标准化小区的改造，并采取全封闭式管理，服务工程师全程现场指导，大幅提高农户的养殖水平。公司按照合同规定价格回收成鸡，农民不用再担心销路问题，创新了更为稳健的产业帮扶方式。

（三）教育扶贫，培育百万新型职业农民　孵化乡村振兴带头人

产业发展、乡村振兴关键在人。党的十九大描绘了乡村振兴的宏伟蓝图，实施乡村振兴战略要紧紧围绕发展现代农业，强化乡村振兴的人才支撑。在开展脱贫攻坚的战略背景下，加快培养有文化、懂技术、善经营、会管理的高素质农民，推进一二三产融合发展，对实施乡村振兴战略，确保 2020 年实现"六稳""六保"具有重要意义。

海大集团积极响应乡村振兴的国家战略，为破解当代养殖业缺优质种苗、缺技术、缺人才、缺资金的窘况，帮助农民致富、实现乡村振兴，海大集团将培育新型职业农民作为企业义不容辞的责任，在 2020 年 6 月启动了新型职业农民培训"十百千万工程"。未来将利用五年时间，建设十大新型农业产业园，打造百个乡村振兴产业强镇，建立千个乡村振兴技术服务站，

培养万名乡村振兴服务工程师，孵化万名乡村振兴产业带头人，最终实现培育百万名新型职业农民，让更多的农民学有所教、学有所成、学有所用，保障农民持续增产增收，为激活农村经济、助力农业现代化提供海大方案、分享海大智慧、贡献海大力量。

（四）社会捐赠，奔赴精准扶贫前线，反哺社会筑梦未来

知恩于心，感恩于行。公司成立 20 多年间，海大集团从一家作坊式工厂发展成为一家分（子）公司遍布全球的高科技农牧企业，这离不开各级政府及社会公众的大力支持。作为一家具备高度社会责任感的企业，海大集团持续关注社会困难人群，各类公益慈善捐赠总额近 2 亿元，支持国家教育、医疗、交通等事业的发展，齐心推动公益慈善事业，共同助力脱贫攻坚和乡村振兴。

海大集团积极响应广州市工商联扶贫倡议，在 2020 年广东扶贫济困日现场认捐 1000 万元定向用于广州市对口帮扶贵州省毕节市 151 个未出列贫困村、梅州市 9 个未出列贫困村；贵州省毕节市 39 个广州市工商联结对帮扶贫困村及其他广州市对口帮扶地区等，助力广州打赢脱贫攻坚收官战。

饮水思源，不忘初心。在 2020 年中国农民丰收节大会暨广州市系列庆祝活动中，海大集团作为本次系列活动的重要承办方，主动提出开展"千猪送千村"行动，向广州市辖区的所有行政村，也就是 1144 个行政村，送上 1144 头猪，共计金额近 600 万元，用于慰问低保低收入对象、特困人员、留守老人、孤寡老人、困境儿童、重度残疾人等。2020 年是全面建成小康社会的关键之年，广州市成功实现所有贫困村脱贫摘帽，但在农村地区仍然存在各类原因产生的困难村民和弱势群体，在中国农民丰收节的喜庆时刻，海大集团希望通过开展"千猪送千村"行动，为这些困难村民送上温暖与祝福，一同分享丰收带来的喜悦，为助力实现乡村振兴、全面建成小康社会贡献绵薄之力。同时，也向因非洲猪瘟重创的生猪养殖行业，传递全力稳定"菜篮子"工程、引领养户走出困境、重建行业繁荣的信心和决心。

二 经验模式总结

（一）以旗帜为引领，紧跟党和政府号召

十九大报告指出，要动员全党全国全社会力量，坚持精准扶贫，深入实施东西部扶贫协作，重点攻克深度贫困地区脱贫任务，解决区域性整体贫困，做到脱真贫、真脱贫。海大集团坚持精准扶贫，利用"五元赋能"产业扶贫模式建立稳定脱贫机制，大力推进产业扶贫，着力构建大扶贫工作格局，坚持就业优先、创业富民，不断提升服务水平，为帮助农民致富、激活农村经济、促进农业转型贡献海大智慧与海大力量。

（二）以模式为先导，探索造血扶贫新路径

决战决胜脱贫攻坚，既要重结果，也要重过程，更要重机制。打赢这场脱贫攻坚战，关键要注重扶贫协作的思路与办法，变传统的"输血"模式为"造血"模式，要解放思想、拓宽思路，在深化东西部扶贫协作过程中努力打通思想意识、产业发展和人才交流中的"堵点"，实现观念互通、产业互补、技术互学、共同发展。为更好投身乡村振兴和脱贫攻坚战略，海大集团在产业帮扶上不断探索，以海大独特的"五元赋能"产业扶贫模式，运用产业链、产业园、基地、互联网、金融等五大元素赋能贫困户，重点选择具备一定资源但基础薄弱的贫困地区，提供"可造血"式帮扶。这一模式是农牧行业企业在扶贫模式上的一次创新实践。

（三）以产业为重点，扬企业扶贫之所长

脱贫攻坚关键是要抓住产业发展这个牛鼻子，把产业扶贫当成重头戏，当成脱贫的主动脉。海大集团作为农牧行业的领军企业，在资金、人力、技术、服务等方面具有天然优势。集团将扶贫与企业优势相结合，从产业入手，打开了海大扶贫的广阔天地，也为广大贫困户摆脱贫困提供了优势条件。

（四）以行动为号令，积极奋战在脱贫第一线

在脱贫攻坚战场上，海大人军令如山、令出必行。在广西的大山深处，海大人帮助带动就业约 100 人，为他们提供了一份长久稳定的收入，让生活得以改善；在广东清远，海大人直接带动从业人员 3000 人，带动了 965 户农户脱贫增收，年总产值达 16 亿元；海大人的扶贫足迹遍及贵州、广西、四川、云南、甘肃等省份，以一个个鲜活的乡村振兴故事，为山区贫困农民铺设致富之路。

全链整合组团扶贫：益海嘉里深耕产业精准脱贫模式*

　　2017 年起，益海嘉里开始全面深度参与国家级贫困县蔚县的精准脱贫工作，探索可复制、可持续的市场化精准脱贫模式。立足蔚县绿色优质的谷子产业，与上下游合作伙伴一起探索建立了以"订单种植、盈利反哺、品牌营销、全链整合"为特色的蔚县产业精准脱贫模式。2018 年，益海嘉里结合乡村振兴战略，以产业扶贫、教育扶贫、就业扶贫等项目为基础，县企合作启动美丽乡村建设规划，长久、持续带动当地经济发展和农民脱贫致富。

在习近平总书记发出全面脱贫攻坚奔小康的号召后，益海嘉里集团董事长郭孔丰先生表示，中国的贫困地区虽然落后，但一般都具有良好的生态环境和特色的农副产品，是生产绿色优质粮油食品很好的原料，只是由于信息不通、交通不畅、种植分散，这些好产品很难卖上好价钱。益海嘉里这样的规模化粮油企业集团，理应响应总书记的号召，发挥自身的优势为国家的脱贫多做些有益的事情。总经理们要多去考察贫困地区，帮助这些贫困地区解决产销对接的难题，帮助贫困农民增收脱贫。

益海嘉里集团在考察蔚县后提出，完成全面脱贫任务，单纯依靠政府，不仅会让财政背上沉重的包袱，而且见效也比较慢，需要全社会的积极参与，必须尽快做两个方面的工作：一是要马上倾集团之力，把集团品牌、营销资源与蔚县的小米等农产品资源全面对接，同时必须动员上下游的合作伙伴共同参与；二是尽快摸索方法、总结经验，形成一种可推广、可复制的产业脱贫模式，吸引各行各业更多有社会责任的企业各自发挥所长，集社会之

---

　　* 案例素材由益海嘉里金龙鱼粮油食品股份有限公司提供，南方周末中国企业社会责任研究中心进行编辑。

力带动蔚县相关产业同步发展，只有这样，蔚县才能全面实现真脱贫、脱真贫。

一 项目实施举措与成效

2017年3月，益海嘉里集团成立了蔚县精准脱贫工作领导小组。当年益海嘉里在蔚县县委、县政府及当地龙头企业的协助下签订了第一批实验性订单，覆盖13个村、635户，总计5610亩（未包括果庄子等村）。截至2017年底，首批试验性订单谷子收购工作全部完成，共计收购谷子1502吨，收购均价4872元/吨，每吨高于市场价1013元。从2017年试验效果来看，小米产业扶贫项目可实现种植户户均增收2395元，效果显著。2017年，益海嘉里向蔚县贫困户定向返还资金11.25万元。2018年，益海嘉里利用小米利润60余万元资助果庄子村建设文化广场、村民卫生所、村民活动室、阅览室和浴室等公共设施，改善人居环境。

在2017年试验订单的基础上，益海嘉里从2018年起逐年扩大小米订单种植规模，让更多的蔚县小米种植户种粮有奔头、增收有保障，共同分享小米产业发展成果。为了把蔚县小米产业脱贫做实做强，2018年益海嘉里在蔚县投资建成万吨级小米加工厂，帮助蔚县政府将贡米产业打造成特色扶贫产业，形成小米生产基地种植、合作社组织收购、金龙鱼品牌销售等环节的产业链，辐射带动贫困户参与产业发展。除了小米，益海嘉里还把自身产线优势与蔚县荞麦、杂粮等地方特色农产品优势全面对接，逐步调整优化蔚县农业种植结构，多渠道、多产线惠及蔚县农业。2019年与5个种植合作社签订合同，订单种植面积达1.8万亩，覆盖种植农户600余户，其中80%为贫困户。2020年，益海嘉里将继续扩大订单种植面积，已与7家小米种植合作社签订近30000亩谷子种植订单，覆盖13个乡镇、81个村，帮助更多农民增收致富。在益海嘉里等爱心企业的帮扶下，通过蔚县民众的不懈努力，2020年2月29日河北省政府正式宣布蔚县脱贫摘帽。

（一）产业扶贫，为精准脱贫提供有力支撑

蔚县是环首都贫困带和燕山—太行山特困片区的双重点县，现有贫困村182个，贫困人口25562户42759人，贫困面积大，脱贫任务重。蔚县小米是中国传统的"四大贡米"之一，具有悠久的种植历史，是中国地理标志产品。目前，蔚县贡米种植面积15000亩，其中有机基地4500亩；现有65家贡米收购经营企业，具备一定规模化生产、经营的条件。

益海嘉里蔚县精准脱贫项目源自2012年起益海嘉里员工在蔚县的义务植树活动。在这个过程中，集团员工了解到蔚县贫困情况，通过捐款捐物帮扶贫困家庭及困难学生。2015年起，员工开始溢价收购果庄子村贫困学生家庭的谷子，委托加工成小米销售，并利润反哺当地，用于支持贫困户提高生活质量，尝试变"输血"为"造血"，立足当地资源解决贫困问题。2017年，集团正式发起小米产业精准脱贫项目，利用集团品牌、营销、管理等优势助力蔚县产业脱贫。这是益海嘉里集团首次有规划、成系统地深度参与贫困县产业脱贫攻坚工作，也是外资和华侨企业群体中参与产业精准脱贫的先行者。

益海嘉里蔚县产业精准脱贫项目采用的模式是"订单种植、全链整合、品牌赋能、盈利反哺"。

1. 订单种植

在政府协助下，当地龙头企业和谷子种植专业合作社组织贫困户订单化种植绿色优质的谷子。公司溢价收购订单谷子，并按照严格的质量标准，委托当地小米加工龙头企业加工成"金龙鱼·爱心桃花"品牌小米。借助"金龙鱼"品牌的号召力和集团强大的营销渠道，让蔚县小米进入千家万户，并实现增值。销售所得利润全部返还当地用于扶贫开发，与政府共同改善贫困村镇生产生活条件，完善基础设施，定向帮扶特困家庭。

2. 全链整合

产业链上下游共同参与，奠定模式运行基础。益海嘉里以小米加工为核心，把上游谷子订单户和集团电商、经销商及渠道客户串联起来，整合全产

业链资源共同参与，克服了过去单纯给钱给物、发展种养业等做法的缺陷，既管产又管销，打造产业扶贫模式的升级版。

组团式扶贫，发挥行业龙头企业的示范引领作用，是益海嘉里蔚县扶贫项目的一个重要创新，在实际操作中也取得了良好的效果。比如京东、华联超市、沃尔玛等销售方作为该项目的参与者，主动减免爱心小米在其系统中的各种渠道费用，使更多的资金可用于蔚县脱贫事业。在益海嘉里的示范带动下，越来越多的爱心企业开始关注并参与蔚县精准脱贫工作，为蔚县脱贫事业贡献力量。

全链整合，产业链上下游共同参与，奠定运行基础

益海嘉里以小米加工为核心，通过订单种植，溢价收购农户谷子，把上游谷子订单户和集团电商、经销商及京东、华联、沃尔玛等分销渠道串联起来，整合全产业链资源共同参与。未来还将向品种改良、小米深加工产品研发方向延伸。

盈利反哺，社会资源注入脱贫事业，形成正向循环

产品销售纯利润以扶贫基金的形式投入蔚县的脱贫事业，与政府共同改善贫困村镇生产生活条件、完善基础设施，定向帮扶特困家庭，实现持续扶贫正向循环

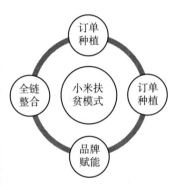

品牌赋能，提高产品附加值，脱贫资金来源有保障

益海嘉里通过"金龙鱼""海皇""香满园"等著名品牌为蔚县贡米赋能，精心打造"金龙鱼·爱心桃花"品牌小米，为优质小米插上品牌翅膀，让蔚县小米实现溢价增值

图1　益海嘉里小米扶贫模式

3. 品牌赋能

通过品牌提高产品附加值，培养内生脱贫动力，增强产业造血能力。益海嘉里通过"金龙鱼""海皇""香满园"等著名品牌为蔚县贡米赋能，精心打造"金龙鱼·爱心桃花"品牌小米，为优质小米插上品牌翅膀，让蔚县小米实现溢价增值。未来集团还会与当地政府、合作社共同打造"蔚州贡米"的区域品牌，并制定标准，提高贫困地区的内生脱贫动力，这种模式更符合市场规律，更具有可持续性。

4. 盈利反哺

把小米利润全部用于蔚县的脱贫事业，让脱贫资金拥有源头活水，实现

良性循环。益海嘉里把小米销售纯利润以专项资金的形式全部投入蔚县的脱贫事业，形成闭环，首尾相衔，互相促进，实现良性循环。

（二）教育扶贫，斩断贫困代际传播

益海嘉里认为，扶贫必须与扶智、扶志相结合。提供良好的教育机会是斩断贫困代际传播最有效、最可行、最根本的途径。尽管教育扶贫的效果需要较长的时间周期才能体现，但这能够帮助贫困家庭实现稳定脱贫。

为此，益海嘉里借鉴此前在全国开展扶贫助学活动的成功经验，在蔚县开展以下教育扶贫工作。

1. 爱心小米定向帮扶

每销售一袋金龙鱼爱心桃花小米即提取一元钱捐赠给中国儿童少年基金会，定向用于帮扶蔚县发展儿童少年教育成长项目。

2015年起，益海嘉里员工自发组织"一对一"帮扶蔚县果庄子村完小学生26人，资助金额8万多元。2016~2017年为了激励孩子更加刻苦学习以及老师更好的教学，奖励优秀学生和老师金额近2万元。2017年3月，集团决定承担果庄子村完小60名贫困家庭儿童从小学到大学的全部费用，使该村42户贫困户实现就学"零负担"。同时，益海嘉里集团及郭孔丰先生个人捐资50多万元，积极帮助果庄子村完小改善办学条件。2017年11月，益海嘉里与中国儿基会达成定向捐赠协议，为更多蔚县贫困家庭儿童的就学帮扶活动提供机制保障。

2. 改善当地教育条件，建设助学中心

2019年9月8日，益海嘉里与蔚县政府合作，捐资4500万元在扶贫搬迁人口聚居区建设的一所六轨制、1600名学生规模的高标准的公益小学——蔚县益海小学正式投入使用，现有14个教学班，缓解了当地教育资源匮乏问题，持续资助支持当地贫困村镇中小学改善办学条件、提高教学质量。2019年11月，与之配套的蔚县益海助学中心启用，可容纳100多名孤儿的助学中心，可让孤儿得到家庭般的全方位关心照顾，健康成长，以完整人格融入社会。

（三）着眼长远，不断丰富完善精准脱贫模式

在小米产业扶贫和教育扶贫项目的基础上，益海嘉里不断丰富和完善蔚县精准脱贫模式。

1. 扶贫先扶志，开展就业帮扶

扶贫先扶志，不让有劳动能力的贫困人群形成"等靠要"的思想。为了让适龄青年拥有一技之长，提高就业能力，益海嘉里面向蔚县本地为小米加工厂招录员工，并持续提升员工专业能力；从当地高中、中专毕业的贫困家庭待业青年中选拔可塑之才，由益海嘉里集团资助到扬州旅游商校金龙鱼烹饪班接受国内顶级餐饮大师的培训，使其拥有一技之长自食其力；与蔚县职教中心合作委培专业技工，定向委培定点实习，培训合格后为其在京津冀区域集团工厂安排就业。益海嘉里希望通过这些努力，达到"一人就业全家脱贫"的效果。

2. 打造田园综合体，建设美丽乡村

党的十九大报告提出乡村振兴战略，解决城乡发展不平衡问题。益海嘉里集团董事长郭孔丰认为，蔚县要全面实现真脱贫、脱真贫的目标，仅依靠小米产业是不够的，应该以乡村振兴战略为纲领，与政府携于建设美丽乡村，让蔚县农民更富，让蔚县农业更强，让蔚县乡村更美。作为国家级历史文化名城，蔚县不仅有绿色优质的农产品，还有深厚的文化底蕴和丰富的自然景观。益海嘉里计划与蔚县政府及文旅行业龙头企业携手，共同打造田园综合体项目，吸引周边省份短途游客周末到蔚县体验田园风光和历史文化。通过美丽乡村建设，助力乡村振兴，持续地带动当地经济发展和贫困人口脱贫致富。

3. 推进三产融合，发展订单农业

除了蔚县，益海嘉里还积极挖掘其他贫困地区的特色农业资源，助力农民脱贫。益海嘉里每年投入30多亿元资金，从80多个国家级贫困县收购农产品近100万吨，并通过订单农业等"三产融合"机制让农民享受到加工增值的收益，带动贫困人口脱贫。2018年，益海嘉里在兴安盟合资建立集团首家制糖企业——内蒙古荷丰农业股份有限公司，发展甜菜产业，带动当地脱贫减贫。在

黑龙江五常、辽宁盘锦等 29 处优质大米产区建立生态种植基地，与农户签订种植订单，提升了水稻的品质，让农户增收增产。在山东，益海嘉里（兖州）粮油工业有限公司建立了原料生产基地，推广种植优质小麦 46 万亩，通过"公司 + 合作社（协会）+ 农户（农场）"的订单农业运营模式，让农民降本增效。

益海嘉里的蔚县产业精准脱贫模式可推广、可复制，充分践行"前端惠农、后端惠民"，不仅助力中国农业供给侧结构性改革，对推动农业转型升级、共同建设环境友好型社会也有积极作用。

二　经验模式总结

益海嘉里蔚县产业精准脱贫模式破解了贫困县产业扶贫难题，确保了农户通过生产实现增收脱贫的稳定性和可持续性。该项目对于企业参与产业精准扶贫具有以下可借鉴经验。

（一）落实产业扶贫，动员多方力量

产业扶贫需政府、企业、社会等多方参与，蔚县产业精准脱贫模式发挥了企业在资金、技术、品牌、市场等方面的优势，政府也找准了定位且积极提供帮助，赢得了企业的信任，使合作之路越走越宽。

（二）因地制宜发展产业，遵循市场规律

产业扶贫须因地制宜，遵循市场规律，蔚县将小米作为特色产业支点，充分考虑了贫困人口现状、认知接受能力和产业适应性，让扶贫产业可操作、易推广、能受益。

（三）善于创新，打造全链整合的组团式扶贫

产业扶贫要善于创新，全链整合的组团式扶贫应发挥行业龙头企业的示范引领作用，带动产业链上下游共同参与，这是益海嘉里蔚县扶贫项目的重要创新，在实际操作中也取得了良好的效果。

电力行业：扎根基层普惠民生

国网四川电力适应区域特点的精准扶贫管理 *

国网四川省电力公司充分发挥电网在经济社会发展中的基础性作用，担当"为美好生活充电、为美丽中国赋能"的企业使命。公司明确扶贫定位，建立组织保障；精准实施电力扶贫开发项目，为脱贫注入"新动力"；免费培养"三定生"，实施就业扶贫；因地制宜发展特色产业；加强教育引导，开展扶志教育活动；建立长效机制，规范扶贫管理。将扶贫工作与企业发展战略紧密联系起来，结合当地实际，将物质与精神、当前与长远扶持相结合，发挥互联网和电力系统的优势，实施贫困地区电力扶贫开发、就业扶贫、产业扶贫、扶志教育等，点面结合，实现扶贫带动一片、脱贫辐射一片。

---

* 　案例素材由国网四川省电力公司提供，南方周末中国企业社会责任研究中心进行编辑。

在我国，扶贫开发事关全面建成小康社会，事关人民福祉，事关国家长治久安。确保 2020 年农村贫困人口实现脱贫，是全面建成小康社会最艰巨的任务。四川是全国脱贫攻坚任务最重的省份之一，全省共有 88 个贫困县，11501 个贫困村，贫困村数量居全国第一。四川也是全国第一大彝区、第二大藏区，彝区藏区是脱贫攻坚的主战场，也是贫困程度最深、脱贫任务最重、脱贫难度最大的地区。对此，电网企业精准扶贫管理是满足确保国家如期全面建成小康社会的需要。

深度贫困地区存在电网建设网架结构薄弱、供电质量偏低、产业扶贫项目单一、教育事业发展滞后等问题。电力作为一种先进的生产力，是国民经济的基础能源保障，电力行业在精准扶贫工作中具有公共服务企业平台优势、管理优势、人才优势。对此，电网企业精准扶贫管理是完成电力行业在脱贫攻坚中承担特殊使命的需要。

国家电网公司把扶贫工作纳入企业发展战略，国网四川省电力公司供区内贫困县 70 个、贫困村 8536 个。2019 年，四川省内国网供区有 28 个贫困县、1009 个贫困村、35 万贫困人口需完成脱贫任务。国网四川电力扶贫任务重、难度大，需要站在推进西部发展的高度，主动承担社会责任。对此，电网企业精准扶贫管理是满足适应区域特点扶贫管理的需要。

一 项目实施举措与成效

国网四川电力在参与大扶贫格局的建设中，切实联系当地实际，将物质与精神、当前与长远扶持相结合，发挥互联网和电力系统的优势，实施贫困地区电力扶贫开发、就业扶贫、产业扶贫、扶志教育等，点面结合，带动一片、辐射一片，探索扶贫攻坚领域的有效模式。

（一）明确扶贫定位，建立组织保障

国网四川电力在精准扶贫工作中找准定位，将扶贫工作与企业发展战略紧密联系起来，明确扶贫定位，建立组织保障。

1. 确定总体目标

国网四川电力依托行业优势，按照"脱贫是起步、小康要迈步、致富不停步、文明大进步"的帮扶新思路，瞄准扶贫，突出精准，实施为四川省"四大片区扶贫攻坚行动""五大扶贫工程"提供优质电力保障、对口帮扶、志愿服务等重点推进工作，确保全面消除无电户、农村现存"低电压"问题，实现贫困地区农村电网改造全覆盖、供电服务均等化。加大对供区内142个定点帮扶贫困村的支持力度，因地制宜推动扶贫点（贫困村）产业扶贫、基础设施建设、就业扶贫、教育扶贫等项目实施，助力地方政府打赢脱贫攻坚战。

2. 设立扶贫管理组织机构

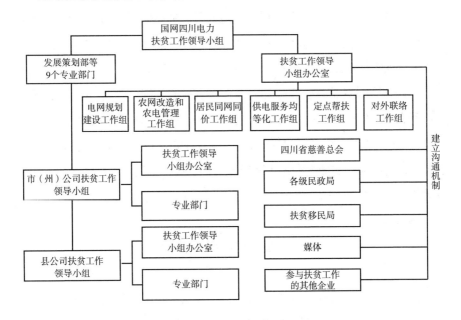

图1　国网四川电力扶贫管理组织机构

国网四川电力成立扶贫工作领导小组，统一领导企业扶贫工作，负责三级定点帮扶贫困村脱贫攻坚工作，研究解决工作中的重大问题。设立扶贫工作领导小组办公室，负责贯彻落实扶贫工作领导小组决策事项、统筹实施定点扶贫工作、进行联络宣传、考评建议等。领导小组办公室下设6个专业工作组，负责组织开展本专业扶贫工作。

扶贫工作领导小组办公室还与四川省慈善总会等相关单位及媒体、其他企业、个人和团体建立沟通机制，邀请其到定点帮扶贫困村现场调研，共同解决精准扶贫工作中遇到的困难、难题，推进精准扶贫工作顺利完成。

（二）精准实施电力扶贫开发项目，为脱贫注入"新动力"

贫困地区电网面临农网供电能力和供电质量不高、电力普遍服务水平欠佳、年度发电指标较低、水电工程留存电量比例不足等问题。

1. 加快实施贫困地区电网建设，保障产业发展

国网四川电力完成"两年攻坚战"三个专项农网建设任务，进行110千伏及以下各类农网改造；进行机井通电工程、小城镇（中心村）电网改造升级，实现520个自然村通动力电；为贫困群众新居提供电力保障，完成13万余户易地搬迁、3.5万余户彝家新寨和藏区新居的供电服务工作；开辟绿色通道，为3859个农村产业项目投产通电，满足农副产品加工、养殖等产业的发展需求，为贫困群众增收创造有利条件。

2. 发挥大电网枢纽作用，保障贫困地区资源优势转化为经济优势

国网四川电力积极服务深度贫困地区资源开发，深入挖掘"电能替代"市场潜力。为把四川甘孜藏族自治州、阿坝藏族羌族自治州和凉山彝族自治州丰富的水电、风能、太阳能等资源转化为经济优势，将得天独厚的清洁能源转化为脱贫攻坚的资源优势、产业优势，国网四川电力建成藏区彝区五大水电送出通道，推动雅砻江（中游）、白鹤滩等水电送出，全力缓解"窝电"难题，保障三州地区4200万千瓦清洁能源并网。

3. 实施人才帮扶、跨区域劳务协作，提高藏区县级供电公司管理质量

国网四川电力组织下属16个市（州）供电公司对口帮扶29个藏区县级供电公司，以1年或2年为周期，从对口帮扶单位选派符合条件的管理、技术和技能骨干人员进入藏区开展人才援藏，每轮帮扶周期为2年，援藏人员除了完成岗位工作外，还以"师带徒"方式培养藏区人才。同时，为缓解藏区电网生产运维压力，企业依托内部人力资源市场平台，由超员单位承接藏区以变电运维为主的生产业务，实现人力资源在全省公司范围内跨区域流动。

（三）实施就业扶贫，提高就业脱贫覆盖面

由于基础设施和基本公共服务发展滞后，贫困地区难以吸引和留住人才，教育资源匮乏导致人才培养力度不足、实用性技能缺乏。

1. 免费培养"三定生"，企业内部安置就业

国网四川电力对四川藏区招收定向生，免费培养，为藏区电网建设培养、储备电力人才。在藏区分县开展定向招生，全额资助藏区"三定生"全免费就读。三年学习期满取得普通高职（专科）毕业证书，通过国家电网招聘统一考试合格的同学，由学校直接派遣到定向安置单位就业，成为市州供电公司正式员工。

2. 实施技能脱贫，丰富就业渠道

国网四川电力牵头建立"扶贫帮扶培训专家库"与村民分享培训资源。与当地培训机构合作，就近聘请专业师资，培训当地人员从事电工技术、泥瓦匠等技术工作，帮助他们掌握一技之长、脱贫致富。国网四川电力结合当地政府生态旅游扶贫规划，邀请专业师资对有意愿的贫困户在创业管理、农家乐经营、乡村旅游、绿色康养等方面进行指导。引入专业力量，联合全国人大代表乔进双梅成立彝绣专业合作社，组织定点帮扶七村一乡的贫困妇女参加彝绣培训，助力当地群众在传承民族文化的同时实现就业脱贫致富。

国网四川电力重点支持有脱贫意愿和外出务工经历的村民成为致富带头人，组织发动致富带头人加入农民专业合作社，推动自主创新能力、集约集聚发展水平不断提升，最大限度地发挥致富带头人的示范和辐射带动作用。

（四）因地制宜发展特色产业

四川深度贫困地区产业发展基础薄弱，大部分农产品仍停留在出售原材料和初级加工阶段。村集体经济动力不足，扶贫效果的可持续性弱。乡村旅游扶贫、电商扶贫等新兴扶贫产业发展成熟度低。

1. 科学建设产业项目

针对不同贫困地区的现状，国网四川电力与各级政府建立常态沟通联系

机制，形成"政府主导、群众主体、电力助推"的局面。国网四川电力多次邀请四川大学、四川农业大学等高校和各级农科院的专家对142个贫困村农业资源进行考察。科学化验分析土质、水质及气候环境因素，结合当地物产，科学论证扶贫产业项目，协同各贫困村合作社制定发布统一的农产品生产规范、标准，完善质量管控体系，提升农产品品质，打造生态无公害农产品。

2. 打造绿色产业品牌

国网四川电力分别在乐山市马边县和凉山彝族自治州喜德县成立扶贫开发农业公司，打造"彝兴"和"丽火"两个绿色品牌。基于"互联网+"，采取"公司+合作社+农户+电商"产业发展模式，拓宽产品销售渠道，建立种养殖项目视频管控系统，策划品牌营销，突出大小凉山地域特色，提升品牌影响力。

3. 规范和推动集体经济发展

国网四川电力依照相关法律法规，指导合作社建立《合作社章程》《财务管理办法》等制度和资产代管机制，创新性地引入理事会、监事会等执行和监管机构，规范合作社管理。积极融入现代化销售平台，力保"百合""青刺果"等扶贫产品有产量、有销量，壮大集体经济，实现从"输血式"扶贫到"造血式"扶贫的转变。

（五）加强教育引导，开展扶志教育活动

部分贫困地区存在"因懒致贫、因赌致贫、因婚致贫、因子女不赡养老人致贫"等不良现象。高额彩礼、薄养厚葬等习俗带来的举债致贫也是当地长期贫困的一个重要因素。一些贫困村民对扶贫工作的认识有偏差，对产业扶贫抱有怀疑的态度。

1. 建立激励约束机制，倡导文明新风

国网四川电力在阿吼村推广"文明新风村民积分制"，对村民卫生习惯、守法新风、勤俭新风等方面表现进行分值量化。村民可凭积分到"国家电网"爱心超市兑换生活用品和劳动工具。开展"养殖能手劳动竞赛""文明新风好家庭"等竞赛，优胜者不仅可以获得物质奖励，还可以获得更多外出培训

技术的机会。开展火把节歌舞晚会、柔力球太极拳等文体项目送教下乡活动，成立文体工作小组，丰富贫困地区村民的业余生活。开展"厕所革命"活动，村委会公厕、村民家用厕所全部由旱厕改为水厕，新建了全省首个村级污水处理厂。

2. 宣传现代文明理念，改变贫困户落后思想习惯

国网四川电力因户施策教育引导，开办农民夜校，建立 4 所"四川青少年活动中心"、210 所"川电留守学生之家"，组织 15 万余人次参与志愿服务活动。开展"光亮宝宝""脱贫标兵"等评比活动，提倡喜事新办、丧事从简，减少村民攀比和婚丧嫁娶的铺张浪费现象，切实降低村民负担，减少举债致贫现象。

（六）建立长效机制，规范扶贫管理

为了保障扶贫工作如期完成目标，国网四川电力完善稳定脱贫长效机制。

1. 培养锻炼素质过硬的脱贫攻坚队伍

国网四川电力加强扶贫干部的选配，派出扶贫干部 207 人，健全扶贫干部档案，从政治思想、工作经验、综合素质、扶贫思路等方面对干部进行综合考核，保证选派到扶贫一线的干部真正有能力、能干事、热情高。

强化扶贫干部能力提升，实施扶贫工作全面培训，落实分级培训责任，提高扶贫干部队伍的思想认识、综合能力，增强扶贫工作本领。加强对扶贫干部跟踪管理指导和关爱激励，走访扶贫干部家庭，了解老人健康、子女上学等情况，消除扶贫干部后顾之忧。将"精准扶贫"工作成效纳入对责任人的考核中。对于表现优秀的扶贫干部、基层干部，注重提拔使用，制定强化干部担当作为、促进干事创业的 20 项措施，从而探索出一套在艰苦地区培养锻炼干部的模式。

2. 加强扶贫工作的监督检查

国网四川电力重点对扶贫任务落实、扶贫干部选派管理、扶贫捐赠资金规范使用和扶贫领域作风治理进展等情况开展督查巡查。加强警示教育工作，深入学习纪检监察机关查处的扶贫领域典型案例。制定对外捐赠有关管理办法和意见要求，建立参与扶贫工作体系流程，做好扶贫资金的专项管理工作。

3. 依托信息技术，提高扶贫管理质效

国网四川电力结合电网建设系统，将所有扶贫电站信息免费接入电力光伏云网，村民可以通过手机客户端实时查看电站运行状况和预期收益，增强其参与感和获得感。在国务院扶贫办指导下，依托光伏云网建成"全国光伏扶贫信息管理系统"，为政府精准施策、有效监督、规范管理提供支撑。

（七）扶贫成效

1. 形成一套符合企业特点的扶贫方式，推动企业管理提升

国网四川电力通过精准实施电力扶贫开发项目，缓解了"窝电"难题，提高了企业外送电量能力；改善了藏区供电企业人力资源现状，促进了藏区供电企业安全生产和经营管理水平的全面提升。通过实施定点帮扶，一方面解决了藏区县公司技能人才长期缺乏的问题，另一方面提升了干部担当作为、干事创业的能力。项目成果入选国家扶贫办出版的《决胜 2020 脱贫攻坚学习笔记》和《社会力量参与脱贫攻坚实践案例研究蓝皮书（2018 年）》、人民日报社《中国经济周刊》出版的《中国企业社会责任 20 个案例》，并在四川省扶贫工作会、中国优秀扶贫案例发布会等会议上进行交流，在国网系统和四川省得到了推广应用。

2. 如期完成精准扶贫目标

截至 2019 年底，国网四川电力在贫困地区电网建设投资 234.06 亿元，为 240 万贫困人口脱贫提供了强有力的电力保障，无一人一户因电力原因影响脱贫。"十三五"期间，外送清洁电 460 亿千瓦时，带动经济效益 250 亿元。积极推进涉藏州县 15 个小水电供区接收，投入 180 亿元用于 29 个深度贫困县电网建设，3706 个村受益，惠及 186 万人。

自 2016 年以来，在定点帮扶村投入扶贫捐赠资金 2705 万元实施产业、智力、爱心帮扶等项目，在喜德县、马边县成立扶贫农业公司，打造"丽火"

和"彝兴"特色品牌，因地制宜开展特色中药材种植与传统养殖项目，其中阿吼村贫困户人均年收入从 2015 年的 1500 元增长到 2019 年的 8979 元。依托四川电力职业技术学院教育资源优势，采取"定向招生、定向培养、定向安置"的"三定生"方式，免费培养涉藏州县贫困学生 886 人，并使其毕业后到当地供电企业就业。在凉山州盐源县塘泥湾村，驻村第一书记手把手指导学生家庭制定教育规划，指导学生明确学习计划及升学方向，4 年来塘泥湾村先后有 61 名学生通过高考走出大山、走进大学校园，该村成为有名的"大学村"。

3. 企业品牌影响力显著提升

国网品牌在贫困地区的知名度、影响力、美誉度提升，特别是"一乡一品""红细胞"等扶贫公益项目受到群众的认可，企业的发展也得到了社会各界的关注和支持。国网四川电力先后荣获"四川省定点扶贫工作先进单位""民生示范工程""四川十大扶贫爱心组织"提名奖等荣誉称号。78 位扶贫干部被各级党委、政府表彰为"脱贫攻坚先进个人"。"马边扶贫联盟"获评第四届中国民生发展论坛大会"民生示范工程"、全国学雷锋志愿服务"四个 100"最佳志愿服务项目。7 名第一书记被中国民生发展论坛组委会评为"精准扶贫带头人"。企业行风测评居全省前列，"获得电力"指标在营商环境 7 个指标中排首位。

二 经验模式总结

（一）形成定点扶贫五步工作法

国网四川电力发挥企业整体优势，探索出符合企业特点的定点扶贫"五步工作法"，解决了"扶持谁、谁来扶、怎么扶、如何退"的问题。

第一步	第二步	第三步	第四步	第五步
建档案	抓培训	搞竞赛	搭平台	建联盟
精确定计划	精细授技能	激励促成效	产业成体系	合力奔小康

图 2 定点扶贫"五步工作法"

"五步工作法"：第一步，建档案、精确定计划。企业驻村干部、第一书记挨家挨户上门，充分调研对口帮扶的贫困户。政府、专家、国网四川电力多方会诊找"穷根"，建立起"一户一档"、因"病"施治，并引入里程碑管控制订"一户一策"帮扶措施。第二步，抓培训、精细授技能。牵头建立"扶贫帮扶培训专家库"，与村民分享企业培训资源。向村民提供免费的专业种植、养殖技术服务以及防疫、防病等技术支持。第三步，搞竞赛、激励促成效。引入激励机制，开展"生态鸡养殖能手劳动竞赛""文明新风好家庭"等竞赛，优秀者将获得物质和精神奖励。第四步，搭平台、产业成体系。帮助贫困村成立合作社，打造完整的生态农业产业链，创建和打造电商品牌，通过"互联网＋"形成完整的生态农业帮扶体系。第五步，建联盟、合力奔小康。积极沟通政府、企业、专业机构、扶贫领域专家、媒体等，倡议建立"扶贫联盟"，通过共享扶贫成果和分享投资经验，更广泛地吸引优质社会资源参与扶贫。

（二）免费培养"三定生"，企业内部安置就业

国网四川电力与四川省教育厅合作，按照"定向招生、定向培养、定向安置"的培养方式，对四川藏区招收定向生，免费培养，为藏区电网建设培养、储备电力人才。实施"1+2"模式（即入学起点为中专，培养1年经考试考核合格后，转为大专学习2年），在藏区分县开展定向招生，并将学院单独划归为"1+2"招生提前批录取学校。

国网四川电力全额资助藏区"三定生"全免费就读。"三定生"在校学习期间学费、住宿费、书本费全免，每人每月领取600元生活补助费，报销每学期往返家校车费。学习期满取得普通高职（专科）毕业证书且通过国家电网招聘统一考试合格的同学，由学校直接派遣到定向安置单位就业，成为市州供电公司正式员工。

（三）助力贫困地区打造绿色产业品牌，规范和推动集体经济发展

国网四川电力避免产业扶贫的同质化、短期化和低端化倾向，推动完善

新型农业经营主体与贫困户联动发展的利益联结机制，推广股份合作、订单帮扶、生产托管等有效做法，实现贫困户与现代农业发展有机衔接。

例如，国网四川电力依托集体企业平台，分别在乐山市马边县和凉山彝族自治州喜德县成立扶贫开发农业公司，抽调员工专职负责农业公司运营，基于"互联网＋"，采用"公司＋合作社＋农户＋电商"产业发展模式，拓宽产品销售渠道，建立种养殖项目视频管控系统，建立在线监测终端，实现绿色品质全程把控，打造"彝兴"和"丽火"两个绿色品牌。策划品牌营销，设计带有民族元素的产品外包装，形成品牌经营，让"生态""绿色""健康""优质"贯穿于农产品生产、销售的整个环节，提升"丽火"和"彝兴"的品牌影响力。

同时积极推动贫困地区农村资源变资产、资金变股金、农民变股东改革，制定实施贫困地区集体经济薄弱村发展提升计划，通过盘活集体资源、入股或参股、量化资产收益等渠道增加集体经济收入，并明确了企业驻村干部不能在扶贫项目中承担工程的制度要求。

"蓝公益"：广东电网扶志扶智点亮小康之路 *

南方电网广东电网公司"蓝公益"志愿服务品牌深耕扶贫工作已经9年有余。"蓝公益"品牌项目扶智扶志工作不断往纵深发展，深化"幸福厨房""光明学堂""温暖村屋"三大子品牌，形成"一大三小"的"扶贫＋志愿服务"品牌战略格局，打出"组合拳"，深度参与脱贫攻坚，在广东三轮扶贫任务中，公司累计为对口帮扶的332个贫困村扶贫工作提供多维度支持。

十八大以来，党中央作出一系列新决策新部署，形成了新时期扶贫开发战略思想，为打赢脱贫攻坚提供了行动指南和根本遵循。十九大提出，到2020年如期实现"我国现行标准下农村贫困人口实现脱贫，贫困县全部摘帽，解决区域性整体贫困"的脱贫攻坚目标。同时，党中央确定的"中央统筹、省负总责、市县抓落实"的扶贫开发管理体制得到了贯彻，"四梁八柱"的顶层设计基本形成，各项决策部署得到落实。

广东电网深入学习贯彻党中央关于扶贫工作的重大精神和决策部署，形成了对脱贫攻坚工作的基本认识，以广东省脱贫攻坚战的目标任务为导向，将南方电网公司打赢脱贫攻坚战的总体要求与广东省、广东电网实际情况有机结合，确定了推进精准扶贫工作的总体思路，统筹推进"行业扶贫、定点扶贫和党建扶贫"三线任务，全力做好再谋划、再出发、严管控、保落实、正风气各项工作，奋力实现广东电网扶贫工作打开新局面，再上新台阶，全面助推广东省如期高质量打赢新一轮扶贫攻坚战。

---

* 案例素材由南方电网广东电网公司提供，南方周末中国企业社会责任研究中心进行编辑。

一 项目实施举措与成效

"蓝公益"品牌项目在"万家灯火 南网情深"的理念支撑下，以"增强贫困人口自我发展能力，助力广东高质量完成脱贫攻坚任务"为总目标，提出为贫困地区"改善用餐环境""改善就学条件""改善生活水平"三项子目标，对应实施"幸福厨房""光明学堂""温暖村屋"三大举措并探索形成九项具体推进路径，针对粤东西北农村的不同实际，精准施策、精准对接。电网"红马甲"的身影走进了千家万户，也让光明照进了孤寡贫困群众的心中，获得了公众的认可和赞誉。

（一）"幸福厨房"小厨大爱，为孩子们送去真情的陪伴

"幸福厨房"始于 2011 年南方电网公司贯彻落实时任中央政治局委员、广东省委书记汪洋同志在"6·30"广东扶贫济困日提出的"建设幸福厨房，让乡村小学孩子们能吃上热腾腾的饭菜"号召。为切实解决贫困地区距校较远的学生中午带冷饭或没饭吃的问题，南方电网广东电网公司（以下简称"广东电网公司"）在广东偏远山区贫困村学校新建或改造学校饭堂，为贫困村师生提供一个可煮热饭、安全卫生的用餐环境，在解决了"吃不饱"的问题之后，着力解决"吃不好"的问题，重点开展了以下工作。

一是建设"幸福厨房"。据统计，广东电网公司已经在粤东西北偏远山区贫困村学校建立起 56 间"幸福厨房"。广东电网公司认真参照广东省级示范点每间 3 万元的建设标准，严格按照招投标采购规定，选取信誉良好企业，制定装修方案，充分尊重学校意见，积极协调施工，派出工程监理，对场地的建设或改造工程进行严格的监督，将"安全"作为第一要务。

二是优化水电设施。按照现代化卫生餐饮场所基础设施建设要求，研究制定厨房建设使用标准，按照烹饪区、用餐区分开原则，优化水电气油气设施划区排布工作，确保餐饮场所用电用水用气设施运作的"绝对安全"。

三是配备餐厨用具。参照广东省级"幸福厨房"示范点建设标准，按照"十个一"的要求高标准配置厨房用具，包括一套电磁炉、一台电饭锅、一台

微波炉、一台消毒柜、一台冰柜、一台电热水器、一台抽油烟机或排气扇、一套操作台、一套餐具储藏架、一套学生餐桌椅。

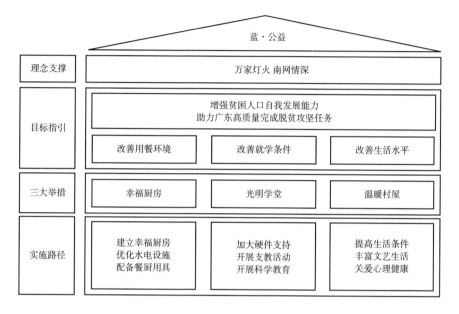

图1 "蓝公益"品牌推进路径

"幸福厨房"正式投入使用，将学生吃上热腾腾午餐的美好愿望转化为现实。此外，广东电网公司结合扶贫检查工作，对各个"幸福厨房"突击检查，做到发现问题即刻整改，择优挂牌，及时总结实践经验，在扶贫工作平台进行分享，做到相互借鉴、整体提升。

幸福对于孩子们而言，不仅是美味可口的饭菜，还在于陪伴他们的志愿者。"幸福厨房"除了带来温饱外，还为小朋友们增添了生活的色彩。广东电网公司志愿者们组织开展包饺子比赛、"幸福厨房为梦想加温"座谈、体育游戏、歌舞联欢等活动，用真情陪伴孩子们快乐成长。

（二）"光明学堂"助学助教，为孩子们插上梦想的翅膀

为助力贫困村儿童拔掉"穷根子"，广东电网公司研究创立了"光明学堂"志愿服务品牌，在各贫困村开展教育扶贫工作，关爱孩子，为他们插上

梦想的翅膀。

一是加大硬件支持力度。改善学校教育设施，平整操场，修缮教室，提高村小学"图书角"藏书量，累计捐赠 588 台全新教学电脑，进一步提升学校电教化水平。广东电网公司定期组织捐赠书籍、学习文具、文体用品及设立奖助学金。

二是开展支教活动。征集志愿者深入经济发展落后地区学校，主动与留守儿童结对帮扶，跟踪掌握其学习情况，适时开展课外辅导。邀请优秀党员、先进模范讲述"雷锋故事"等先进事迹，鼓舞小学生奋发图强。寒暑假期间组织帮扶地区师生前往广州、珠海等珠三角发达地区参观交流。

三是开展科学教育。在户外开展各种安全用电知识小课堂和电力科普课、电力科普片观赏、趣味故事分享，用巡线无人机演示飞行，宣传电力设施保护、安全节能用电知识。为当地的留守儿童带去其未曾接触的科学知识，并定期对学校进行用电检查，开展安全用电教育。

（三）"温暖村屋"结对帮扶，为老人们传递社会的温暖

为给留守村民带去温暖，广东电网公司开展了以下活动。

一是提高生活条件。提供房屋修缮、户内卫生清扫、购买安全家具、排查用电安全隐患、检查更换残旧线路、宣传安全节能用电、排查房屋隐患等服务，为孤寡、失独老人打扫卫生、整理家务，让贫困户用上电、用好电。

二是丰富文化生活。以八一建军节、端午节、重阳节等重要节日为契机，组织志愿者陪老人聊聊天、下下棋、举办文艺汇演等，与老人们共度温馨节日，从物质和精神上让老人们尽享天伦之乐。

三是关爱心理健康。以广东电网公司心理协会为依托，成立以 60 名在职女员工组建的"知心姐姐"专业心理健康志愿服务团队，为贫困村留守老人、儿童开展心理援助，截至 2020 年 8 月底，已经在 139 个帮扶点开展心理健康服务 30 余次，服务约 4000 人次。

陪伴是最深情的告白，奉献是最平实的祝愿。"温暖村屋"不仅为空巢老人与留守儿童带来了精神寄托和安慰，让他们感受到被关心和被需要的温

暖，也展现了企业主动承担社会责任的良好形象。

此外，广东电网公司连续十一年在春节前期间开展"电暖回家路"志愿服务活动，为过年返乡"摩托大军"乡亲们提供志愿服务，为村民过年回家检修摩托车、设立取暖电、赠送果腹食品、分发应急医疗物品等，事迹先后两次被《央视新闻》报道，并被英国广播公司 BBC 收录到纪录片《中国人的新年》。

（四）直接成效：增强贫困人口自我发展能力

"幸福厨房""光明学堂""温暖村屋"各项帮扶举措的实施，在物质方面，改善了贫困村学校、房屋等硬件设施条件，为贫困儿童生活、学习提供了良好环境；在精神方面，拓宽了贫困儿童眼界，提升了贫困儿童的自我发展能力，不断激发脱贫人员内生动力，为阻断贫困代际传递贡献力量。据统计，广东电网公司累计投入扶智扶志资金近 500 万元，派出志愿者约 9.2 万人次，帮助贫困人口近 7 万人，贫困村考上专科以上大学的学生超过 80 名，对口帮扶的 332 个贫困村、18692 贫困户、69821 贫困人口，全部脱贫出列，脱贫率达到 100%。

（五）间接成效：推动扶贫经验成果价值最大化

1. 可复制、推广的创新管理制度

广东电网公司先后制定并在广东全省发布《精准捐赠资金管理工作指导意见》《精准扶贫项目管理工作指导意见》《公司精准扶贫工作指引》《精准扶贫村集体产业项目实施工作指引》《公司"幸福厨房"实施标准》《公司助力高质量脱贫攻坚指导意见》《新时期精准扶贫工作负面清单》《公司精准扶贫项目收益二次分配指导意见》等 8 套管理制度，形成"工作说明书"，在纪律方面保护扶贫干部，时刻绷紧纪律作风的红线；在工作方面指导扶贫干部，让干部迅速上手少走弯路；在后勤方面关爱扶贫干部，关心身心健康和家庭大后方；让广东电网扶贫工作真正做到用心、用情、用功。

2. 打造一批具有社会影响力的志愿服务品牌

树立品牌管理理念，将扶智扶志工作结合 VI 视觉管理，设计统一标识

进行挂牌，提升公众品牌感知度。一方面，以系列主题活动提高品牌知名度。在广东全省共建设"幸福厨房"56间、"光明学堂"80余间、"温暖村屋"超过250间。按照项目化运营模式，加强精准扶贫项目规范化管理，使其在粤东西北贫困地区的知名度不断提升。另一方面，以志愿服务队伍为载体扩大品牌的美誉度。以"中国好人"高峰同志命名的"高峰志愿服务队"，将广东扶智扶志服务带到了云南怒江州国家深度连片贫困地区。"南精灵志愿服务队"十年坚持服务佛山南海麻风村病人。"小候鸟志愿服务队"针对在制造业重镇东莞打工的外来工子女暑假没人照顾情况进行服务，受到央视新闻的关注报道。

3. 创建"全国最好世界一流"央企志愿服务标杆

近年来，广东电网公司荣获"中国精准扶贫可持续卓越企业""全国四个100最佳志愿服务项目""全国优秀志愿服务组织奖""第三届中国优秀扶贫案例""中国企业品牌创新成果奖""电力企业管理创新"（三等奖），连续五年获评广东省扶贫济困"红棉杯"金杯单位，连续两轮（2010~2012年、2013~2015年）获得"扶贫开发'双到'工作优秀单位"、"暖心企业奖"和"南方电网公司精准扶贫优秀集体"等荣誉。同时，公司创作了一系列艺术作品。广东电网公司各级文化达人发挥业余爱好，在扶贫领域形成百花齐放的局面。先后拍摄微电影《我们的一天》《南三听涛》《以勤寻光》《一个供电人的扶贫之路》《守亮我的"心"希望》，创作《奋进小康》《小康路上》等扶贫诗歌和《长大后我也要成为您这样的人》《在希望的田野上》摄影作品，拍摄MV《为梦想加温》《一路有你》《灯火》，撰写《"386199部队"脱贫记》故事受到国务院国资委的高度肯定。

4. 推动扶贫经验成果的广泛传播

一方面，记录每一个幸福瞬间。广东电网公司采用工作纪实形式，将今昔对比照片、基础设施情况、扶智扶志方法、扶贫干部工作手记融入其中，出版《向着幸福出发——广东电网公司扶贫工作纪实》，记录公司在第二轮广东省扶贫"双到"任务中的点滴奉献和帮扶后的贫困户幸福生活。书中叙述扶贫干部针对贫困地区因地制宜制定出一系列脱贫工作计划，实行"一村一策、一户一法"等综合扶贫措施，做到因户施策、因人施策，引导贫困户摒弃"等靠要"的思想，发挥主观能动性、群策群力，从需要"输血"到能够"造血"。该书以娓娓道来的口吻讲述着扶贫道路上的真情实感，感动了无数人。

另一方面，留下带不走的工作队。精准扶贫工作的核心要务主要突出"六个精准"，在项目、对象、派人、资金、措施和成效六个目标要做到精准化实施。要确保扶贫干部走了，贫困村脱贫不返贫，就必须留下完善的工作制度。广东电网公司在 2019 年底出版发行的《广东电网公司精准扶贫实践（2016~2018 年）》，首先阐述解决了扶贫理论、扶贫环境、扶贫理念等思维观念的辩证问题；其次从典型案例、举措和成效等角度出发，探讨项目落地执行等工作支撑；最后，从收录的 13 个故事和利益相关方感言的角度反映了客观成效。该书系统总结了央企参与脱贫攻坚的做法、经验和成效，揭示了工作原理和规律，具有很强的推广价值。该书是国内首个对扶贫工作的收益分配和扶智扶志进行理论研究和经验总结的著作。公司多次受到学习强国平台、中电联、国资委、广东省扶贫办和南方日报等邀请并作经验交流。

二　经验模式总结

（一）开展扶贫理论学习

广东电网公司认真学习贯彻党中央关于脱贫工作的重大精神和决策部署，以及党中央、广东省委省政府、南方电网公司有关工作要求。学以明责，各级党组织负责人牢记自己作为扶贫第一责任人的身份，亲力亲为、一抓到底，把责任扛在肩上，把各项工作要求落到实处。学以致用，各级党组织通过全面深入学习，提高谋划工作的系统性和全局观，加强对扶贫工作的领导和支持。扶贫干部以学习强化本领，牢牢把握脱贫攻坚正确方向，确保目标不变、靶心不散，更好地掌握脱贫攻坚政策和工作方法，增强创造性落实扶贫工作的能力。学以聚力，发动广大干部员工学，切实统一思想，坚定信心和决心，凝聚起广东电网公司上下齐抓脱贫攻坚的强大战斗力。

（二）层层压实责任和任务

广东电网公司以提高脱贫攻坚质量和贫困群众满意度为导向，进一步将贫困村主体责任与企业帮扶责任紧密结合，整体联动，有机衔接，着力完善资金筹措、资源整合、利益联结和监督考评机制，层层压实责任和任务。

广东电网公司扶贫工作领导小组负责学习宣传贯彻落实党中央、广东省委政府和南方电网公司党组关于扶贫工作的各项部署、要求和制度，研究部署广东电网公司脱贫攻坚工作，把握整体方向，做好顶层设计，确定重点工作。广东电网直属各单位扶贫工作领导小组负责承接、细化和落实脱贫攻坚任务，结合地方特点和实际情况，做好年度工作计划制定、措施落实、过程管控、监督检查，推动工作有序开展。驻村工作队负责开展脱贫攻坚具体工作，认真落实广东电网公司扶贫工作各项要求，推动脱贫攻坚各项工作顺序实施，确保相关政策、项目、资金等落地见效。

（三）加强扶贫精益化管控

广东电网公司不断强化扶贫工作精益管控，通过 DMAIC 的精益管理方法，分析影响产业扶贫投入产出效率的影响因素，探索实施"一个龙头＋两项机制＋三套制度"精准扶贫工作模式，做好帮扶地区脱贫摘帽和巩固提升工作。

地产行业：造血扶贫圆幸福梦

"4+X"：碧桂园可造血、可复制、可持续的精准扶贫长效机制 *

自2010年起，碧桂园集团在清远市树山村开展驻村扶贫试点；2018年，碧桂园正式组织召开精准扶贫乡村振兴行动启动会，与全国9省14县达成结对帮扶协议，利用集团资深的产业和资源优势，立足贫困地区实际，制定一村一户的精准扶贫政策，推进党建扶贫扶志、产业扶贫扶富、就业扶贫扶技、教育扶贫扶智，以及因地制宜实施精准扶贫的"4+X"扶贫模式，并围绕"产业兴旺、生态宜居、乡村文明、治理有效、生活富裕"20字总要求，推进产业振兴、人才振兴、文化振兴、生态振兴、组织振兴，积极探索可造血、可复制、可持续的精准扶贫和乡村振兴长效机制。

党的十八大以来，以习近平同志为核心的党中央把脱贫攻坚工作纳入

---

　*　案例素材由碧桂园控股有限公司提供，南方周末中国企业社会责任研究中心进行编辑。

"五位一体"总体布局和"四个全面"战略布局，作为实现第一个百年奋斗目标的重点任务，作出一系列重大部署和安排，全面打响脱贫攻坚战。

习近平总书记指出，坚持精准扶贫、精准脱贫，重在提高脱贫攻坚成效。要解决好"扶持谁""谁来扶""怎么扶"的问题。碧桂园从决心参与精准扶贫、乡村振兴伊始，就认真分析我国精准扶贫、乡村振兴的政策及规划，全面考量贫困人口及贫困地区实际需求，结合企业自身优势，以"可持续发展"为原则，在明确帮扶理念、搭建组织架构、健全管理制度、完善资金管理、配套项目资源等方面做好帮扶工作的顶层设计与前期规划，筑牢帮扶管理基础，解决企业在精准扶贫乡村振兴过程中存在的"扶持谁""谁来扶"的问题，以助力国家打好精准脱贫攻坚战和实施乡村振兴战略，为实现第一个百年奋斗目标作出应有贡献。

碧桂园坚持"做党和政府扶贫工作的有益补充"理念，用商业化模式解决贫困问题，充分发挥企业优势，借助市场化资源，并撬动更多社会力量积极参与，通过可造血、可复制和可持续的减贫模式实现扶贫资源利用最大化和效益最大化，有效助力形成政府主导推进、企业积极参与并获利发展、更多贫困者积极配合并可持续受益的多赢局面。同时，碧桂园将扶贫事业和商业发展深度融合，创新孵化和培育系列社会企业，打造全新的社会自组织形态，通过商业化手段让扶贫更长效，强公益品牌又助力商业更好发展，形成一种互利互推式良性循环，具有很强的创新示范意义。

一 项目实施举措与成效

碧桂园选择将扶贫作为一项主业，积极推进扶贫工作精准化、标准化，以系统条理的组织建设、制度建设来细化民营企业参与扶贫的工作机制，充分运用现代企业管理机制，从体制机制上保障扶贫工作的高效率和可持续性。截至 2020 年 8 月碧桂园累计投入超过 67 亿元，直接受益人数超过 36 万人次，在实践中探索出可造血、可复制、可持续的精准扶贫长效机制。碧桂园"4+X"扶贫模式中的"4"是指党建扶贫、产业扶贫、教育扶贫、就业扶贫等碧桂园集团统一部署的规定动作，"X"是指结合帮扶地区实际拓展的自选动作，切实做到精准扶贫。

表1 碧桂园"4+X"扶贫模式

党建扶贫扶志	产业扶贫扶富	教育扶贫扶智	就业扶贫扶技	X政策
①党建共建行动，提升扶贫动力：增强碧桂园与基层党组织的互动，发挥基层党组织"战斗堡垒作用"②建设重点项目，强化党建引领：通过党建基地建设，打造地方重点项目，提升基层党组织力量③发挥老村长帮扶作用：开展"老村长"百日攻坚行动，助力深度贫困户提升脱贫质量④惠民实事，走访帮扶：开展党员亮岗亮身份活动，实施百余件惠民措施	①利益捆绑与共享机制：通过利益共享、风险共担，建立长期稳定合作②结合受帮扶地培育企业主体：扶贫项目与企业的经营战略挂钩，以企业经验带动改善当地落后的产业结构③长期稳定的产销机制：推动各市场主体与贫困村建立长期稳定的产销关系④落地集团自身产业项目：发挥集团产业规模，在贫困县落地自身产业项目	①贫困学生的免费学校：设立国强职业技术学校、国华纪念中学、广东碧桂园职业学院、临夏国强职业技术学校②改善办学条件：援建学校及附属工程，开展"3+3"教育扶贫行动，改善学生学习生活环境，完善配套附属设施③设立一支基金：捐助帮扶县的建档立卡户中小学至大学阶段的贫困学生④运营"童心港湾"：关爱留守儿童，开展情感陪护等	①开展就业培训：开展残疾人云客服培训班、粤菜师傅培训项目、就业带头人工程，满足市场和农业生产新技术需求②搭建招聘平台：举办大型与专场就业招聘会，提供培训—就业一站式服务	①健康扶贫：光明行动、健康医疗保险、义诊下乡、基层医护人员培训②乡村振兴综合体建设："三清三拆三整治"、"厕所革命"、污水处理及其他公共设施和基础建设项目等，引入人文景观项目及旅游相关业态

碧桂园集团从1997年开始捐助2.1亿元帮扶四川马边、甘洛，到2010年在清远市树山村开展驻村扶贫试点，再由点及面，开展大规模驻村扶贫，覆盖粤、桂、川三省份多个地区，再到全国9省14县全面推进"4+X"模式。截至2020年6月碧桂园的扶贫措施已链接帮扶9省14县337129户建档立卡贫困户。其中，党建扶贫覆盖321362人；教育扶贫覆盖65812人；产业扶贫覆盖94146人，人均增收1237元；就业扶贫已在14县累计实现就业扶贫培训33773人，其中19999人实现上岗就业，共覆盖贫困人口40152人。

表2　碧桂园扶贫历程

1997年	2010年	2017年	2018年
单个项目帮扶阶段	试点驻村扶贫阶段	大规模驻村扶贫阶段	9省14县全面推进阶段
捐资助学、开办慈善学校等，捐资2.1亿元帮扶四川马边、甘洛	试点：在广东省清远市树山村，苗木产业为村民累计增收1200余万元，户均增收达7万元	5亿元帮扶英德整县78个贫困村；覆盖粤、桂、川三省多个贫困地区，带动4万贫困人口全面脱贫	结对帮扶9省14县，共惠及3747个村33.7万建档立卡贫困人口

（一）助力基层社会治理，发挥统一战线优势

在扶贫实践中，碧桂园始终坚持党对扶贫工作的全面领导，深入贯彻党的路线方针政策，认真践行新时代党的建设总要求，坚持"像建好房子一样做好企业党建工作"，发挥碧桂园党组织的战斗堡垒作用和党员的先锋模范作用，将党建贯穿扶贫工作全过程。

在扶贫队伍组建层面，碧桂园秉持"支部建在项目上"的理念，建立一线扶贫项目党支部，确保党对扶贫工作的领导；组织专职党员组成扶贫干部队伍，长期驻扎贫困村从事一线扶贫工作，进一步明确民营企业在脱贫攻坚工作中的责任主体、实施主体、管理主体，确保扶贫工作有序、持续开展。

围绕基层党建、干部培训、集体产业发展、合作管理、集体资金入股、农民合作社培育等多样化渠道进行探索，碧桂园通过党建扶贫对农村集体组织和农民合作组织的发展予以支持，为乡村社会治理培育力量，真正实现了"带不走的扶贫队"建设目标。

1. 党建共建行动，提升扶贫动力

一方面，碧桂园集团党委所属广东省内43个基层党组织与英德78个省定贫困村党组织结对共建；另一方面，在9省14县建立扶贫项目党支部，并与当地77个贫困村党支部结对共建。截至2020年7月，通过特色党课、党员互动、共建活动室、帮扶慰问贫困户等方式开展160多个帮扶活动，有效增强碧桂园与基层党组织的互动，发挥基层党组织"战斗堡垒作用"，提升党员干部带贫活力及贫困户自主脱贫动力。

2. 建设重点项目，强化党建引领

一是党建基地建设。为提升扶贫县基层党组织力量，助力约 50 个基层党支部阵地建设。二是打造宁陕 / 耀州重点项目。在宁陕县（中办挂职）启动核桃产业项目，在耀州（中宣挂职）启动特色民宿（党员活动基地）项目，通过可行性研究现已完成项目的立项和启动。

3. 发挥老村长帮扶作用

开展"老村长"百日攻坚行动，针对深度贫困户，组织"老村长"进行送温暖、送关怀、送农资促生产等活动，助力约 1400 户深度贫困户提升脱贫质量。

4. 惠民实事，走访帮扶

实施惠民实事，开展党员亮岗亮身份活动。发动项目党员，经常性走访贫困户，采用"一户一措施"的方式累计帮扶 800 户贫困户，实施百余件惠民措施。

5. 培训一批驻村第一书记和村支书

以贫困村干部为抓手进行培训，以点带面转变建档立卡户观念，激发贫困户的内生动力，截至 2020 年 8 月已完成约 3.2 万人的线上培训。开展研学活动。截至 2020 年 8 月，共邀请 33 期约 700 人前来碧桂园集团交流学习，间接覆盖 2.5 万贫困人口。

（二）产业扶贫，建立发展长效机制

习近平总书记在连樟村考察时指出，产业扶贫是最直接、最有效的办法，要加强产业扶贫项目规划，引导和推动更多产业项目落户贫困地区。碧桂园充分释放民营企业在资金、技术、市场、管理方面的优势，通过资源开发、产业培育、市场开拓等多种形式到贫困地区参与扶贫开发，与政府及国有企业在扶贫工作中深度合作、长短互补，极大激发了"国民共进"携手扶贫、共生共赢的发展动力。

1. 建立利益捆绑与共享机制

碧桂园坚持与村集体、农户民主协商，通过利益共享、风险共担，建立

长期稳定合作关系。比如，碧桂园在帮扶县推广苗木种植产业，按照"借本你种，卖了还本，赚了归你，再借再还，勤劳致富"的资金运转模式，采用"公司＋合作社＋贫困户"的合作模式，发展集约化、规模化的苗木农场或发动农民采取分散式、房前屋后等形式种植苗木，有效辐射带动当地群众增收致富。截至 2020 年 6 月，碧桂园在 12 个县推广苗木种植近 2000 亩，通过租用土地、解决就业、财政资金入股分红等方式帮扶超 10000 名贫困人口。兴国、田东、平江、蓝田、新河、英德、虞城、东乡等 10 个农场已陆续出货，产值达 7000 多万元。

同时，碧桂园还发展"星火计划"扶贫系列旅游，挖掘 9 省 14 县红色、绿色、古色、特色资源，在当地县委、县政府的指导和帮助下，联合国华文旅完成路线行程设计，通过"走扶贫专线、听特色党课、谈扶贫经验、看特色村庄、购农特产品、尝特色农菜、住乡村民宿"，辐射帮扶县建档立卡户，助力当地经济发展。

2. 结合受帮扶地培育企业主体

在政府搭建的精准扶贫平台上，碧桂园将扶贫项目与企业的经营战略挂钩，以企业经验带动当地改变落后的产业结构，帮助贫困地区寻找经济发展的正确方向。在深入调研挖掘当地农特产品资源的基础上，碧桂园通过扶项目、采订购、建车间推动"一村一品""一县一业"。例如，在江西兴国县隆坪乡龙下村开展标准化养殖基地扶持灰鹅项目；在陕西耀州与当地专业合作社签订手工艺品采购协议，带动深度贫困地区手工艺产业发展；在甘肃东乡县拱北湾村建设厂房实用面积达 2000 多平方米的扶贫车间，可吸纳200~500 名建档立卡户就业。

碧桂园还引入市场合作机制，有选择地在当地培育企业主体。在农产品生产和销售上，通过与相关企业合作，提高贫困群众的组织化程度。与此同时，碧桂园通过实地走访、乡镇政府推荐等方式，在贫困县选择"懂农业、爱农村、爱农民"的返乡扎根创业带头人，为其提供"设基金、建工厂、造品牌、送技术、拓市场"等全方位服务，提高其创富带贫能力，以连接更多贫困户脱贫奔小康，打造一支"不走的扶贫工作队"。目前该项目在 9 省 14

县已惠及 4000 多名返乡扎根创业青年，间接带动近 40000 名建档立卡贫困人口增收脱贫。

3. 建立长期稳定的产销机制

碧桂园具有全国分布的区位优势和多业态经营优势，近年来通过发挥自身市场开拓资源、积累信息、互通优势，推动了各市场主体与贫困村建立长期稳定的产销关系，将需求转换为订单。比如以市场为导向建设绿色苗木培育、黑米种植等一批有特色、效益高、带动面广的扶贫产业项目，促使各市场主体与贫困村建立长期稳定的产销关系，把困难群众嵌在产业链上，让他们有盼头、有事做、有钱赚。

贫困地区有不少优质农产品，但普遍缺乏品牌或者"有地域品牌，无商业品牌"。碧桂园通过自有品牌"碧乡"进行推广，提升产品附加值。碧乡采取产销合作、基地合作等，负责品牌运营和渠道拓展，通过"一品一码"实现产品可溯源、扶贫可追踪，重点解决贫困地区农产品销售问题。截至 2020 年 8 月，已转化 30 县产品 276 款。碧桂园通过打造碧乡农业、国华文旅等社会企业，致力于扶贫产品开发，打通酒店、食堂、社区等市场，销售扶贫产品金额达 1.2 亿元，惠及贫困人口超 11.2 万人。

4. 落地碧桂园自身产业项目

在参与减贫过程中，碧桂园将企业自身的高质量发展模式嫁接到扶贫工作中，引入世界一流的农业生产技术，利用机器人研发优势，规划建设循环农业、智慧农业等现代农业产业园区或农产品加工园区，加快布局农业全产业链新技术、新模式、新业态，把脱贫攻坚放在实现高质量发展、决胜全面建成小康社会的大局中去谋划、去推进。目前，碧桂园已投资建设运营广东德庆贡柑产业园、云南保山农业科技园、天门农业科技园、连樟村现代农业科技示范园等优质项目，推动贫困地区农业增产并转向提质，以优质产品提高农产品价格，助力农民增收。

5. 影响力投资

碧桂园通过国强公益基金会孵化了碧乡农业、国华文旅、凤凰到家三家社会企业。碧乡农业转化贫困村的自然资源，国华文旅发展乡村旅游，凤凰到家帮助贫困户培训家政服务技能并实现就业。碧桂园结合自身优势，促进企业产业优势和平台优势与贫困户脱贫致富的有机结合，在有条件的地方进行农村一二三产业融合发展，推广文化旅游、特色小镇、全域旅游等新业态，多元化布局乡村经济，建立完整的产业链条，形成有特色的产业。

这种公益与商业相融合的投资模式的实施促成义利并举、"帮扶贫困户也是帮扶企业发展"的双赢甚至多赢的格局，使得其可长期持续下去，同时为公司创造了更加美好的声誉，巩固了和利益相关方的关系，增强了对优秀人才的吸引力。

（三）教育扶贫，阻断贫困代际传递

自碧桂园集团创始人、国强公益基金会荣誉会长杨国强先生于1997年设立"仲明大学生助学基金"以来，教育扶贫便成为碧桂园精准扶贫工作的重要内容之一。探索"全生命周期开发式教育扶贫"，除设立奖助学金等教育助学方式外，职教扶贫是碧桂园教育扶贫的着力点之一。

开办面向贫困群体的免费学校。国强职业技术学校由国强公益基金会捐赠3亿元资金建设，建成后能容纳2500多名学生就读，将对贫困家庭学生免除一切费用，以帮助其掌握就业技能，实现"一人成才，全家脱贫"。开办国华纪念中学，每年为全国200名品学兼优的贫困家庭初中毕业生提供全免费的高中教育，并一直资助其完成大学学业；广东碧桂园职业学院是全国唯一全免费、纯慈善招收贫困家庭学子的高等院校。截至2019年，学院累计招收高中毕业生2427名，其中贫困家庭学子2043名，毕业生就业率达100%。

改善办学条件，扩大教育规模。在甘肃东乡县捐赠1700万元援建龙泉学校及附属工程，解决了316名学生的住宿问题，并打造成县级"教育示范基地"；在河北对11所学校开展"3+3"教育扶贫行动，即为学校配备操场、厕所、水井"三大件"和冰箱、微波炉、净水设备"三小件"，改善学生的学习生活环境，完善配套附属设施。

设立一支基金，开展捐款助学行动，即捐助帮扶县的建档立卡户中小学至大学阶段的贫困学生。鼓励员工每年结对一名贫困学生、参与一次捐款助学、进行一次家访（如见一次面、吃一次饭等方式）、完成一个"微心愿"，每个月进行一次沟通交流（如电话、微信等方式）。截至2020年8月共走访、家访建档立卡贫困学子1058人次，建立联系并线下沟通979次，实现263个"微心愿"。

国强公益基金会根据共青团关爱农村留守儿童整体工作部署，在12个省共同建设、管理、运行114个"童心港湾"，围绕关爱农村留守儿童拓宽合作领域，面向农村留守儿童开展学业支持、自护教育、情感陪护、研学拓展、公益捐助等活动。

（四）就业扶贫，打造从培训到就业的一站式服务

就业是减少贫困的根本途径，碧桂园用商业思维推进就业减贫，联动社会共同体促进更多就业，以农村需要、市场需求及实现就业为导向，结合当地群众意愿，提供免费就业培训。

结合自身在房地产开发、多元化经营等方面的优势，碧桂园联动集团内部子公司及外部合作单位等相关产业链岗位需求，根据需求组织技能培训和专项招聘。例如，随着碧桂园机器人餐饮业务的发展，对电焊等工种的需求缺口较大。基于此，碧桂园联合国强公益基金会，2020年7~8月分别在广东清远和广西大化开展"订单式"电焊工技能培训班，在学员获得技能认证资格后由子公司千玺机器人餐饮有限公司现场宣讲、招聘。

随着碧桂园服务板块的发展壮大，公司对母婴护理、育婴护理、养老陪护、家政服务等技能人员的用工、招聘和内部培训等需求持续上升。碧桂园通过内部聘用和外部合作等方式汇集了一大批名师和专家，并对标国际最高水平打造了一套高标准的家政服务课程体系。基于企业自身需求和商业逻辑，碧桂园联合国强公益基金会成立广东凤凰到家职业技能培训有限公司，计划在2020年开设12家培训基地，一方面承接碧桂园就业扶贫所涉及的家政培训等相关业务，通过公益培训践行企业的社会责任；另一方面向全社会开放，开展自主收费培训项目和就业输送，从而实现公司的自主造血和可持续发展。

与此同时，碧桂园还联动广东省扶贫基金会、广东省家政协会、龙江餐饮协会、顺德厨师学院、金博士培训学校等，在开展技能培训的同时，收集社会共同体就业岗位超 30000 个，提供给贫困劳动力，打通需求端与供给端，真正助力贫困户上岗就业。

自 2012 年正式开展就业扶贫以来，碧桂园就业扶贫累计培训 70817 人，其中 37731 人实现了上岗就业。自 2018 年 5 月 20 日结对帮扶了全国 9 省 14 县以来，已在 14 县累计实现就业扶贫培训 33773 人，其中 19999 人实现上岗就业，共覆盖贫困人口 40152 人。实践证明，这一举措既帮助了受培训的贫困人口实现就业脱贫，又在一定程度上帮助碧桂园集团部分业务部门解决了"用工荒"的问题，间接地助力碧桂园集团相关业务发展，实现就业扶贫和商业的互推和双赢。

（五）X 政策：因地制宜、因城制宜

党建扶志、产业扶富、教育扶智、就业扶技，构成了碧桂园集团的精准扶贫四大模式。在此基础上，根据贫困地区的经济、社会、地理、生态、人文等实际情况各有不同，在统一部署的规定动作外，碧桂园及区域子公司结合当地实际和贫困群众需求，因地制宜推进健康扶贫等帮扶项目。

碧桂园捐资 1 亿元支持国家"光明扶贫行动·白内障复明"项目，免费为患白内障的贫困户提供治疗，开展义诊下乡、基层医护人员培训，帮助贫困地区提升医疗技术水平。

推进乡村振兴综合体建设，在保护当地自然生态环境和尊重优秀传统文化的基础上，碧桂园帮扶小组通过"三清三拆三整治"、"厕所革命"、污水处理及其他公共设施和基础建设项目等，改变农村"脏乱差"现象，引入人文景观项目及旅游相关业态，建设特色民宿、旅游接待室、农家乐及配套设施。

二 经验模式总结

（一）可造血的企业化减贫模式及实践

碧桂园将精准扶贫、精准脱贫作为集团发展的使命与目标之一，用生动的实践回答了民营企业助力精准扶贫应该"扶持谁""谁来扶""怎么扶"的问题。在帮扶对象的选择上，碧桂园重点选择具备一定资源禀赋但基础薄弱的贫困地区，对建档立卡户提供"可造血"式帮扶；在扶贫工作团队的建设上，构建规范化、科学化、体系化的精准扶贫乡村振兴工作机制，确保扶贫工作高效有序开展；在扶贫方式的择用上，利用碧桂园集团全国分布的区位优势、多业态经营优势，提高资金使用效益和精准帮扶质量。

（二）企业化公益凸显商业之美

碧桂园作为民营企业积极参与国家扶贫行动，做党和政府扶贫工作的有益补充，通过企业优势并结合自身产业，有效带动贫困户脱贫致富。与此同时，在参与扶贫的过程中，碧桂园同样获得了来自社会的关注和肯定，打造了具有民营企业特色的扶贫公益典范品牌，为企业树立良好的声誉和形象，积累了企业的无形资产，义利并举、公益与商业相融合，最终实现社会和企业发展的双赢。

（三）战略公益创新实践：扶贫与商业互促的社会企业模式

碧桂园长期在扶贫的一线，如何可持续解决地方贫困问题是政府和商业双重失灵而尚未有效解决的社会问题。对此，碧桂园整合社会扶贫事业的公益资源，通过国强公益基金会投资兴办社会企业，挖掘和打造扶贫地区的产品和服务，形成消费扶贫的商业模式。

强根造血：以党建引领贡献荣盛力量 *

"落其实者思其树，饮其水者怀其源。"荣盛发展始终坚持党对扶贫工作的全面领导，积极响应政府脱贫攻坚号召，深入贯彻党的路线方针政策，充分发挥自身产业、资金等优势，以党建带动扶贫攻坚，将环境生态与人文生态有机结合，开辟了一条可复制的扶贫新道路，提升脱贫内生动力。不仅如此，荣盛还从产业扶贫、教育扶贫、就业扶贫、扶志扶贫、生态扶贫等多方面带动贫困地区连片开发，开展了大量扶贫及公益工作，探索"强根造血式"扶贫新模式，促进地区经济发展，仅2019年，荣盛发展就投入精准扶贫资金近2亿元，为打赢脱贫攻坚战贡献"荣盛力量"。

2020年是全面建成小康社会和"十三五"规划的收官之年，也是决战决胜脱贫攻坚战的达标之年。

党的十八大提出，到2020年全面建成小康社会，由"建设"到"建成"，虽然只有一字之差，却是发展目标的锁定。可以说，反贫困关乎国家发展战略。打赢脱贫攻坚战是全面建成小康社会最为重要的一环，只有解决了贫困问题，才能实现伟大的"中国梦"。

党的十九大把精准脱贫作为三大攻坚战之一，作为社会扶贫的生力军，民营企业更要坚持党对扶贫工作的领导，认真践行新时代党的要求，发挥模范带头作用。

在荣盛发展建立之初，军人出身的耿建明就立下了实业报国的雄心壮志，将"创造财富、服务社会、培育人才、报效国家"确立为企业宗旨，充分发挥自身产业、资金等优势，主动承担新时代赋予的社会责任。

---

* 案例素材由荣盛房地产发展股份有限公司提供，南方周末中国企业社会责任研究中心进行编辑。

据年报显示，2019 年荣盛发展共投入精准扶贫资金 18531.44 万元，帮助建档立卡贫困人口脱贫数 540 人，其中产业发展脱贫项目 16 个，产业发展脱贫项目投入资金 7482.96 万元，改善贫困地区教育资源投入金额 7685.44 万元。

2020 年上半年，荣盛发展仕做好各项生产经营的同时，积极履行企业的社会责任，付出了多方的努力，取得了积极的成果。根据半年报显示，2020 年上半年荣盛发展共投入精准扶贫资金 17385.58 万元，其中产业脱贫项目 18 个，产业发展脱贫项目投入资金 15085.52 万元。

站在"决战决胜脱贫攻坚"这样一个关键时间节点上，回首荣盛发展步伐，荣盛发展利用自身的多元产业优势，本着"造血"与"输血"同步、治本与治标并举的原则，以党建带动扶贫攻坚，将环境生态与人文生态有机结合，开辟了一条可复制的扶贫新道路，不断提升脱贫内生动力。

一 项目实施举措与成效

荣盛发展始终以产业报国的理念积极参与扶贫工作，坚持精准扶贫、精准脱贫基本方略，聚焦深度贫困地区和特殊贫困群体，成立脱贫攻坚领导小组，将扶贫、脱贫工作作为公司发展要务。

参与精准扶贫工作以来，荣盛发展从产业扶贫、教育扶贫、就业扶贫、扶志扶贫、生态扶贫等多方面带动贫困地区连片开发，探索出"强根造血式"扶贫新模式，直接拉动当地 GDP 增长，促进地区经济发展，寻找出产业发展和社会责任实践互为促进的新路径。

近年来，在河北省委、省政府的正确领导下，在河北省委统战部、省工商联的组织引导下，荣盛发展积极参与"千企帮千村"精准扶贫工作，尤其在河北省内，广布扶贫项目，不断探索适应各地实际情况的扶贫模式。

2019 年 6 月 22 日，荣盛发展荣获河北省"千企帮千村"精准扶贫行动产业扶贫奖，10 月 17 日，荣获"全国万企帮万村精准扶贫行动先进民营企业"称号。

（一）精准扶贫：深耕细作，变"输血"为"造血"

"要做到扶持对象精准、项目安排精准、资金使用精准、措施到户精准、因村派人精准、脱贫成效精准。"习近平总书记多次对精准扶贫、精准脱贫作出重要指示，精准扶贫是扶贫开发工作中必须坚持的重点工作。

近年来，荣盛发展积极响应党中央号召，通过政企合作、定向帮扶、"旅游＋民宿"、提供就业岗位等多种扶贫方式，坚持因地施策、因贫困原因施策，变"输血"为"造血"，助力精准扶贫，帮助贫困人口脱贫致富。

1. 政企合作，在打造"一地生三金"扶贫模式

河北省工商联、荣盛发展"千企帮千村"的对口扶贫村——张家口阳原县东白马营村，有着典型的山区地质，土壤贫瘠、沙石细碎，是国家级贫困村。堪忧的不只是物质层面的匮乏，因为缺乏有效的生态环保手段，也没有成型的产业支撑，在生态逐渐恶化、生活环境日益糟糕的现实中，东白马营村的村民们在很长一段时间里，只能平静地接受贫穷，寻不到改善的希望。

2019 年，由河北省工商联、中冀扶贫基金会以及荣盛发展共同组建的扶贫工作组到东白马营村援建扶贫，通过租赁村民土地、引入畜牧产业、雇佣村里劳力等多管齐下的方式进行扶贫，荣盛发展派了专人驻村进行帮扶。

自扶贫项目开工以来，荣盛发展发挥建设优势，仅用 3 个月时间就建成 1 万余平方米的现代化绒山羊养殖场，全村先后有 16 名村民打工挣得薪金。养殖场存栏绒山羊 2000 余只，首次剪羊绒 4317 斤，收益覆盖了村集体、合作社和全体村民，形成"村集体增收、合作社发展、企业壮大、农户富裕"的运营机制，将精准扶贫落到实处，从根本上解决贫困问题。

在河北省工商联的领导下，东白马营因地制宜打造出"一地生三金"的产业扶贫模式，有了稳定的租赁收益、畜牧产业的分红以及劳动收入这"三金"，即使失去劳动力的村民，每年也有了固定的收入来源，这为村民带来了希望。

为了能让村民在精神层面得以"脱贫"，荣盛发展将党的建设融入扶贫工作，与东白马营村结对共建，通过宣传党的领导、夯实党建基础，推动脱

贫攻坚稳步推进，使村支部切实起到推动发展、服务群众、凝聚人心、促进和谐的作用。同时荣盛发展还参与当地改善生活环境、促进精神文明的工作中。在政府主导的新村建设中，荣盛发展通过修建护坡、排水渠，在硬化路面以外铺设渗水砖，种植草坪的方式绿化美化新村。

2. "旅游 + 民宿"，推动旅游产业提档升级

位于石家庄平山县的李家庄，是中央统战部旧址所在地，但因耕地较少、土地贫瘠而陷于长期贫困。2016 年，荣盛发展走进了西柏坡，在李家庄村开启了改造当地农家院的步伐。

荣盛发展与平山县政府签订李家庄特色小镇旅游开发项目合作协议，无偿投入 1500 万元，完成了中央统战部旧址帮扶改造项目，并依托当地红色旅游资源和水库景观资源，结合精准扶贫，推动当地旅游产业提档升级。

谷永设、闫俊平夫妇曾经是李家庄村有名的贫困户，也是荣盛发展产业扶贫的真正受益人。谷永设身有残疾干不了农活，还要拉扯三个孩子，家里的主要收入来自地里的庄稼。然而李家庄属于山区，村里的耕地大多遍布在山上，不便于浇灌，只能种一些耐旱的农作物，收入很低，为了多挣点零花钱，夫妻俩只能去水库里捕捞点小鱼小虾，卖了贴补家用。

2016 年，荣盛发展入驻李家庄，首先开启十户样板客栈的改造工程，即把村里农户的房屋租过来改装成客栈后对外营业，向农户支付房租，同时把原有的业主返聘回来，作为客栈的员工，再支付一笔工资，这是一个显而易见的村民可以得实惠的项目。

从 2015 年到 2018 年，平山县农村居民人均收入增加了 30.77%，而李家庄村民人均收入增加了 280.59%，翻了两番。2018 年"十一"前夕，平山县成功摘掉了国家级贫困县的"帽子"。

2018 年 10 月，李家庄旅游开发项目被列入石家庄十大旅游投资项目。高档旅游业态落地山村，不仅彻底改变了山村面貌，也激发了村民的致富热情，使村民生活观念、经营理念、精神风貌都有了很大改观，生活水平、生活方式都在向城市转变。

近两年，结合野三坡、李家庄村经济发展的经验，荣盛发展逐渐探索出一条"旅游＋民宿"的产业扶贫新模式，并在河北承德兴隆县青松岭等多地复制，促进就业扶贫与产业扶贫相结合，助力当地人民脱贫致富。

（二）产业扶贫：因地制宜，助推脱贫攻坚

当前是全国脱贫攻坚战的关键时刻，所剩贫困人口多为贫中之贫、困中之困。带领这些人脱贫，更需要"啃硬骨头"的精神和付出。荣盛发展在参与产业扶贫导入社会资本的过程中，依托自身的优势资源及建设运营经验，因地制宜，将扶贫工作建立在产业协同的基础上。

荣盛发展积极探索"旅游＋民宿""旅游＋文化"的产业扶贫新模式，通过旅游产业精准扶贫，不仅打造一个个扶贫项目范本，还在开发中将环境生态与人文生态有机结合，寻找出一条文化与旅游相得益彰的产业发展新途径。

1. 承办旅发大会，促进区域经济发展

荣盛发展结合自身的发展战略，在河北多地进行文化旅游投资，特别是对河北承德、邢台、野三坡、张家口等边远山区的有效投入和开发，直接拉动当地产业升级，帮助旅游资源富集的贫困地区挖掘文化内涵，打造片区特色，实现从"景点旅游"到"全域旅游"的转变。

2016 年 9 月 23 日，首届河北省旅游产业发展大会（以下简称"旅发大会"）在河北省保定市涞水县举行。作为首届旅发大会的举办地，涞水县位于燕山—太行山集中连片特困地区，是毗邻首都的贫困县，拥有世界地质公园、国家 5A 级旅游区、国家森林公园等丰富的旅游资源。

2015 年 10 月 14 日，荣盛与涞水县政府就合作建设野三坡景区顺利签约。荣盛发展在现有百里峡、鱼骨洞等景区的基础上，结合野三坡得天独厚的自然环境，打造成集旅游观光、休闲娱乐、养老养生、体育健身、度假旅宿等功能为一体的国内外独具特色的著名综合型景区和京津冀一体化下的优质旅游平台，也为顺利承接河北省第一届旅发大会奠定了坚实的基础。

短短三年的时间，荣盛发展在野三坡区域的投资已达 26 亿元，解决就业岗位 1000 余个。项目所在地赵各庄、计鹿两村，仅用 1 年时间人均年收

入就增加了数万元，实实在在地带动了当地的经济发展，解决了当地就业问题，也为野三坡地区文化传播和产业扶贫做出了贡献。

2017 年 9 月 26 日，首届承德市旅游发展大会在兴隆县召开。荣盛青松岭阿尔卡迪亚国际度假酒店作为承德市首届旅游发展大会兴隆分会场举办地，助力兴隆县旅游产业发展。荣盛青松岭酒店从立项初期就开始在兴隆县组织了近十场专题招聘工作，其间共招聘来自当地农村劳动力 209 人，不仅在产业扶贫方面助力兴隆县脱贫摘帽，更为当地村民提供百余个就业岗位。

不止野三坡和青松岭，荣盛发展还承办过邢台、张家口、石家庄等旅发大会，可以说，每一次接待旅发大会都是荣盛发展以产业开发带动河北区域脱贫、经济发展的契机，因此荣盛康旅也获得了政府和社会机构的认可，荣膺"2018 河北省旅发大会特别贡献单位"和"2018 河北十大对外交流优秀案例"两项殊荣。

2. 招商引资，助力贫困地区发展

河北省承德市兴隆县面积为 13.68 平方公里，虽毗邻北京，却面临着没有支柱产业、靠山吃山的困局。

2016 年，在深入了解区域产业基础、产业规划以及北京外溢产业特点等后，荣盛发展与兴隆县人民政府进行战略合作，成立兴隆产业园，将产业定位调整为更加适合兴隆发展的新能源、高端装备制造、新材料、食品加工和现代服务业等产业，并成功将韩企爱科思、三只松鼠等 IP 企业引入。

荣盛发展在河北兴隆经济开发区内打造产业新城，不仅初步形成汽车产业聚集的小生态，激活区域经济发展潜力，助力贫困地区发展，更利用兴隆山楂、板栗等特色农产品的产地优势，充分发挥兴隆地区的经济特色，发展相关食品深加工。

不仅如此，荣盛发展还结合自身发展平台，提升产品附加值，同时加强农副产品的物流基地建设，推动相关产品销售，得到当地政府和社会一致好评。

3. 延长产业链，开辟销售新渠道

在产业扶贫工作中，荣盛发展采用"政府 + 企业 + 贫困户"利益连接机制，与贫困村签订集中采购协议，通过解决贫困户就业、收购代销农副产品等模式，有效帮助当地土特产开辟全新增收渠道，转销全国。

荣盛发展旗下酒店结合布局研发出"四归四养"产品体系，挖掘不同地域文化特产，并通过"盛行天下"App 平台，销售来自保定野三坡、唐山迁西、张家口蔚县、河南云台山等多个贫困地区的超过 20 种特色农产品，打通扶贫产品网上销售渠道。

截至 2019 年末，盛行天下 App 平台共计销售扶贫商品 2000 余单，累计交易金额 23 万余元，切实发挥了民营企业助农的扶贫作用。

（三）教育扶贫：供给优质教育资源，提升教育品质

随着我国脱贫攻坚战打响，教育帮扶在解决脱贫问题、提高脱贫效率和质量方面具有重要作用，是扶贫的重要内容和形式，也是推进社会公平和决胜全面建成小康社会的基本途径。荣盛发展董事长耿建明表示，"一个国家和民族想要真正站立起来，成为世界大国，必须要有人才，有人才必须要靠教育"。

近年来，荣盛发展在教育扶贫领域持续发力，成为民营企业中的佼佼者。据不完全统计，多年来，荣盛发展承建、共建、捐建校舍面积逾 20.7 万平方米，用于教育捐款数逾 10 亿元，还多次为当地的教育机构捐款捐物，为当地教育能力的提升助力添彩。

1. 公益校舍：教育扶智，回馈社会

2013 年 4 月 20 日，四川雅安发生 7.0 级地震，牵动了亿万国人心。荣盛发展以最快的速度联系上了雅安教育局，请求参加受灾学校的援建工作。

经过多次考察，荣盛发展与雅安教育局确定援建学校为雨城区严桥镇的新和小学，援建内容包括原址重建教学楼 1020 平方米，并进行道路、围墙、校门、运动场、绿化等附属设施建设，按教育部标准配置购置设备仪器932 台（套 / 件），建成一所较标准的农村完全小学。项目 2013 年 8 月开工，2014 年 6 月完工，2014 年秋季开学投入使用，建成之后，更名为荣盛小学。

为提高教育扶贫成效，荣盛发展一直有针对性地供给优质教育资源。2013 年 10 月，荣盛发展出资 50 万元，资助河北廊坊市第二十五小学（后

更名荣盛小学），资助资金用于提高在校教职员工福利待遇，改善教育硬件设施，提高教学质量；2014年9月，荣盛发展向济南慈善总会北全福救助站捐赠170万元，用于捐资助学，助力学校建设及维修；2016年1月，荣盛发展湖南公司与长沙县人民政府签署了《花语城合作办学赞助协议》。荣盛发展一系列卓有成效的教育扶贫举措，为学生个体成长和发展提供了适宜的平台和广阔的空间。

2. 教育捐赠：改善教育环境，资助贫困学生

2018年，南京市六合区慈善协会——荣盛慈善基金正式成立。荣盛慈善基金在5年时间内为六合区人民政府捐献5000万元，对六合区内困难群众开展医疗救助、助学、支出型贫困救助及定向扶贫。该基金运作以来，为3179名低保、五保、低保边缘户、大重病患者发放助医款，为574名低保、低保边缘户考取本科、专科的新生发放助学金。

"慈善事业从来不是一天就能做成的，唯有政府、企业、社会各界持之以恒的关注与努力，方能使慈善活动与国家保障救助制度互补衔接、形成合力，从而助力打赢扶贫攻坚战。"荣盛发展董事长耿建明在六合荣盛慈善基金续签仪式上表示。

高质量的教育扶贫是阻断贫困代际传递的重要途径和提升贫困群众造血能力的重要抓手，优质的教育承载着贫困家庭的小康梦。荣盛在南京六合区、廊坊等多地设立教育基金，用于改善教育环境，资助困难学生，捐赠教育基金已超1.5亿元。

随着产业规模的不断扩大，荣盛发展在教育捐赠领域的支持力度也越来越大。如2018年5月，荣盛发展宣布每年向河北廊坊市慈善总会捐赠1000万元，连续五年，共计5000万元，用于扶贫助学计划。

二　经验模式总结

2020年是决战决胜脱贫攻坚的关键一年，荣盛发展始终把精准扶贫精准脱贫作为一项重大任务抓紧抓实，紧紧围绕党中央、国务院，以及河北省委、省政府决策部署，结合公司发展实际，积极采取强有力的工作措施，稳步推进各项脱贫攻坚工作，挖掘出行之有效、可复制的扶贫模式，为打赢脱贫攻坚战提供"荣盛力量"。

（一）高站位、强落实，统筹兼顾践行企业宗旨

荣盛坚持精准扶贫精准脱贫基本方略，聚焦深度贫困地区和特殊贫困群体，成立脱贫攻坚领导小组，将扶贫、脱贫工作作为公司发展要务来抓。同时，荣盛发展抽调部分骨干人员专职协助驻村工作队、扶贫基金会开展扶贫工作。

（二）广布局、精耕耘，全域旅游下的企业扶贫新思路

作为在河北省成长起来的企业，荣盛发展在河北多地进行文化旅游投资，借势京津冀协同发展机遇，充分结合特色旅游区域文化内涵，打造片区特色，实现从"景点旅游"到"全域旅游"的升华，打造绿色 GDP。截至 2018 年底，荣盛发展在河北全域用于旅游生态建设的总投资已超 100 亿元，带动 15000 余人就业，促进地区经济发展，走出一条可持续、可推广、可复制的消费扶贫新道路。

（三）做实事、勇担当，积极扶贫履行社会责任

荣盛发展积极响应河北省委、省政府脱贫攻坚号召，切实履行社会责任，投身"千企帮千村"精准扶贫事业，秉持"服务社会、报效国家"的企业宗旨，持续加大扶贫投入，将扶志与扶智相结合，激发脱贫内在动力。

（四）德先行、志智合，授人以渔激发内在动力

荣盛发展在做好产业扶贫的同时将扶志相结合，以党建促脱贫，充分发挥自身产业优势、资源优势、管理优势，在扶贫项目建设过程中坚持宣传党和国家的大政方针，增强贫困地区脱贫信心；项目建成后对聘用的当地村民坚持高标准培训，让村民掌握新知识新技能，提升脱贫致富综合素质。

酿酒行业：产业融合富民强企

"教育＋产业"：百威中国酿造更美好的世界 *

作为全球领先的啤酒酿造企业，百威秉承"携手你我，酿造更美好世界"的宗旨，致力于帮扶、解决所在社区的问题，在业务所到之处积极参与社区建设。在教育扶贫方面，百威承诺在兴建酿酒厂的每个中国城市，捐建一所希望、爱心小学。伴随着在中国的快速发展，截至2020年5月，百威在中国已经捐建希望、爱心小学27所。在产业扶贫方面，为了践行企业责任，百威将产品与扶贫项目有机结合，开创扶贫助农新模式。2019年至今，百威先后在漳州、吉水、安岳开展了针对荔枝、大米、青柠的产业扶贫，授人以渔，多方助力乡村振兴。

---

　*　案例素材由百威投资（中国）有限公司提供，南方周末中国企业社会责任研究中心进行编辑。

习近平主席在减贫与发展高层论坛上指出，我们要坚持分类施策，因人因地施策，因贫困原因施策，通过扶持生产和就业发展一批，通过生态保护脱贫一批，通过教育扶贫脱贫一批。

"携手你我，酿造更美好世界"这是百威的宗旨，也是百威一直在践行的承诺。百威热衷于帮扶社区。作为亚太领先的啤酒公司，百威致力于帮扶、解决所在社区错综复杂的问题，在业务所到之处积极参与社区建设。社会繁荣发展，百威的业务才能繁荣发展。

在教育扶贫方面，百威承诺在兴建酿酒厂的每个中国城市，捐建一所希望、爱心小学。自2010年11月22日百威在中国捐建的第一所希望、爱心小学——云南金平希望小学建立后，爱的接力棒就不断在传递，伴随着在中国的快速发展，截至2020年5月，百威在中国已经捐建希望、爱心小学27所。

在产业扶贫方面，为了践行企业责任，百威将产品与扶贫项目有机结合，开创扶贫助农新模式。2019年至今，百威先后在漳州、吉水、安岳开展了针对荔枝、大米、青柠的产业扶贫，授人以渔，多方助力乡村振兴。

一　项目实施举措与成效

（一）教育扶贫：百威希望、爱心小学项目

社会帮扶是携手酿造更美好世界的最佳方法之一。作为一个负责任的企业公民，百威一贯注重在业务所到之处积极参与社区建设、回馈社会。百威热心参与中国大大小小的社区发展。在践行"每一个工厂所在的中国城市捐建一所希望、爱心小学"的承诺下，截至2020年5月，百威已兴建了27所希望、爱心小学，投入总计人民币1653.48万元。

与此同时，由百威各地工厂和销售办事处的同事自发组织的志愿者团队，会定期前往学校探访，为学校补给各类生活用品、学习用品，并开展丰富多彩的各类文体课外活动，鼓励学生们心存高远，未来与百威一起建设美好世界。

表 1　百威扶贫模式

教育扶贫	产业扶贫
①社会帮扶：在百威工厂所在的中国城市捐建一所希望、爱心小学 ②捐建安全体验教室：在哈尔滨和莆田两地捐建安全体验教室，制作安全教育体验包，将安全教育福利辐射周边学校及社区，让更多留守儿童和孩子及家庭学习安全知识，提高应急避险能力 ③捐建机器人教室：向哈尔滨市平房区三所学校捐建了三间机器人教室，提升智能教育水平并向更高品质、高站位发展 ④共享雨伞：为学校老师、同学们以及公众免费提供共享雨伞，方便雨天出行，倡导资源共享 ⑤2020年防疫物资捐赠：在新冠肺炎疫情常态化防控下，百威针对所有百威希望、爱心小学捐赠卫生防疫物资	①青柠扶贫项目，"让青柠挂满锣鼓"：开创扶贫助农新模式，为贫困户提供就业岗位的同时通过兴起的互联网渠道和平台使下沉市场重新焕发活力 ②"花样漳州，爱荔丰收"：帮助果农解决困扰已久的滞销难题，以实际行动助力产区农户增收，扶贫助农 ③大米扶贫，"吃出暖暖爱意"：将工厂职工食堂大米的刚性需求与农户出产挂钩，与扶贫办认证企业合作实现二次加工，从源头直采，保证大米质量的同时减少中间环节，实现消费扶贫

1. 百威安全教室

百威通过向中国儿童少年基金会"儿童安全教育工程"投资人民币 75 万元，在哈尔滨和莆田两地捐建安全体验教室，并制作 6 套安全教育体验包，分别送至各地希望、爱心小学，惠及超过 2000 名学生，为学生的安全保驾护航。捐建的安全体验教室以情景式教学为依托，让孩子们在情景体验、游戏竞赛中掌握安全知识，在快乐中学习安全知识。同时，百威希望以安全教室为基地，将安全教育福利辐射周边学校及社区，让更多留守儿童和孩子及家庭学习安全知识，提高应急避险能力。

百威还参与了由公安部交通管理局指导、中国少年儿童新闻出版总社有限公司主办的"交通安全体验课"公益项目，通过向学校、家庭、社区捐赠交通安全教育魔法箱、魔法盒等方式向公众开展交通安全宣传教育。2016 年至今，该项目已面向全国的中小学、幼儿园、社区共计捐赠 3676 套交通安全魔法箱、魔法盒，其中包括百威在全国的 27 所希望小学。迄今为止，"交通安全体验课"项目已经开展全国级别的公益示范活动 10 次，全国千余名志愿者走进 3000 余个学校及社区开展交通安全宣传教育，上百万名少年儿童受益，媒体报道上百次，直播微课观看人数达 4000 万人次。

2. 百威共享雨伞

从 2018 年开始，百威在百威希望、爱心小学以及工厂所在地的城市投放共享雨伞供学校老师、同学们以及公众免费使用，方便出行，倡导资源共享。2018 年伞面喷印的是以"雨"主题的古代诗词作品。2019 年在希望小学的小朋友们中征集以"更美好世界"为主题的绘画作品作为伞面。2020 年百威携手四川省绿色江河环境保护促进会在长江沿江河段开展生物多样性和文化多样性调查。在这次联合调查行动中，很多珍稀动物影像资料得以完善和保存。为了更好地宣传保护生物多样性，项目组将这些珍稀动物形象印制在百威共享雨伞上，并通过百威共享雨伞的投放和使用，让更多的公众了解这些活动，共同参与保护生物多样性活动。百威共享雨伞项目得到了各地政府、社会组织以及消费者的充分肯定和积极参与，也一如既往地践行了百威的企业社会责任。

截至 2020 年，百威共享雨伞项目已经在 30 个城市的公共空间、14 个NGO，以及 27 所希望、爱心小学投放了超 5000 把共享雨伞，获得了巨大的社会效益。

3. 百威校园广播站

2018 年 11 月 14 日，"百威校园广播站"第一站落成仪式在百威四川乐至希望小学顺利举行。此前，百威邀请了当地电台专业主播走进校园进行了为期 2 个月的小主播课程培训，并出资为学校修缮了一间温馨有爱的播音间，配置了专业的播音设备。活动前，经过严格培训的小主播们还走进了当地电台与专业主播们一起进行实况节目播音。

"百威校园广播站"丰富了乡村小学同学们的课余生活。广播站的即时通信功能还为学校的同学们提供了一个与外出务工父母沟通的桥梁，为乡村学校留守儿童提供了定期与父母视频通话的平台，真正实现了用声音传播爱的理念。

未来，百威校园广播站还将陆续在百威其他希望、爱心小学落地，让更多的孩子能一起感受广播的魅力，分享广播带给世界的美好。

4. 百威希望、爱心小学暖冬行动

2019 年 12 月末，临近 2020 年春节前夕，北方多数地区开始下雪，气

温骤降，全国范围内进入寒冬季节。为了让 25 所希望、爱心小学的 7684 名学生们都能有与极寒对抗的"武器"，百威及志愿者筹集了 6836 件暖冬物资，共计价值近 75 万元。小到围巾、帽子、保温杯、毛毯、坐垫、暖手宝，大到羽绒服、空调、微波炉，一应俱全，一周内从南到北、从西到东，在寒假来临前全部送达百威各希望、爱心小学，给孩子们营造了一个温暖的冬天。

（二）产业扶贫

产业扶贫是稳定脱贫的根本之策。习近平总书记指出，"发展扶贫产业，重在群众受益，难在持续稳定。要延伸产业链条，提高抗风险能力，建立更加稳定的利益联结机制，确保贫困群众持续稳定增收"。

1. 百威青柠扶贫项目，"让青柠挂满锣鼓"

一瓶酒、一颗青柠、一个园，百威对四川省资阳市安岳县双龙街乡锣鼓村进行点对点帮扶。

在整个项目中，百威秉持"授人以渔"的理念，从生产环节直接切入，聘请专业青柠种植技术服务团队提供技术支撑，从理论授课到下乡实地学习，从"柠檬小队"观摩到施肥、采果技能比拼，从根本提高当地贫困户自给自足能力。同时，投入资金，帮助农民改造农田，增设农业设备，添加保花保果药剂，提高坐果率。

此外，值得一提的是，整个项目中的劳动力均来自当地贫困户，这也是为贫困户提供就业岗位的体现。百威还计划向村民普及抖音、淘宝直播卖货等方式，希望借助兴起的互联网渠道和平台使下沉市场重新焕发活力。

通过青柠培植扶贫项目，百威还借势旗下品牌科罗娜青柠园项目的影响力，由当地县委、县政府、商务局等牵头，捆绑帮扶地区青柠销售，让搭配青柠饮用的科罗娜更香醇清爽，以此，实现将科罗娜销售"最后一公里"和原产地"最初一公里"直连，未来在全国各地的青柠园设立青柠扶贫点。这也是百威作为亚太领先的啤酒制造商首次从"酒伴 CP 角度"深入线下产业链改造，并对种植端到消费端深度整合。使产品与扶贫项目有机结合，通过自身产品活力激发扶贫点经济效能，开创扶贫助农新模式，从根本上实现乡村振兴的目的。

2. 百威漳州花样荔枝项目

"啤酒'泡'上荔枝，是自己人的味道"。漳州市云霄县火田镇盛产优质的乌叶荔枝，农业以荔枝为主，每亩年产量可达 1000 公斤。作为福建市场上的知名啤酒品牌，百威旗下的雪津荔枝啤酒纤体罐一经上市便广受好评。每一瓶雪津荔枝啤酒，都会有 5% 的荔枝原浆。百威选取福建本土新鲜荔枝作为原材料之一，此举正与"花样漳州，爱荔丰收"项目一拍即合，不仅洞悉当地人文，更秉承"待人真、一起拼、互相挺"的福建精神，借助品牌特色，为果农拓展销路，推动农产品及雪津荔枝啤酒品牌的网络营销，助力农产品电商"品牌化、标准化、网货化"。

自 2020 年 6 月起，由当地商务局牵头，百威走进福建漳州，从"花样漳州，爱荔丰收"平台上建档的贫困果农处首批采购了 10000 公斤荔枝作为百威雪津荔枝啤酒的原材料，不仅产出 30 吨荔枝啤酒，更帮助果农解决困扰已久的滞销难题，以实际行动助力产区农户增收，扶贫助农。

同时，以百威雪津荔枝啤酒为主角的旅游美食季于 2020 年 7 月在福建莆田火热开启，之后还将在漳州、九江、南昌、龙岩、石狮等地陆续开展旅游美食季活动。在此过程中，百威将借助荔枝啤酒的品牌特色，以消费拉动需求，采购更多贫困果农栽种的新鲜荔枝，多管齐下助力产区农户增收，惠及更多果农。

3. 百威大米扶贫项目，"吃出暖暖爱意"

"水满田畴稻叶齐，日光穿树晓烟低"。金滩镇隶属于江西省吉安市吉水县，有两个建档立卡的贫困村。他们的农业以水稻为主，粮食年产量每亩650 公斤。百威将工厂职工食堂大米的刚性需求与农户出产挂钩，与扶贫办认证企业合作实现二次加工，从源头直采，在保证大米质量的同时减少中间环节，实现消费扶贫。以金滩镇为起点，以全国为止境，画出一个从田间地头到百威餐桌的故事。

2019 年 12 月，百威选择莆田工厂作为试点，从农户直采大米供职工食堂。截至目前，距离金滩镇 5.5 公里外的吉水工厂已经开展了一次扶贫月，共计采购 6000 斤大米。

不止于此，百威在中国已有 29 家酿酒厂，从 2020 年起慢慢向全国推广大米扶贫项目。

二 经验模式总结

（一）内容丰富、与时俱进的教育扶贫模式

自 2010 年在中国捐建的第一所希望、爱心小学开学以来，百威就把教育扶贫作为阻断贫困代际传递的治本之策。这十年来百威不断拓宽教育帮扶渠道，丰富帮扶形式，让百威希望、爱心小学的学生都有机会获得内容创新、形式多样的教育。百威在捐赠物资的同时，与时俱进，通过创新的共享雨伞项目和智能机器人课程教室项目提高学生的保护环境意识，并且让他们能够掌握最先进的科技文化知识，实现改造和保护自然界的目的。

百威中国和所有的志愿者用自身行动让 27 所百威希望、爱心小学的师生们感受到了希望和爱的力量。同时鼓励所有希望、爱心小学的孩子们拥有远大的梦想，希望他们都能走出乡村，实现教育脱贫。

（二）自身产业与扶贫有机结合的扶贫模式

自 2019 年起，百威在吉水、安岳、福建莆田等地试点产业帮扶项目，结合百威的自身产业：科罗娜、雪津荔枝啤酒以及当地工厂职工食堂，捆绑帮扶地区种植柠檬、荔枝和大米的贫困农户，推动当地的就业以及农产品销售。百威以创新的扶贫助农模式，帮扶就业、帮扶社区，为当地投入资金、提供技术、创新销售模式，借助品牌特色实现消费扶贫，帮助社区更好发展。

深度融入精准施策：泸州老窖开创共建共赢扶贫新局面 *

近年来，泸州老窖集团始终将参与脱贫攻坚作为国有企业义不容辞的社会责任，将脱贫攻坚工作纳入公司总体经营发展规划，坚持深度融入、产业为先、教育为本、共建共赢，积极承接合江、叙永等贫困地区的帮扶任务，主动支持凉山州彝区脱贫攻坚工作，在助力脱贫攻坚中注真情、出实力、见实效，充分展示了国有企业的责任和担当，初步实现了"农民精准脱贫、公司做实做大、区域经济发展"的总体目标。

2013 年 11 月 3 日，习近平总书记在湘西州花垣县十八洞村调研扶贫工作时发出了精准扶贫的号召。随后，精准扶贫精准脱贫攻坚上升为国家战略并全面推进。2015 年，中共中央、国务院印发《关于打赢脱贫攻坚战的决定》，明确提出到 2020 年，我国现行标准下农村贫困人口实现脱贫，贫困县全部摘帽，解决区域性整体贫困。党的十九大报告再次强调了这一目标，并提出要"坚决打赢脱贫攻坚战"。这是中国共产党对全国人民的庄严承诺，也是各级党委政府、国有企业和全社会共同的目标与使命。

近年来，泸州老窖集团认真贯彻落实党中央、四川省决策部署，始终将参与脱贫攻坚作为国有企业义不容辞的社会责任，积极承接合江、叙永等贫困地区的帮扶任务，主动支持凉山州彝区脱贫攻坚工作，在助力脱贫攻坚中注真情、出实力、见实效，充分展示了国有企业的责任和担当，初步实现了"农民精准脱贫、公司做实做大、区域经济发展"的总体目标。

---

* 案例素材由泸州老窖集团有限责任公司提供，南方周末中国企业社会责任研究中心进行编辑。

一　项目实施举措与成效

我国农村贫困地区分布相对广泛，地理条件、资源禀赋、发展基础、人文环境等千差万别，因此注定了脱贫攻坚没有固定的具体模式，而重在一个"精准"。近年来，泸州老窖集团有限责任公司通过开展扶贫工作，初步探索了"将扶贫工作纳入公司总体发展规划，坚持深度融入、产业为先、教育为本、共建共赢"的模式，实现与帮扶地区的共建共融。

（一）高位谋划、尽锐出战，创新组织架构确保扶贫落地生根

"扶贫既是攻坚战也是持久战"。为帮助贫困地区实现持续稳定脱贫，泸州老窖集团通过签定合作协议、人才共育共享、共建平台公司以及将相关企业增量部分和新注册企业落户贫困地区等方式，从顶层设计、产业项目、发展成果等方面，与贫困地区进行了全方位深度捆绑与融合，实现扶贫帮扶从被动接受任务到主动谋求发展、从被动完成指标到主动共建共赢的根本转变，使泸州老窖集团真正成为扎根贫困地区、永远不走的扶贫帮扶队伍。

1. 构建责任共同体

坚持责任落实，把扶贫帮扶工作纳入泸州老窖集团发展总体布局，成立以党委书记、董事长为组长的泸州老窖集团产业扶贫工作领导组。精心制定《合江县榕山镇回洞桥村扶贫攻坚规划方案》，细化完善《叙永县"1+N"扶贫项目工作方案》，与叙永县、古蔺县分别签订《产业扶贫项目合作协议》《脱贫攻坚合作协议》，绘制以多个产业项目为支撑的扶贫帮扶工作蓝图，着力构建脱贫攻坚责任共同体，为贫困地区脱贫攻坚提供了坚强的组织保障。

2. 实现人才共育共享

坚持人才共育，把脱贫攻坚一线作为泸州老窖集团培养干部的重要平台和载体，选派 2 名优秀年轻干部分别挂职合江县委副书记、叙永县副县长，择优选派 20 余名骨干到脱贫攻坚一线全面参与脱贫攻坚工作，为贫困地区发展提供人才支撑。积极创新挂职锻炼、举办集中培训班等模式，计划为贫困

地区培训经营管理人才 200 名，目前已培训 98 名。通过人才双向交流、共育共享机制，为贫困地区脱贫攻坚提供人才支持。

3. 打造公司化平台

坚持平台共建，由泸州老窖集团出资 2.7 亿元、叙永县出资 0.3 亿元，共同搭建产业扶贫平台公司——泸州画稿溪旅游开发有限公司。通过抓项目、做实业，依托扶贫项目争取国家政策支持，成功争取项目申报资金 86 万元、易地扶贫搬迁政策补贴 630 万元、扶贫项目专项扶持奖励资金 2862 万元，切实推动叙永产业扶贫项目落地落实，构建起酒业、食品、文旅板块等大营销平台和大旅游发展格局，为脱贫攻坚提供优质产业平台支撑。

（二）精准施策、共建共赢，创新参与机制提升扶贫造血能力

泸州老窖集团以"市场 + 龙头企业 + 合作组织 + 农户 + 基地"模式，由泸州老窖集团提供项目支持，引入农产品龙头企业，在贫困地区发展"丰岩乌骨鸡""叙永生猪"等特色养殖项目，并引导贫困户参与农特产品养殖。建立统一购买种苗、统一养殖标准、统一服务管理、统一生鲜加工、统一品牌营销的"五统一"全产业服务模式，依托专合社建立农户风险保障机制，为贫困户养殖品质、养殖收入提供根本保障，确保贫困户持续稳定增收。泸州老窖集团因地制宜，在贫困地区捐资建设"扶贫车间"，并帮助村集体招商引资，建设沃柑生态园等产业项目，采取集体入股模式，通过土地流转、基地务工、农作物间种和入股分红的方式，实现了土地收益、务工收益、间种收益、分红收益"四重叠加"，提升贫困村集体经济再生能力。

1. 资金运作"献血"

坚持"基础设施建设 + 就业项目建设"配套模式，积极发挥泸州老窖集团旗下融资租赁公司优势，通过捐资、出资、融资等多种方式，帮助贫困群众改善生产生活条件，为贫困地区"固本培元"。

以融资租赁方式，为叙永产城大道、龙洞水库等基础设施建设提供 4 亿元资金支持；投入配套资金 4000 余万元，完成叙永县黄金榜易地扶贫搬迁安置点项目 58 栋房屋建设，让 116 户贫困群众住有所居；同步结合画稿溪

景区项目，带动周边贫困群众发展特色餐饮、传统手工艺品制作等服务产业，实现"搬得出、稳得住、能发展、可致富"；设立泸州老窖帮扶基金 4600 万元，向合江、叙永、古蔺定向捐款 800 余万元，建成 12 个乡村基础设施；捐款 2300 余万元，推进合江县回洞桥村电网改造、饮水工程等基础设施建设，同步发展温室养猪场、沃柑生态园、林下养鸡等项目，有效改善基础设施、发展壮大产业，为脱贫致富创造条件。

2. 扶贫车间"输血"

创建"扶贫车间"，帮助贫困地区发展集体经济。发挥泸州老窖集团号召力，采取"无中生有"就地建、"穿针引线"飞地建、"聚沙成塔"联合建、"借鸡生蛋"整合建四种模式，积极引导社会企业参与"扶贫车间"建设。

在合江捐资 80 万元建设回洞桥村扶贫制衣车间，捐资 45 万元建设温氏养猪场和母牛养殖场，资产均无偿捐赠，归村集体所有，2019 年回洞桥村实现集体经济收入 120 余万元。

泸州老窖集团积极引导协助社会资金在合江建成投用 23 个"扶贫车间"。"扶贫车间"收益用于充实村集体救助基金和公益基金，不仅有效帮助村集体实现稳定收益，还帮助贫困家庭实现在家门口就业，为帮扶特困群众和发展公益事业提供了长期稳定的资金保障，实现从"输血"向"造血"转变。

3. 项目落地"造血"

抢抓供给侧改革机遇期，因地制宜培育贫困地区农特品牌，以项目化运作整合资源，采取"企业 + 农合社 + 农户"收益挂钩分享的运作模式，实现三方合作共赢，为贫困地区"造血"。

与四川农业大学合作，成立"丰岩乌骨鸡"项目公司，在叙永县枧槽苗族乡建设丰岩乌骨鸡现代化养殖基地。联合社会资本在叙永县投资 60 亿元建设 150 万头生猪产业一体化扶贫项目，促进叙永县生猪养殖产业结构的转型升级和循环经济发展，项目建成后将实现年产值 150 亿元、利税约 8 亿元，提供 2000 余个就业岗位。同时，出资 900 万元"以购代捐"集中采购凉山州农产品，与当地政府、电商公司、专业合作社达成合作意向，通过定时定量投入，长效支持贫困群众脱贫增收。推进电商平台项目，成立电商平台项目组，打造农特产品电商平台，畅通农特产品销路。

截至目前，已帮助700余名村民销售竹笋、蜂蜜、虫茶、木耳等农特产品，实现销售收入100余万元。

（三）外聚合力、内生动力，创新扶贫模式实现持久稳定脱贫

在帮助贫困地区发展产业的过程中，泸州老窖集团站在市场角度，充分运用市场手段，有效整合市场资源，不断壮大贫困地区产业实力。通过飞地园区、以商招商等方式，由泸州老窖集团提供项目、协调资源、搭建平台，为社会资本参与贫困地区发展创造更加明确的投资导向、更加便捷的投资渠道、更加有力的投资保障，促使更多社会资本愿意到贫困地区投资兴业，形成了大企业引领带动、社会力量广泛参与的产业发展新格局。

1.“以商招商”，激发市场活力

充分发挥泸州老窖集团的资本优势和品牌号召力，创新“以商招商”扶贫模式，激活贫困地区市场内生活力。泸州老窖集团率先将相关企业增量部分和新注册企业落户叙永，并以此为基础，推进以商招商。以画稿溪公司为平台，通过参股方式招引社会投资人联合开发叙永旅游项目，并在黄金榜项目区域投建318汽（房）车营地，在江门古寨建成燕溪堂民宿酒店。

截至2019年底，入驻叙永企业共计80家（2019年新入驻8家），其中68家公司注册资本77.4亿元，12家合伙企业认缴出资73.6亿元，入驻企业累计缴纳税收超过2亿元，有力推动叙永产业发展进入“快车道”。

2.“飞地扶贫”，激发产业活力

创新“飞地扶贫”模式，在条件较好地区建设贫困县的“飞地园区”，改善深度贫困地区发展条件，大幅降低贫困县产业发展的项目资金与基础设施投入，有效解决贫困地区产业人才引不进、留不住的困境，并能够依托大企业大平台优势，广泛招商引资，撬动社会资本，形成产业集群效应，提升园区经济实力，激发贫困地区产业活力。

泸州老窖集团在江阳区预计投资52亿元，与酒业园区、叙永县三方共

建占地 450 余亩的"飞地园区"——产业扶贫叙永创新示范园。项目已于 2018 年 11 月动工，共分 3 期建设。目前该项目一期工程正在加速推进中。项目通过股权投资、工商落户和税收分配等合作机制，将产值全部算到叙永、税收全部缴纳到叙永。项目建成后，预计可实现年销售收入 56 亿元、利税 18 亿元，为叙永县稳定脱贫和可持续发展提供重要的经济支撑。

3."众爱教育"，斩断贫困根源

泸州老窖集团聚焦贫困代际传递根源，整合政府、企业、学校三方资源，创新"众爱班"教育扶贫模式，联合泸州市职业技术学校组建三年制中职班——"众爱班"。"众爱班"坚持"全部定向、全程资助、全面培养"办学模式：全部定向招收合江、叙永、古蔺贫困户中应届初中毕业生；全程资助学生在校期间相关费用；全面培育学生道德品质和专业技能。

"众爱班"已招收 2017 级、2018 级、2019 级学生共 161 人。通过"众爱"教育，学生在思想、能力、心态等多方面发生根本性转变，脱贫致富的信心和能力极大地增强了。2020 年 6 月，首届"众爱班"学生走进京东公司顶岗实习，其中，26 名同学全部转为京东物流正式员工，人均薪酬 4700 余元 / 月，成为贫困家庭脱贫奔康的顶梁柱，另有 12 名同学结束实习后全部进入高考培训班，准备全力冲刺 2020 年高考。泸州老窖"众爱"志愿服务队工作获得多方认可，连续两年被评为泸州市最佳志愿服务项目，并荣获"2019 年度泸州青年五四奖章集体""2019 年泸州市最美志愿服务组织"称号。

二　经验模式总结

当前，全国脱贫攻坚已经进入全面收官阶段，乡村振兴战略则进入了全面实施阶段，两个阶段既各有侧重又相互重合。基于泸州老窖集团的实践探索，可用于继续探讨国有企业参与脱贫攻坚的模式创新，从而为广大农村特别是贫困地区全面脱贫、稳定脱贫提供持续、强劲动力，同时实现向全面推进乡村振兴自然过渡。

（一）落实一体规划，加强工作协同

要完善国有企业与地方政府、项目实施对象的协调机制，将国有企业的扶贫项目和相关举措与扶贫开发、乡村振兴、镇村规划等紧密结合，一体规划，同步落实。要积极探索综合扶贫开发与互惠互利、共同发展的模式，充分整合国有企业和贫困地区各自优势，帮助贫困地区较好地解决在工业化、信息化、城镇化、市场化中面临的新问题，实现脱贫以后"企业不走、项目不停、人员不撤"。进一步探索完善"飞地园区"扶贫模式的顶层设计，根据各贫困地区与园区发展情况与特色资源，统筹规划布局"飞地园区"，引导国有企业优势扶贫产业按照行业特点进驻相应园区，避免出现重复建设，导致资源浪费或地区之间同质发展、恶性竞争。

（二）统筹基础条件，选准扶贫路径

贫困地区和贫困户之间存在各种差异，要立足贫困地区的发展基础和贫困户的能力条件，从产业、资金、技术、观念、人才、管理、就业、市场、基础设施、生活条件、文化活动、建设规划等方面，因地制宜，分类施策，在总体项目和具体举措上各有侧重。对村集体而言，重点是在产业项目选择、基础设施建设、集体资产管理、发展观念更新等方面；对农户而言，重点是在创业资金支持、劳动技能培训、新型农民培育等方面；对乡村产业（企业）而言，重点是在现代企业管理、市场能力培训、金融政策利用等方面。要在原有产业扶贫因户因人施策基础上再细化，找准路子、突出特色，立足贫困户、贫困地区资源禀赋和市场需求，充分运用"市场＋龙头企业＋合作组织＋农户＋基地"模式，培育差异化优势，生产适销对路的农产品，拓宽贫困户增收和就业渠道，让产业发展效益真正落到贫困户身上。

依托国有企业资本和品牌优势，深度挖掘农业农产品，打造特色品牌，以"互联网＋精准扶贫＋农产品上行"为切入点，构建农村一二三产业融合发展体系，发展乡村共享经济、创意农业、特色文化产业，切实提升农产品价值，扩大农产品销路。通过完善与贫困户的利益联结机制，提高贫困户自

我发展能力，做到产业扶贫的可持续性，不断将产业扶贫工作引向深入，促进农民可持续性增收，促进贫困地区脱贫致富奔小康。

（三）完善利益联结，实现互利共赢

要鼓励有条件的国有企业单独或联合举办新型农业企业等，参与乡村振兴行动计划，继续发挥好脱贫攻坚中积累的成功经验、建立的人情资源（贫困户及其他农户）、熟悉掌握政策的优势，建立熟悉该项工作的人才团队，选择优良项目把企业与贫困户的利益结合起来，探索"股份制"等激发贫困户内生动力，增强他们参与扶贫项目的积极性。要探索国有企业、外来扶贫力量、贫困户之间的利益联结，建立扶贫工作联盟。要突出抓好教育扶贫，坚持"扶志"＋"扶智"，打造教育扶贫特色品牌，如泸州老窖集团创设的"众爱班"，对上争取更多政策资源、资金支持，对外扩大品牌效应，引导更多企业参与进来，大力创新教育扶贫模式，积极培养"有文化、懂技术、会经营、善管理"的实用人才，通过多种机制引导他们返乡创业，打造一支乡村振兴的领军人才队伍。加强国有企业与贫困地区人才的共育共享，加大对贫困地区的人才输送力度，同时借助国有企业平台为贫困地区培养高素质人才，针对特色农业领域集中开展技术指导管护，以下乡入户分类指导为基础，各项管理技术措施落实为手段，促进全面丰产增收，为振兴乡村提供强有力的智力支持。

（四）整合资金政策，稳固支持体系

相对于贫困地区和贫困户的现实困境及需求，国有企业的扶贫资金始终是极其有限的，因而必须推进扶贫资金整合。整合国有企业扶贫资金，集中到好项目和关键环节上；整合国有企业扶贫资金与其他渠道的扶贫资金，集中力量办大事，发挥整合效应，解决制约脱贫致富的核心问题；积极探索"企业扶贫基金"等方式，建立"资金池"，实施第三方专业管理，既避免因国有企业经营波动而影响扶贫资金投入规模，也可以借国有企业扶贫资金吸引和撬动其他社会资本投入重点扶贫项目，发挥市场机制作用，做大资金总量。

生态循环全产业链：汾酒集团打造产业扶贫新样本 *

为响应"百企千村"产业扶贫开发要求和完善酿酒生态循环产业链，汾酒集团通过肉牛养殖产业扶贫项目的实施，把汾酒集团酿酒副产品酒糟和沁县当地的汾酒高粱种植结合起来，逐渐形成了"从田间到餐桌"生态循环全产业链，实现了种植、酿造、养殖、秸秆及牛粪肥料化还田的闭环式、产业化发展，达到了真正意义上的绿色无公害，这一全新模式既解决了高粱种植产业链条短、加工转化率低、抗风险能力弱的问题，又实现了经济效益、生态效益和社会效益的有机统一，探索了一条企业地方优势结合、合力扶贫共同发展的新路径。

十八大以来，以习近平同志为核心的党中央把生态文明建设摆在中国特色社会主义五位一体总体布局的战略高度，发展不仅要讲速度讲效益，更需要在增长与保护、局部与整体、当前与长远之间，找到最佳平衡点。

汾酒集团定点帮扶县沁县是省级扶贫开发重点县，是纯农业县，隶属山西省长治市，地处晋东南地区北部、太行与太岳两山之间。沁县生态优势明显，土地肥沃，无工业污染，境内千泉喷涌、河湖纵横，有"北方水城""中国小米之乡"之称，是全国首批国家级生态保护与建设示范县，是国家级出口食品农产品质量安全示范区、国家有机产品认证创建示范县，是生产绿色无公害食品较为理想的地方，也是山西10个养牛重点县之一。

2014年汾酒集团为了响应山西省委、省政府倡导的"百企千村"产业扶贫开发要求和完善酿酒生态循环产业链，更好带动沁县当地发展，决定在沁县投资肉牛养殖。该项目列入2015年度"百企千村"产业扶贫开发项目

---

* 案例素材由山西杏花村汾酒集团有限责任公司提供，南方周末中国企业社会责任研究中心进行编辑。

名单。

汾酒集团通过肉牛养殖产业扶贫项目的实施，把汾酒集团酿酒副产品酒糟和沁县当地的汾酒高粱种植结合起来，形成"高粱酿酒—酒糟养牛—牛粪肥料化还田—高粱种植"生态循环产业链，培肥地力，进一步提高汾酒原粮品质，同时示范引领当地肉牛养殖产业升级，带动当地农民增加收入。

一 项目实施举措与成效

（一）打造肉牛龙头养殖基地，激活脱贫致富新引擎

汾酒集团为了更好地推进肉牛养殖（沁县）项目实施，成立了山西沁汾农牧科技开发有限公司，投入资金2000万元，主要用于肉牛养殖场的投资建设。项目2015年开工建设，2016年底完工，2017年确定运营模式、合作伙伴，2018年开始运营。

汾酒绿色生态循环产业（沁县肉牛养殖）示范基地既是汾酒集团产业扶贫项目，也是汾酒集团打造"从田间到餐桌"的生态循环产业链发展思路与贯彻五位一体总体布局相契合的落地之举。

近年来，汾酒集团以白酒产业为龙头，以发展循环经济为方向，按照前向一体化、后向一体化和"从田间到餐桌"的发展思路，重点布局、培育、拓展汾酒"一主三辅两新型"战略项目。白酒产业链末端形成的酒糟与肉牛育肥所需饲料具有较强产业关联度，牛粪肥料化后又可以作汾酒原粮种植的肥料，据此汾酒集团提出了具有汾酒特色的汾酒原粮种植和肉牛养殖产业扶贫项目。沁县肉牛养殖项目以"为绿色高粱基地提供有机肥料"为出发点，以"生产高品质汾酒牛肉"为落脚点，以"有机、绿色、高效、循环"为理念，以"构建酿酒生产全产业链"为目标。

具体来讲，在3万亩沁县高粱基地上，汾酒集团兴建了肉牛养殖场，高粱酿酒后的残余谷物酒糟可以作为养牛的饲料，而牛的粪便经肥料化后又可以用于田间施肥，这些田间肥料不仅促进了农业的清洁生产，而且有利于粮食稳产、高产。经过几年的运作，种植、酿酒、养殖、秸秆及牛粪肥料化还

田的闭环已经形成，达到了真正意义上的绿色无公害，实现了经济效益、生态效益和社会效益的有机统一，由此也实现了白酒产业链外延辐射价值的最大化。

沁县能繁母牛基数较大，当地有养牛传统。多年来沁县肉牛养殖以繁育为主，犊牛多外销。由于传统式、粗放式、家庭式养殖，缺乏品种改良和科学饲养，没有形成一户集中育肥牛龙头企业，没有形成产业链和规范的交易市场。

汾酒集团投资建成养殖场后，沁县汾酒原粮种植合作单位沁县晋汾高粱开发有限公司牵头吸纳沁县当地养殖户、经纪人共同出资，由沁县从事肉牛养殖多年的经纪人负责饲养、销售管理。汾酒集团以低于市场平均水平的价格供应酒糟，扶持其发展壮大。

2018 年、2019 年汾酒集团连续两年以市场价格的一半向沁县肉牛养殖场优惠供应酒糟，两年合计 2689.08 吨，让利 45.32 万元。

（二）产业精准，汾酒助力贫困县种出清香

授之以鱼不若授之以渔。作为粮食需求大户，汾酒采取创新扶贫方式，自 2006 年起对山西省级贫困县沁县进行对口扶贫，与该县合作建立高粱种植基地，坚持以汾酒特有的原粮生产为扶贫工程切入点，围绕产业链开展扶贫。

沁县位于山西省东南、长治市北部，地处农业发展的"黄金地带"。县城内，有黄河的一道支流——沁河，发自平遥县，切穿太行山，一路向南。境内泉水汩汩、河湖纵横，水库就有 18 座之多，灌溉着沁县的万亩良田，为农业发展提供了充足的水源。因此，沁县也被称为"山西水城"。而在这个典型的农业大县，共有 18 万人口，其中农业人口 13.7 万，且境内没有任何工业污染，是首批入选国家级生态保护与建设示范区名单的县之一。沁县天然的气候环境和"绿色"的便利条件，具备了汾酒"种出清香"的先天基因。

2017 年，汾酒投入 2161 万元扶贫款用于沁县汾酒高粱种植项目。

2020 年，高粱种植已经由最初的 5000 亩发展到 10 万亩，未来三年还将进一步拓展种植面积。每年秋收之后，这些粮食就会被运到汾酒厂，用作有机酿酒原料。并且汾酒还以最优价格向当地农民收购酿酒高粱，在保证农民种粮积极性的基础上，有效提升当地农民的收入。从 2014 年至 2019 年，汾酒累计投入 2 亿余元，带动沁县贫困户从起初的 363 户增至 1164 户从事高粱种植，共惠及沁县及周边县共计 13 个乡镇 214 个村 14000 余户农户，其中贫困户 1164 户，当年每亩增收达 400 余元。此外，汾酒还免费为贫困户提供种子、化肥，切实降低贫困户生产支出。

农村产业精准扶贫是乡村振兴战略的基石，是新时代解决好"三农"问题的重要保障。沁县汾酒原粮扶贫种植基地模式，对于当前构建新型经济视角下农村产业精准扶贫发展新模式具有显著的借鉴意义。

二　经验模式总结

（一）实现酿酒生态循环产业链闭环

2019 年以牛粪为主要原料的有机肥开始在沁县汾酒原粮基地投入使用，标志着汾酒绿色生态循环产业链实现了闭环。汾酒绿色生态循环产业链的打造、实施，利用汾酒酒糟这一副产品和高粱秸秆、玉米秸秆，发展肉牛养殖业，使汾酒集团的产业链得到有效延伸，转变增长方式，形成种植业—养殖业—加工业一条龙，一方面减少了秸秆人为焚烧或腐烂带来的资源浪费及环境污染；另一方面肉牛养殖产生的牛粪通过肥料化投入高粱种植，减少化肥使用量，提高土壤有机质的含量，培肥地力，改善农田养分状况，有利于农作物稳产高产，使农业生态环境处于一种良性循环的状态，进一步促进沁县汾酒原粮基地高粱种植品质升级，生态效益明显。

沁县政府也根据本项目进展情况，将汾酒集团绿色生态循环产业示范基地所在区域划为"沁县有机旱作农业封闭示范区"，大力扶持高粱种植和肉牛养殖产业扶贫项目，配合汾酒集团战略发展需要提出了"沁县十万亩酿酒高粱工程""沁县五万头肉牛养殖工程"规划目标。

（二）引领、带动沁县当地肉牛养殖

据沁县晋汾高粱公司核算和多次的市场调研，现肉牛养殖场内平均每头牛的购进价格约为 1.1 万元，从入栏到出栏需要草料费用约 0.5 万元。存栏 500 头可形成资金流 800 万元。如果按每一养殖户养一头犊牛计算，户均产值 1.1 万元，每头牛利润按 0.3 万元估算，户均增收 0.3 万元。同时沁县肉牛养殖场的建设和投入使用结束了当地无规模化肉牛养殖场的历史，带动了沁县青贮制作、干草加工等现代化养殖技术的引进和推广，促进了高粱种植、秸秆收贮加工、有机肥加工、运输等诸多行业联动发展，为沁县农村的发展、农民收入的增加提供了平台。

（三）充分利用汾酒酒糟

用汾酒集团酒糟饲喂的育成牛价格每斤要比饲喂其他粗饲料的肉牛高出 0.3 元左右，按每头牛 500 公斤计算，可增加收入 300 元左右。以前，当地养殖户以黄贮和外地劣质酒糟为粗饲料，在汾酒集团沁县肉牛养殖场投入运营后，汾酒酒糟育肥牛效果得到了养殖户的认可，沁县、沁源等地肉牛养殖户把汾酒酒糟作为主要粗饲料使用。

汾酒集团杏花村周边的文水、祁县、交城、方山等地依托汾酒酒糟资源发展肉牛养殖已达到一定的规模，并带动屠宰加工等相关行业，成为地方经济发展、增加农民收入的有力抓手。

汾酒集团利用酿酒副产品酒糟通过肉牛养殖完善酿酒生态循环产业链，反哺产业链上游高粱种植，在自身发展的同时带动地方经济发展，逐渐形成了"从田间到餐桌"生态循环全产业链，实现了种植、酿造、养殖、秸秆及牛粪肥料化还田的闭环式、产业化发展，达到了真正意义上的绿色无公害，这一全新模式既解决了高粱种植产业链条短、加工转化率低、抗风险能力弱的问题，又实现了经济效益、生态效益和社会效益的有机统一，探索了一条企业地方优势结合、合力扶贫共同发展的新路径。

汽车航空业：多措并举构建全产业链帮扶

"五位一体扶贫＋"：中国一汽创新驱动精准扶贫 *

自 2002 年以来，中国一汽扎根贫困地区，全心全意帮扶贫困群众，摸索出一套以顶层设计为先、在实践中创新而形成的中国一汽"五位一体扶贫＋"精准扶贫模式，以鲜明的特色、显著的成效助力精准扶贫、贡献全面建成小康社会，展现了汽车行业"共和国长子"的责任风范。

全面建成小康社会是新时代中国共产党作出的庄严承诺，是中华民族的千年梦想。中国第一汽车集团有限公司作为中央企业，在这一壮阔历史征程中，责无旁贷、绝不缺席。中国一汽强化政治站位，坚决把脱贫攻坚作为重

---

　　* 案例素材由中国第一汽车集团有限公司提供，南方周末中国企业社会责任研究中心进行编辑。

大政治任务，经过艰苦卓绝的努力奋斗，脱贫攻坚战取得关键性胜利，推动了贫困地区和贫困群众加快脱贫致富奔小康的步伐，对口帮扶地区经济社会发展和人民生活水平得到进一步提升。

2002 年至今，中国一汽先后承担了西藏、吉林、广西等 3 省、自治区的 5 县 7 村的对口支援及定点扶贫任务；先后共派出 11 批 34 名干部人才，到对口帮扶的深度贫困地区挂职，累计投入帮扶资金 16 亿元，在基础设施及新农村建设、产业扶贫、教育扶贫、健康扶贫等方面实施特色项目 400 多个，让 50 多万人直接或间接从中受益。2019 年和 2020 年，中国一汽对口帮扶的 5 个地区先后实现脱贫摘帽。

同时，为持续发挥央企脱贫攻坚作用，贯彻落实《关于中央企业全力支持打赢脱贫攻坚战三年行动的指导意见》，2016~2019 年，中国一汽还先后两次通过央企扶贫基金出资共计 9.27 亿元，进一步聚合央企力量，加大脱贫攻坚力度，坚决打赢脱贫攻坚战。自 2017 年国务院扶贫开发领导小组对中央单位定点扶贫工作开展考核以来，中国一汽连续三年获得"好"的最高评级。

在打赢脱贫攻坚战的实践过程中，中国一汽积累并探索出了一套一汽扶贫经验，概括起来主要为加强领导是根本、把握精准是要义、增加投入是保障、各方参与是合力、群众参与是基础。

一　项目实施举措与成效

（一）提高政治站位，强化组织领导，决战决胜脱贫攻坚

2019 年，中国一汽通过把脱贫攻坚工作融入党委决策，进一步强化党委领导，开展督导调研，完善扶贫机构，完善工作机制等，决战决胜脱贫攻坚战。

融入党委决策。2019 年，党委常委会专题研究扶贫工作 2 次，分别就年度扶贫项目资金计划、领导督导调研计划、央企扶贫基金募资等重要事项作出决策；总经理办公会专题研究扶贫工作 2 次，分别就向扶贫地区捐赠车

辆支持教育和公益事业作出决策。全年召开专题扶贫会议共计 15 次，其中班子成员参加的 11 次，扶贫工作小组会议 4 次。

开展督促指导。脱贫攻坚越到最后越要加强和改善党的领导。2019 年，集团公司班子成员前往各县现场督导 6 人次，集团公司扶贫办、党委干部部等业务部门考察督导 26 人次，正式发函督促问题整改落实 5 次；抽调相关业务部门人员组成联合专项督查组，现场开展脱贫攻坚专项督查 2 次；在各对口帮扶地区成立现场工作小组，发挥挂职干部第一线监管推进作用，形成督导合力，有力促进了定点扶贫县主体责任落实。

完善扶贫机构。党委书记、董事长徐留平作为扶贫工作第一责任人，担任扶贫领导小组组长，班子其他成员担任组员。党委常委、副总经理孙志洋作为分管扶贫工作领导任扶贫工作小组组长，扶贫工作小组日常办事机构为扶贫工作小组办公室（简称"扶贫办"）。

完善工作机制。一是调研机制。中国一汽扶贫督导调研坚持"双覆盖"原则，即"调研任务覆盖所有班子成员、调研地点覆盖所有定点县"。二是报告机制。党委常委会及扶贫领导小组每年听取 2 次扶贫工作进展情况汇报，对定点扶贫重大事项作出决策。三是会议机制。扶贫工作小组每季度召开 1 次会议，督导扶贫责任书各项任务完成；挂职干部每年召开 2 次理论学习及工作交流会，加强扶贫工作实操技能交流。四是监管机制。扶贫办、挂职干部负责扶贫项目、资金的监管，按季度形成工作情况报告。

（二）尽锐出战，精准施策，不获全胜决不收兵

2019 年，在开展脱贫攻坚工作中，中国一汽尽锐出战，精准施策，助推贫困地区加快脱贫进程。在开展基础设施建设、产业扶贫、教育医疗扶贫等方面帮扶的基础上，中国一汽着重加大消费扶贫力度，多渠道解决农产品卖难问题，促进帮扶地区群众致富增收，确保脱贫攻坚取得实质性进展。

1. 改善新农村面貌，加强基础设施建设

中国一汽从提升住房安全出发，投入相关扶贫资金在镇赉县、和龙市、凤山县等地建设"一汽小镇"项目。围绕新农村示范点建设、特色旅游产业

扶持、兼顾教育及医疗卫生等方面开展全方位、多层面的帮扶。2019年10月，具有鲜明汽车文化特征和浓郁朝鲜族风情的第11个"一汽小镇"在和龙市柳洞村落成。"一汽小镇"项目的实施极大地改善了帮扶地区的人居环境，促进人文旅游产业发展，为异地扶贫搬迁的贫困群众带来了稳定的工作和收入。此外，在凤山县投入268.2万元，硬化村屯级道路、完善村级公共服务中心及附属设施；在镇赉县，与当地政府全面开展住房安全"回头看"项目，进一步改善了定点扶贫地区基础设施条件，让住房更有保障。

2. 坚持群众主体，激发内生动力

脱贫攻坚，群众动力是基础。2019年，中国一汽充分调动贫困群众积极性、主动性、创造性，通过产业扶贫激发人民群众内生动力。2019年，中国一汽在产业扶贫上累计投入资金2262.4万元，主要用于养殖、合作社项目和农特产品推介。在凤山县投入252.4万元开展产业扶贫，通过招商合作方式，在文里村打造100亩中草药产业示范基地和210亩高山生态种养殖基地，采用"公司+合作社+贫困户"经营模式，土地流转每年收入24.79万元，带动99名劳动力就业，就业收入达63.6万元（其中贫困户25人），同时带动村民合作社发展，合作社年纯收入19.46万元左右，项目惠及84贫困户422人。投入110万元，用于110户养蚕贫困户扩大生产自建蚕房补助，每户补助1万元，增加贫困户产业养蚕收入每年约4000元，项目惠及110个贫困户582人。投入100万元组织村基层干部和合作社（致富）带头人参加中国扶贫基金会培训，提升基层组织建设能力和合作社产业发展能力。在镇赉县投入1260万元开展肉牛养殖产业扶贫基地建设，项目惠及59个非贫困村1.3万名建档立卡贫困人口，进一步拓宽当地居民增收渠道，确保脱贫成效。在和龙市投入750万元，用于旅游开发项目，主要为"一汽小镇"项目，建设集餐饮、娱乐、休闲度假、会议为一体的旅游综合体及朝鲜族特色民宿。该项目将依托一汽主题、朝鲜族民俗特色、风景游览等功能，有效带动当地旅游产业发展，进一步拓宽当地居民增收渠道，保证脱贫成效。头道镇延安村旅游综合体项目将主要打造特色民俗风情主体民俗和综合体场馆，为和龙市地方旅游发展提供助力。

3. 推进教育公平发展，阻断代际贫困

让贫困地区的孩子们接受良好的教育，是扶贫开发的重要任务，也是阻断贫困代际传递的重要途径。2019 年，中国一汽在对口帮扶地区累计投入 1082.3 万元开展教育扶贫。其中，在凤山县投入 466.7 万元，资助贫困家庭高中生和大学生、开展教师培训、为移民学校配备多媒体设备等；在镇赉县，投入 40 万元资助建档立卡贫困学生；通过红旗扶贫梦想基金，向镇赉县、和龙市、凤山县各投入资金 150 万元，总计 450 万元，用于智慧学校建设。在三个县开展红旗梦想自强班项目，投入 125.6 万元，受益贫困学生 703 人。

4. 做好健康扶贫，强化兜底保障

健康扶贫是脱贫攻坚战中的一场重要战役，因病返贫、因病致贫是扶贫工作中啃"硬骨头"的主攻方向。2019 年，中国一汽开展健康扶贫工作，累计投入约 1096 万元。其中，在凤山县投入 530 万元，改造贫困村卫生室 57 个，完善贫困乡村医疗基础设施，改善当地村民就医条件；在和龙市投入 360 万元医疗帮扶资金，策划启动"医疗条件改善项目"；在 3 个县共投入 206 万元建立救急难专项基金，直接为生活困难的弱势群体提供兜底保障。此外还在镇赉县、和龙市推进"吉心工程"落地，无偿为 39 名贫困人口实施了心脏病手术。

5. 消费扶贫助农增收，打造"永不落幕的展示会"

在消费扶贫上，2019 年，中国一汽在全国扶贫日到来之际，开设"中国一汽扶贫馆"线上馆、线下馆。线上馆携手红旗智联、中国农业银行进行运营，并携手天猫、京东、苏宁等头部电商，将 3 个定点县特色产品销往全国，打造"一网打尽的云平台"；线下馆新建面积达 1000 平方米的集展示、推广、品鉴、商洽服务于一体的"中国一汽扶贫馆"，主要面向机关、社区公众开放，重点直供一汽员工福利和食堂等大客户，打造"永不落幕的展示会"。同时中国一汽携手吉林省委组织部，邀请 1000 多款吉林省第一书记代言产品进驻扶贫馆，极大地丰富了产品线。截至 2019 年底，已实现消费扶贫金额超过 562 万元，完成《中央单位定点扶贫责任书》下达任务 135 万元的 417%。

6.“三区三州”深度地区扶贫

习近平指出，“实现西藏和四省藏区长治久安，必须常抓不懈、久久为功，谋长久之策，行固本之举”。按照做深、做细、做实援藏项目的原则，中国一汽高度重视、精心组织实施一汽援藏精准扶贫和新农村建设项目。2019年，中国一汽先后派出5名援藏干部，投入援藏资金3030万元，主要用于新农村建设及基础设施、教育、医疗、培训就业等方面，较明显地改善了农牧民居住条件和生活环境，进一步推进了当地经济社会发展。2019年底，两县实现脱贫摘帽。

（三）创新扶贫，主动而为，激发脱贫可持续内生动力

在高质量全面完成脱贫攻坚任务的前提下，中国一汽还主动而为、全力推进全国脱贫攻坚进程。为加强扶贫与扶志、扶智相结合，中国一汽通过加大教育扶贫力度，激励和引导贫困地区学生要靠自己的努力改变命运，使脱贫具有可持续的内生动力。2018年设立了总额1.5亿元的红旗扶贫梦想基金，发起了“高举红旗，精准扶贫，走好新时代长征路”项目，在红军长征路沿线105个国家级贫困县，开展红旗梦想智慧学校、红旗梦想自强班、红旗梦想艺术课堂等教育扶贫活动，推动贫困地区实现持久脱贫。2020年，已经投入8300万元建成6所红旗梦想智慧学校，开设了140个红旗梦想自强班，培训了800多名基层教师，受益乡村中小学生达13万多名。

2020年，中国一汽对口帮扶地区全部实现脱贫摘帽。为巩固来之不易的脱贫成果，中国一汽还将在以往帮扶基础上，继续严格按照党中央要求，因时而谋，因势而动，因地制宜施策，并将坚持扶贫力度不减，防返贫力度不懈，保持现有帮扶政策总体稳定，扶上马送一程，坚决做到“四个不摘”，全力支持对口帮扶地区经济社会发展，助推全面脱贫与乡村振兴有效衔接。

（四）利益相关方评价

中国一汽积极响应党中央精准扶贫的号召，吸收长期以来对口支

援西藏的丰富经验，经过十余年的探索逐渐形成了"因户制宜、一户一策""分类定策、产业全覆盖"的多维扶贫模式。西藏地区敏感复杂，推动西藏自治区跨越式发展与长治久安，是党中央从国家战略与全局高度做出的重要决策。中国一汽十五年援藏积累了丰富的精准扶贫经验。精准扶贫、精准脱贫的核心在于产业支撑。基于援藏扶贫的宝贵经验，一汽集团在国家新一轮扶贫开发工作的总体要求之下，为精准扶贫做出了更多的有意义的探索。其中最重要的就是依托地方小镇发展比较优势，实现地方由"输血"式扶贫到"造血"式扶贫的转变。

——北京大学贫困地区发展研究院

爱心不分大小，爱心不分区域，爱心需要行动，爱心更需要榜样。中国一汽的爱心善举，为支持地震灾区和藏区的残疾人事业发展开了一个好头，必将示范带动更多的爱心企业和个人参与进来，通过实施持续不断的援川、援甘项目，为残疾人事业发展注入"催化剂"，为更多热心慈善公益的爱心企业注入了"正能量"。

——中国残疾人福利基金会

瑶寨四周全是山，以前不通路，大多数是土路，村里人也很少走出去，基本地里种什么吃什么，大家就吃什么，做饭取暖只能到山上砍柴。养的牲畜也都卖不上价钱，因为运输成本太高，可是如今与以往就大不一样了，一汽帮我们把村路修好后，外边卖蔬菜瓜果的可以每天开车进来，村里人也能到几公里以外的镇上，骑十多分钟的摩托车就到了，或者可以打电话花上个五块钱就能叫一辆车。能够有这么大的变化，多亏了一汽这些年的帮扶，真的很感谢他们。

——凤山县瑶寨屯老屯长罗银金

中国一汽对和龙市的倾力帮扶，促进了和龙市经济社会发展，脱贫攻坚工作取得了明显成效，产业帮扶项目效益显现，贫困群众的生产生活条件得到改善，尤其在和龙市的对外宣传以及赛事支持方面，促进了地企之间实现良好的合作互利共赢。

——和龙市委书记金烈

二 经验模式总结

中国一汽投身精准扶贫领域，为消除贫困、促进教育公平和发展、保障贫困群众的身体健康等做出积极贡献，在助力全面建成小康社会中彰显中国一汽作为共和国汽车长子的央企风范和责任担当。

以"住有所居、学有所育、病有所医、劳有所得、产有所销"+"人·车·社会和谐发展"为目标驱动，以"基建扶贫、教育扶贫、健康扶贫、产业扶贫、消费扶贫+红旗扶贫梦想基金"为抓手，在对口帮扶县市、对口支援县、协助帮扶县、定点帮扶点，聚焦精准，因村因户因人施策；通过以实地调研、制定规划、项目实施、考核评价为具体项目实施路径，筑牢贫困地区的发展"底盘"；以制度、人才、资金为三重保障将精准扶贫工作融入战略、融入决策、融入运营，为贫困地区脱贫提质增速保驾护航。

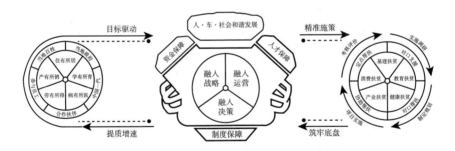

图1 中国一汽精准扶贫模式

（一）强有力的顶层规划和指引作用

脱贫攻坚，理念先行。从整体来看，该模式是中国一汽推进精准扶贫工作的总体思路和行动路线图；从各模块来看，是中国一汽推进精准扶贫工作的操作指南。中国一汽通过该模式明确了推进精准扶贫工作的核心目标、行动依据、实现方式、基本路径和核心领域，对扶贫工作形成全方位的引领和指导；同时，各模块间相互联动、互促互进，为打赢精准脱贫攻坚战拓宽了思路、积累了经验。

（二）重点推进五大领域，扶贫到点、到根

有目标才能毅然前行，有聚焦才能精准发力。在精准扶贫的实践过程中，中国一汽重点推进基建扶贫、教育扶贫、健康扶贫、产业扶贫、消费扶贫五大领域。坚持"精准滴灌"，找准"穷根"、明确靶向、量身定做、对症下药，盘活当地特色资源，因地制宜解决实际问题，真正做到扶贫扶到点上、扶到根上。与此同时，坚持创新帮扶，经过持续有效的帮扶，切实让贫困地区实现"输血"向"造血"的转变，加快贫困地区脱贫致富奔小康的进程。

"四轮驱动"：吉利构建全产业链帮扶新格局 *

吉利控股集团于 2016 年启动"吉时雨"精准扶贫项目，现已投入 5.5 亿元，帮扶 10 省 20 个地区建档立卡户 17000 余户 30000 余人次。其中，教育帮扶超 13000 人，解决就业超 4000 人，在 20 县 43 村开展农业项目 31 个，采购农副产品 7900 万元。吉利以汽车产业为基础，因地制宜，以"四轮驱动"开展"教育扶贫、就业扶贫、农业扶贫、消费扶贫"，打出一套精准扶贫"组合拳"；通过"农业扶贫＋消费扶贫""教育扶贫＋就业扶贫"两两联动的模式，使各项资源得到有效承接和转化升级；在推进农业扶贫中注重整合优势资源，构建"资金＋管理＋技术＋品牌＋销售"的全产业链帮扶新格局，探索可造血、可复制、可持续的精准扶贫长效模式。

党的十八大以来，以习近平同志为核心的党中央以高度的责任感和使命感，将扶贫开发摆到治国理政的重要位置，纳入"五位一体"总体布局和"四个全面"战略布局进行决策部署，加大扶贫投入，创新扶贫方式，以前所未有的力度推动扶贫工作，同时动员社会各界力量，发挥自身优势，积极参与到脱贫攻坚的工作中。

吉利控股集团秉承"吉利把生产基地建设到哪里，就要把精准扶贫工作开展到哪里"的扶贫思想，积极投身到脱贫攻坚战役中，开展产业扶贫、教育扶贫、就业扶贫、农业扶贫、消费扶贫，探索出了一条发挥产业优势、符合当地实际的企业扶贫新路子。

---

* 案例素材由浙江吉利控股集团有限公司提供，南方周末中国企业社会责任研究中心进行编辑。

一 项目实施举措与成效

秉承"吉利把生产基地建设到哪里，就要把精准扶贫工作开展到哪里"的扶贫指导思想，吉利将参与脱贫攻坚视为历史赋予企业的使命、党赋予的重要政治任务，确立了"党委主抓、部门协调、基地主办、伙伴协同、全员参与"的企业扶贫协作组织机制，构建"政府搭台、企业出资、农户执行、社团监管"的多方参与、贫困户受益的扶贫工作格局，坚持"征集需求、实地调研、制定规划、项目实施、考核评价"的规范化扶贫流程管控，构建长效扶贫机制，扎实推进各项扶贫工作。

（一）主业为基，四轮驱动，稳步推进五大扶贫举措

吉利将精准扶贫作为企业一项重要战略，以汽车产业为基础，充分发挥产业规模与优势，联动上下游伙伴，在生产基地所在贫困地区开展"教育扶贫、就业扶贫、农业扶贫、消费扶贫"，以"四轮驱动"，打出一套精准扶贫"组合拳"。

通过"农业扶贫 + 消费扶贫"，既夯实贫困地区农业产业基础，又兜底保障农产品销售渠道，产销结合有效提升贫困群体"造血"能力；通过"教育扶贫 + 就业扶贫"，既以技术赋能贫困人口，又依托产业发展需求提供就业岗位，有效激活贫困人口内生发展动力。"两两联动"的扶贫模式，使得各项资源得到了有效承接和转化升级，为贫困地区的脱贫致富注入动能。

1. 产业扶贫，"输血"更"造血"

吉利在充分发挥产业规模与优势，联动上下游伙伴，带动当地经济发展的同时，解决就业难题。重点推进两大项目：一是 2019 年 10 月，吉利对百矿集团进行资产重组，以产业扶贫模式推动百色铝产业转型升级，为革命老区高质量发展注入新动力。二是向贵阳市慈善总会捐赠 6000 余万元，新建"吉时雨"贵阳扶贫工厂，为整车厂配套零部件，招聘 100 名建档立卡户就业，同时每年盈利的 40% 用于当地的精准扶贫、乡村振兴。

2. 教育扶贫，扶贫先扶智

吉利累计投入超过 4 亿元，帮扶学生超 13000 人次，其中 2019 年投入资金 1.7 亿元，帮扶学生超 3500 名。

3. 就业扶贫，扶志谋发展

吉利要求整车厂招聘建档立卡户占当年新入职一线员工总数的 10%，动员配套厂商参与就业扶贫；要求农业扶贫项目优先招聘建档立卡户。现已累计帮扶建档立卡户 5000 余人就业脱贫。

4. 农业扶贫，因地巧制宜

吉利积极推进"万企帮万村"定点帮扶工作，投入近 5000 万元，在 20 县 43 村扶持特色农业项目 31 个，约帮扶建档立卡户 3000 户 10000 人，惠及村民约 11000 户 40000 人。

5. 消费扶贫，以购代捐赠

"让扶贫更有深度，让消费更有温度"，集团及下属企业优先考虑和常态采购贫困村合作社的农产品，作为食堂原料、职工福利，总采购金额已超过 7900 万元。

（二）创新扶贫思路，探索企业力量参与扶贫新模式

企业参与扶贫，应是一项持续行为，必须充分发挥和整合企业内外部优势资源，创新思维，构建长效模式。

1."智、志"双扶，激活贫困户脱贫"原动力"

扶贫先扶智，扶贫必扶志。教育扶贫聚焦"扶智"，让贫困学子接受教育，阻断贫困代际传递；就业扶贫聚焦"扶志"，让贫困劳动力有一技之长，有职不贫，提升贫困户的内生发展动力。

（1）励志助学计划——圆贫困学子的校园梦

吉利充分利用旗下五所院校的教育资源优势，投入帮扶资金 4200 万元，招收帮扶 10 省的建档立卡学生 1600 余名，免交学费、住宿费等，报销家校往来路费，直至完成学业。学生毕业后，根据本人意愿优先通过招聘进入吉利就业。

同时，为 10 省就读非吉利院校的 11000 余名贫困学子，提供每人每年 4000~6000 元励志助学金，直至完成学业。

（2）企校合作计划——让贫困地区职校学子享受教育均衡

吉利联合旗下院校与贫困地区 100 余所职业技术学院开展企校合作，开办 260 个"吉利成才班"，招收建档立卡贫困学生 3000 余名，推进企业新型学徒制，入学即就业。同时，吉利自主开发"吉时学"线上学习平台，让合作院校学生共享"院校老师 + 吉利工程师"的双师课程教育，推动贫困地区教育均衡。

（3）技能培养计划——有技不贫，让贫困户脱贫有底气

"教育扶贫"和"就业扶贫"有机结合，吉利在张家口、湘潭、贵阳、宝鸡、成都等地投入 2.8 亿元，新建五个"吉时雨"职业技能培训中心，为建档立卡贫困青年、转退军人开展汽车相关的技能培训，结业后可优先应聘进入吉利就业，也可自谋职业。

2. 整合优势资源，构建全产业链帮扶新格局

吉利在推进农业扶贫中特别注重整合优势资源，推动一二三产融合发展，构建"资金 + 管理 + 技术 + 品牌 + 销售"的全产业链帮扶新格局。

从供给侧入手，让农民积极发展种养殖业壮大一产，引入龙头企业发展二产，将农产品转化为高品质的绿色商品；从需求侧入手，积极探索消费扶贫新模式、整合优质电商平台，解决农产品销售瓶颈。

以吉利帮扶雷山茶产业项目为例。吉利捐赠 2000 万元，流转茶园 2000 亩，新建拥有绿茶、红茶加工设备的现代化茶叶精深加工厂——雷山云尖公司。"规范标准、订单采摘"，既提高茶青品质，又提振茶农种茶信心，壮大一产。为填补雷山县夏秋茶无人采收、无人加工的历史空白，吉利委托娃哈哈以夏秋茶为原材料，研发一款全新的绿茶纯茶饮料，实现茶叶资源利用最大化，有效提高茶园亩产效益。

二产方面，着力进行供给侧改革，转变思维，以销定产、以市场定产品。吉利整合浙茶集团资源，引入西湖龙井、九曲红梅的绿茶、红茶加工技术，拓宽雷山茶产品谱系、提升产品品质，推出的"雷山云尖"绿茶和"雷

山金红"红茶得到了国家一级评茶师沈红老师的高度评价。

将"农业扶贫"与"消费扶贫"有机结合,除吉利定点采购、保底消费的方式助推销售外,积极探索消费扶贫新模式,邀请媒体、吉利车主、消费者代表到雷山茶园、茶厂实地探访、交互体验,让消费者感知产品的优质地理环境与生产流程,理解"高山云雾出好茶"的品牌个性,提升品牌与用户的黏性。

同时,整合优质电商平台进行商业化运作,与故宫文创、抖音、中国扶贫基金会"善品公社"、网易严选、贵高速"最汇购"等平台以联合品牌的运营方式,拉动销量的同时助推"雷山云尖"品牌影响力的提升。

2019年试运营期间,雷山云尖公司实现销售额514.4万元,盈利近80万元;2020年上半年销售收入达500万元。累计兑现全县茶农茶青款390万元,惠及全县8乡镇茶农16000余人次,其中兑现建档立卡户茶青款130万元,惠及8500人次。

二 经验模式总结

(一)立足主业,发挥资源优势

在全社会力量参与的脱贫攻坚战中,企业是最为重要、最为活跃的主体。企业凭借自身在资本、人才、技术、市场等方面的优势,充分挖掘和发挥贫困地区的生态和资源禀赋,将资源优势转化成产业优势和经济优势。秉承"吉利把生产基地建设到哪里,就要把精准扶贫工作开展到哪里"的指导思想,吉利依托自身业务布局,充分发挥集团产业优势,投入上千亿元在开展精准扶贫的地区稳步推进新基地建设、合规运营现有基地,进而带动上下游产业进驻,在产生直接经济效益的同时,衍生出用工、消费等需求,从而激发贫困地区脱贫的内生动力。

企业作为社会扶贫的重要力量,不仅仅是依靠资金的投入,更需要充分发挥企业优势,才能从根本上提升扶贫的整体效果。吉利立足主业的扶贫模式,将扶贫工作与企业经营有机地结合起来,从而实现企业与贫困地区的双赢，同时引入上下游产业链伙伴共同参与其中，进而达成多方共赢。吉利通过将企业优秀的经营理念、管理经验、技术技能、产业资源带入贫困地区，带动当地干部、群众接收新的理念，逐步融入主流市场，从根本上帮助当地解决贫困问题，从而推动整个项目的可持续发展。

（二）内外协同，真扶贫，扶真贫

企业参与脱贫攻坚更应坚持"精准"的基本方略，提高扶贫成效，做到扶真贫、真扶贫、真脱贫，切实增强扶贫成果的可持续性，从根本上防范返贫的发生。

吉利将企业参与精准扶贫工作作为一项重要的政治任务，充分协调内外部资源，完善扶贫工作体制机制，构建"集团牵头、基地主办、伙伴协同、全员参与"的扶贫模式。吉利集团层面，由董事长李书福亲自领导，明确机构、专门部门、专职人员负责具体推进；基地层面，负责扶贫工作的细化与落实，并与集团建立常态化沟通机制，确保扶贫工作有效开展。由吉利集团牵头制定目标、管控流程，解决了扶贫工作的方向与思路问题；由基地主办，分公司党委统筹领导，各扶贫小组分工实施，上下联动，解决了扶贫工作的人员和管理问题，内部形成一套有序的扶贫工作推进机制。

（三）扶贫扶智，双向输送人才

"十三五"脱贫攻坚规划指出，要加快发展职业教育，强化职业教育资源建设，加强有专业特色并适应市场需求的职业院校建设；加大职业教育力度，引导企业扶贫与职业教育相结合，鼓励职业院校面向建档立卡贫困家庭开展多种形式的职业教育；加大贫困家庭子女职业教育资助力度。吉利控股集团充分响应国家号召，大力开展教育扶贫，依托旗下 5 所院校的教育资源优势，围绕职业教育、硬件设施建设、师资培养、建档立卡贫困户学生资助等方面，帮扶学生超过 13000 人次。

（四）消费兜底，有深度有温度

消费扶贫通过消费来自贫困地区和贫困人口的产品与服务，帮助贫困人口增收脱贫，是社会力量参与脱贫攻坚的重要途径。大力实施消费扶贫，有利于扩大贫困地区产品和服务消费市场，调动贫困人口依靠自身努力实现脱贫致富的积极性，促进贫困人口稳定脱贫和贫困地区产业持续发展。

吉利协同集团及各基地大力开展消费扶贫，真消费、实扶贫。一是启发消费者的公益心。集团及各公司在食堂原料采购、员工福利采购、内部商城购物等日常消费过程中，通过购买来自贫困地区的产品，帮助建档立卡户通过销售增收摆脱贫困，从而"让消费更有温度，让扶贫更有深度"，在不增加企业员工生活成本的同时，又能让全体吉利人参与到看似离得很远的"精准扶贫"中来，帮助员工树立有责任、有爱心的社会价值观，提升集团内部凝聚力。二是发掘和宣传贫困地区产品的优点。来自贫困地区的农特产品因工业污染少，更符合绿色、生态的要求，但"藏在深闺人未知"。通过消费扶贫，将贫困地区的优质农产品送到城市人的家中，满足消费者日益提升的对农产品品质和安全的要求，同时帮助贫困地区拓宽农产品销售渠道，推动贫困地区产品和服务融入全国大市场。三是创新消费扶贫模式。吉利不仅在集团内部以定点采购、保底消费的方式助推贫困地区农产品销售，而且带动更多外部相关方前往贫困地区开展责任采购与消费，例如邀请媒体、吉利车主、曹操出行用户、消费者代表到雷山茶园、茶厂实地探访和采茶、手工制茶等交互体验，使消费者感知产品的优质地理环境与生产流程，从而理解"高山云雾出好茶"的品牌特性，增进品牌与用户的关系。

授村民以"渔"：山航集团产业扶贫为农村注入新生机*

2012 年 3 月至今，山航集团累计选派 6 批 12 名优秀党员干部驻村担任村第一书记，选派 1 名厅级干部担任乡村振兴服务队队长，选派 1 名处级干部挂职县委副书记，选派 1 名优秀党员干部任乡村振兴服务队队员；累计投入资金共计 1650 余万元，协调行业资金及社会资金超过 7000 万元，帮扶 9 个村实现脱贫，极大改善了帮扶地区人民的生产生活条件。

党的十八大以来，以习近平同志为核心的党中央把脱贫攻坚工作纳入"五位一体"总体布局和"四个全面"战略布局，作为实现第一个百年奋斗目标的重点任务，作出一系列重大部署和安排，全面打响脱贫攻坚战。党的十九大提出"乡村振兴战略"，做出"2020 年实现现行标准下农村扶贫人口全部脱贫"的庄严承诺，并提出"产业兴旺、生态宜居、乡风文明、治理有效、生活富裕"的 20 字方针。其中，"产业兴旺"在农村发展建设的关键要素中居首位。

山航集团党委按照习近平总书记"要坚持精准扶贫、精准脱贫，重在提高脱贫攻坚成效。要解决好'扶持谁''谁来扶''怎么扶'的问题"的指示精神，充分发挥企业优势，借助市场化资源，并撬动更多社会力量积极参与，授村民以"渔"，确保扶贫成效可持续，实现扶贫资源利用最大化和效益最大化。

---

* 案例素材由山东航空集团有限公司提供，南方周末中国企业社会责任研究中心进行编辑。

一 项目实施举措与成效

山航集团深入调研，精准号脉，按照"一村一策，因地制宜"的原则，通过抓农村基层党建为促脱贫奠定思想基础和组织基础，抓农村基础设施建设夯实脱贫物质基础，改善乡村发展和生活环境，抓人才引进以扶智扶志促脱贫，抓产业造血实现可持续脱贫致富。

山航集团 2012 年 3 月至今共选派 4 轮 6 批 12 名优秀党员干部分别到枣庄山亭区山城街道、水泉镇和济宁微山县两城镇担任第一书记、驻村工作队员、挂职科技副镇长。2018 年 9 月山航集团选派 1 名厅级干部（王武平）担任省派薛城区乡村振兴服务队队长赴枣庄薛城区常庄街道开展乡村振兴工作，2019 年度选派 1 名中层干部（郑雪峰）到济宁市梁山县挂职县委副书记；选派 3 名第一书记（王金成、史晓军和王启亮）分别到济宁市微山县两城镇古井村、东单后村和两城七村开展帮扶工作；选派 1 名乡村振兴服务队员（雷明广）到威海市乳山县白沙滩镇港头村、徐家耩村开展乡村振兴帮扶工作。

山航集团党委高度重视帮扶工作，党委书记等主要领导先后 80 余次到帮包村实地调研帮扶工作开展情况，指导帮扶干部开展工作。8 年以来，山航投入帮扶资金和电脑等物品折合人民币共计 1650 余万元，协调行业资金及社会资金超过 7000 万元，有力的支持了脱贫工作的开展。通过山航的大力支持与驻村帮扶干部的不懈努力，已有 9 个村实现了脱贫，3 个帮扶村的生产生活条件也都有了较大改善。

（一）抓党建促脱贫，加强组织建设和政治引领

山航在扶贫工作中，坚持抓党建促扶贫的工作原则，坚持变"输血"为"造血"的工作方式，明确帮扶工作创新思路，夯实帮扶村脱贫致富的组织基础。

1. 夯实基层党建，推进组织振兴

加强农村党员干部队伍建设，选派优秀机关干部到村（居）任支部书记，夯实基层基础，推进农村党员进党校工作，不断提高农村党员干部综合

素质和工作水平；加强平安乡村建设，邀请法律人士担任街道法律顾问，举办培训班提高基层工作人员处置化解涉法问题水平以及拒腐防变的鉴别能力，推动法律服务资源下沉。

表1　山航集团"四抓"扶贫模式

抓党建促脱贫	抓基建夯实基础	抓人才扶智扶志	抓产业造血扶贫
①抓党建促脱贫，加强组织建设和政治引领：抓好农村基层党组织建设，充分发挥基层党建的引领作用，是做好扶贫和乡村振兴工作的关键 ②夯实基层党建，加强组织建设：不断提高农村党员干部综合素质和工作水平 ③抓班子带队伍，强化脱贫攻坚基础：从班子建设、党员教育、职责制度落实上突破和改进，推动村级治理能力全面提升 ④加强思想学习，开阔村干部的眼界和思路：增强村支委的凝聚力、领导力和模范带头作用，为村发展和建设提供有力的思想和组织保证	①加强基础设施建设，奠定脱贫攻坚物质基础：基础设施建设是农村扶贫和乡村振兴的物质基础 ②以生态文明为引领，推动生态振兴：大力改善乡村的生态环境，打造生态宜居的美丽乡村 ③多方筹资，推进基础设施建设：多方争取项目，筹措资金，办成了一批实事好事，极大地改善了驻村群众生产生活条件	①加强人才引进，吸引多方力量参与：开展多样化技能培训班，着力培养一批懂技术、会管理、闯市场的"土专家""田秀才" ②结合实际引进人才：搭建乡村智库平台，形成了人才、企业、扶贫项目互动发展的良好局面 ③充分引导社会资源：对接山东省规划院、鲁望集团、山新传媒、省保险行业协会等企事业单位，探索一条乡村振兴政企合作新模式	①大力发展产业扶贫，实现造血功能：发展产业是实现脱贫和乡村振兴的根本之策，充分利用财政专项扶贫资金，在保证资金合法合规使用的前提下，坚持因地制宜的原则发展产业项目 ②以特色农业为支撑，推动产业振兴：打造一村一品，推动乡村产业规划布局向专而特、规模化方向转变。创新联农带农机制，促进一二三产融合发展 ③以"党支部+"为引领，推动村集体和个人"双增收"：推行"党支部+合作社+龙头企业+农户（贫困户）"模式，整合资源，形成合力，实现可持续发展。 ④因地制宜发展产业项目：成立村办企业，提供农村就业岗位，增加村集体收入

2. 注重党建引领，加强主题教育

注重加强自身组织建设，规范支部组织生活，高质量开展支部活动，深化政治理论学习和业务学习，深入各村党支部，与党员一起学习研讨，推动农村党员学习的制度化、常态化。严肃临时党支部党内组织生活，定期召开"三会一课"、主题党日活动，充分利用党内组织生活平台传达学习上级决策

部署，把严肃党组织生活同驻村帮扶工作实际有机结合，真正做到学、思、悟一体，以学带做、以学促干。

以党建工作推动群众工作、带动村风民风的转变和村庄治理水平的提升，从班子建设、党员教育、职责制度落实上突破和改进，推动村级治理能力全面提升，目前各省派第一书记村共发展党员 14 名、入党积极分子 68 名，培养后备干部 24 人，培养产业发展人才 17 人。

3. 注重制度建设，规范队伍管理

结合工作实际，先后制定了服务队《日常管理十项制度》《财务管理制度》等规章制度，编印了《服务队工作制度》《服务队党务制度》等手册，严格按照规定程序，开展支部活动和服务工作，做好日常管理，工作落实到人，切实做到凡事有人负责、凡事有章可循、凡事有据可查。

主导成立梁山县省派第一书记临时党支部，制定出台了《梁山县省派第一书记临时党支部管理制度》和《第一书记帮扶经费管理办法》，把日常考勤、外出请假事项报告、廉洁自律等全部纳入制度化管理。

4. 强化理论宣传，指导扶贫工作

开展"送党课下基层"活动，以"四个一"的形式推动学习宣传贯彻习近平新时代中国特色社会主义思想和党的十九大精神向基层延伸；邀请山东省文明实践中心首席专家魏恩政教授为党员干部作了"共产党宣言"专题报告；着力打造"乡村振兴大讲堂"品牌，充分利用新时代文明实践中心、区委党校"清华大学乡村振兴远程教学站"、农民夜校等宣传阵地，定期宣传宣讲党的创新理论，讲授农业知识；利用新型媒介，把宣讲内容做成公众号微课堂，定期推送至各村党支部，加强宣讲效果。

（二）加强基础设施建设，奠定脱贫攻坚物质基础

基础设施建设是农村各项工作顺利进行的基础，在农村扶贫和乡村振兴工作中占有重要的基础性地位。推进美丽乡村建设，大力改善乡村的生态环境，打造生态宜居的美丽乡村。

一是开展人居环境整治。聘请专业公司清理村居卫生，形成"户集、村收、镇运、区处理"的垃圾处理模式，城乡环卫一体化实现全覆盖；推进"厕所革命"，在帮扶村新建公共厕所。

二是完善公共服务设施，大力修缮道路、桥梁，极大地改善了群众生产生活条件，积极配合协调村民拆除违章建筑，与村民一道修缮村里道路，力保村里交通运输畅通。全面推行"街长制""河长制"，公共服务效果得到极大提升，老百姓获得感、幸福感不断提升。

三是推进果木绿化美化。在科学论证的基础上，结合帮扶村实际，制定政府主导，群众管护、"一村一品"的果木绿化美化方案，实现村庄绿化美化、农民增收创收的生态双赢模式。

四是强化农业资源保护。配套建设了水肥一体化设施，秸秆全部还田，推广建设喷淋灌溉设施，初步实现了农业循环发展。东单后村开展了街道整治美化工作，村里的两条主街打造实现了从"脏、乱、差"现象比较严重且污水横流到卫生、实用、美丽的转变，并新增设了排水设施。

（三）抓人才扶智扶志，实现精准扶贫

山航帮扶工作组按照"五必访五必问"的要求走访贫困户，了解贫困户致贫原因、生活状况，为有针对性地做好下一步帮扶工作打下基础，真正做到精准扶贫、精准帮扶。在深入调研的基础上，注重人才"内培外引"工作，吸引社会各界力量以资金、技术、人才、知识下乡等多种方式参与乡村振兴。

1. 依托产业培训人才

围绕各村种植项目，邀请农业专家现场教学指导，开展多样化技能培训班，着力培养一批懂技术、会管理、闯市场的"土专家""田秀才"，举办农业科技下乡宣讲、乡村振兴专题讲座，引导村民科学种植、规范管理。

2. 结合实际引进人才

参与搭建街道智库平台，如协助常庄街道龙头企业引进北京农业信息技术研究中心教授杨信廷、乌克兰工程院院士维塔利·卡多夫斯基和阿纳托利·阿尔洛夫等专家学者，积极推进院士工作站建设，为企业发展提供智力支撑。面向科研院所、政府职能机构聘请"周末技术顾问""客座教授"，以

兼职合作的方式形成了人才、企业、项目互动发展的良好局面。同时，梳理7类38位省级农业专家名单，分别对接帮包村和有关种养大户，解决了专家信息与农户需求不对称的问题，并为帮包村签约了农业专家，提供专业技术服务。

3. 充分引导社会资源

积极引导社会各界力量参与乡村振兴工作，先后对接山东省规划院、鲁望集团、山新传媒、省保险行业协会等企事业单位助力服务队工作；协调山航集团捐赠乡村振兴帮扶资金100万元，用于美丽乡村建设，探索一条乡村振兴政企合作新路子，合力谱写乡村振兴齐鲁样板。

4. 加强调研考察学习

开阔思路和视野，服务队到美丽乡村建设示范点考察学习，拓宽眼界、创新思路；政府、高校及科研院的专家传经送宝，通过对农村扶贫脱贫、美丽乡村建设、人居环境整治等问题的深入交流，深化了对农村工作的认识。

（四）抓产业造血扶贫，实现可持续发展

发展产业是实现脱贫和乡村振兴的根本之策，山航帮扶工作组立足于当地实际情况，充分利用财政专项扶贫资金，在保证资金合法合规使用的前提下，坚持因地制宜的原则发展产业项目。

1. 以特色农业为支撑，推动产业振兴。

深挖各村资源禀赋和比较优势，形成了"打造一村一品，推动乡村产业规划布局向专而特、规模化方向转变"的工作思路。按照一村一品要求，利用房前屋后闲置空地，打造特色果木村，店子葡萄村、大山石榴村、埠东埠西樱桃村形成了规模效应，盛果期内预计每年可为各个帮包村增收70万元。

2. 创新联农带农机制，促进产业融合发展

指导帮包村试点种植丰产性好、价值更高的产物，采取"村集体＋合作社"形式，链接电商平台，协调当地政企签订采购协议，推动农产品销售，有效促进一二三产融合，增加农业附加值；在服务队的帮扶下，帮包的五个村集体收入均超过了5万元。

3. 以"党支部+"为引领，推动村集体和个人"双增收"

强化支部堡垒作用，推行"党支部+合作社+龙头企业+农户（贫困户）"模式，整合资源，形成合力，实现可持续发展。发挥第一书记带头作用，引导干部带头谋发展、促脱贫，鼓励村干部带头垫资，发展草菇种植项目，推动第一书记发展高附加值蔬菜种植项目。各省派第一书记确定的40个扶贫产业发展和致富项目已全部纳入梁山县扶贫项目库，已开工建设17个，带动参与扶贫产业发展人才141人，带动贫困人口就业86户。

二　经验模式总结

（一）抓党建是脱贫工作的重中之重

抓好抓实农村基层党组织建设，强化支部堡垒作用，推行"党支部+合作社+龙头企业+农户（贫困户）"模式，整合资源，形成合力，实现可持续发展。

（二）抓人才扶智扶志，实现精准扶贫

在深入调研的基础上，注重人才"内培外引"工作，吸引社会各界力量以资金、技术、人才、知识下乡等多种方式参与乡村振兴，实现精准扶贫。

（三）抓产业造血扶贫，实现可持续发展

发展产业是实现脱贫和乡村振兴的根本之策，山航帮扶工作组立足于当地实际情况，充分利用财政专项扶贫资金，在保证资金合法合规使用的前提下，坚持因地制宜的原则发展产业项目。

电子信息行业：新技术赋能脱贫攻坚

"分享村庄"：中国三星助力乡村发展与振兴[*]

2017 年 7 月，白岩村成功入选"三星分享村庄"项目。这是在国家精准扶贫战略指导下，中国三星基于"分享经营"理念，从欠发达地区甄选深度贫困村庄，为其量身定位产业规划，完善基础设施，引入产业投资和运营团队，旨在通过"选村精准、项目精准、资金精准、效果精准"的模式，帮助贫困村实现早脱贫、真脱贫、不返贫，并形成可落地、可持续、可复制的精准扶贫模式。

乡村是具有自然、社会、经济特征的地域综合体，兼具生产、生活、生态、文化等多重功能。乡村兴则国家兴，乡村衰则国家衰。中国全面建成小

---

[*] 案例素材由三星（中国）投资有限公司提供，南方周末中国企业社会责任研究中心进行编辑。

康社会和全面建设社会主义现代化强国，最艰巨最繁重的任务在农村，为此十九大报告提出"乡村振兴战略"，把此战略作为新时代"三农"工作总抓手，为乡村发展指明了方向和道路。

自1992年进入中国以来，中国三星在不断与中国社会分享先进技术与产品成就的同时，时刻关注中国贫困群体，注重将经营成果与他们共享。其中"一心一村"行动是中国三星自2005年起开展的代表性公益活动，是一项立足于新农村建设而实施的社会公益活动。活动主要是由中国三星各在华分公司通过与附近的一个村庄姊妹结缘，帮助其改善村内基础设施、发展相关产业，最终实现村庄的富裕。

2015年，中国正式吹响了脱贫攻坚的冲锋号，中国三星更是以坚定的信念与中国携手踏上打赢脱贫攻坚战役的征途。2018年，中国三星根据中国政府乡村振兴战略需求、社会认同程度、企业力所能及等因素，确定了《2018年至2020年扶贫新战略》——聚焦精准扶贫，通过产业扶贫、教育扶贫、健康扶贫的方式，重点支持三区三州和集中连片深度贫困地区的脱贫攻坚事业，推动产业扶贫、助残、扶智一体化的可持续发展战略。

28年来，从"一心一村"行动到3年扶贫新战略，中国三星始终着眼于中国乡村的发展与振兴，不断扩大帮扶领域，用科学、有效、多元的帮扶手段，推动中国乡村逐步摆脱困境，在拥抱新生活的同时，掌握获得持久幸福的本领，为中国的乡村振兴事业贡献三星智慧和力量。

一 项目实施举措与成效

贵州省雷山县白岩村地处贵州山岭之中，位于雷公山西南麓，风景唯美、民俗丰富、村民热情肯干，被誉为"梯田托起的村庄"。但是白岩地处偏远，距离雷山县城5公里，距离凯里高铁南站52公里，距离贵阳则超过200公里。白岩村耕地面积475亩，林地面积5874亩。全村辖5个村民小组151户616人。其中建档立卡户为57户，贫困人口234人，贫困发生率为37%，是雷山县脱贫攻坚的重点村庄之一。

2017 年 7 月，白岩村成功入选"三星分享村庄"项目。这是在国家精准扶贫战略指导下，中国三星基于"分享经营"理念，联合中国扶贫基金会推出的产业扶贫项目。项目从欠发达地区甄选深度贫困村庄，为其量身定位产业规划，完善基础设施，引入产业投资和运营团队，旨在通过"选村精准、项目精准、资金精准、效果精准"的模式，帮助贫困村实现早脱贫、真脱贫、不返贫，并形成可落地、可持续、可复制的精准扶贫模式。

（一）打造民俗产业链，反哺村集体经济

中国三星将产业扶贫上取得的成功经验与白岩村实际情况进行结合，制定白岩村的整体开发规划，按照"景区带村、能人带户"的原则，对白岩村的房屋进行修缮，打造具有当地文化特色的高端民宿，组织村民成立乡村旅游合作社，招募村里的劳动力，让村民实现家门口就业，经营取得的收益由全村共享，无论民宿运营团队盈利如何，都必须保证村民的最低分红收入。

2018 年 9 月白岩村一期两栋旧民居改造项目正式开工建设，在建筑原有风貌的基础上，坚持"修旧如旧"原则，2019 年 3 月达到入住标准启动试住，6 月正式对外开放。

2018 年 12 月，白岩村二期民宿工程招标工作顺利完成。与项目一期的老屋改造不同，二期项目是在村里的空地新建了 7 栋民宿建筑，从而使二期的民宿空间布局更宽敞、更合理。二期项目共有 13 间客房，同时有影院、咖啡厅等配套空间。2019 年 9 月，白岩村一、二期工程全部竣工，29 间客房投入试运营。目前，民宿运营效果极好，暑期和周末普遍都能达到满房效果。

白岩村民宿运营以来，村庄及白岩村民的生活发生了很大变化。2019 年底，白岩村实现了"双清零"目标，贫困户人均年收入达 7300 元，实现民宿经营收入 55 万元，2020 年预计超过 100 万元。此外，白岩村计划合作开发鱼酱、雷山银球茶等民宿周边产品，自主研发杨梅汁、手工木勺、手工小板凳等配套农副产品。预计直接销售年收入 15 万 ~30 万元，间接农副产品销售年收入 30 万 ~80 万元，通过周边文化活动带动旅游收入 50 万 ~100

万元。

白岩民宿项目同时为村里创造了新的就业岗位。项目一期已从村里聘用了两名村民为管家，负责游客接待、客房打扫等工作，从贵阳嫁到白岩的刘菊就是其中一位。刘菊是大专毕业生，婚前在贵阳工作，婚后与丈夫一起来到白岩村，并在这里生下了孩子。婚后，虽然也希望回城市继续工作，但始终不忍心把孩子留在家里。听说村里新开的民宿在招管家，她便立刻报了名。刘菊与另外 12 名村民一起参加了管家培训，学习了餐饮服务、客房服务、客户沟通等相关知识。最终，只有两人通过考核成为项目一期的管家，刘菊就是其中一个。在项目二期投入运营后，民宿还将再招收 7 名像刘菊这样的管家，让村民不用外出打工，在村里就能有一份体面的工作。

（二）赋能村庄带头人，带动整村脱贫致富

"分享式"扶贫模式再创新，为村庄带头人"赋能"。2020 年是打赢脱贫攻坚战的收官之年，中国三星已经着手思考扶贫路上的下一个议题——在帮助贫困村脱贫后，如何实现真脱贫不返贫，如何在乡村振兴的道路上持续发展。

以"人才第一"为核心价值的三星认为，"人"是最关键的一环，其中村庄带头人的能力提升和思想解放是带动整个村庄脱贫致富、奔小康的关键因素。2019 年 8 月，中国三星分享村庄村长访韩项目应运而生，这是中国三星"分享式"扶贫模式的再一次创新，也是中国扶贫史上第一次"村长"级别的海外交流活动。10 余名分享村庄村长通过实地探访和考察调研，在课程之后收获了更多的新观念，也为今后村庄产业创新发展、村民脱贫致富注入源头活水。

这趟访韩之旅给了白岩村村长唐文德深深的震撼，他第一次见识到国外现代化农村的样貌。他在吸收韩国乡村的先进经营理念和成果等同时，切实提高了帮助村庄村民实现脱贫致富的意识与能力。他看到白岩村可以依托民宿旅游，推进一二三产业联动发展，通过种植、加工、服务和销售一条龙，让游客有更好的体验，挖掘更大的市场，让农民有更多增收的渠道。

从韩国回来后，唐文德开始着手开发民宿周边产品。比如，白岩村村民

家里大多种植杨梅，以往集中上市后销售难度很大，如今都由民宿统一收购制作成杨梅汁给游客品尝，一方面增加了村民收入，另一方面增加了民宿服务特色。白岩村 2020 年还将与当地企业合作，主推八月笋、鱼酱酸、雷山银球茶等特色农产品的加工生产。

二 经验模式总结

（一）精准识别，解决好"扶持谁"的问题

精准识别贫困人口，搞清贫困程度，找准致贫原因，是精准扶贫的第一步。中国三星选择地处苗岭雷公山腹地的贵州省雷山县修建民宿，既是看重当地风景优美，适合民宿产业经营，更是由于白岩村所在的雷山县地处山区，是中国扶贫开发工作重点县，贫困面积广、人口多、程度深。白岩全村 151户 616 人，贫困比例为 37%，是雷山县决胜脱贫攻坚的重点之一。"九山半水半分田"的地貌，造成了当地人生活艰苦，产业的健全度、发掘度被不少现实因素所制约，贫困一直如影随形。中国三星精准选择在雷山县内的白岩村因地制宜发展乡村旅游，修建民宿，推进旅游基础设施建设。2019 年底，白岩村实现了"双清零"目标，贫困户人均年收入达 7300 元，实现民宿经营收入 55 万元，2020 年预计超过 100 万元。

（二）分享经营，打造创新产业扶贫模式

产业扶贫是脱贫攻坚的主要抓手，也是中国三星精准扶贫的重要举措。"分享村庄"正是基于三星"分享经营"理念打造而来的创新产业扶贫模式。

2014 年，中国三星响应国家精准扶贫号召探索扶贫新模式，与中国扶贫基金会联合开启"美丽乡村——三星分享村庄"产业扶贫项目，旨在对贫困村的产业定位与规划、村庄基础设施建设、村民合作组织建设、村庄产业建设发展及村庄公共服务五方面的精准扶助，助其早脱贫、真脱贫、不返贫。中国三星希望通过创新产业扶贫模式，实现"五个分享"，即游客与村民"分享良好的居住环境"、贫困户与非贫困户"分享村庄产业资源"、扶贫村与周

边村"分享发展机会"、全部合作社成员"分享发展成果"、示范村与后续村"分享发展经验和模式"。

（三）分工明确，各尽所能做好扶贫事业

中国三星产业扶贫项目整合了中国三星、中国扶贫基金会、地方政府以及其他专业运营团队的资源。合作各方不仅拥有一大批专业的人才队伍和资源，且在相关领域拥有丰富的经验，在项目执行过程中，充分发挥了各自的优势，努力做好自己的工作。其中，中国扶贫基金会吸收全国各地不同领域的专家与专家团队，对项目给出专业性指导意见，并在合作各方之间起到协调作用。地方政府则对项目给予高度的关注和支持，使项目在落地过程中与地方资源有效对接，保证项目的顺利开展。其他专业运营团队如民宿运营方则通过专业的民宿运营经验，在民宿的管理、服务、培训等方面给予了帮助。而中国三星，并不仅是项目捐资方，而且在项目战略方向确定、项目选拔、运营维护、宣传推广等方面，充分发挥了企业的优势。通过借鉴韩国乡村建设的理念，在我国贫困地区高效整合乡村资源，带动乡村优势产业发展，为村民带来稳定的、可持续的收入，推动贫困地区乡村的脱贫与发展，实现村庄真脱贫、不返贫。

（四）多方合力，打造特色产业扶贫品牌

为了让更多人知道"三星分享村庄"，中国三星充分发挥企业优势，为白岩村高端民宿进行品牌设计、包装及推广。通过与多方的沟通商讨，最终给白岩村的民宿起了一个诗意的名字——"牧云涧"。这个名字一方面是源于白岩独特的云海梯田风貌，另一方面则是希望来到这里的游客能够放松身心，不仅"牧云"而且"牧心"。之后，中国三星通过公司内部平台、丰富的媒体资源等，将"牧云涧"民宿品牌推广至市场，成功吸引了那些在繁华都市中寻求避世轻奢的游客。中国三星分享村庄品牌承载的不只是简单的脱贫任务，更是着眼于打赢脱贫攻坚战后，继续落实乡村振兴战略的强有力的保障。

（五）成功经验，推广复制扩大脱贫范围

中国三星通过"分享村庄"产业扶贫模式，首次在河北涞水县南峪村打造出"麻麻花的山坡"高端民宿品牌，取得了这一精准扶贫模式的成功经验。南峪村成为"分享式"扶贫模式的成功样板，提供了可学习、可借鉴、可复制的脱贫样板。2018 年，中国三星通过长达 6 个月的实地考察论证，再选择了 10 个贫困村进行帮扶。为确保扶贫投资的有效性，将考察村庄按照地缘区位、产业基础、自然风景等因素，分为高端民宿旅游示范村和农产品基地村，并于 2018 年下半年启动项目建设，计划于 2020 年全部完成。

同样，白岩村未来将打造成"三星分享村庄"的西部基地，与东部的南峪村遥相呼应。作为脱贫致富带头人的西部培训基地，白岩村将承担起面向全国贫困村干部提供培训的责任，作为样板给予同样不依托大城市、交通不便但风景秀丽的其他村庄示范。

（六）因地制宜，保证乡村可持续发展

"三星分享村庄"项目的产业规划均在实地考察、多方验证、专家指导的基础上，综合考量当地区位、人文与社会等多层因素，依托当地特色农、牧与资源优势，打造出本土脱贫致富模式。"三星分享村庄"分为两类："高端民宿"和"农产品基地"。

对于风景优美、区位优势较好的地方，三星打造"高端民宿"。雷山县白岩村地处雷山县高速出口附近，距高铁凯里南站较近。梯田与白云相映成趣，苗家传统房屋很别致，民族刺绣及木活手艺、农产品特色十分鲜明。因此，中国三星为其修建、运营"高端民宿"，提高贫困人口旅游服务能力，帮助其在旅游业实现就业，并通过合作社实现村民共享分红。对于农业产业相对发达、有着特色农产品的地方，中国三星则通过帮助当地建立"农产品基地"，把控产品品质，发展规模种养殖，延伸产业链等，助力当地脱贫。如陕西富平县是中国的"柿子之乡"，湾里村地处乔山脚下，顺阳河畔，以种植柿子和花椒为主，其中柿子种植属于主导产业。通过实地考察和调研后，中

国三星确立了湾里村柿饼"农产品基地"。

中国三星对乡村的帮扶均立足于乡村本土特色及优势，并以市场化的视角评估并定位每个村庄的发展方向。这不仅有利于项目顺利落地扎根，让产业能够实现造血，也保证了乡村产业的可持续发展，为实现乡村振兴奠定了坚实基础。

"新起点在县"：美团点评互联网＋县域扶贫计划*

　　2020 年 6 月，美团在前期"新起点计划"的基础上，启动"新起点在县"互联网＋县域扶贫计划，包括面向贫困县再提供 20 万个骑手岗位，切实把扶贫举措落实到县一级。总的来看，该计划以就业扶贫为核心，通过新就业在县、新基建在县、新旅游在县、新培训在县、新公益在县五方面的举措，帮助贫困县把劳动力输出去、周边游客引进来，并通过生活服务业人才培训、在县商户加速"上网"等方式，切实推进县域经济的生活服务业数字化，创造新就业岗位，形成消费和就业贯穿其中的县域内循环，从而助力脱贫，推进乡村振兴。

　　2020 年是脱贫攻坚决战之年。为积极发挥数字经济平台优势，美团于 4 月启动"新起点计划"，包括面向 52 个未摘帽贫困县提供 5 万个骑手岗位；为贫困骑手提供大病保障、免息贷款以及 30 多门针对性培训课程等，给予建档立卡贫困骑手多维度帮扶支持。在"新起点计划"的推动下，越来越多贫困县劳动力通过骑手工作实现脱贫增收。数据显示，2020 年上半年，美团平台上来自国家建档立卡贫困户的新增骑手近 8 万人。

　　为进一步助力精准扶贫，6 月 28 日，美团宣布，将此前针对扶贫的"新起点计划"进一步升级为"新起点在县"，切实把扶贫举措落实到县一级，面向贫困县再提供 20 万个骑手岗位，聚焦未摘帽贫困县，通过推动就近就业、探索公益及旅游等扶贫方式，稳扎稳打助力贫困县脱贫。

　　8 月 13 日，美团正式与国家级深度贫困县、贵州 9 个未实现脱贫摘帽县之一的晴隆签订战略合作协议。根据协议，美团将充分发挥生活服务业电商平台优势，基于"新起点在县"五大扶贫模式，通过流量扶持、数字化培

---

　　* 案例素材由北京三快科技有限公司提供，南方周末中国企业社会责任研究中心进行编辑。

训等方式，助力当地生活服务业商家的供给侧数字化，并通过设立骑手岗位这种就近就业形态，帮助当地劳动力实现"一人就业，全家脱贫"，进而带动当地人均可支配收入的提高，反哺当地餐饮等生活服务业的发展。

一 项目实施举措与成效

美团"新起点在县"互联网＋县域扶贫计划将通过新就业在县、新基建在县、新旅游在县、新培训在县、新公益在县五方面的举措，帮助贫困县把劳动力输出去、周边游客引进来，并通过生活服务业人才培训、在县商户加速"上网"等方式，切实推进县域经济的生活服务业数字化，创造新就业岗位，形成消费和就业贯穿其中的县域内循环，从而助力脱贫，推进乡村振兴。

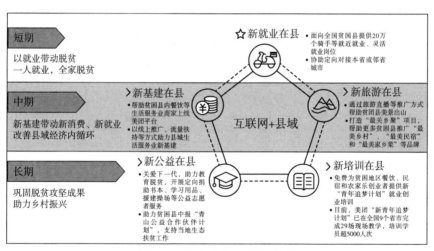

图1 美团"起点在县"扶贫模式

（一）新就业在县：助力家门口脱贫

"新就业在县"方面，面向全国贫困县提供20万个骑手等就近就业、灵活就业岗位，并协助定向对接本省或邻省城市。同时，为让贫困骑手工作更安心，美团进一步升级大病保障、免息贷款以及培训教育等举措，帮助他们获得更好的保障及职业技能培训。

与国务院扶贫办的数据进行比对显示，2020 年上半年，美团平台上来自国家建档立卡贫困户的新增骑手近 8 万人，其中，在贵州工作的建档立卡贫困骑手共 5749 人。

目前，晴隆县已有近 400 人成为美团外卖小哥，美团帮助当地劳动力定向对接贵阳、遵义等省内周边城市的骑手就业机会，并为符合条件的晴隆籍贫困骑手提供大病保障及免息贷款、子女关怀、学习成长等系列保障。

在与晴隆达成合作的基础上，美团进一步与贵州省签署战略合作协议，继续加大在贵州"9+3"贫困县的骑手招募力度，并定向对接省会城市或邻省城市工作地，切实促进"黔人出山"。

（二）新基建在县：构筑生活服务数字化转型

"新基建在县"方面，帮助贫困县内餐饮等生活服务业商家上线美团平台，以线上推广、流量扶持等方式助力县域生活服务业新基建。目前，晴隆县已经有 168 家县内餐饮商家上线了美团平台，未来美团将持续助力晴隆县生活服务业的供给侧数字化，持续推动商户"上网"。

数据显示，2019 年美团为全国 814 个贫困县的近 44.5 万个商家提供线上服务，涉及餐饮、旅游、住宿等生活服务领域，通过 5 亿笔订单实现 262 亿元线上交易额。目前，晴隆县上线美团平台的商家已有 168 家。

（三）新旅游在县：让美景出山，让游客进山

"新旅游在县"方面，通过旅游直播等推广方式帮助贫困县美景"出山"，并打造"最美乡聚"项目，帮助更多贫困县推广"最美乡村""最美民宿""最美家乡菜"等品牌。此前，美团就与晴隆当地旅游公司建立合作机制，协助古茶籽化石发现地、阿妹戚托小镇等重点旅游资源的线上推广，让晴隆美景、美食走出去，带动县域旅游业长远发展。

8 月 13 日火把节当晚，美团就为晴隆县阿妹戚托小镇进行了一场"多场地、多机位、多互动"的沉浸式直播，把堪称"东方踢踏舞"的"阿妹戚托"彝族舞蹈送到了网友眼前，共吸引近 40 万人次观看。

（四）新培训在县：赋能新青年，激发行业创新活力

"新培训在县"方面，平台将免费为贫困地区餐饮、民宿和农家乐创业者提供"新青年追梦计划"就业创业培训。一方面是希望帮助贫困县酒店民宿提升经营能力，推动农家乐健康有序发展，另一方面也希望用美团平台为当地酒店旅游业对接更大的市场，有能力有市场，就可以实现可持续发展，从脱贫走向致富。

美团通过旗下餐饮学院、酒店学院提供的行业分析、经验介绍、案例分析、讨论交流、现场演练等，围绕新餐饮、外卖运营、民宿服务、酒店管理、乡村旅游、互联网营销等6门核心课程，提升贫困地区生活服务业从业者的能力，激发其创新创业的活力，带动贫困地区乡村旅游、酒店和民宿产业发展，助力精准扶贫攻坚战。

目前，美团"新青年追梦计划"已在全国9个省市完成29场现场教学，培训学员超5000人次。

（五）新公益在县：搭建互联网公益平台，打造多元参与的生态公益

作为民政部认定的慈善组织互联网募捐信息平台，美团公益于2018年6月正式上线，通过"互联网＋公益"的模式，将平台高转化的募捐资源及公益推广矩阵向扶贫类项目倾斜，充分发挥生态优势，携手用户、商户一起参与公益扶贫，打造多元参与的生态公益。

2020年3月，美团积极协调甘肃省扶贫基金会入驻美团公益网络募捐平台，策划"爱心书屋"和"多彩校园"等公益项目，为10所甘肃贫困小学募集学习图书、电教设备、体育器械、音乐器材和美术用具等。美团"青山基金"发起青山公益行动，在云南省文山壮族苗族自治州广南县板蚌乡麻栗村种下110亩的沃柑公益林，旨在通过环保公益的形式助力生态扶贫。为扩大生态扶贫公益林规模，青山基金计划每年4月、8月面向全国范围内非营利组织招募青山公益合作伙伴。

自2018年美团公益平台上线以来至2020年9月3日，扶贫项目募款总额超过 6600 万元，占总筹款额的 93%，扶贫项目数量 240 个，占总项目数量的 94%，捐赠人次超过 580 万人次，涵盖教育扶贫、医疗扶贫、生态扶贫、健康扶贫等领域。

（六）利益相关方评价

短期来看，"新起点在县"能通过提供就近就业岗位，帮助贫困户"一人就业，全家脱贫"；长期来看，通过建立县域生活服务业的新型基础设施，比如智能配送网络、智慧景区建设等，推动当地旅游产业发展及县域经济高质量发展。美团的"新起点在县"为部分未摘帽贫困县提供了可复制、可推广的范例，有助于决战决胜脱贫攻坚，也为将来乡村振兴打下了良好基础。

——《中国扶贫》杂志社常务副社长姚卜成

对贫困户而言，骑手工作的技能门槛相对较低，灵活性强，能在较短的时间里提高收入水平，容易实现"一人就业，全家脱贫"的效果。数据显示，2020 年上半年，来自晴隆县的美团平台有单骑手已近 400 人，其中 111 人是建档立卡贫困人口。美团为当地 34 万名老百姓带来了从未接触过的电商。

——晴隆县委副书记、县长冯子建

前几年，我一直辗转于东部沿海各大城市务工，但随着爷爷奶奶年纪越来越大，我决定回到贵阳找工作。想收入多点，就多跑一点，现在月收入最多时能达到 9000 多元。晴隆到贵阳只有 3 个多小时的路程，不像去东南沿海打工一样，来去都比较方便，既能保障收入，也能时常回去看望爷爷奶奶。

——晴隆建档立卡贫困骑手易丛斌

我看好县域经济的发展，都市里的好东西，以后县里都能有。酒香不怕巷子深的时代已经过去了，线上平台能让更多人了解我们，也能开拓外卖渠道，对拓展品牌认知和营业额都有直接帮助。

——晴隆本地生活服务商户店主杨礼源

以前餐饮外卖都是商家自己配送，成天从早忙到晚，接入美团配送后，我们只要把饭菜做好，省心多了。疫情期间，餐厅现金流受到很大影响，也多亏了外卖渠道，才保证了店面的正常运转。

——晴隆本地生活服务商户店主杨小隆

二　经验模式总结

美团发挥平台优势，聚合商家、消费者、农户、骑手、公益组织等美团生态链群体，以就业扶贫、培训扶贫、消费扶贫、公益扶贫、旅游扶贫为抓手，因地制宜、因人而异积极探索有效的扶贫模式。

（一）强聚焦：推出县域扶贫解决方案

脱贫攻坚收官之年，扶贫措施应更加聚焦。我国贫困地区分布在以县域为主体的偏远地区、欠发达地区和生态落后地区，除少数地方需通过异地安置实现脱贫外，大部分地区脱贫之后，仍然要以县域为主体实现社会经济可持续发展。"脱贫摘帽不是终点，而是新生活、新奋斗的起点"，新生活、新奋斗的起点仍是在县域，进一步发展经济和改善居民生活，着力点也是在县域。美团推出"新起点在县"扶贫计划，正是希望切实把扶贫举措落实到县一级，通过推动就近就业、探索公益及旅游等扶贫方式，稳扎稳打助力贫困县脱贫。

（二）重科技：平台经济为脱贫攻坚注入新动能

在决胜全面建成小康社会、决战脱贫攻坚之年，数字经济、平台经济创新发展为贫困县提供了更多的发展机会。美团"新起点在县"扶贫计划注重科技扶贫，即在推进脱贫攻坚过程中，广泛运用移动互联网、大数据、人工智能等新兴科技创新成果。如在晴隆县实施"新基建在县"方案，就是将县内数百家餐饮商家上线美团平台，平台以线上推广、流量扶持助力当地生活服务业完成数字化升级，大力发展数字化新消费形态，创造更多就业岗位。

（三）可持续：推动脱贫攻坚向乡村振兴的新跨越

"新起点在县"扶贫计划注重兼顾短期结果与长期效益，以推动县域经济的长效发展。短期来看，"新起点在县"通过提供就近就业岗位，帮助贫困户"一人就业，全家脱贫"；长期来看，通过建立县域生活服务业的新型基础设施，比如智能配送网络、智慧景区建设等，推动当地旅游产业发展及县域经济高质量发展，既有助于决战决胜脱贫攻坚，也为将来乡村振兴打下良好的基础。

（四）就业为主，推进就近就业

就业是最有效的脱贫。以骑手为代表的新就业形态依托数字经济，就业的技能门槛相对较低，灵活性强，吸纳了大量建档立卡贫困人口。基于国务院扶贫办的数据、美团平台数据的比对，2019 年在美团平台就业的外卖骑手共有 398.7 万人，其中 25.7 万人是建档立卡贫困人口。这些骑手中已有 25.3 万人实现脱贫，脱贫比例高达 98.4%。

美团"新起点在县"扶贫计划，包括面向贫困县再提供 20 万个骑手岗位，并定向对接省会城市或邻省城市工作地，让贫困劳动力在"家门口"实现"一人就业，全家脱贫"的同时，进一步带动家乡发展。

（五）五个"在县"促进县域经济内循环

五个"在县"促进县域经济内循环，短期内能通过提供就业岗位助力"一人就业，全家脱贫"。长远来看，通过县域数字基础设施的建设，以及数字化培训及公益计划等，让该计划更有可持续性，能完成从脱贫到乡村振兴的有效衔接。

"3+1"大病救助新模式：水滴筹助力精准健康扶贫 *

成立于 2016 年 5 月的水滴公司（北京纵情向前科技有限公司）作为我国脱贫攻坚战的企业践行者之一，秉承"用互联网科技助推广大人民群众有保可医，保障亿万家庭"的初心和使命，聚焦互联网健康保险保障领域，致力于高效解决全民医疗资金供给问题。公司通过商业保险保障业务水滴互助、水滴保险商城与社会责任板块业务水滴筹、水滴公益"四位一体"助力拓宽多层次医疗保障体系的筹资渠道，为广大人民群众打造"事前保障 + 事后救助"的个人健康保障体系。2020 年 7 月，公司正式成立了水滴大病研究院，聚焦大病救助工作的开展，研究出"3+1"大病救助新模式，联合医院、基金会等相关合作方，积极搭建基于病患就医场景的大病救助网络，有效减轻了支出型贫困带来的财政兜底压力，增强了相关群体抵御贫困风险的能力，成为现阶段社会救助体系及多层次医疗保障体系的有益补充。

2020 年是全面建设小康社会目标的实现之年，也是打赢脱贫攻坚战的收官之年。习近平总书记指出，小康路上一个也不能掉队。

那么，在决胜全面小康的征途中，还有哪些堡垒亟待攻克？贫困群体在哪？缘何致贫？从民政部数据来看，超四成农村贫困人口是因病致贫或因病返贫，在偏远地区或深度贫困地域则这一比例甚至更高。截至 2018 年末，农村因病致贫人口有 516 万人。

对于一些大病患者而言，现有的保障措施不足以覆盖其治疗费用。目前，我国扶贫政策存在一定的"悬崖效应"，贫困边缘群体难以享受帮扶措

---

* 案例素材由北京纵情向前科技有限公司提供，南方周末中国企业社会责任研究中心进行编辑。

施，相关群体也就成为社会救助无法顾及的"夹心层"。一旦患病，相关医疗支出激增，家庭收入急剧减少，极易导致低收入群体或已脱贫群体滑落至破产边缘。

因此，如何集中兵力打好健康扶贫仗，赶走脱贫拦路虎，减少因病致贫存量，防控因病返贫的增量，实现贫困群体内生性改造，已成为精准扶贫战役中的"七寸"。

水滴公司经过四年多的调研与思考，结合自身独特的优势，秉承"用科技助推广大人民群众有保可医，保障亿万家庭"的初心与使命，不仅先后推出了水滴互助、水滴筹、水滴保险商城、水滴公益等平台业务，还于2020年7月正式成立了水滴大病研究院，聚焦大病群体帮扶工作。同年9月，水滴大病研究院联合北京师范大学中国公益研究院共同成立了"中国大病救助促进中心"，并开创了"3+1"大病救助新模式。其中，"3"是指大病患者个人求助、公益平台链接社会求助、医院病友服务体系，"1"是指由中国大病救助促进中心落实执行。

借助水滴筹、水滴公益双平台筹款优势，水滴公司利用互联网等科技手段构建"资金＋技术＋人才"等多位一体、全方位帮扶的大病救助与健康扶贫新格局，降低已脱贫和贫困边缘人口的返贫致贫风险，助力破除攻坚战中的绊脚石，为实现全面小康夯实根基。

以健康扶贫为内核，水滴公司将重心放在罹患大病群体的帮扶救助工作上，同时关注潜在因病致贫返贫个体及家庭，并逐步渗透至救灾扶贫、助学扶贫、就业扶贫等领域。

一　项目实施举措与成效

在四年多的实践中，水滴公司逐步探索出一套"以大病救助"为核心，科学化、体系化、精准化、可持续的健康扶贫长效机制，做深做透做扎实，并以此为根基，有层次、有节奏地破圈发展。

截至2020年8月底，水滴筹已成功为超过100万名经济困难的大病患者提供了免费的筹款服务，累计筹款金额已突破330亿元，汇聚了超过10亿人次的爱心赠与行为；水滴公益平台上线公募项目超过6000个，捐献善款6亿元。

（一）深耕健康扶贫，让广大家庭病有所医

水滴公司联合内外部优势力量，以"一盘棋"的思维，全局谋动，借助水滴筹、水滴公益、水滴汇聚基金会这三驾马车，最大限度地发挥资金、技术、人力等在精准扶贫中的效用。通过互联网赋能健康扶贫，降低已脱贫和贫困边缘人口的返贫致贫风险，切实降低贫困人口疾病风险、减少医疗支出、降低贫困脆弱性、提高风险应对能力，让广大家庭病有所医。

1. 爱心捐赠暖人心，为大病患者减负

水滴筹搭建了求助者和施助者之间信任的桥梁，通过移动互联网技术将民间"互助互济"的线下行为搬到社交网络上，并通过亲友分享、移动支付等方式让陷入困境的大病患者及家庭发起求助更容易，也让帮扶施助更便利。

四年多，水滴筹已为超过百万大病家庭累计筹得330亿元的医疗求助款，切实减轻贫困人口的就医负担，防止"病根"变"穷根"，也让他们重拾了生活信心。

水滴筹也与全国20多个省份的30多个市县扶贫办、卫健委、民政局、商务局等相关政府部门签署了健康扶贫战略合作协议，精准帮扶来自国家级贫困县的大病患者超过13万人，累计筹集近33亿元医疗救助款，获得了1.1亿名爱心网友的帮助。

同时，水滴公益作为民政部指定的第二批慈善组织公开募捐信息平台，在缓解大病患者就医压力层面也发挥着巨大作用。通过联合中国红十字基金会、中华少年儿童慈善救助基金会、中华社会救助基金会等数十家公募基金会，水滴公益为无力治疗的贫困大病患者家庭提供专业、快捷、实效的救助服务。截至2020年8月底，水滴公益平台上线公募项数已超过6000个，产生了近3000万次爱心行为，捐献善款6亿元，其中4亿元用于大病救助和健康帮扶。

2019 年 11 月，水滴公司在第二届"小善日"公益盛典上发起"鲸鱼宝贝计划"，重点为 0~18 岁患儿提供大病筹款支持，并承诺在 2020 年一年内至少为 1000 名经济困难的大病患儿筹集 1 亿元医疗资金。水滴公益平台数据显示，到 7 月底，水滴公益平台已为 0~18 岁求助患儿筹集善款超过 1.47 亿元，近 484 万名爱心网友参与，1795 个患儿家庭从中受益，提前完成救助目标。

2017 年 5 月，为切实提高扶贫效益，经北京市民政局批准，水滴公司成立了水滴基金会，并面向大病患者、中小学生和农民农户先后推出了健康、教育和乡村帮扶计划。水滴基金会旗下的"小水滴帮扶计划"与"病房无忧"项目，已为 169 位大病患者提供近 220 万元帮扶资金。

2. 成立大病救助促进中心，探索"3+1"精准救助新模式

以上述三大抓手为根基，水滴大病研究院与北京师范大学中国公益研究院共同成立了行业内首个聚焦大病研究的"中国大病救助促进中心"，旨在在国家医疗保障制度改革总体框架下，探索出一条适合中国国情、汇集多方力量于一体的医疗救助路径，助力中国大病救助事业的健康发展。

水滴大病研究院结合平台特点，借助中国大病救助促进中心，研究出了一套水滴公司的大病求助工作框架，即"3+1"大病救助新模式。其中，"3"是指大病患者个人求助、公益平台链接社会求助、医院病友服务体系，"1"是指中国大病救助促进中心落实执行。通过这个模式，水滴筹将联合医院，积极搭建基于医院场景的大病求助新模式，更高效地求助大病患者。

中国大病救助促进中心成立当天，北京海鹰脊柱健康公益基金会成为水滴大病研究院首家试点合作基金会。双方将在中国大病救助促进中心的指导下开展脊柱疾病大病救助的试点工作，进行脊柱疾病大病救助的标准制定和相关防治研究。海鹰基金会是我国唯一一家专注脊柱健康和疾病救助的慈善组织，双方在脊柱疾病救助领域的探索，为水滴大病研究院和中国大病救助促进中心工作的开展打开了良好的局面。

（二）救灾扶贫第一线，汇聚能量显神速

在救灾扶贫领域，水滴公益联合深圳壹基金公益基金会、中国社会福利基金会、爱德基金会等在救灾领域具有丰富资源和经验的公益基金会，在灾难发生第一时间响应，广泛调动社会资源开展募捐，并通过专业救灾队伍将物资送往灾区，助力灾后重建工作。

2018年8月，受季风低压影响，连日强降雨导致广东省多地出现积涝灾害，120万人受灾。水滴公益第一时间联合深圳壹基金公益基金会发布了"广东水灾，救在壹线"公开募捐项目，项目上线仅仅18个小时便筹集200万元救灾善款，凝聚了近9万名水滴公益网友的爱心，为灾区人民及时配送大量救灾物资。

据统计，2019年上半年，在水滴公益平台发起的紧急救灾行动有14次，有超过25万人次爱心人士的捐款支持，累计募款超过636万元。

2019年4月，水滴公益平台上线"紧急支援四川凉山火灾"募捐项目，仅数小时便筹集300万元英雄慰问抚恤善款，超过10万名网友积极奉献爱心。6月宜宾发生6.0级地震，地震当晚平台联合三家公募机构号召爱心网友，累计筹集爱心善款超过230万元。

2020年入汛以来，南方发生多轮强降雨，造成多地洪涝灾害。水滴筹、水滴公益联合壹基金发起紧急救灾公益项目和两个常规备灾公益项目，截至7月中旬，共募得善款近170万元，资金用于帮助贵州、重庆、四川多地受灾同胞缓解灾后生活困境，保障灾后生活生产恢复、救灾物资发放。

（三）建立教育扶贫长效机制，阻断贫困代际传递

习近平总书记指出，扶贫开发到了攻克最后堡垒的阶段，要彻底拔掉穷根，必须把教育作为管长远的事业抓好。

扶贫既要富口袋，更要富脑袋。水滴公司积极探索并构筑教育扶贫长效机制。此前，水滴公益联合中国妇女发展基金会、中华少年儿童慈善救助基金会等公益基金会开展助学扶贫公开募捐项目，通过教育精准扶贫阻断贫困代际传递，面向10余万名爱心人士筹集了115万余元善款，帮助四川、云南、陕西、甘肃、黑龙江等全国各地的数百名贫困儿童圆了上学梦。

2019年，水滴公司联合地方政府、社会组织、爱心医院、党媒党刊等多方力量共同发起了"温情中国责任行"系列行动，开展相关扶贫扶智行动，足迹遍布山东、四川、湖北、安徽、江西等地，其中温情江西站资助了10名优秀高考贫困学子。

水滴基金会推出"水滴医务室"项目，聚焦贫困地区的中小学校，为尚未建立医务室或医务室不达标的中小学校提供医疗器械耗材、专业急救培训等方面的支持，帮助建立符合标准的校园医务室，完善校园卫生管理制度和青少年健康教育制度。截至目前，此项目已经在5个省份的15所小学成功落地，为17430名学生提供了最快速的急救守护，特别是在张家口蔚县的一所学校还配备了河北地区首台AED自动体外除颤器，并于2018年9月获评为"第六届中国公益慈善项目大赛金奖"。

"小水滴帮扶计划"下设的子项目"小希望"已分别在山东济南和四川大凉山成功捐建医院"图书角"与校园"图书室"，累计捐赠图书数量2万余册。

扶贫先扶智，如何变"输血"为"造血"，多维度、深层次激活内生动力，是阻断贫困代际传递的关键举措，是社会实现脱贫攻坚的关键环节。

二 经验模式总结

聚焦深度健康扶贫，打造健康保障生态。自成立之日起，水滴公司创新社会扶贫的互联网模式，将"三区三州"等深度贫困地区作为重点，以前期的深入调研和市场分析为基础，充分结合自身在互联网、大数据和AI等方面的技术优势和资源优势，牢牢把握"救助个体、扶持区域、帮扶特定群体"的战略思路，先后推出水滴互助、水滴筹、水滴保险商城、水滴公益等健康保障业务，有针对性地进行项目设计、研发、推广和运营，大力推进健康扶贫、公益扶助等核心业务发展。在给予经济困难大病患者最直接最实际医疗资金救助的同时，水滴公司努力激发贫困地区内生发展动力，形成了"由点及面、综合补充"的水滴精准扶贫模式，有效助力脱贫攻坚战和乡村振兴。

综合其他：整合资源聚焦精准扶贫

"试点—优化—覆盖"：招商局集团打造健康扶贫工作体系*

　　招商局集团帮扶贵州省威宁县以来，瞄准威宁农村贫困人口就医和公共卫生迫切需求，建立健康扶贫工作体系，为威宁县铺设了一张健康脱贫保障网。2016~2020年，招商局集团支持威宁县建设"幸福乡村卫生室"541所，实现了标准化村卫生室在威宁县全覆盖；同时引进国内优秀社会力量下沉到农村一线开展村医培训，为威宁筑牢县乡村三级医疗队伍基层网底，提升了威宁基层医疗卫生服务水平，全面解决了山区人民看病难题，使威宁县农村重、慢性病管理以及公共卫生覆盖率均达100%，有效降低了因病致、返贫比率，为威宁县实现稳定脱贫和全面小康奠定了坚实的基础。

*　案例素材由招商局集团有限公司提供，南方周末中国企业社会责任研究中心进行编辑。

党的十八大以来，以习近平同志为核心的党中央把人民身体健康作为全面建成小康社会的重要内涵，从维护全民健康和实现国家长远发展的角度出发，全面部署、持续推进。没有全民健康，就没有全面小康，"救护车一响，一头猪白养"，在全面建成小康社会征途中，因病致贫、因病返贫成了"绊脚石"和"拦路虎"。2014年全国建档立卡贫困户统计中，因病致贫比率高达42.2%。健康扶贫是脱贫攻坚战中的一场重要战役，攻克因病返贫、因病致贫"硬骨头"是实现稳定脱贫的主攻方向。

地处乌蒙山区的威宁县是贵州贫困人口最多的县，也是贵州面积最大的县，最远乡镇到县城距离达140余公里，边远贫困群体普遍存在看病远、基本医疗得不到保障的困难。招商局集团针对贫困人口健康状况和医疗需求多次组建调研团队深入威宁一线调研，发现威宁全县600余所村卫生室存在早期资金投入少、条件差，半数以上的卫生室已成为危房或因其他原因而无法使用，甚至有部分村医在家里或租房进行诊治，存在较大安全隐患。

招商局集团根据《招商局集团"十三五"定点扶贫工作规划》及《招商局集团定点帮扶脱贫攻坚三年倒计时行动方案》，聚焦威宁贫困群众最迫切的难题，以健康扶贫为突破口，不断加大对威宁县脱贫攻坚工作力度，支持威宁县不断加强村级医疗卫生基础设施和村医培育，为威宁150多万名群众构建健康脱贫保障网。

一　项目实施举措与成效

（一）建立以"标准化村卫生室"为阵地的健康扶贫工作体系

村卫生室作为基本医疗服务提供的基础场所，承担着预防接种、传染病防治、健教康复、计划生育、公共卫生等职能，是三级卫生管理体系中不可分割的部分。基于村卫生室基本医疗和公共卫生服务的功能需求，招商局集团审慎研判，经过多次一线评估调研并召开专题讨论会，确定了以"试点—优化—覆盖"健康扶贫体系开展标准化村卫生室工作，全力支持威宁夯实三级医疗卫生服务网底。

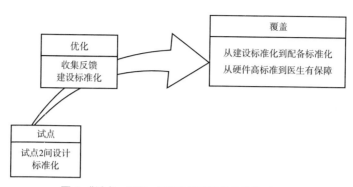

图1 "试点—优化—覆盖"健康扶贫工作体系

围绕村卫生室建设，招商局集团引导政府扶贫资源向基层倾斜。在标准化村卫生室建设中，招商局集团投入主体工程，威宁县投入配套工程以及医疗设施设备。按照贵州省卫健委的要求，新建村卫生室不仅建筑设施标准化，而且药品供给和设备的配备都实现了标准化。在建成标准化村卫生室后，进一步做好村医选拔、培训、管理等工作，使基层医疗卫生人力资源得到保障，村医人数从原来的879人增加到现在的1364人，村医在岗能够开展高标准的医疗和公共卫生服务，获得稳定的收入来源和积极的群众反馈，使村医队伍保持稳定，不断筑牢威宁健康扶贫网底。

（二）瞄准贫困人口迫切需求，深入一线调研评估

招商局集团针对贫困人口健康状况和医疗需求多次组建调研团队深入威宁一线调研评估，发现威宁全县600余所村卫生室存在早期资金投入少、条件差，半数以上的卫生室已成为危房或因其他原因而无法使用，甚至有一小部分村医在家里或租房进行诊治，存在较大安全隐患。对此，招商局集团与威宁县召开多次专题会议，针对现有问题进行研究讨论，结合《关于实施健康扶贫工程的指导意见》中"每个行政村有1个卫生室"的要求，与威宁县共同聚焦乡村卫生室的建设和医疗服务能力提升，制定精准帮扶方案，有序、有力、有重点地开展健康扶贫工作。

（三）形成"试点—优化—覆盖"思路，建设村卫生室标准化

村卫生室作为基本医疗服务提供的基础场所，承担着预防接种、传染病防治、健教康复、计划生育、公共卫生等职能，是三级卫生管理体系中不可分割的部分。基于村卫生室基本医疗服务的功能需求，招商局集团审慎研判，确定了以"试点—优化—覆盖"的工作思路支持威宁兴建幸福乡村卫生室。

1."试点先行"，支持威宁两个偏远乡村建设村卫生室

针对县里反馈无专业设计团队的问题，招商局集团充分发挥业务优势，及时派出旗下专业设计团队和工程队与威宁县卫生健康局（简称"卫健局"）、乡镇卫生院、村医等相关人员对接协商，完成卫生室图纸设计。在此过程中，招商局集团挂职干部多次往返偏远乡村走访，最终选定了 2 个较远乡村开展试点。试点村卫生室建设为卫生室选址、施工管理、成本核算、空间布局等提供了一手数据。2 个试点卫生室的竣工和投入使用，提高了群众就医便利度，使村卫生室项目得到了乡镇领导和群众的一致好评，为进一步推进聚集了口碑。

2. 根据试点经验持续优化

扶贫工作要精准，招商局集团坚持以民为先，切实关注贫困群众的医疗需求，从村卫生室的实用性着手，不定期地让威宁县注意收集村医、群众等村卫生室使用者的反馈，并针对意见进行优化改进，如村卫生室一楼输液室增加通风窗，助空气流通；二楼防护墙加高，防止儿童攀爬坠落等。同时，考虑到威宁县村多面广、群众居住分散、建设成本高等因素，还支持建设中心村卫生室，可覆盖周边多个村。每所中心村卫生室配备远程医疗系统，可实现村级与县、乡两级的远程会诊，不断完善村卫生室的功能和设计。

3. 结合威宁县卫生室排查，制定全县村卫生室覆盖时间表

按照"贫困村优先、人口集中、村医服务能力强"的原则，招商局集团党委召开专题会议，集中力量帮助深度贫困地区攻克脱贫攻坚突出短板，与

威宁县领导紧密沟通，协助威宁对全县所有村卫生室进行全面排查，对未能达标村卫生室情况建立档案，为全面覆盖标准化村卫生室制定推进时间表和路线图。

（四）推动政府落实主体责任，健全三级医疗体系

推进脱贫攻坚，关键在责任落实。招商局集团在扶贫攻坚中，注重督促威宁县落实脱贫攻坚主体责任，在健康扶贫中配齐各类资源，建全威宁卫生服务医疗体系。在推动项目建设过程中，招商局集团不仅捐赠幸福乡村卫生室的主体建设资金，还注重项目管理和优化。一是招商局集团各级领导多次赴威宁调研指导项目建设，并指定团队定期赴威宁指导优化项目设计、规范项目管理，让项目顺利落地实施、确保成效；二是推动威宁县成立幸福乡村卫生室项目领导小组，以分管副县长为组长、卫健局局长为副组长统筹整体工作；三是推动威宁县卫健局成立项目办，负责项目的具体实施、优化和现场监督检查。在幸福乡村卫生室建设上，招商局集团与威宁县积极协调沟通，达成了双方共同合力共建的一致意见：招商局集团主要投入主体建设费，威宁县投入村卫生室附属设施和医疗办公设备，并要求威宁县全力配合幸福乡村卫生室建设。此外，在村卫生室使用和药品管理上，招商局集团定期到村卫生室走访调研，督促威宁县卫健局严格落实国家、贵州省对村卫生室的用药要求，保证农村常见病特别是慢性病药品供应，加强对村卫生室药物的检查，确保无过期药品，切实解决村级公共卫生服务基础薄弱、"缺医少药"的问题。在医疗服务能力提升上，招商局集团结合标准化村卫生室的全覆盖，推动威宁县壮大村医医疗队伍、配齐乡村医生，并督促威宁县卫健局加强乡村医生管理，全面消除乡村医疗卫生机构和人员"空白点"。

（五）动员优秀医疗资源和技术下沉，提升医疗服务水平

招商局集团在健康扶贫过程中，注重整合社会资源，发动全员参与，支持优秀医疗资源和技术下沉，致力于提升乡村医生能力，增强基层医疗服务

的"软实力"。招商局集团通过与世界宣明会合作，在威宁县开展"儿童卫生改善综合项目"，为威宁陕桥社区卫生服务中心村医开展儿童常见病诊治培训；与中国人口福利基金会合作，实施"救助唇腭裂儿童""母婴安全计划"等项目，救治百余名贫困家庭唇腭裂患儿，为近万个贫困家庭发放装有新生儿必备物资和育儿手册的"宝贝箱"，培训村医普及优生优育知识，有效降低了儿童的发病率。与善小公益基金会合作，开展威宁"乡村医生德技双馨培训项目"，提供 100 天线上与线下相结合中西医实用技能培训。此外，自 2017 年起，招商局集团在"幸福乡村卫生室项目"中配套村医培训费用，支持威宁县卫健局定期向 1300 余名村医开展常见病诊断、慢性病管理等课程培训。

二　工作成效

（一）缓解了医疗资源不平衡、服务不均等问题

截至 2020 年 9 月，招商局集团累计投入 1.72 亿元，支持建成幸福乡村卫生室 541 所，覆盖全县 150 万名群众。标准化村卫生室单所建设规模为 153.5 平方米，中心村卫生室单所建设规模为 276 平方米。每所卫生室均设置诊断室、治疗室、输液室、观察室、公共卫生室和药房，不仅按要求做到"四室分开"甚至做到"六室分开"，每所新建村卫生室统一配置诊断床、药品柜、电脑等常用医疗设备，做到设备齐全。标准化卫生室达到了房屋面积、外观标识、设施设备、乡村医生"四到位"，"投入使用率、功能室分开率、统一标识率"三个 100%，有效保证了基层医疗服务均等化，确保威宁 41 个乡镇 30 万名农村贫困人口享有基本医疗卫生服务。村卫生室的标准化建设在威宁的全覆盖，在很大程度上缓解了基层医疗资源不平衡、不均等的问题。

（二）提升乡村医生执业、服务水平

招商局通过引进社会组织，支持威宁县当地开展定期、专项技能培训，

培训人次近 4000 人次，实现村医培训全覆盖，全面提升了乡村医生常见病诊治、急重症处理、公共防疫处置等能力。目前，村医合格率由 2015 年的 70% 提高到 2020 年的 100%；乡村执业医生人数由 2015 年的 275 人增加到 560 人；村卫生室门诊量大幅度增加，门诊量由 2015 年的 100 人每天提高到 2020 年的 500 人每天。乡村医生的收入因门诊量增加而提升，由 2015 年的每月 500 元增加到每月 2000 元左右。乡村医生条件待遇改善，服务能力不断提升，老百姓愿意到村卫生室看病治病，县乡门诊量得到下沉。

（三）建立全民健康长效机制

招商局集团贯彻落实党的十九大精神，把健康扶贫与全民健康长效结合起来，通过全力推行标准化村卫生室，推动当地政府将更多的人才技术引向基层、财力物力投向基层、优惠政策倾斜于基层，动员社会卫生资源下沉，培养有能力、有技术、有信心的村医，构建健康威宁，建立长效机制，切实解决基层民众疾病苦痛，确保不让任何一个人在追求健康的道路上掉队。一是在招商局幸福乡村卫生室的乡村医疗阵地建设中，推动威宁县配齐乡村医生，人数由 2015 年的 879 人增至 1364 人，基本达到了"每所村卫生室至少有 1 名乡村执业医生"的要求，乡村医生的积极性大大增加、流失率减少，基层医疗队伍逐渐稳固。二是招商局集团以硬件、软件相结合的方式建立健全以县级医疗单位为龙头、乡镇卫生院为枢纽、村卫生室为网底的三级医疗体系，推动以"县统筹、乡带村、上下联动"的医疗体系高效运转，使得村级医疗中慢性病、重精、高血压等疾病管理全覆盖，健康档案建档率由 2015 年的 50% 提高到 2020 年的 100%，预防接种率也达到 100% 全覆盖；签约服务管理水平得到较大提升，群众就医需求得到极大满足，实现"小病不出村、大病不出县"。招商局集团幸福乡村卫生室为贫困地区健康扶贫增添了亮点，作出了全新的成功尝试。

三 经验模式总结

生命是最宝贵的财富，健康是享受幸福生活的前提，更是一个国家开创美好未来的根基。在招商局集团的定点扶贫工作的推动下，威宁县补上了贫困地区医疗服务"短板"，进一步提升了基层医疗机构服务能力，落实各级医疗机构功能定位，促进优质医疗资源合理分布，建立了符合威宁县情的分级诊疗制度，从根本上保障全体百姓的就医可及性、可获得性、可负担性，铺就了"健康威宁"的全面小康之路。招商局集团在威宁县的健康扶贫实践中有以下经验可资借鉴。

（一）科学制定规划，有序推进扶贫项目落地

做好定点扶贫工作，要立足实际，切实聚焦急迫的民生问题，整体部署战略，科学规划，有目标、有规划、有步骤地将工作做好、做实、做到位，真正做到雪中送炭，解决贫困人口脱贫之所需。因病致贫、因病返贫问题是威宁县脱贫攻坚的重点难点，招商局集团在威宁以"幸福乡村卫生室项目"为健康扶贫的切入点，以"试点—优化—覆盖"为健康扶贫工作体系，试点先行、选点精准、分批建设、及时总结评估项目运作和管理方式，不断优化方案，强化督促检查，有步骤地推进了脱贫攻坚工作的开展。

（二）"硬软"同发力，激活区域脱贫内生动力

要真正把实现帮扶工作做到实处，就要兼顾"硬件"条件提升和"软件"建设，强调激活当地内生动力，确保扶贫举措可持续。在完善基础硬件设施的基础上，招商局集团还注重强化乡村医生队伍，提升医疗卫生服务能力，重点通过乡村医生培训来提高贫困群体的医疗保障水平。其中持续投入扶贫资金支持威宁县卫健局对全县 1300 名村医展开常规培训，并以招商局集团慈善基金为平台，引入社会组织为乡村医生定制中西医实用医术相结合的培训课程，进一步提升村医的自信心、使命感和服务能力。

（三）"标准化"全覆盖，建强基层医疗服务体系

健康扶贫，不仅要解决贫困群众当下最急切的医疗需求，还要立足长远，考虑贫困地区人口素质的持续提升。招商局从基础医疗设施设备的硬件着手，建成"六室分开、药品齐全"的标准化村卫生室，推动建设"人员齐备、有干劲、素质强"的标准化基层医疗队伍，完善"管理规范、资源下沉、技术下沉"的标准化基层医疗管理体系，助力威宁实现基层医疗从设施到服务体系的标准化全覆盖。

"健康暖心"：复星国际瞄准健康扶贫 *

　　2017 年 12 月，上海复星公益基金会联合中国光彩事业基金会、中国人口福利基金会等发起了乡村医生健康扶贫项目。此项目瞄准精准扶贫的薄弱环节——贫困人口的基本医疗保障需求，创新性地提出：以帮扶全国 150 万名乡村医生为切入口，围绕守护、赋能与激励村医三大方向，致力于服务中国农村 150 万名乡村医生群体，通过为贫困地区培养并留住合格乡村医生，提升基层医疗卫生服务能力和可及性，减少因病致贫、因病返贫率，助力国家脱贫攻坚和乡村振兴。切实做到村民小病不出村，大病有兜底，健康中国行。

　　2020 年全面建成小康社会是党和政府对全国人民的庄严承诺，贫困问题是全面建成小康社会的最大短板，而农村贫困人口脱贫是全面建成小康社会面临的最艰巨任务。国务院扶贫办 2015 年底的调查显示，全国贫困农民中，因病致贫的占 42%。另根据 2013 年"中国城乡困难家庭社会政策支持系统建设"调查数据，"家庭主要成员没有劳动力"和"过重的家庭成员疾病负担"是农村贫困家庭面临的两大致贫原因，63.45% 的农村贫困家庭认为农村医疗卫生保健服务是需求程度最高的服务项目，79.62% 的农村贫困家庭认为"就医费用高、看病贵"是就医的首要困难。此外，农村地区缺医少药、到城市就医交通不便、看病手续烦琐、看病排队难等也都困扰着农村贫困群体。健康扶贫工作是精准扶贫的关键，是脱贫攻坚中的硬仗。在推进健康扶贫工作中，更多的是从防止"因病致贫、因病返贫"保障机制的建立和医疗卫生服务条件与能力的综合改善着手，力图推动基本医疗卫生资源的公平、可及。同时，在"大卫生、大健康"理念指导下，通过分类救治、

---

　　* 　案例素材由复星国际有限公司提供，南方周末中国企业社会责任研究中心进行编辑。

强化疾病预防控制，实现救治预防双目标。

　　复星一直秉持"修身、齐家、立业、助天下"的初心，积极履行企业社会责任。在党中央发出至 2020 年消灭绝对贫困、一定让广大农村地区百姓实现"两不愁、三保障"的号召之后，复星积极配合国家健康扶贫工程，贯彻落实《实施健康扶贫工程指导意见》，协同"三个一批"的落地执行，提高贫困地区医疗卫生服务能力。在国家卫生健康委、扶贫办的指导下，2017 年底上海复星公益基金会联合中国人口福利基金会等单位，发起了"健康暖心——乡村医生健康扶贫项目"。项目瞄准精准扶贫的薄弱环节——贫困人口的基本医疗保障需求，围绕守护、赋能与激励村医三大方向，通过为贫困地区培养并留住合格乡村医生，提升基层医疗卫生服务能力和可及性，减少因病致贫、因病返贫率，助力国家脱贫攻坚和乡村振兴战略。为推动项目落地实施，2018 年 8 月在上海复星国际总部召开"健康暖心——乡村医生健康扶贫"项目座谈会暨培训交流会。项目所在地 34 个贫困县分管的县长和卫健局局长出席了会议，并就乡村医生面临的"进不来，用不上，留不住"等痛点问题进行了分组讨论。项目组就进一步完善我国农村医疗保障体系听取与会代表的意见建议，并明确下一步乡村医生健康扶贫项目的方向与目标。

　　为总结项目前期工作经验，做深做透帮扶工作，项目组于 2019 年 6 月在国家卫生健康委基层卫生健康司的带领下，在遵义市正安县、习水县召开乡村医生健康扶贫项目现场工作研讨会。调研组一行走访了正安县、习水县的多家县级医院、乡镇卫生院、村卫生室，深入调研了遵义市基层医疗情况、医共体推进情况、基层医疗人才情况，为提升项目驻点帮扶效果、优化项目方案提供了支撑。

一　项目实施举措与成效

（一）驻点帮扶，深入基层一线

　　为有效解决贫困地区乡村医生普遍存在的知识结构老化、人员流失严重等问题，项目以帮扶全国 150 万名乡村医生为切入口，通过驻点扶贫的方式构建"零距离"守护乡村医生的网络。从 2018 年起，上海复星公益基金会累计共派出复星企业优秀员工 69 人次，西部计划大学生志愿者 81 人次，奔赴项目县进行驻点帮扶，每位志愿者服务周期为 1~2 年。

（二）以奖代扶，激发医生热情

对家庭医生签约服务率高、服务效果好的乡村医生予以奖励补助，进一步提升村医对慢病签约服务工作的积极性。由于各项目县的基本县情、医疗卫生环境不同，根据实际情况提出各项目县考核等级指标，包括且不限于签约数量、服务次数、服务质量、签约家庭满意度等，避免只签约不履约等行为，进而提升了乡村医生公共卫生服务质量，也激发了乡村医生的工作热情。

（三）乡村医生能力提升

结合地方实际需求，对项目县的乡村医生开展为期 1~2 年的具有针对性的跟踪培训活动。培训主要围绕慢性病防治、公共卫生管理、中医理疗、日常保健、外科急救等内容开展，有效提升了基层医疗卫生服务能力和疾病预防控制能力。截至 2020 年 8 月底，在项目县组织了 77 场线下培训活动，受训村医超过 12597 人次。

（四）年度案例征集宣传

进一步提高基层卫生服务能力，展示基层卫生工作者的工作风采，激发工作热情，项目连续两年开展了"暖心村医及乡镇卫生院院长"案例征集推选活动。项目邀请国家卫生健康委基层卫生健康司、国家卫生健康委卫生发展研究中心、中国家庭医生签约服务平台、清华大学公益研究院等专家学者参与评审，通过初筛、初评和终评等环节，每年推选出 10 名暖心乡村医生和 10 名暖心乡镇卫生院院长，并在亚布力企业家论坛上举办发布仪式，以扩大社会影响力。项目实施至今共奖励了 40 名"暖心乡村医生"和"暖心乡镇卫生院院长"，颁奖活动有数百家媒体予以报道，其中 2020 年 8 月 31 日新浪微博＃乡村医生守护者＃话题阅读量超过 1.4 亿次，逾 9 万次讨论量，登上微博热搜榜第六名。获得暖心乡村医生荣誉的乡村医生大多扎根在条件艰苦的中西部农村地区，数十年如一日任劳任怨，守护村民的健康；推选出的暖心乡镇卫生院院长，也都是矢志投身基层医疗事业、以赤诚之心践行医生的崇高职责的优秀医务工作者。通过此活动，树立了一批扎根基层、爱岗敬业、无私奉献的基层卫生工作先进典型，展示了基层卫生工作者风采，激发了他们的工作热情，提高了基层卫生服务能力。

（五）家庭医生慢病管理签约服务包

在国家卫健委扶贫办指导下，确定在首批试点的 34 个国家级贫困县开展家庭医生慢病签约服务包项目，为每县提供 20 万元的资助款，鼓励其开展乡村医生慢病签约服务工作。采用"以奖带扶"的模式，对家庭医生签约服务率高、服务效果好的乡村医生予以资助，进一步提升村医对慢病签约服务工作的积极性。截至 2020 年 8 月底，已拨付 32 个项目县共计 637.2 万元项目款。

（六）贫困大病患者专项救助

由项目志愿者协助发现、辅助指导农村贫困大病患者，在中国大病社会救助平台上发起求助，面向社会展开募捐。项目提供 50 万元资金，为其发起的患者提供配捐，作为社会募捐的补充。截至 8 月底，在大病平台上线筹款 182 人，救助总金额达 273 万元，配捐资金已使用 45 万元。

（七）"龙门梦想计划"

为提升乡村医生对资格证书的重视，鼓励更多的乡村医生报名考取乡村全科执业助理医师资格证书，项目于 2019 年推出"龙门梦想计划"。"龙门梦想计划"将对所有项目县通过乡村全科执业助理医师资格考试的乡村医生，每人资助 3000 元现金。通过专业的学习和培训，2019 年项目县有 332 名村医考取了此证书，解决了乡村缺乏全科执业助理医师问题，提高了乡村医生诊疗能力，稳定了基层医疗卫生人才队伍。截至目前，已为项目县 326 名考证通过的乡村医生发放奖励金 97.8 万元。

项目启动以来，组织实施了乡村医生能力提升培训、暖心乡村医生和乡镇卫生院院长推选、家庭医生签约服务包、龙门梦想计划、大病患者救助等系列活动。项目覆盖范围由首批试点的 34 个国家级贫困县扩展到 69 个国家级贫困县，包括 13 个地处"三区三州"的深度贫困县。通过驻点帮扶的方式，极大地提升了基层医疗服务能力和可及性，有效减少了因病致贫和因病返贫现象的发生。通过乡村医生作为联络人，直采当地农产品。以"消费扶贫"方式支持农村社区发展，已梳理出 58 种有地方特色的农产品，在复星内部售卖，销售额过百万元。此外，推动复星成员企业通过"党建 + 公益"等活动，组织优秀党、团员等关注和走访乡村医生健康扶贫项目点，为贫困地区捐款捐物。过去两年，复星通过 69 个贫困县的村医体系向贫困村捐赠了价值 2196 多万元的药品、电脑、营养品、图书、衣服等，进一步促进了农村和谐社区建设。

二　经验模式总结

（一）强基固本，画出健康中国"同心圆"

复星秉持着修身、齐家、助天下的初心，以精准扶贫、减少因病致贫和因病返贫为目标，致力于服务中国农村 150 万名乡村医生群体，通过为贫困地区培养并留住合格乡村医生，提升基层医疗卫生服务能力和可及性，减少因病致贫、因病返贫率，助力国家脱贫攻坚和乡村振兴。此项目由复星基金会创始人、复星国际董事长郭广昌发起。在复星党委的统筹领导下，复星董事会将乡村医生健康扶贫项目列为"一号工程"，要求合伙人至少要对口一个国家级贫困县开展健康扶贫工作，并设定了详细的考核指标，包括结对帮扶的村医数量和建档立卡户数量等。截至目前，合伙人全部下到扶贫第一线，和项目县优秀村医家庭及建档立卡贫困户家庭完成"双牵手"。复星国际董事长郭广昌更是带头下乡，最先去到对口扶贫县陕西子洲县。郭广昌在考察子洲县怀宁湾乡时，除了组织义诊、捐赠眼底扫描等设备外，还结合当地需要，捐建了一座乡镇卫生院。

复星还与团中央"西部大学生志愿者计划"合作，每年招募一批具有医药和公共卫生专业背景的毕业生加入乡村医生健康扶贫项目，2019 年招募 38 名西部计划志愿者到县，服务一年后，2020 年又招募 43 名西部计划志愿者加入项目，与复星扶贫队员一起，共同探索驻点扶贫模式。以扶贫队员驻点接力、合伙人结对帮扶模式，真真正正深入基层、扎根基层，提高人民的幸福感、获得感。

（二）融合优化，筑牢乡村医生"压舱石"

复星把乡村医生健康扶贫项目打造成一个开放共建的公益平台，随时欢迎其他社会力量的加入，以形成全社会帮扶乡村医生的宏大合力。比如与浙江商会和亚布力中国企业家论坛等机构合作，发起了"乡村医生守护联盟"，成功影响了 30 余位民营企业家投身农村健康扶贫服务事业，并推动国家开发银行、中国工商银行、中远海运、建龙钢铁等企业为乡村医生健康扶贫项目捐款共计 820 万元，将"五个一"工程复制到这些企业的对口扶贫县，共同守护乡村医生，开展健康扶贫。

（三）科技创新，探索乡村医疗服务智能化模式

在多次深入一线考察过程中，复星合伙人们发现，随着中国城镇化进程加快，人才从农村流向城市是大势所趋，因此只是设法留住村医、吸引青年人回归村医团队是不够的，还要用科技手段支持甚至代替部分村医，才能让最贫困地区的老百姓得到最新最好的医疗服务。因此，复星调动旗下人工智能、大数据、远程诊疗等相关研发资源，在项目县推广"四位一体"的乡村"未来诊室"智能解决方案。这套方案包括：智能化便携检测、人工智能辅助诊断、大数据临床路径导航及健康管理服务培训，通过软硬件结合，村民健康检测数据实时上网，由一线城市三甲医院专家组成的后台进行远程辅助诊疗，配合大数据 AI 诊疗助手，提高村医的诊断和治疗能力。

三位一体产业扶贫：洛钼集团变深度贫困村为特色产业小镇 *

作为发源于栾川县的企业，洛钼集团积极承担社会责任，发挥非公党建力量，投身扶贫事业。多年来，洛钼集团参与脱贫攻坚、爱心助教等公益事业，累计捐款超过 2 亿元。洛钼集团先后帮扶 10 余个贫困村 2000 余户、5000 余名贫困村民走上了脱贫致富之路。特别是结对帮扶栾川县秋扒乡小河村以来，围绕"荷香风情小镇"特色乡村旅游主线，通过建设荷花池、凉亭等旅游设施以及道路等基础设施，对村民进行有针对性的扶志扶智，不仅走出一条乡村振兴的成功道路，也形成了别具特色的三位一体扶贫工作法。

位于豫西伏牛山深山区的栾川县，矿产和旅游资源丰富，农业资源匮乏，人均耕地面积不足 0.5 亩，素有"九山半水半分田"之说，生产资源不均衡，导致农民群众增收困难；山大沟深、地质灾害频发的客观现实，导致偏远山区群众生活条件艰苦，在 2010 年被国务院确定为秦巴山区国家级扶贫开发重点县。

作为在栾川县发源成长起来的企业，针对栾川县的实际情况，洛钼集团以国际化资源公司的标准，积极推动社区可持续发展，与社区和谐共生。尤其是，近几年来围绕栾川县扶贫开发的核心任务，公司发挥非公党建力量，积极投身扶贫事业，以扶贫济困为己任，带动区域经济发展，回报栾川和栾川人民。

"精英管理、成本管控、持续改善、成果分享"是洛钼集团的 16 字经营方针，也是洛钼的核心企业文化。其中"成果分享"代表洛钼人的使命

---

* 案例素材由洛阳栾川钼业集团股份有限公司提供，南方周末中国企业社会责任研究中心进行编辑。

追求，这不仅仅是为股东和员工创造价值，更重要的是让全社会共享企业发展的成果。在栾川县摆脱贫困帽子的过程中，作为当地支柱企业的洛钼集团不仅提供经济资助，近年来累计捐款超过两亿元，更发挥自身优势，结合当地实际探索特色产业脱贫道路，仅在栾川县就通过对口扶贫的方式累计帮助 10 余个贫困村 2000 余户、5000 余名贫困村民走上了致富之路。在此过程中，洛钼集团形成了三位一体扶贫工作法，具有广泛的借鉴意义。

一 项目实施举措与成效

洛钼集团结对精准帮扶的栾川县秋扒乡小河村是一个深度贫困村，辖 3 个村民小组，97 户 288 人，"山大石头多，出门五道河，道道淌河过，吃粮靠救济，油盐靠鸡窝"是对这个地方的真实写照。由于各种原因，21 世纪以来，这里仍然处于生产力十分低下、农民生活比较贫困的状态。2016 年该村被确定为深度贫困村，当年识别贫困户 26 户 75 人，贫困发生率 27%。2017 年正是脱贫攻坚最关键的阶段，洛钼集团开始结对精准帮扶该村。

如何使贫困地区脱贫致富，是一项十分艰巨的任务，也是一道难题。它是一项复杂的社会系统工程，涉及社会、政治、经济、文化、教育等诸多方面，并且需要一个过程，不能企于短期内即达目标。对此，洛钼集团思路非常明确，那就是关键要抓住产业发展这个牛鼻子，深度融入对口地区，帮助当地找准产业发展方向，并在此指引下进行基础设施、人力资源等方面的投资，通过产业发展实现内生性增长，从根本上消除贫困。在此指引下，洛钼集团在实践中逐渐形成了"深度融入社区，以龙头产业为引领、以多种产业为保障、以扶志扶智为根本"的三位一体扶贫工作法。

洛钼集团专门成立以党委书记为组长的扶贫工作领导小组，公司机关中层以上干部每人结对帮扶一名小河村贫困村民，并精心选派管理经验丰富、具备很强市场开拓意识的优秀干部万景荣、王铁担任栾川县秋扒乡小河村驻村第一书记。两人常驻村里，以"九个一大走访"为切入点，逐家逐户走访调研，与村干部探讨产业扶贫的路径。来村第一年，万景荣的车轮胎跑坏了三个，后保险杠颠簸丢了 4 次。明确的思路、严谨的作风确保小河村的扶贫工作始终走在正确的轨道上，"造血"式产业扶贫成效显著，并形成了长效机制。

（一）以产业定位为先导，确立"荷香风情小镇"旅游发展思路

栾川县虽然山大沟深，但旅游资源丰富，是洛阳市乃至河南省有名的旅游目的地。小河村向东 10 公里紧挨潭头镇九龙山温泉景区，西南 20 公里临国家 AAAA 级重渡沟风景区，西北 10 公里有恐龙文化遗址。小河穿村而过，河道平缓开阔，水资源丰富，民居依山傍水而建，绿水青山，风景美丽。依据小河村得天独厚的自然风光和地理优势，经过周密调研和经济测算，洛钼集团确立了建设"荷香风情小镇"的乡村旅游发展思路。2018 年至 2019 年两年时间，在乡党委、政府的支持下，洛钼集团在小河村先后投资 400 余万元，建设荷塘 300 余亩、花海 35 亩、农时体验园 100 余亩，完成拦河坝 7 处，打造人工水系湖面 3 万多平方米，建成人工沙滩 2000 余平方米，完成休闲步道 5000 余米及配套设施建设，改造农家宾馆 37 家并初步具备接待能力，农、旅、垂钓、观赏一条龙的乡村休闲旅居模式已在小河村初具雏形。

围绕旅游进行基础设施建设。洛钼集团为小河村新铺设 7.5 米宽的高标准旅游通道 7.2 公里。2018 年 12 月 20 日，新修的柏油马路顺利通行，打通出村道路，完成"道路通，百业兴"的核心基础设施建设。建成停车场 3 处、公厕 3 处、凉亭 12 处，实施了休闲步道绿化、铺设了污水管道、建成了自来水系统和文化广场，进行了农家宾馆提升改造，乡村旅游功能日趋完善，吸引了郑州、洛阳等外地游客到小河村旅居休闲。

（二）以林果产业为保障，形成扶贫产业百花齐放

在荷香风情旅游这个龙头的带动下，洛钼集团进一步帮助小河村发展特色林果，扶贫产业百花齐放。在两位驻村书记的带动下，洛钼集团发动村党

员干部带头发展蜂蜜、特色红薯、藕粉加工等特色产业，带动 50 余户实现户均增收 0.5 万元；投资 60 余万元新建农时体验园，预计年产值可达 15 万元；不断调整产业结构，实现农旅融合快速发展。此外，洛钼集团还支持大力发展莲藕种植、荷花观赏、蔬果采摘等特色种植业，不断开发小龙虾、淡水鱼、优质蜂蜜等特色养殖业，为群众发展家庭宾馆、小商铺及特色小吃等旅游产业提供土生土长的绿色原材料，实现"以农养旅，以旅带农"的农旅融合发展的良好局面。

产业发展初期，为了帮助当地解决农产品销路问题，洛阳钼业采取"以购代捐""以买代帮"等方式，鼓励引导各分 / 子公司各级食堂、餐厅优先选用帮扶贫困村的农产品。洛钼集团食堂已采购玉米糁、红薯、土豆、莲藕等贫困村农产品金额达 100 余万元，帮助小河村逐步打开了农产品市场。

为了进一步拓展多样化的产业发展，洛钼集团资助 200 万元鼓励村民进行农家宾馆改造，打造自由垂钓、休闲养生的旅居热点小镇。在洛钼集团的支持下，该村村委牵头成立了水莲森合作社，并注册商标，对小河村蜂蜜、莲藕、桃子、高山苹果等特色农产品进行加工、包装、出售，为贫困劳动力提供更多的就业机会，增加贫困人口的经济收入。

（三）围绕生态宜居，打造青山绿水居住环境

围绕旅游开发的需求，洛钼集团积极帮助当地营造优美环境。一是扎实开展农村居住环境的卫生整治工作。对 18 户群众房屋进行修缮，对全村 50 余户常住人口户容户貌进行集中美化，村容村貌得到极大改善。改厕 50 户，实现无害化卫生厕所整村推进。生活污水采用"污水管网 + 五级净化池 + 人工湿地"的方式进行过滤，利用净化后的水排入鱼塘回收利用，形成绿色、循环、生态的排放方式。

二是大力改善生态环境。持续开展清河行动、水域污染、大气排放、廊道治理等五大集中整治活动。同时综合提升水系景观工程，修建拦河坝 7 处，形成人工景观湖面 3 万余平方米，北国江南风光逐步形成。巩固环境治理成效，坚决保护绿水青山，深入开展生态绿化工程，对小河村交通干道和重要

节点进行绿化提升。

三是建立长效机制，强化做好治理，加强日常管护。制定村民"门前三包"制度，实行垃圾和自来水用水收费，构筑村、组、户三级管理体系，充分发挥红黑榜作用，用环境的大改变倒逼群众观念的大提升，推动村容村貌、户容户貌、面容面貌的大提升、大改善。

（四）以扶志扶智为根本，形成内生性增长的核心动力

脱贫致富关键在人，洛钼集团坚持既扶志又扶智，把工作重点放在理念扶贫、技术扶贫上。在2017年"荷香小镇"发展初期，村民对于发展农家宾馆没有兴趣，认为没挣钱还得先投资置办家当，万一做不好了还要赔钱。为了能够尽快让农家宾馆开起来，洛钼集团出资对先期进行家庭宾馆改造的村民给予一定补贴，如此一来整个产业一下就发展起来了。同时洛钼集团在小河开办厨师、家庭宾馆服务培训班，主要面向炝锅鱼、小龙虾等特色餐饮业和以宾馆管理为内容的服务业。通过旅游引领，吸引更多群众积极参与到助推乡村振兴的热潮中。

洛钼集团积极利用自身资源，把一些农村实用致富技术和技能传授给村民，鼓励、引导和帮助各类"土专家""农把持"发展种植养殖业。例如，鼓励养猪、养蜂、种黑药等，帮助村民就地取材、脱贫致富。目前，小河村发展中药材种植13户、育苗3户、养蜂4户、果园2户、养兰草1户，实现了贫困群众致富产业全覆盖。同时，积极为村民提供创业致富信息，为有技术、有能力的农民提供创业帮扶资金和务工岗位，通过扶持村民创业致富，树立起一批靠技能、靠科技致富的典型，带动提高更多村民学科学、用技术的积极性，受到帮扶所在村群众的交口称赞。

（五）成功帮助小河村退出贫困，特色旅游产业有声有色

2018年该村顺利退出贫困村行列。2019年底，26户75人贫困人口已经全部脱贫，同年，小河村被评为"国家森林乡村""河南省最美乡村""洛阳市美丽乡村""洛阳市三变改革示范村"等。2019年，荷香风情小镇吸引

洛阳、郑州等外地游客数千人次到小河村休闲旅居，为小河村带来 100 余万元的增收，乡村旅游产业崭露头角。

洛钼集团被栾川县授予"捐资扶贫功勋企业"、被洛阳市授予"精准扶贫爱心企业"、被河南省授予"全省社会扶贫先进单位"。

（六）深度融入社区，以龙头产业为引领、以多种产业为保障、以扶志扶智为根本

该工作法目前应用于栾川县十余个贫困村，实现了"一村一特""一村一品"。此外，作为国际化资源公司，洛阳钼业将该方法在非洲刚果金、巴西等海外矿区落地，为当地人带去清洁的水源、照明的电力、持续的收入、更好的医疗和教育条件，彻底地改变了当地居民的生存环境。这样持续的社区投资为公司的运营培养了稳定的职工队伍，营造了良好的环境，实现了真正的双赢。

二　经验模式总结

（一）坚决把扶贫救困、社区发展视为企业义不容辞的责任

资源类企业一方面能给当地带来经济收入，另一方面也不可避免地会对当地居民的土地使用、生活方式、环境造成影响。因此，资源类企业的生存和良好运营与当地社区所有利益相关方的长期支持是密不可分的。只有建立积极、开放、透明的社区关系，让当地居民共享企业发展的成果，才能为企业和社会的共赢式发展创造良好的环境。因此，洛阳钼业从上到下积极践行这一理念，十年来始终把履行社会责任、帮助贫困乡村脱贫致富当作企业的一项长期、重要的政治任务来抓，为扶贫和社区发展工作打下了坚实的理论和思想基础。

（二）找准乡村定位，因地制宜、精准施策，使帮扶工作真正见到实效

2006 年以来，洛钼集团已先后定点帮扶了栾川县庙子镇河南村、庙子村、三川镇祖师庙村、秋扒乡秋扒村等 10 余个贫困村。需要帮扶的贫困区域点多面长，公司坚持不走形式，定点帮扶走在前。洛钼集团派专人深入偏远村组实地走访，通过结对子等方式，深入了解当地情况和贫困户现状，完善帮扶计划，按照"先急后缓"的思路，因地制宜开展帮扶，努力在信息、技术、物力、产业项目等方面多管齐下，促使扶贫工作真正见到实效。

（三）突出特色，重点发展龙头产业，发挥贫困人口的主观能动性，实现从"输血"扶贫向"造血"扶贫的转变

积极开展产业扶贫，建设产业基地，达到扶贫覆盖面广、效益明显、效果长期持续的目的。脱贫攻坚效果持续的关键在于保证脱贫后人口实现经济独立和收入稳定持续增长。一方面，洛钼集团在产业发展上大做文章，有了持续发展的产业项目，才能带动村民实现长期的创收增收。小河村依托青山绿水的自然资源，找准定位，发展乡村旅游，走出了一条乡村振兴、富民惠民的道路。另一方面，洛钼集团为贫困人口创造了更多的就业增收机会，引导困难群众克服"等靠要"思想，形成自立自强、勤劳致富的良好氛围。尽可能为贫困人口参与新型农业经营创造条件，帮助他们对接市场，提升他们抗风险能力。同时壮大集体经济产业项目，吸收更多的贫困劳动力、弱劳动力就近务工，发挥旅游产业的带贫效应，巩固脱贫攻坚成果。

（四）把乡村振兴和脱贫攻坚两项工作融合、协调推进

参照乡村振兴战略"产业兴旺、生态宜居、乡风文明、治理有效、生活富裕"的总要求，洛钼集团注重从生产、生活、生态等方面入手，整体推进，不仅注重贫困人口的收入持续增收，而且实现了村庄环境的整体改善。在努力实现增收、促进经济发展的同时，大力发展生态文明，构建宜居乡村，保护青山绿水的生存环境，这对贫困人口的长远发展、持续巩固产业脱贫成果都是至关重要的。

小河村只是洛钼集团参与社会扶贫的一个缩影。几十年来，洛钼集团始终把履行社会责任视为一项工作重点。多年来公司累计无偿支援栾川县扶贫、教育、交通、通信、乡村建设等事业金额超过 2 亿元。在全球范围内，公司不遗余力地践行积极的社区政策，与各地社区建立积极开放、互信互利的合作关系。2019 年，洛钼集团在全球各运营地的扶贫、医疗卫生、教育、农业、基础设施和搬迁安置等各个方面共计投资总额超过 2 亿元人民币，在全球范围内经济贡献总额超过 260 亿元人民币。

后 记

　　2020 年是全面建成小康之年，但绝对贫困的消失并不意味着中国反贫困事业的终结，接下来需要积极探索解决相对贫困的长效机制，这也是本书编写的目的。《中国扶贫的企业样本》凝聚了南方周末自党的十八大以来扶贫领域的优秀报道，收录了优秀企业在脱贫攻坚实践中总结的模式路径，希望从报道和案例中归纳出经验模式，为接下来的乡村振兴贡献智慧。南方周末从观察者、记录者，再到如今的研究者，我们依旧保持着初心，参与时代的进程。

　　本书的框架由南方周末中国企业社会责任研究中心共同商定，内容由孙孝文、史谅、侯明辉共同整理和撰写。

　　企业实践篇章广泛征集了各个行业的优秀扶贫案例，经过评审共筛选出27 家企业扶贫案例。碧桂园控股有限公司、南方电网广东电网公司、国网四川省电力公司、国家开发银行股份有限公司、中国农业银行股份有限公司、中国光大银行股份有限公司、华夏银行股份有限公司、阳光保险集团股份有限公司、三星（中国）投资有限公司、复星国际有限公司、招商局集团有限公司、中国第一汽车集团有限公司、浙江吉利控股集团有限公司、荣盛房地产发展股份有限公司、内蒙古蒙牛乳业（集团）股份有限公司、李锦记（中国）销售有限公司、湖南口味王集团有限责任公司、广东海大集团股份有限公司、益海嘉里金龙鱼粮油食品股份有限公司、百威投资（中国）有限公司、泸州老窖集团有限责任公司、山西杏花村汾酒集团有限责任公司、度小满科技（北京）有限公司、山东航空集团有限公司、洛阳栾川钼业集团股份有限公司、北京三快科技有限公司、北京纵情向前科技有限公司等 27 家企业为案例的选取、撰写和审核提供了大力支持，在此由衷地表示感谢。

本书在编撰过程中得到南方周末报系总裁兼党委书记黄灿、南方周末研究院院长王巍、常务副院长姚伟新、秘书长孟登科的大力支持，同时，南方周末研究院副秘书长张菁、数字出版编辑刘家怡对版权内容提出了指导意见，以及品牌中心的魏运星、蓝鑫焱、郑永金等对部分内容编写提出建议。

南方周末中国企业社会责任研究中心

2020 年 10 月

图书在版编目（CIP）数据

中国扶贫的企业样本 / 南方周末中国企业社会责任
研究中心编著. -- 北京：社会科学文献出版社，
2020.11
　ISBN 978-7-5201-7562-3

　Ⅰ.①中…　Ⅱ.①南…　Ⅲ.①新闻报道-作品集-中
国-当代　Ⅳ.①I253.3

　中国版本图书馆CIP数据核字（2020）第215036号

中国扶贫的企业样本

编　　著 / 南方周末中国企业社会责任研究中心

出 版 人 / 谢寿光
责任编辑 / 吴　敏

出　　版 / 社会科学文献出版社·皮书出版分社（010）59367127
　　　　　　地址：北京市北三环中路甲29号院华龙大厦　邮编：100029
　　　　　　网址：www.ssap.com.cn
发　　行 / 市场营销中心（010）59367081　59367083
印　　装 / 三河市龙林印务有限公司

规　　格 / 开　本：787mm×1092mm　1/16
　　　　　　印　张：22.75　字　数：345千字
版　　次 / 2020年11月第1版　2020年11月第1次印刷
书　　号 / ISBN 978-7-5201-7562-3
定　　价 / 89.00元

本书如有印装质量问题，请与读者服务中心（010-59367028）联系